무림세가 천대받는 손녀딸이 되었다

무림세가 천대받는 손녀딸이 되었다 4

마루별 장편소설

초판 1쇄 찍은 날 | 2023년 2월 27일
초판 1쇄 펴낸 날 | 2023년 3월 6일

지은이 | 마루별
발행인 | 이진수
펴낸이 | 황현수

기획 | 정수민
편집 | 윤수진

펴낸곳 | 주식회사 카카오엔터테인먼트
등록번호 | 제2015-000037호
등록일자 | 2010년 8월 16일
주소 | 경기도 성남시 분당구 판교역로 221 6(일부)층

제작·감수 | KW북스
E-mail | cl_production@kwbooks.co.kr

ISBN 979-11-385-8785-3 04810
979-11-385-8781-5 (set)

무림세가 천대받는 손녀딸이 되었다

마루별 장편소설

4

Yeondam

目次

三部
3부

第一章 下

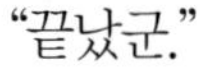

"끝났군."

"예."

언덕배기 위에 한 무리의 사람이 있었다.

허리에 검을 찬 노인과 중년의 사내 둘은 멀리 보이는 악양의 전경을 바라보고, 그들 뒤의 무인들은 부산스럽게 움직이며 시신을 수습하고 있었다.

"싱겁구나. 내 굳이 나설 필요도 없었겠어. 동호방주 실력이 이 정도밖에 안 될 줄이야."

"싱거운 것이 아닙니다. 연이의 실력이 대단한 것이지요."

백리패혁이 제 아들을 흘겨보았다.

계례를 치르자마자 집을 나간 백리연은 그간 뭘 하고 지냈는지 두 해 만에 일취월장하더니 그로부터 일 년이 지난 지금은 거칠 것이 없었다.

백리의강은 뿌듯하기도 하였으나, 걱정스럽기도 했다. 그는 저도 모르게 중얼거렸다.

"대체 무슨 일이 있었는지."

"되었다. 원래 부모도 커가는 자식 속을 다 알지 못하는 법이니

라. 음?"

"왜 그러십니까?"

"연이가 이쪽을 보고 있다."

"예? 그럴 리가요. 아무리 눈이 좋다고 한들……."

점으로 보일 만큼 먼 거리의 장원을 바라본 백리의강이 놀란 표정을 지었다.

백리패혁이 허허 웃으며 말했다.

"이런, 들켰구나."

대강이나마 동호방의 일을 수습하고 날듯이 할아버지와 아버지께 향했다. 악양에서 여러 일이 벌어진 후 백리 세가 사람들이 마련한 거점이었다.

"여긴 어쩐 일이세요?"

부유한 상인 같은 차림새의 할아버지가 코웃음을 치며 말했다.

"내가 못 올 곳이라도 왔느냐?"

"그런 뜻이 아닌 거 아시잖아요! 할아버지가 여기 계시면 가문은 어떻게 해요?"

무림맹이 마교에게 습격당한 이후, 무당파뿐만 아니라 백도의 세가와 문파 몇 곳이 연이어 마교의 습격을 받았다. 제대로 방비하지 못한 곳은 봉문하거나, 최악의 경우 멸문당하기도 했다.

그런 마교를 뒷배로 사파들도 날뛰었으니. 할아버지의 거취 자체가 아주 예민한 문제가 되어 버렸다.

"게다가 백검단원은 왜 이렇게 많이 데려오신 거예요?"

할아버지와 아버지는 상인처럼, 백검단은 그들을 호위하는 이들처럼 변장한 상태였다.

"쯧, 쓸데없는 걱정도 많아. 걱정 마라. 우리가 온 걸 아무도 몰라봤으니. 네가 만든 이 역용술 말이다. 확실히 괜찮더구나."

할아버지와 아버지는 역용술로 얼굴을 바꾼 상태였다. 말하는 어조, 목소리, 태도는 할아버지와 똑같았지만, 얼굴만큼은 완전히 다른 사람이라 대화하면서도 느낌이 이상했다.

이번에 할아버지와 아버지가 사용한 역용술은 나와 아버지가 머리를 맞대고 연구한 것이었다. 정확히는 마교의 백면환술을 기본 토대로 변형했다. 내가 금안으로 백면환술의 구조를 파악하고 기억해 놓았기에 가능했다.

원래 백면환술은 마교의 역용술답게 고통과 부작용이 꽤 컸다. 나와 아버지는 거기서 고통과 부작용을 덜어 내고 몸에 무리가 가지 않도록 바꿨다. 대신 배우기 까다로우며 반나절마다 새로 술법을 걸어야 하고 외모의 변형에도 한계가 있었다.

백리 세가에도 대대로 전해지는 역용술이 있긴 했다. 다만 실용성이 너무 떨어졌다.

'조금만 내공 운기를 해도 역용이 풀려 버렸으니…….'

할아버지가 얼굴을 만지작거리며 마음에 든다는 듯 말했다.

"그놈들도 못 알아보더군."

"그놈이요?"

"하하. 소저, 안녕하세요."

그때 한쪽 구석에서 대개가 나타나 내게 인사했다.

"동호방주를 쓰러트리신 것 축하드립니다. 팔만 자르시다니 자비롭네요."

나는 쓴웃음을 지었다.

과연 자비일까?

하는 행동은 거의 상인에 가까웠지만 어쨌든 동호방은 흑도. 팔을 잃은 방주가 살아남을 수 있을지는 평소 그의 행동과 주변 방파들과의 관계, 그리고 부하들의 인품에 달렸을 터다.

"고마워요."

대개가 정말 감탄했다는 듯 열렬하게 말했다.

"그 연배에 동호방주를 쓰러트리다니. 소저의 얘기를 들으면 다들 쉽게 믿지 못할 겁니다. 저도 비무를 지켜보았는데, 정말로 대단했습니다."

대개가 내 허리춤의 검을 흘끗 보았다. 허공섭물에 관해 물어보고 싶은 눈빛이었다. 나는 이를 무시한 채 부끄럽다는 듯 할아버지를 보았다.

"동호방주를 쓰러트린 것이 저 혼자 능력으로 이뤄 낸 일이겠어요? 다 할아버지가 뒤에 버티고 계셔서 그렇죠."

할아버지가 만족스럽다는 듯이 수염을 쓰다듬으며 고개를 주억거렸다.

"네가 잘 알고 있구나."

"게다가 으음…… 아! 지위를 금전으로 산 듯한 실력이었어요."

아버지와 할아버지는 이해한 듯 고개를 끄덕였다. 대개만 의아한 눈빛이었다.

저런 사람이 정보를 다뤄도 되는 걸까?

나는 대개를 위해 덧붙여 설명했다.

"내공은 심후했는데 실전 경험이 별로 없어 보였다는 말이에요."

특히 강자랑 싸운 경험이 별로 없는 느낌이었다. 대개가 머리를 벅벅 긁으며 바보같이 웃었다.

"아하, 그런 뜻이었군요. 그럴 만도 합니다. 동호방주가 일선에 나선 게 거의 스무 해 정도 되었으니까요."

동호방을 만들었던 전대 늙은 방주는 주색잡기에 골몰하다 어느 날 돌연사했다. 당연히 장자가 동호방을 이어받게 될 줄 알았으나, 그간 눈에 띄지 않고 돈 버는 데만 집중하던 넷째 아들이 방주 아래 간부 몇과 손을 잡아 손위 형제들을 모조리 죽이고 방주 자리에 앉았다.

내가 외팔이로 만든 현 동호방주였다. 그는 자신과 손을 잡았던 간부들과 동호방을 장악했지만…….

그의 능력은 거기까지였다.

당시에는 손위 형제를 차례로 쓰러트릴 만큼 강한 무력을 지니고 있었다고 한다. 어떻게 그 실력을 숨겼는지 알 수 없을 정도로. 하나 방주가 된 이후로는 흥청망청 놀며 제 아비처럼 주색잡기에 열중했고, 실력은 퇴보했다.

그런 동호방의 세력을 노린 흑도가 없던 건 아니었지만……. 돈 버는 데 재주가 많았던 방주가 돈으로 고수를 고용해서 부렸다.

"무력을 금전으로 해결한 결과죠. 돈으로 해결 안 되는 일은 없지만, 돈에는 의리가 없는걸요."

동호방에 고용되었던 고수들은 나와 싸우게 되자 재빨리 발을 뺐다. 나를 건드리면 할아버지가 나설 텐데 그건 수지가 맞지 않는 일이니까.

할아버지가 기특하다는 눈빛으로 나를 바라보고 있었다.

"할아버지, 걱정 마세요! 저도 그냥 무작정 덤빈 건 아니에요. 세심하게 알아봤다고요. 그리고 할 만하다고 생각한 거죠."

물론 저걸 알아보는 데는 개방의 도움이 컸다.

그때 아버지가 말했다.

"이번에 네가 수월하게 싸울 수 있었던 건 류청의 조력도 있었기 때문임을 잊지 말거라."

갑작스러운 말에 나는 입술을 깨물었다. 대개가 옆에서 추임새처럼 끼어들었다.

"그러고 보니 저번에 남궁 공자께서 동호방에 협력한 흑도 방파 두엇을 박살 내고 가셨죠."

처음 동호방에 쳐들어갔을 때, 일거에 쓸어버리지 못한 것은 동호방주의 거취를 알 수 없기 때문이기도 했지만 전투 중 동호방을 도우러 온 다른 흑도들에게 부상을 입었기 때문이기도 했다. 심하진 않았지만 더는 싸움을 지속하기 어렵다고 판단해 후퇴했다.

그리고 그 뒤 악양에 온 남궁류청이…… 대개의 말대로 동호방을 지원했던 흑도 방파 두엇을 말 그대로 박살 내고 갔다. 그 뒤로 다른 흑도방파들은 동호방을 돕는 데 몸을 사리게 되었다.

할아버지가 나무라듯 말했다.

"뭐 하러 그런 말을 하는가? 그리고 의강 너는, 연이가 그것도 모르겠느냐?"

아버지가 나를 응시했다가 담담히 말했다.

"예, 제가 괜한 말을 했습니다."

아버지가 수그리자 이번에는 할아버지가 나를 향해 말했다.

"연아, 네가 여러 상황을 헤아리고 동호방을 상대한 것은 알겠다. 다만 그래도 앞으로는 더욱 조심하거라."

뭔가 숨겨진 뜻이 있는 듯한 목소리였다. 그때 눈치를 살살 보던 대개가 말했다.

"동호방주가 섬서육살을 고용했더라고요."

"섬서육살이요?"

대개가 민망한 낯으로 말했다.

"예에. 워낙 비밀리에 고용해 저희도 알아채는 게 늦었습니다."

섬서육살은 악명 높은 살수였다. 이름에서 보이듯이 섬서의 여섯 명으로 이뤄진 살수들이었는데 의뢰를 받으면 무조건 성공시키는 것으로 유명했다.

생각보다 더 큰 거물을 고용했다.

'그러니 그렇게 자신만만했던 거군.'

게다가 섬서육살의 주 활동 지역인 섬서는 백리 세가가 있는 호남성과 떨어져 있으니, 나를 처리하고 섬서 지역으로 도망치면 할아버지가 어쩌겠는가?

할아버지가 거기까지 쫓아가 그 넓은 지역을 뒤져 가며 섬서육살을 찾겠는가?

"그래. 아마도 네가 동호방주랑 일대일로 맞서기 직전에 먼저 덤벼들게 할 생각이었겠지."

"뭔가 함정을 판 것 같더니만, 그런 거였군요."

나는 고개를 주억거렸다. 함정을 판 건 알고 갔지만 나는 내 금안의 능력을 믿었다.

수상쩍은 기색이 있다면 바로 쳐들어가지 않고 상황을 지켜볼 생각이었는데…….

"그런데 왜 안 나타난 거죠? 아, 설마…… 할아버지가?"

고개를 갸웃거리던 나는 눈을 빛내며 할아버지를 보았다.

"감사해요."

할아버지가 수염을 쓰다듬으며 고개를 주억거렸다. 그때 아버지가 끼어들었다.

"섬서육살을 상대한 것은 아비니라."

"허!"

할아버지가 기가 막힌다는 듯 아버지를 바라보았다. 나는 눈을 동그랗게 떴다가 아주 대단하고 멋지다는 듯 우러러보는 눈빛으로 아버지를 바라보며 말했다.

"아버지가 상대하신 거예요? 다친 곳은 없으시죠?"

다시 할아버지가 끼어들어 호통치듯 말했다.

"내가 옆에 있었는데 걱정할 일이 뭐 있겠느냐!"

아버지는 담담하게 그저 사실을 언급하는 것뿐이라는 듯 말했다.

"네 할아버님이 나서실 일은 없었느니라."

"내 존재만으로도 그들의 손발을 묶는 것이나 다름없거늘."

"그러시지 않아도 상대할 만했습니다."

"뭐야?"

"그만, 두 분 다 그만하세요!"

어째 두 분은 갈수록 투닥거리는 게 더 심해지시는 것 같았다. 분명 원래 아버지는 할아버지 앞에서 늘 공손하고 진중한 모습만 보였거늘 언제부터 이렇게 되었는지 알 수가 없었다.

두 분 나이를 합치면 백 세가 넘는 건 아시는 거죠? 라고 생각하면서도 나는 아주 익숙하게 말했다.

"아버지가 계신데, 할아버지가 직접 나서실 필요가 뭐가 있어요? 아버지는 할아버지께서 직접 가르치셨으니, 아버지가 나서신 건 할아버지가 나서신 것이나 다름없는 거죠!"

여기선 할아버지나 아버지 한 사람만 칭찬해서는 안 되었다. 내가 두 사람 사이에 균형을 유지하며 번갈아 찬양하고 나서야 두 분의 유치한 다툼이 끝날 수 있었다.

한참을 그러고 나서야 뒤늦게 정신이 드셨는지 두 분이 헛기침했다. 하지만 이미 늦었다. 어리벙벙한 낯의 대개가 지금 이게 무슨 상황인지 믿기지 않는다는 듯이 입을 헤벌린 채 모든 상황을 목격한 후였다.

그 모습을 보며 나는 생각했다.

'음, 개방에 인물 편람이 있다면 이렇게 올라가지 않을까? 백리패혁, 백리의강. 가끔 나잇값 못 함…….'

그사이 정신을 차린 대개가 물었다.

"소저, 그럼 앞으로는 어쩌실 겁니까?"

나도 딴생각에서 벗어나 눈을 내리깔고 고민했다.

"개방에서는 어쩌고 싶은데요?"

대개는 이 질문을 기다렸다는 듯이 자연스럽게 말했다.

"동호방주가 저 꼴이 되었으니 악양 세력에 한바탕 큰 변화가 있지 않겠습니까? 이 틈에 백도 무림 세력이 자리 잡게 하면 어떻겠습니까?"

그러니까 악양에 백도 세력을 확장해 보자는 얘기였다. 악양이 흑도 세력권이라고는 하지만 이렇게 큰 도시에 백도 문파가 전혀 없던 건 아니었다. 다만 갖은 핍박을 받으며 고개 들고 살기 힘들었던 것뿐.

"게다가 백리 세가에서도 이대로 그냥 물러가긴 아깝지 않습니까?"

나는 할아버지를 바라보았다. 이미 대개와 어느 정도 얘기가 된 듯한 얼굴이었다.

나는 살짝 안도했다. 역시 할아버지가 아무 일도 없이 악양까지 걸음을 옮긴 건 아닌 것이다.

"어차피 동호방이 어떻게 되는지 조금 머물면서 지켜보려고 했어요."

할아버지가 내 대답을 기다렸다는 듯이 말했다.

"그래. 그럼 네게 이곳을 맡기마. 백검단과 일 처리를 할 사람을 두고 갈 테니 네가 크게 신경 쓸 것은 없을 것이야."

그때 아버지가 말했다.

"저도 좀 더 머물겠습니다."

할아버지가 눈썹을 치켜들었다.

"뭣 하러? 네게 원한을 지닌 이들이 호시탐탐 널 노리고 있는 걸 알지 않느냐?"

아버지는 무림맹 앞에서 갑자기 발작을 일으킨 이후로 점차 발작이 잦아지고 있었다.

다행인 것은 무림맹 사건 이후로 다른 사람들 앞에서 발작이 드러난 적은 없다는 것이었다. 그래서 아버지의 무공에 문제가 있다는 소문은 사실 여부가 상당히 의심스러운 이야기가 되었다.

하지만 한 번 더 그런 모습을 보이면 이제 돌이키기 어려울 터였다.

아버지는 태연하게 말했다.

"백검단도 남겨 두고 가실 거라지 않으셨습니까? 무슨 위험한 일이 있겠습니까."

할아버지의 수염이 씰룩거렸다.

아마도 "백검단은 연이를 위해서 남겨 놓은 거다!"라고 하고 싶으실 테다. 하지만 할아버지 체면에 그렇게 쪼잔해 보이는 말을 할 수는 없었을 것이다.

또한 대개 앞에서 "네 몸이 문제다!"라고도 말할 수 없으니…….

할아버지는 불퉁한 표정으로 나와 아버지를 번갈아 보더니 코웃음을 쳤다.

"흥, 마음대로 하거라."

나는 웃으며 말했다.

"그럼 할아버지, 바로 돌아가실 거예요?"

"그래야지. 왜, 너도 내가 빨리 돌아갔으면 좋겠느냐?"

나는 당연하지 않느냐는 듯 고개를 끄덕였다.

"가문 사람들이 목 빼고 할아버지만 이제나저제나 기다리고 있을 텐데 어서 가 보셔야죠. 그 전에 조금 시간이 있다면 이르긴 하지만 식사라도 같이할 수 있을까 해서요."

"식사?"

"네. 악양에 유명한 맛집이 있다고 들은 적 있거든요!"

할아버지와 아버지 두 분 다 어처구니없다는 듯이 나를 바라보았다. 할아버지가 기가 막힌 음성으로 말했다.

"너는 그 소란을 피우고 나서 밥 생각이 나더냐?"

"다 먹고살자고 하는 거 아닌가요?"

나는 억울하다는 어조로 입을 비죽이며 말했다.

"저 혼자였으면 간단하게 먹어도 상관없죠! 하지만 할아버지께서 여기까지 오셨는데 이 기회에 맛있는 음식을 대접하고 싶은 제 마음을 그렇게 취급하시다니요! 저 서운해요!"

눈을 가렸던 천을 풀고 역용까지 하자 거리의 사람들은 아무도 나를 알아보지 못했다.

팔향거는 동정호의 아름다운 풍광을 내려다볼 수 있는 호수 근방에 있었다.

식사 시간을 비켜 와서인지 다행히 자리가 있었다.

"식사 시간 때는 예약해야만 먹을 수 있대요."

아버지가 고개를 끄덕이며 말했다.

"팔향거, 들어 본 적 있다. 거기 요리가 천하 일미라고 하더구나. 언젠가 먹어 봐야겠다고 생각했다만 기회가 없었지. 연이 덕분에 드디어 먹어 보는구나."

나는 웃으면서도 한편으로 씁쓸한 심경을 어쩔 수 없었다.

악양의 유명 음식점인 팔향거를 알아 온 이는 야율이었다. 천산염제를 따라다닐 때 먹어 봤는데, 맛이 괜찮았다며 내게 시간이 나면 가자고 했지.

하지만 남궁완 아저씨를 찾았을 때부터 연달아 일들이 몰아닥쳤고 결국은…….

나는 고개를 저으며 떠오른 생각을 떨쳐 냈다.

아버지가 물었다.

"왜 그러느냐?"

"아니, 아무것도 아니에요."

부귀해 보이는 차림새를 본 점소이는 우리를 가장 좋은 자리인 고층 창가로 안내했다.

불어오는 바람이 살짝 서늘했지만, 창가로 호수가 내려다보이는 근사한 풍경에 그 정도는 신경 쓰이지 않았다. 호수에 비치는 햇살에 눈을 살짝 찡그리자마자 아버지가 물었다.

"눈은 괜찮은 게냐?"

"하하. 괜찮아요, 이 정도는."

"자리를 바꾸자꾸나."

아니, 정말 괜찮은데…….

결국 아버지 등쌀에 자리를 바꿨다. 그사이 할아버지는 점소이에게 음식에 어울리는 술을 추천받아 주문했다. 희색이 만면한 점소이가 물러간 후 나는 아버지께 전음했다.

[아무리 봐도 그냥 제일 비싼 술을 추천한 것 같은데요?]

분명 내가 알아봤을 때는 다른 술이 추천 대상이었거늘. 외지인처럼 보이니, 눈탱이 맞은 것 같은데…….

아버지가 할아버지를 흘끔 보았다가 전음했다.

[……모른 척하거라.]

할아버지께서 너무 좋아하고 계셨다. 나는 알겠다는 듯이 눈을 내리깔았다.

'그래, 뭐 돈으로는 아쉬울 것 없으니.'

이따가 점소이가 다시 왔을 때 추가로 주문하면 되겠지. 그런 생각을 하고 있을 때, 할아버지가 떠올랐다는 듯이 말했다.

"아, 리의 혼사가 결정됐다. 길일을 잡고 있으니 빠르면 올여름, 늦어도 올가을에 치를 것이다."

"네에?"

아버지는 이미 알고 있는 듯한 낯이었다. 나는 다급히 물었다.

"상대는 누구예요?"

"명호문주의 둘째 자제다."

"아……."

명호문은 백리 세가 근방에서도 손꼽을 정도로 규모가 큰 문파였다. 할머니와 친척 관계로 알고 있었다.

명호문의 둘째 자제라면 예전에 할아버지 산수연과 백리명 오라버니가 주최한 후기지수 모임에서도 몇 번 본 적 있었다. 그냥저냥 나쁘지 않은 사람이었다.

"아직…… 혼인하기에는 어리지 않나요?"

"계례를 치른 지도 벌써 이 년이나 지났거늘 뭐가 어리다는 것이냐?"

"……."

사실 열일곱이면 이 세계 기준으로는 딱 혼인하기 좋은 나이였다. 무가의 경우에는 조금 달라서 수련에 집중하느라 혼인을 늦게 하는 편이었지만…….

자라 보고 놀란 가슴, 솥뚜껑 보고 놀란다지 않는가? 할아버지는 아버지를 보며 어디서부터 잘못되었는지 깊게 고민했을 터였다. 그리고 이게 결론이었다.

차라리 일찍 혼인시키자.

참고로 백리명 오라버니도 내가 계례를 치르고 집을 나간 해에 혼인했다. 신기하게도, 아니, 이젠 신기하다고 느낄 필요도 없는 일이겠지만, 백리명은 회귀 전에 혼인했던 상대와 이번에도 혼인했다.

할아버지가 차를 마시고 말했다.

"그리고 네 할머니 뜻이다."

고모 일로 충격을 받고 쓰러진 할머니는 원래 앓던 지병이 도졌다. 해가 지나갈수록 병세가 나빠졌고 근래는 앉아 있는 시간보다 누워 있는 시간이 더 길었다. 들은 바로는 의원이 얼마 버티지 못할 거라고 했다고 한다.

"나도 찬성했다. 어차피 리, 그 아이는 대성하긴 글렀어. 흥, 수련이란 것은 스스로와 싸움이거늘, 그렇게 귀애하며 키웠으니 제대로……."

"아버지."

아버지가 할아버지의 말을 막았다.

"그 나이는 원래 노는 걸 좋아할 때입니다. 리도 잠시 한눈을 판 것뿐이지요."

"너랑 연이는 그런 적 없었다."

그야 나와 아버지가 별종이니까요.

할아버지는 불만스러운 어조로 말을 이어 갔다.

"명이 그 아이도 수련만큼은 밤으로 낮으로 늘 열심이었다! 제 친오라비 반도 못 따라가거늘. 됐다! 편들어 줄 필요 없느니라! 쯧."

음…… 그러니까 백리리는 심지가 굳지 못하고 귀가 얇았다. 친우가 집에 찾아와 수련 그만하고 놀자, 놀자 앵앵거리면 단호하게 거절하지 못하고 그럴까? 하고 따라가 버리는…… 그 또래의 놀기 좋아하는 평범한 아이였던 것이다.

매일같이 이리 놀고 저리 노는 꼴을 참고 참던 할아버지는 백리리가 계례를 치르자마자 폐관 수련을 명했다. 그동안 한 번도 폐관 수련을 한 적 없던 백리리는 그게 뭐 힘들겠냐고 의기양양하게 백리 세가 자제들이 폐관 수련을 하는 백영유동에 들어갔다.

'그리고…… 두 달 만에 못 하겠다고 뛰쳐나왔지.'

솔직히 나는 백리리가 이해가 갔다.

나처럼 죽음을 경험해 봤거나 남궁류청 같은 돌연변이가 아니고서야 매일같이 새벽에 일어나 몇 시간씩 집중해 운기조식을 하고 뙤약볕 아래서 검을 휘두르는 걸 어찌 좋아하겠는가?

엄청나게 굳은 의지가 필요한 것이다.

'……그러고 보면 류청은 어떻게 지내고 있으려나?'

남궁류청과 내 혼사 얘기는 흐지부지 넘어가게 되었다. 할아버지는 내게 가문을 잇게 할 생각이셨다. 내게도 그 뜻을 알렸고. 남궁세가의 유일한 후계자인 남궁류청과 혼사가 이뤄지기 힘든 건 당연지사였다.

왠지 모르게 씁쓸한 마음을 한쪽으로 치웠다. 상념을 뒤로한 내가 할아버지를 달래듯 말했다.

"사람이 다 같은 마음일 수는 없는 거죠. 모두 검을 휘두른다면 농사는 누가 짓고 글은 누가 쓰겠어요?"

따지자면 이건 또 쌍둥이들이 없어져서 벌어진 문제기도 했다.

백리리는 회귀 전에도 비슷했다. 놀기 좋아하고, 귀가 얇고. 하지만 당시에는 그 단점이 눈에 띄지 않았다. 그땐 옆에서 꾸준히 붙잡아 줄 백리명이 있었고, 큰아버지와 큰어머니도 백리리에게 온전히 신경 쓸 수 있었다. 하지만 백리명의 몸이 그리되면서 붙잡아 줄 이가 사라진 것이다.

게다가 예전에는 툭하면 사고를 치는 비교 대상, 쌍둥이들이 옆에 있으니 백리리가 훨씬 괜찮아 보였다. 하지만 이번에는 쌍둥이들이 없었고, 그 문제아들이 사라지니 백리리의 행동이 훨씬 더 눈에 띄게 되어 버린 것이다.

"리리도 좀 더 진득하게 곁에서 가르쳐 줄 사람이 있다면 잘할 거예요. 우여곡절이 많았잖아요."

"있었다 한들 너만 할까."

"……."

"되었다. 편들어 줄 필요 없다! 그 아이의 오성은 거기까지인 게지."

성공한 사람은 노력하지 않는 이를 이해 못 한다지 않는가? 할아버지가 딱 그랬다. 삶은 당연히 노력하여 제 손으로 부와 명예를 쟁취하는 것. 그게 할아버지가 삶을 대하는 태도였으니…….

할아버지가 불퉁한 얼굴로 나를 바라보았다가 한숨을 내쉬었다.

"그렇다면 좋은 곳과 일찍 혼사를 맺고 평안히 지내는 것도 좋을 거다."

문득 알 수 있었다. 할아버지가 어떤 마음으로 내 혼사를 진행했는지. 그리고 다른 사실도 눈치챘다. 이 일은 이미 결정된 것이다.

나는 잠시 침묵하다 아버지를 바라보며 물었다.

"리리는 뭐라던가요?"

"……나는 잘 모르겠구나. 형님 댁의 일이니."

애매한 대답에 별로 좋은 상황이 아닌 것을 알 수 있었다.

"할아버지, 리리의 뜻을 물어보는 게 어떨까요?"

할아버지가 눈썹을 치켜들었다.

"네게 말한 것은 알아 두라는 게지 네 의견을 물은 게 아니다. 혼인도 안 한 아이가 다른 이의 혼사에 말 얹는 것 아니다."

"그래도…… 리리에게 생각을 물어봤으면 해요."

"백리리는 친조모에 양친, 위로는 오라비도 있으니 네가 걱정할 것이 아니다."

해석하자면 '백리리는 제 친할머니에 친부모에 친오빠까지 있으니 친아빠 한 명뿐인 너부터 걱정해라.' 정도가 될 터였다.

나는 할아버지를 똑바로 바라보며 말했다.

"제 동생이잖아요."

나는 짧게 침묵하고 덧붙였다.

"행복했으면 좋겠어요."

할아버지의 표정이 잔뜩 굳었다가 묘하게 일그러졌다. 그러곤 무언가 말하려는 듯하더니 갑자기 얼굴이 흉악해졌다.

'뭐지?'

내가 의아하게 바라볼 때, 할아버지가 아버지를 향해 매섭게 말했다.

"네가 불렀느냐?"

"예?"

"시치미 떼지 말거라."

아버지가 의아한 듯이 되물었다.

"무슨 말씀을 하시는 겁니까?"

할아버지가 눈을 가늘게 뜨곤 나를 바라보았다. 수염을 연신 쓰다듬는 것이 내게서 뭔가 알아내고 싶으신 듯 보였다. 하지만 나도 갑자기 할아버지가 왜 저러시는지 알 수 없었다.

곧이어 할아버지가 왜 그런 모습을 보였는지 이유를 알 수 있었다. 계단을 올라오는 점소이의 뒤를 한 사람이 따랐다. 나는 눈을 부릅떴다. 점소이가 뒤따른 사람을 향해 물었다.
"찾으시던 분이 이분들 맞나요?"
"예."
동전을 건네받은 점소이가 밝아진 표정으로 계단을 내려갔다. 그리고 모두의 시선을 사로잡으며 다가온 이가 우리 앞에 멈춰 섰다. 그렇게 잠시 응시하고는 양손을 모아 공손하게 고개를 숙였다.
"두 분께 인사 올립니다."
일부러 호칭을 최대한 뺀 간결한 인사였다. 그러고는 숙였던 고개를 들고 나를 바라보며 살짝 미소 지었다.
"오랜만이네."
그야말로 심장에 해로운 얼굴이었다.
이게 몇 년 만이지? 육 년?
스물두 살의 남궁류청은 이제 완전히 성인이었다. 얼굴에 살짝 남아 있던 소년미는 전혀 찾아볼 수 없었다.
분명 나는 전생에도 성인인 남궁류청을 보았다. 몇 번이나. 하지만 너무 오랜만이라서 그럴까? 똑똑히 기억하고 있었음에도 수려한 얼굴에 순간 말을 잃을 정도였다.
남궁완 아저씨가 남성적인 매력을 풍기는 미남의 정석이라면 남궁류청은 절세미녀라는 소부인의 유전자가 섞여서인지 말 그대로 조각 같은 외모였다. 아니나 다를까 주변 사람들도 나와 비슷한 반응을 보였다.
"허어, 저기, 저기 좀 보게. 내 생전 저렇게 잘생긴 사람은 처음 보는구먼."
"그런데 뭔가…… 어디서 본 것 같지 않나?"

"저렇게 잘생긴 청년을 어디서 봤는지 기억 못 할 거면 그 눈 나 주게. 필요 없어 뵈니까."

악양에서 유명한 나와 달리 남궁류청은 신출귀몰하게 움직여서 그런지 얼굴이 별로 알려지지 않았다. 아버지가 반기는 기색으로 입을 열었다.

"그래, 오랜만이구나. 네가 여긴 어쩐 일이더냐?"

"원래 이 근방을 지나고 있었습니다. 그런데 동호방에 소란이 일었다지 않습니까. 최근 동호방의 소란은 늘 연이와 관련 있었기에, 혹시나 하여 와 봤습니다. 운이 좋았네요."

할아버지가 어째 무섭게 굳은 음성으로 물었다.

"네가 이 근방을 지날 일이 무에 있다고?"

"맹과 관련한 일입니다."

할아버지는 의심을 거두지 않은 표정으로 물었다.

"그럼 우리가 여기 있는 건 어떻게 알았느냐?"

할아버지의 의문은 옳았다. 우리는 역용을 하고 있었다. 남궁류청이 동호방의 일을 알고 우리를 찾아다녔다 한들 어떻게 알아보고 찾는단 말인가?

남궁류청은 가볍게 답했다.

"팔향거 밖에 호위를 두지 않았습니까? 예전에 백리명 공자의 혼인식 때 보았던 이들이라 알아볼 수 있었습니다."

역용이 배우기 어렵고 손이 많이 간다고 하지 않았는가? 호위대까지 모두 역용을 할 수는 없었다. 악양에 백리 세가의 호위, 백검단원의 얼굴까지 기억하는 이들이 드물기도 하고.

그런데 하필 남궁류청이 백리명의 혼인식 때 만난 적 있던 자라니.

심지어 그걸 기억하고 있었다고? 이걸 대단하다고 해야 하나?

'감찐민, 예전에는 제 가문 무사도 제대로 기억 못 하지 않았나?'

그런데 이젠 남의 집 호위 무사 얼굴을 기억해 놓다니. 그때 일이 그에게 꽤 큰 교훈을 남겼던 모양이었다.

"흐음, 그렇군."

그제야 할아버지의 낯빛이 조금 풀렸다. 남궁류청이 시험에 한차례 통과한 것 같은 상황이었다.

남궁류청이 살짝 유쾌한 웃음을 지으며 공손하고 유려한 어조로 덧붙였다.

"점소이가 일행이라고 안내해 준 것이 아니라 저 스스로 찾아 올라왔다면 정말 못 알아볼 뻔했습니다."

"……."

나는 당혹감을 감추지 못하고 남궁류청을 바라보았다. 내가 아는 그 아이가 맞나? 왜 이렇게 말이 청산유수지?

할아버지가 호탕하게 웃음 지었다.

"하하, 그러냐? 이 술법은 내 아들과 손녀가 만든 것이다. 너도 몰라볼 정도라니."

분위기가 순식간에 풀렸다. 할아버지가 처음에 비하면 믿기지 않을 정도로 부드러워진 어조로 물었다.

"식사는 하였느냐?"

"아니요."

"그럼 같이 먹자꾸나. 앉거라."

"감사합니다."

분명 할아버지가 그렇군, 이라고 답할 때까지만 해도 인사했으니 이만 가라고 축객령을 내릴 것 같았는데…….

탁자는 네 명이 앉을 수 있게 되어 있었는데, 나와 아버지가 나란히 앉아 있고, 아버지 맞은편에 할아버지가 앉아 있는 상황이었다. 그러니 남궁류청이 앉을 곳은 내 맞은편이었다.

나는 만면에 웃음을 띠고 차를 한 잔 따라 남궁류청 앞으로 내밀었다.

"잘 지냈어?"

"……."

남궁류청은 차를 마시느라 대답이 없었다. 대신 두 눈이 알 수 없는 빛으로 반짝이며 나를 파헤치듯 바라보았다.

찻잔을 천천히 내려놓은 남궁류청이 말했다.

"너는?"

"나야 잘 지냈지."

"다행이네."

아버지는 나와 남궁류청을 아리송한 표정으로 바라보았다. 이내 남궁류청을 향해 물었다.

"그간 완에게 별일은 없었느냐?"

"예. 별고 없으십니다. 오른팔도 괜찮으십니다."

아버지가 가볍게 숨을 내쉬었다. 남궁류청이 나를 응시했다. 나도 모르게 그 시선을 피하고 싶었다.

"연이도 많이 보고 싶어 하십니다."

깊은 뜻이 담긴 듯한 눈빛에 나는 그냥 아무것도 모르는 것처럼 웃었다.

서로 그간의 근황을 간단히 주고받고, 남궁류청이 물었다.

"무슨 얘기를 하고 계셨습니까?"

그때까지 남궁류청에게 같이 식사하자고 자리를 제안한 후 듣고만 계시던 할아버지가 입을 열었다.

"내 손녀 혼사에 관해 얘기를 나누고 있었네."

순간 남궁류청의 표정이 굳었다.

"……혼사요?"

"그래."

나는 차를 마시는 척 눈을 내리깔았다.

'와, 할아버지…….'

고의적으로 주어를 손녀라고 애매하게 말한 게 분명했다.

"그래. 먼 곳으로 시집보내는 것보단 가까운 데가 낫지. 친정이 가까워야 무슨 일이 있으면 의지도 할 수 있고."

'그래. 가깝긴 하지, 명호문이…….'

할아버지가 말을 이었다.

"자네 의견은 어떤가?"

남궁류청은 눈을 내리깔고 있어 어떤 표정인지 알 수 없었다.

곧 남궁류청이 말했다.

"거리보다는 평생을 함께 살아가야 할 이들의 마음이 맞는 것이 더 중요하다고 봅니다."

그때 아버지가 찻잔을 탁자에 내려놨다.

"백리리 이야기란다."

"예?"

"방금 혼사 얘기 말이다. 백리리 이야기를 한 거다."

"……."

매섭게 노려보는 할아버지를 향해 아버지가 담담히 말했다.

"아버지, 아직 정해지지 않은 일을 이렇게 말하고 다니는 건 온당치 않습니다."

할아버지가 아버지를 향해 빈정거렸다.

"그래. 아주 잘났구나. 네 말이 옳다, 다- 옳아."

탁자의 공기가 살짝 가라앉았다. 평소라면 내가 말을 건네며 분위기를 바꾸려 들었겠지만, 지금은 그러고 싶지 않았다.

그때 우리 옆으로 대여섯 명의 청년들이 우르르 지나갔다. 점소이에게 안내받은 손님들은 바로 우리 건너 탁자에 자리 잡았다. 차림새와 허리춤에 찬 검들, 그리고 정순하지 못한 내공으로 보아 이 근방 사파의 공자들처럼 보였다.

별생각 없이 흘끔 바라보았는데, 그들의 말이 내 귀를 잡아챘다.

"동호방주가 죽었다더군!"

무슨 소리야? 벌써 죽었다고?

"대체 누가 죽였다던가?"

"누구긴 누구야? 백리 세가의 백리연밖에 더 있겠는가!"

뭐야? 나 안 죽였어! 살려는 드렸다고!

"또 그 계집이야?"

나는 눈썹을 찡그렸다.

"내가 듣기로는 백리연이 죽인 건 아니라더군. 동호방주의 팔을 잘랐는데……."

"아니, 팔? 죽일 거면 죽이든지 왜 팔을 자른단 말인가?"

"꼴에 백도라고 체면 차리나 보지."

"하여간 동호방주를 죽인 건 동호방 간부 중 한 명일 거라고 하더군. 동호방주가 팔을 잃었으니 옳다구나 하고 바로 반역을 일으킨 게지. 벌써 내분이 일어났다던데."

"동호방주가 죽은 건 그렇다 치더라도, 그 계집이 동호방주를 상대했다는 게 말이 돼? 나이가 이제 열여덟인데? 허풍이겠지. 아니면 뭔가 음험한 수를 쓴 게 아니겠는가?"

"음험한 수라니?"

"흥, 생각해 보게. 다들 들은 바가 있지 않나? 뻔하지."

"자네 뜻은 그러니까……."

"그래. 마교도 놈들 수법을 빌렸겠지."

"에이. 그래도 백도 정파인데……."

그 뒤로 이어진 말들은 말도 안 되는 중상모략, 악의에 찬 비방이었다. 이런 소리는 계례를 치르고 떠난 여행에서 정말 어마어마하게 많이 들었다.

그리고 느낄 수 있었다.

이제 갓 십 대 세가에 이름을 올린 백리 세가를 시기 질투하는 이들이 이렇게 많았구나.

어떻게든 흠집을 잡아 백리 세가를 고꾸라트리기 위해 사방에서 호시탐탐 눈을 빛내고 있었다. 그러나 이런 일은 하나하나 화낼 가치가 없었다.

"그러고 보니 그 계집이 그렇게 미인이라던데?"

결국, 나왔군.

이어질 말들은 뻔했다. 나는 황급히 할아버지와 남궁류청의 손등에 내 손을 올려 꽉 내리눌렀다. 그러고는 눈에 잔뜩 힘을 준 채 할아버지와 남궁류청을 보았다. 아무 말도 하지 않았지만 두 사람 다 내

뜻을 알 수 있을 것이다.

나는 평안하게 맛집을 즐기고 싶다고……!

없는 곳에서는 나라님 뒷말도 한다는데, 이렇게 들을 때마다 반점과 객잔을 뒤엎으면 피곤할 뿐이었다.

'아버지를 막기 위해서는…….'

매우 죄송스럽지만, 아버지 발등을 내 발로 밟았다. 어쩔 수 없었다. 내 손은 두 개뿐이지 않은가!

그때 할아버지가 너털웃음을 터트리더니 남궁류청을 매섭게 노려보았다.

"내 고루한 이는 아니니 남녀칠세부동석을 지켜야 한다 생각하진 않는다. 하지만 이 할애비가 보는 앞에서 남녀가 손을 덥석덥석 잡아서야 쓰겠느냐?"

나는 눈을 끔뻑거렸다.

'아니, 할아버지…….'

남궁류청이 붙잡은 게 아니라 내가 붙잡은 건데요……?

그때까지 굳어 있던 남궁류청이 황급히 내 손을 뿌리쳤다. 어찌나 손길이 매서운지 튕겨 나간 손이 아플 정도였다.

"애야, 그렇게 거칠게 쳐내면 연이가 다칠 수도 있지 않느냐?"

그걸 또 남궁류청이 공손히 사과했다.

"죄송합니다. 마음이 급해서요."

"그래. 조심하거라."

인자하게 웃은 할아버지가 아직도 할아버지를 붙잡고 있는 내 손을 도닥이며 말했다.

"너도 참. 내 나이가 몇인데 나서겠느냐? 걱정하지 마라."

안도하려는 찰나였다. 할아버지가 우리 뒤쪽 탁자에 다른 손님처럼 위장하고 있던 호위를 향해 손짓했다.

"처리해라."

아니이이? 본인만 안 나서면 되는 거냐고! 뭘 처리해?

하지만 다행이라고 해야 할까? 호위 무사가 나서는 일은 벌어지지 않았다.

호위 무사가 나서려는 찰나 누군가 객잔 계단을 급하게 뛰어오르는 소리가 들렸다. 뒤이어 점소이의 목소리도 들렸다.

"찾으시던 분이 이분들 맞나요?"

점소이 옆의 사내는 얼마나 숨을 가쁘게 쉬는지 답은 못 하고 고개만 끄덕였다. 또 동전을 건네받은 점소이는 우리를 매우 흥미로운 눈빛으로 바라보며 내려갔다.

숨을 헉헉 들이쉬며 다가오는 이는 나도 아는 얼굴로, 할아버지의 여러 부관 중 한 분이었다. 내가 찻잔을 내밀자 감사하다는 눈을 하고 단숨에 들이켰다.

아버지가 굳은 표정으로 말했다.

"무슨 일인가?"

부관은 머뭇거리며 말하기 두려워했다. 나는 눈치껏 기막을 펼쳤다. 그제야 부관이 입을 열었다.

"방금 본가에서 온 소식입니다. 그러니까 둘째 아가씨께서…… 둘째 아가씨께서……."

둘째 아가씨라면 백리리였다. 할아버지가 호통쳤다.

"빨리 말하거라!"

"둘째 아가씨께서 가출하셨습니다."

"뭣? 그게 무슨 말이야!"

부관이 품에서 서신을 하나 꺼냈다.

"여기 둘째 아가씨께서 남겨 놓은 서신입니다."

그러고는 잠시 머뭇거리다 덧붙였다.

"서신을 본 작은 마님께서는 충격을 받고 쓰러지셨습니다."

서신을 본 할아버지가 대로하며 탁자를 내리쳤다. 읽어 보라는 듯 할아버지가 서신을 아버지께 넘겼고 나도 함께 내용을 볼 수 있었다.

백리리는 꽤 구구절절 긴 말을 서신에 써 놓았지만 간단하게 정리하면 이런 내용이었다.

[연 언니를 따라서 저도 수련하러 떠납니다. 찾지 마세요. 때 되면 돌아올게요.]

"……."

이래서 애들 앞에서는 찬물도 가려 마시라고 하는 걸까? 누굴 보고 집에서 몰래 도망치는 법을 배웠는지는 따질 필요도 없었다.

할아버지의 얼굴이 시뻘겋게 달아올랐다. 그걸 보며 나는 현실을 도피하듯 생각했다.

'음, 나랑 아버지가 만들었지만, 이 역용술 정말 괜찮구나. 저렇게 얼굴이 달아올라도 문제없고.'

할아버지가 탁자를 탕탕 내리치며 말했다.

"그 아이의 행복은 네가 걱정해 줄 필요 없겠구나. 스스로 찾으러 나갔으니! 아주 자유분방한 집안이야. 누굴 보고 배웠나 했더니 제 언니를 닮은 게야! 그 언니는 제 아비를 닮고!"

"……."

나는 최대한 죄송스럽다는 듯이 양손을 모으고 고개를 푹 숙였다.

'젠장. 백리리.'

리리야, 이렇게 편들어 준 것을 한 식경도 안 돼서 후회하게 할 거니?

천하 십강인 할아버지의 손녀 둘이 번갈아 야반도주하다니. 강호의 호사가들이 신나서 떠들 법한 일이었다.

'아, 밤에 도망친 것은 아니니 야반도주는 아닌가?'

할아버지가 벌떡 일어났다.

"너희들끼리 먹거라. 나는 가야겠으니!"

아버지가 황급히 뒤따라 일어나며 말했다.

"배웅하겠……."

"필요 없다!"

버럭 소리친 할아버지가 나와 아버지를 노려보다가 객잔을 빠져나갔다.

폭풍이 몰아닥친 느낌이었다.

"하아."

나는 속에서 우러난 깊은 한숨을 내쉬었다.

잠시 후, 머리를 짚었다가 벌떡 일어났다.

나는 의아하게 바라보는 아버지와 남궁류청의 시선을 뒤로한 채 여전히 떠드는 무인들에게 다가갔다.

"이봐."

"그러니까 백리연이…… 뭐야?"

"뭡니까?"

신나게 떠들던 여섯 무인의 시선이 내게 향했다. 나는 웃으며 물었다.

"하던 말 계속해. 백리 세가, 백리연이 뭐라고?"

그때 제일 앞장서서 악의에 찬 비방을 하던 놈이 말했다.

"뭐야, 이 계집은?"

내 얼굴에 미소가 짙어졌다.

"뭐긴 뭐야, 너희가 욕하던 사람이다."

무림맹 본단 중앙의 전각.

일필휘지로 무언가를 적어 내려가던 방의 주인은 손님이 찾아왔다는 하인의 말에 벌떡 일어나 맞이했다. 황색 가사를 입은 승려가 염주를 든 손을 모으며 말했다.

"아미타불, 공손 총사. 많이 바쁘신 것 같은데 소승이 방해를 했나 보오."

"아닙니다. 원음 선사의 방문은 언제든 환영이지요. 어서 오십시오."

자리에 앉으라는 듯이 손짓했으나 원음 선사가 품속에서 서신을 하나 꺼내 공손 총사에게 내밀었다.

"방장님의 서신입니다."

공손방의 낯빛이 밝아졌다.

"소승은 전해 드렸으니 이만 물러가 보겠소."

"아니, 원음 선사님, 차라도 한잔하고 가시지요."

"아닙니다."

"이렇게 가시면 제가 죄송스럽습니다. 제게 좋은 용정차가 들어왔으니 맛이라도 보고 가시지요."

원음 선사는 거절했으나, 공손방이 거듭 붙잡자 어쩔 수 없이 자리에 앉았다. 하인이 차를 내오는 새 공손방은 서둘러 서신을 읽었다.

소림은 무림맹주파와 반(反)맹주파의 대립에서 중립을 지키고 있었다. 그리고 이 서신은 그들 사이를 중재하는 내용이었다.

“후우, 그저 방장님께 감사드릴 뿐입니다.”

원음 선사가 인자하게 웃었다.

“아니오. 화합은 우리도 바라는 바이니 감사하실 필요 없다오.”

공손방이 서신을 접으며 물었다.

“차 맛은 어떠합니까?”

“소승이 차 맛을 알아야 얼마나 알겠소? 하지만 향만큼은 정말 깊구려.”

“소림사로는 언제 돌아가십니까? 가실 때 조금 챙겨 드리겠습니다.”

“그런 뜻으로 말씀드린 게 아니오.”

몇 번 실랑이가 오가고 결국 받아 가는 걸로 결론이 났다. 잠시 말없이 차를 마시던 원음 선사가 입을 열었다.

“이건 공손방 총사의 성의를 보아 알려 드리는 것이오.”

공손방이 눈을 빛냈다.

“경청하겠습니다.”

“방장께서 나서서 중재하였음에도 불구하고 제대로 해결되지 않는다면 우리는 맹주의 재신임을 요구할 것이오.”

“예? 하나 그건…….”

“지금까지 맹주의 권위를 지켜 주고자 우리는 가만히 있었소. 알지 않소? 용과 호랑이를 한곳에 모아 두고 고삐를 맨다는 것이 얼마나 힘든 일인지.”

다들 제 지역에서는 내로라하는 세력이거늘, 자신의 위에 누군가 앉아 있는 걸 반기겠는가?

힘들게 맺은 동맹인 만큼, 한번 권위가 흔들리기 시작하면 다음 맹주는 조그마한 실책이나 바람에도 흔들리게 될 터였다.

"솔직히 이리 오래 끌 다툼인지도 모르겠소. 천산염제의 제자가 어린 나이에 살육을 저지르고 흡성마공을 익힌 것을 용납할 수는 없으나, 이미 죽었다지 않소?"

계속 사람 좋은 낯빛이던 원음 선사가 살짝 불쾌한 표정을 지었다.

"애초에 벽가장에서 제 혈육을 잘 챙기고, 교육하였다면 이런 문제가 생겼겠소? 벽가장은 양심이 있다면 백리 대협을 탓할 것이 아니고 자신의 행동을 돌아봐야 할 것이오."

"……옳은 말씀입니다."

원음 선사가 한숨을 내쉬었다.

"게다가 이렇게 혼란스러운 상황에 맹주란 자가, 허어……."

소림의 승려니까 혀를 차는 정도에서 멈추지 바깥에는 무림맹주에 대한 뒷말이 무성했다. 근래 무림맹주는 매일같이 주색잡기에 열중하고 있었다. 따지자면 사생활이었다. 하지만 무림맹주가 사파인도 아니고 백도 무림의 대표라고 할 수 있는데, 적어도 눈 가리고 아웅은 해야지 않겠는가!

"저도 거듭 말씀드려 보았지만……."

공손방은 고개를 떨궜다. 원음 선사가 단호하게 말했다.

"맹주님께서는 원래 명예를 중시했는데 이리되었으니 그 상심은 이해하오. 하나 이런 시기일수록 처신을 바르게 해야지 않겠소?"

원음 선사가 바로 일어났다.

"차는 잘 마셨소. 아미타불. 모든 일이 잘 해결되길 바랄 뿐이오."

잠시 후, 서재 뒷방이 열리며 한 소녀가 사뿐사뿐 걸어 나왔다. 누가 봐도 공손방을 닮은 소녀는 그의 딸로, 이름은 공손월이었다.

"아버지, 드시면서 하세요. 제가 만든 간식이에요."

"고맙구나."

탁자에 접시를 내려놓은 공손월이 눈치를 보다 조심스럽게 물었다.

"아버지, 위 맹주님이 재신임이 되지 못하고 쫓겨날까요?"

공손방이 고개를 저었다.

"그럴 리가. 근래 여러 실책을 저질렀다 한들, 위 맹주님은 천하 십강에 오른 초고수시다. 마교의 속셈을 알 수 없는 지금 상황에선 불가능한 일이지."

공손방이 한숨을 내쉬었다.

"하지만 재신임 이야기가 나왔다는 사실 자체로 타격이 클 게다. 지금까지는 한번 맹주직에 오르면 본인이 사의를 표하기 전까지 계속 맡았으니."

"그렇군요."

실망스러운 딸의 표정에 공손방이 물었다.

"표정이 왜 그러느냐?"

"아니, 아무것도 아니에요."

공손월이 어물어물 말을 흐렸다. 그리고 주제를 돌리듯 질문했다.

"이 중재를 다들 받아들일까요?"

공손방이 서랍 하나를 가리키며 말했다.

"저 안에서 노란 봉투를 꺼내거라. 그래, 그거. 꺼내서 읽어 보거라."

"백리 세가에서 온 거네요?"

공손월이 아버지의 말에 따라 노란 봉투 속에서 서신을 꺼냈다.

"……납품권, 상방 교역권, 세상에 이 토지도요? 아니, 장로회요?"

하나씩 읽어 나가던 공손월이 깜짝 놀라 서신에서 고개를 들었다.

"은자와 각종 이권은 그렇다고 해도…… 아니, 백리 세가 사람을 장로회에 넣겠다니."

"반백년이 넘게 강호에서 가문을 키운 노회한 고수다. 이미 이번 일로 단단히 이득을 챙길 생각이야."

장로회는 무림맹이 처음 세워질 때 중심이었던 여섯 개의 문파와 세 개의 세가 사람들이 대대로 물려받던 자리였다. 그런데 백리 세가에 한자리를 주거나 새로 만들어 달라는 것이었다.

공손월이 황당하다는 듯 물었다.

"가능…… 할까요?"

장로회는 무림맹에 끼치는 영향력도 대단했다. 게다가 대대로 무림맹주를 견제하곤 했다. 장로회에 자리를 마련하라는 것은 위 맹주에게는 백리 세가가 사사건건 발목을 잡을 수 있는 자리를 만들어 달라는 소리나 다름없었다.

"이 제안을…… 맹주님께서 받아들이실 리가 없어 보이는데요."

"그러면?"

"네?"

"그럼 마교를 뒤에 두고 계속 백리 세가, 남궁 세가와 대립해야겠느냐?"

공손월이 입술을 깨물며 고민하다 말했다.

"맹주님이시라면…… 차라리…… 그쪽을 선택하실 수도…… 있지 않을까요?"

말하면서도 몇 번이나 머뭇거리는 것이, 이런 말을 해도 되는지 알 수 없어 조심스러운 느낌이있다.

공손방이 피식 웃었다.

"잘 알고 있구나."

"예?"

"맞다. 근래 맹주님의 태도라면 그러고도 남지."

인상을 찡그렸던 공손월이 갑자기 눈을 크게 떴다.

"……설마? 아버지, 일부러 재신임 얘기가 나오도록 하신 건가요?"

일부러 진퇴양난에 처할 때까지 기다린 것이라면…….

"그간 나는 맹주님께 이래서는 안 된다고 수도 없이 조언했다."

공손방이 이글거리는 눈빛으로 말했다.

"무림맹에 분란이 일어날수록 마교만 이득을 보는 것이라고. 결국 보거라. 그간 얼마나 많은 중소 방파들이 고통받았느냐? 봉문하고, 혹은 흑도에 밀려 사라지고. 그들은 우리의 동맹이다. 그런데도 정신을 차리지 못했지!"

공손방은 긴 한숨을 내쉬며 찻주전자를 들어 바닥을 드러낸 찻잔을 채웠다.

"하나 재신임 이야기를 총사인 내가 꺼낼 수는 없다."

그 순간 총사도 반맹주파가 되는 것이었다.

"중재를 받아들이지 않는다고?"

공손방이 조소하며 찻주전자를 거칠게 내려놓았다.

"오히려 바라는 바다."

공손월은 이를 통해 제 아버지가 맹주가 바뀌어도 상관없다고 생각하는 걸 알 수 있었다.

'설마…… 백리 세가주가 다음 맹주를 노리는 건가?'

입술을 살짝 깨문 공손월이 물었다.

"하지만 그럼 결국…… 무림맹이 백리 세가에게 백기를 들었다고 쑥덕거릴 텐데, 맹의 권위가 바닥에 떨어지지 않을까요? 아버지는 무림맹의 총사신데……."

공손월이 말끝을 흐리자 공손방이 살짝 미소를 지었다.

"걱정 말거라. 이는 방도가 있으니. 그보다 네게 말할 게 있다."

"말씀하세요."

"곧 남궁 공자가 올 거다."

"남궁 공자라면 남궁류청을 말씀하시는 건가요?"

"그래."

뒷짐을 진 공손방이 은근한 눈빛으로 딸을 바라보며 말했다.

"네가 자주 들여다보고 살뜰히 신경 쓰거라."

"알겠습니다. 그런데 남궁 공자가 무슨 일로 오는 건가요?"

"비무 대회를 열겠죠."

아버지가 되물었다.

"비무 대회?"

"네. 무림맹과 백리 세가, 남궁 세가가 다시 손을 잡기로 한다면 그 모습을 대대적으로 내보여야 할 필요가 있으니까요."

내가 있는 곳은 팔향거가 아닌 객잔이었다. 나와 아버지, 남궁류청이 함께 앉아 있는 객잔 탁자에는 청주 한 병과 저녁 식사가 놓여 있었다.

나는 조금 슬펐다. 드디어 팔향거 음식을 먹어 보나 했는데 이렇게 될 줄이야. 참을 걸 그랬나? 나는 젓가락으로 버섯 오리 볶음을 뒤적이다 내려놓고 아버지를 보았다.

잠시 침묵한 아버지가 말했다.

"하긴, 벌써 열렸어야 할 시기가 지난 지 오래구나."

"그렇죠. 보통 팔 년에 한 번씩 열렸는데, 한참 지났잖아요."

정파 무림의 후기지수들이 대거 참석하는 비무 대회. 마교의 습격과 그 후 둘로 갈라진 무림맹의 상황 덕에 비무 대회는 무기한으로 연기되었다.

남궁류청이 아버지의 술잔을 채우며 말했다.

"맞습니다. 할아버님께서도 제게 서신을 맡기며 비무 대회가 열릴 것 같으니, 만약 그렇게 결정된다면 대회에 참가한 후 돌아오라고 하셨습니다."

게다가 후기지수 대회의 승리자는 맹주의 검을 받을 기회를 얻는다. 그리고 이번에 후기지수 대회가 열린다면 우승자는 당연히…….

나는 남궁류청을 보았다.

남궁류청이 후기지수 비무 대회에서 우승한다면 무림맹주의 검을 받게 될 터.

그리고 남궁 세가는 백리 세가와 함께 맹주와 대립하던 축 중 하나였다. 남궁류청이 우승하고 맹주가 그런 남궁류청에게 가르침을 주는 검을 내린다면 이 얼마나 보기 좋은 화합이란 말인가?

아버지가 술잔을 들며 인상을 살짝 찌푸렸다.

"그럼, 무한으로 빨리 가 봐야겠구나."

"괜찮습니다. 급하지 않은 일이니 천천히 가도 됩니다."

담담하게 대답한 남궁류청이 내 술잔도 채우려 하는 것을 막았다. 이미 두어 잔 마신 상태인 나는 웃으며 자리에서 일어났다.

"피곤해서. 저녁도 먹었으니 저는 이만 들어가서 쉴게요."

아버지가 나와 남궁류청을 한 번씩 보고는 알겠다는 듯 고개를 끄덕였다. 객잔을 걸어 올라가는 내 뒤통수가 매우 따갑게 느껴지는 건…… 착각인 걸까?

부드러운 밤바람이 이마를 스쳤다. 나는 달빛에 의지해 연못가를 걸었다.

내가 지금 머무는 객잔은 예전에 남궁완 아저씨를 찾으러 왔을 때 머물렀던 객잔이었다. 당시 그 객잔은 폭삭 무너져 원래 형태를 알 수 없을 지경이었다. 근처 붙어 있던 다른 건물들도 일부는 무너지고, 겉으로는 멀쩡해 보이더라도 이미 큰 충격을 받은 상태였다.

나는 객잔 주인에게 무너진 객잔과 함께 붙어 있던 건물을 앞, 뒤, 옆으로 다섯 채 정도 함께 샀다. 그리고 사람을 서른 명 정도 묻어도 티도 안 날 만큼 깊게 파였던 구멍을 연못으로 만들고, 연못을 중심으로 건물을 새롭게 올렸다. 일부는 객잔으로, 일부는 다원으로 만들었다.

나는 연못가 한쪽의 나무에 가려 잘 보이지 않는 통로를 지나 담 안쪽의 작은 별원 안으로 들어갔다. 달빛마저 들어오지 않는 어두컴컴한 건물 안에서는 미약한 향내가 풍겼다. 나는 황동 촛대를 쥔 후 불을 붙였다. 삼매진화의 수법이었다.

밝아진 안에는 위패가 보였다. 이곳은 사당이었다. 시신조차 찾지 못한 천산염제를 위한. 여기에는 막개의 위패도 함께 있었다.

막개는 후일 사망한 채 발견되었다. 내부인의 소행 같았는데 그 이상은 개방 내부의 일이라 나도 알 수 없었다. 다만 막개가 마지막으로 보낸 전서구는 아버지에게 무림맹의 움직임을 경고해 주는 내용이었다. 시기가 조금 늦었지만, 아버지를 도와주려고 했던 것을 알 수 있었다.

이곳에 사당을 세웠으니, 자손도 없고 개방에서 위패를 세워 줄 일도 없는 막개의 위패를 함께 놓았다. 이를 어찌 받아들였는지 대개는 이 사당을 자주 오가며 자신이 관리인인 것처럼 굴었다. 그 뒤로 우리에게 무척이나 협조적이었다.

나는 먼지 한 톨 찾아볼 수 없는 사당을 둘러본 후 향에 불을 붙여 꽂았다.

"바로 찾아왔어야 했는데 일이 있어서 조금 늦었네요."

그간 정신이 하나도 없어서 악양에 온 지 열흘 만에야 겨우 사당에 올 수 있었다.

"원래 그동안은 여기 객잔에 손님이 거의 없었거든요."

백리 세가가 뒤에 있다는 소문 덕에 악양의 흑도 눈치를 보는 이들은 이 객잔에 오기를 꺼렸다.

"그런데 이번에 제가 동호방주를 쓰러트리니까 마치 기다렸다는 듯이 몰려들기 시작하더라고요."

근방의 백도 문파나 세가에서 축하한다며, 혹은 정말 동호방주를 내가 상대했는지 궁금증을 참지 못하고 방문하였다. 거기에 백리 세가와 거래를 터 보려는 상방이나 표국 사람들까지 드나들기 시작했다.

파리만 날리던 객잔에 갑자기 손님이 몰려오니 준비가 부족한 것이 많았고, 이를 아니꼬워하는 일부 흑도들과 소란도 약간 벌어졌다. 며칠간 이래저래 바쁘게 뛰어다녔다.

잠시 침묵하던 나는 다시 입을 열었다.

"야율은 천마가 데려갔대요."

진법 안에서 우리와 헤어졌던 남궁류청과 야율은 조금 헤매긴 했지만, 무사히 생문을 찾아 빠져나왔다. 하지만 운이 나빠도 무척 나빴다고 할까…… 하필 나오자마자 그들을 맞이한 것은 수평선이 펼쳐진 동정호였다.

그렇다고 다시 진법 안으로 되돌아갈 수는 없는 상황. 남궁류청 일행은 배를 타고 일단 악양을 빠져나가려고 했다. 그러나 동정호에는 우리를 습격했던 마교도들을 실어 날랐던 동호방 놈들이 남아 있었다. 그들이 남궁류청과 야율의 발목을 잡았고…….

결국, 천마가 그들과 마주치게 된 것이다.

거기서부터는 동호방주도 아는 게 없었다. 천마가 자신이 탄 배에 있던 동호방도를 모조리 죽였기 때문이다.

나는 조용히 타오르는 향을 멍하니 바라보았다. 천산염제와 야율의 관계는…… 뭐라고 할까, 일반 사제 관계라고는 볼 수 없었다.

야율은 천산염제를 스승으로 존경하는 모습은 전혀 보이지 않았다. 노친네, 영감이라고 말하는 걸 듣고 깜짝 놀란 적도 몇 번 있었다. 천산염제도 야율이 불손하게 생각하는 것에 크게 개의치 않았다. 하지만 천산염제는 야율을 구하러 왔다. 그리고 나 또한 구했다.

"꼭…… 찾아올게요."

그 말을 마친 순간이었다. 나는 가까이서 느껴지는 기척에 입술을 깨물었다. 사당을 나가기엔 이미 기척이 사당 문 앞까지 와 있었다. 나는 감탄하는 동시에 탄식했다.

끼익, 스산하게 느껴지는 경첩 소리에 느리게 뒤를 돌아보았다. 당연하게도 남궁류청이었다. 남궁류청은 아버지께 급하지 않다고 말한 것이 거짓이 아닌 듯 다원과 객잔의 일을 거들며 머물렀다.

"안 잤어?"

남궁류청이 헛웃음을 지었다. 나는 태연하게 말했다.

"그럼 난 볼일 다 보았으니까 이만 가 볼게."

"아니, 그럴 필요 없어. 난 널 찾아온 거니까."

"……."

남궁류청이 빈정거리듯 말했다.

"누구 얼굴 보기가 참 힘들어서 말이야."

나는 표 나지 않게 속으로 한숨을 내쉬었다. 역시 할아버지와 아버지 앞에서 보인 태도는 그저 연기였던 모양이었다. 그래, 그 정도로 처세술이 늘어난 게 어딘가 싶지만…….

나는 이상한 소리 하지 말라는 듯 답했다.

"무슨 소리야? 매일 같이 식사했잖아."

한 끼 정도 늘 같이 식사한 건 사실이었다. 다만 꼭 아버지가 함께한 자리였을 뿐. 남궁류청은 대답할 가치를 느끼지 못했는지 내게서 고개를 돌리고 다른 말을 했다.

"동호방주에게 야율에 관해 물어봤다고 하던데."

"맞아."

"동호방주는 중간에 쫓겨나서 어떻게 됐는지 정확히 모를 텐데. 차라리 나한테 물어보지 그랬어?"

남궁류청의 입꼬리가 조소하듯이 위로 올라갔다.

"아니면 나한테 질문하기도 싫었던 건가?"

"……."

나는 인상을 찡그렸다.

"너한테 그때 상황을 물어봤잖아. 그런데 넌 제대로 된 설명은 없이 미안하다고만 했고."

별다른 설명 없이 미안하다는 말만 하는 서신을 받고 내가 뭘 더 어쩔 수 있었겠는가? 심지어 남궁류청도 거의 죽다 살아난 상황이었다.

"맞아. 그랬지."

남궁류청은 위패를 바라보며 한참을 침묵하다 입을 열었다.

"천마가 나타나 우리를 공격하던 동호방도, 그리고 남궁 세가의 호위들도 모두 죽였어."

동호방주 놈. 방도들을 두고 도망칠 때부터 알아봤다. 위지백 맹주와 똑같은 부류의 인간이라는 걸.

천마가 동호방도를 살육했어도 저항할 생각도 없이 재빨리 그 자리에서 도망쳤으리라.

"그리고 천마가…… 야율을 아는 사이 같았어."

"뭐?"

나는 화들짝 놀라 소리쳤다. 이게 무슨 소리야? 천마랑 야율이 아는 사이인 것 같았다고?

'그럴 리가.'

이번 생의 야율의 행적은 내가 안다. 분명 그는 천마를 만난 적이 없었을 텐데 어떻게……?

나는 믿기지 않아 물었다.

"말이 돼? 네가 착각한 거 아냐? 천마가 혼자 아는 척한 것일 수도…… 있잖아."

남궁류청이 나를 물끄러미 바라보았다.

"그건 아닌 것 같았어. 마치 너랑 따로 대화를 나눌 때 같았거든."

내 침묵에 남궁류청이 다시 말을 이어 갔다.

"둘이 나눈 대화는 정확히는 못 들었어. 당시 동호방도 놈들 독에 당해서 내공으로 해독하느라 정신이 없었거든."

"……."

"그리고 천마가 야율에게 말했어."

남궁류청이 잠시 말을 멈추었다가 다시 이었다.

"나를 죽이라고."

"뭐?"

"그럼 야율은 살려 주겠다고."

"……."

"나만 없다면 원하는 걸 얻을 수 있을 거라고."

남궁류청이 나를 뚫어져라 응시했다.

"네 생각엔 그게 뭐일 것 같아?"

"……모르겠어."

뭐지? 전혀 예상이 가지 않았다. 남궁류청이 죽으면 야율이 얻을 수 있는 것? 야율이 원하던 것?

나는 고개를 저으며 물었다.

"그래서? 야율이 뭐라고 했어? 설마…… 설마……."

남궁류청이 잠시 눈을 내리깔았다가 다시 이야기해 나갔다.

천마는 야율에게 남궁류청을 죽이라 종용했고, 야율이 이리 대답했다고 한다.

"그렇게 말해 놓고 내가 남궁 공자를 죽였다고 말하고 다닐 거 아닌가?"

"하하, 내가 말한다고 믿어 주겠느냐? 이간질한다 여길 테지."

"……일리 있어."

그렇게 답한 야율은 남궁류청에게 다가와…….

"하지만 네 말대로 해 주기 싫어."

이 말과 함께 남궁류청을 배에서 밀어 버렸다고.

"네가 하는 제안이 내게 좋은 일일 리 없잖아."

나는 입을 살짝 벌린 채 멍하니 서 있었다. 머릿속이 혼란스러워 들은 내용을 어떻게 정리해야 할지 알 수 없었다. 하지만 남궁류청은 기다릴 생각이 없는지 바로 말을 이었다.

"왜 서신으로 말을 안 했냐고? 처음에는 이 얘기를 어떻게 정리해야 할지 알 수가 없었고, 시간이 지나고서는 널 직접 마주 보고 얘기해야겠다고 생각했어."

그런데 나를 만날 수가 없었다.

그렇게 말하는 것이 느껴졌다.

찬물을 끼얹은 듯한 느낌에 천천히 정신이 들었다. 나는 깊은숨을 내쉬었다. 오른손으로 왼쪽 팔꿈치를 얼마나 꽉 붙잡고 있었는지 정신을 차린 지금 팔이 아플 정도였다.

"아무래도 거리가 머니까. 보기 힘들지."

"휘주 근처까지 와 놓고 그냥 돌아갔잖아."

휘주는 남궁 세가가 자리한 곳이었다. 남궁류청이 피식 웃었다.

"아버지가 적잖이 실망하셨지."

"당시 일이 좀 바빴어."

"그래. 그렇다고 치고. 그럼 악양에서는?"

"악양?"

"네가 처음 동호방을 공격했을 때, 마침 나도 멀지 않은 곳에 있었지. 네 이야기를 듣고 황급히 갔어. 널 도와주려고. 그런데 내가 와 보니 넌 이미 돌아갔더군."

"그건…… 네가 오는 줄 몰랐으니까. 우연히 어긋난 거야."

"연아, 난 바보가 아니야."

지금껏 계속 싸늘하게 날 서 있던 어조가 미풍처럼 부드러워졌다. 나를 달래려는 듯한 느낌이었다.

"왜 자꾸 날 피해? 아, 이것도 내 착각인 건가?"

남궁류청이 자조하듯 웃었다. 하지만 그 웃음도 금세 사라졌다.

"아니면, 내가 너한테 뭘 잘못했어?"

"……."

"그렇다면 미안해."

"……."

"이유를 알려 줘. 고칠 테니까."

나는 어둠에 잠긴 허공을 바라보다가 사당 한쪽에 놓여 있는 의자에 앉았다.

"내 할아버지 산수연에 왔을 때 벌어진 일, 기억나? 명 오라버니가 갑자기 주화입마에 빠지고, 내가 오라버니를 도와 운기조식하는 내내 네가 지켜 줬잖아."

"그랬지."

맹회에 참석하려다 급하게 돌아온 할아버지는 더는 외부인들이 그 사건에 간섭하지 못하게 막았다.

아버지와 절친한 친우의 아들이더라도 결국에는 외부인. 야율과 서하령도 마찬가지였다.

할아버지는 외객들의 처소를 좀 더 바깥으로 옮긴 후, 소문이 새어 나가는 것을 엄중하게 막았다.

"명 오라버니가 그렇게 된 건 나 때문이야."

남궁류청이 인상을 와락 구겼다.

"말도 안 돼. 그건 네 고모가……!"

받아치던 남궁류청이 아차 싶었는지 다시 입을 꾹 다물었다.

"그래. 명 오라버니를 주화입마에 빠트린 것 자체는 고모가 한 짓이지."

"……일부러 알아본 건 아니었어."

나는 고개를 끄덕였다.

당시 머물던 외객들은 가내에 벌어진 소란 정도로 알았지만, 남궁류청은 소란의 중심에 있었다. 처소를 옮기고 더는 엮이지 않았더라도 고모가 쫓겨난 것을 알면 어찌 된 일인지 모를 수가 없었다. 눈치가 있다면 말이다.

"나는 이미 내 주화입마를 일으킨 사람이 고모인 걸 알고 있었어."

"……알고 있었다고?"

"그런데 도저히 증거를 잡을 수가 없었지."

절로 쓴웃음이 나왔다.

내원, 그러니까 안살림은 할머니의 권한이었고 할아버지는 이를 존중했다. 시비와 하녀들은 할머니가 단단히 관리하고 있어서 전혀 틈을 찾아볼 수 없었다.

그리고 가장 중요한 것. 할아버지는 내게 관심이 없었다.

'할아버지가 내게 조금이나마 신경을 썼더라면……. 됐다.'

모든 사람이 완벽할 수는 없는 것이다.

나는 다시 말을 이었다.

"증거가 없었더라도 방도가 없었던 건 아니야. 후일 할아버지가 나를 아끼시게 되었을 때 말했더라면 내 말을 무시하지 않으셨겠지. 증거를 찾지는 못했더라도 다시는 이런 짓을 벌이지 못하게 고모를 엄중히 감시했을 거야."

그렇게 되면 애초에 고모가 다시 이런 일을 벌이지 못했을 것이다.

"하지만 그건 내가 원하는 게 아니야."

"네가 원하는 게 뭐였는데?"

나는 낮게 가라앉은 목소리로 말했다.

"나를 내공 폐인으로 만들고 아버지를 괴롭게 했으니 나와 똑같은 고통을 맛봐야지 않겠어?"

"……."

"그래서 일부러 고모를 계속, 계속 자극했어."

나는 살짝 미소 지었다.

"고모가 한 번 더 똑같은 짓을 저지르도록."

남궁류청은 혼란스러운 표정이었다. 나는 길게 한숨을 내쉬었다.

"그런데 갑자기 고모의 목표가 명 오라버니가 될 줄이야."

"그건 네 탓이 아니야."

나는 고개를 저었다.

"내가 오라버니를 부추겼거든. 고모와 대립하도록. 내가 상대하긴 귀찮았으니까. 그럴 가치도 느끼지 못했고."

백리명과 함께 고모를 자극하면 고모가 더 쉽게 돌아 버리리라는 계산도 존재했다. 그런데 제갈화무가 고모의 칼끝이 향한 방향을 바꿔 버릴 줄이야.

"명 오라버니는 재수 없고 얌체 같고 염치도 없는 인간이지. 언젠가 된통 당했으면 좋겠다고 생각했어."

"……."

나는 씁쓸하게 말을 이었다.

"하지만 이렇게 되길 바란 건 아니었어……."

내공 폐인이 된 것은 아니라지만…… 백리명은 간신히 십여 년치 공력을 회복했다.

현재 백리명의 나이는 서른에 가까웠다. 그런데 이제야 십 대 초반의 공력을 갖추게 된 것이다.

평생 죽을 만큼 노력하더라도, 앞으로도 그가 주화입마에 빠져 잃어버린 차이는 극복하지 못하리라.

내가 내공 폐인이었기에 그 고통을 잘 알았다.

"그리고 명 오라버니가 이리되었으니, 할아버지는 이제 아버지께 가주직을 물려주실 생각이셔."

나는 고개를 들어 남궁류청을 보았다.

"아버지 자식은 나뿐이고."

남궁류청의 낯빛이 굳었다. 아마도 내가 무슨 말을 할지 예상했기 때문일 테다.

"나는 백리 세가를 떠날 생각이 없어."

"……."

"그리고 류청, 너는 남궁 세가의 유일한 후계자지."

소부인도 마흔이 넘었고, 내가 아는 한 남궁류청에게 동생이 태어나는 일은 없었다.

"류청, 넌 남궁 세가를 떠날 거야?"

나는 남궁류청을 물끄러미 바라보았다.

남궁 세가와 백리 세가의 거리는 정확히 재어 볼 수 없지만, 최소 천 리가 넘는 거리였다. 아버지와 남궁완 아저씨 두 분은 절친이다. 하나 몇 년간 그 두 분이 서로 얼굴을 본 적이 있던가? 무공을 익혀 운신이 자유롭다 하더라도 큰일이 아니라면 만나기 어려울 정도로 먼 거리인 것이다.

지금 남궁류청이나 내가 자유롭게 돌아다닐 수 있는 건 아직 가문의 일을 제대로 물려받지 않았기 때문이었다.

남궁류청의 얼굴이 점차 일그러졌다. 아마도 남궁류청도 알고 있으리라, 현실적인 어려움을. 하지만 별로 자세히 생각하고 싶지 않았겠지.

'아니면, 내가 가문을 떠날 거라고 생각했을지도.'

남궁류청의 턱에 힘이 바짝 들어간 것이 보였다. 침묵하던 남궁류청이 입을 열었다.

"그러니까 너는…… 넌 알고 있었어? 내가 널…… 널……."

남궁류청은 차마 뒷말을 잇지 못했다. 은은한 촛불 아래에서도 얼굴이 붉어지는 것이 보였다.

"좋아하는지?"

남궁류청이 갑자기 나를 매섭게 노려보았다. 어떻게 그런 말을 쉽게 할 수 있느냐는 듯한 표정이었다. 나도 모르게 귀엽다는 생각과 함께 웃음이 터질 뻔했다.

곧이어 남궁류청은 모든 걸 포기한 것처럼 말했다.

"내가 널 좋아한다는 거, 언제부터 알았어?"

"글쎄. 언제부터였을까……. 나도 잘 몰라. 그냥 어느 순간부터."

나는 남궁류청을 보며 농을 치듯 장난스럽게 말했다.

"게다가 너는 숨기는 데 재능 없어."

남궁류청이 뭔가 짜증이 난 듯 고개를 살짝 틀었다. 나는 미소 지으며 물었다.

"그러는 류청, 너는?"

"……."

"언제부터 날 좋아하는 걸 깨달았는데?"

"……."

입을 꾹 다문 모습이 대답할 생각이 전혀 없어 보였다. 어처구니가 없었다. 나한테 질문해 놓고서는?

시선을 피하던 남궁류청이 갑자기 다시 나를 쏘아보았다.

"그래서. 날 피한 이유가 내가 널 좋아해서라고? 서로의 가문 때문이라는 거야?"

나는 천천히 끄덕였다. 아이의 풋사랑 정도라면 멀어지는 것만으로도 떨쳐 낼 수 있지 않을까? 눈에 보이지 않으면 마음도 멀어진다지 않나.

게다가 만나지 않는 사이 다른 인연을 찾을 수도 있지 않을까? 그렇게 된다면 나는 그저 친우로 지낼 수 있지 않을까, 그렇게 생각했다. 이런 모습을 보니 역시나 가망 없는 일이었지만.

"그럼 네가 날 좋아하는 걸 뻔히 알면서, 남궁완 아저씨도 소부인도 나랑 네가 이어지길 바라는 걸 뻔히 알면서, 다 모른 척하고 너랑 만나고 웃었어야 한단 거야?"

"……."

남궁류청이 급소를 찔린 듯한 표정을 지었다. 그건 내게 잘해 준 남궁완 아저씨께도 소부인께도 못 할 짓이었다.

"네가 산수연에 왔을 때, 할아버지와 남궁완 아저씨가 너와 내 혼담 얘기를 나누던 거. 알고 있었어?"

"……산수연에 갈 때는 몰랐어. 하지만 백리 세가에 머물다가 알게 됐지."

나는 고개를 끄덕이고 말을 이어 갔다.

"할아버지와 남궁완 아저씨 두 분은 이미 얘기를 거의 다 끝낸 상태였어. 두 분이 맹회에서 만나고 마지막으로 조율한 뒤 남궁완 아저씨가 내 아버지께 혼서만 넣으면 되는 상황이었지."

남궁류청은 살짝 놀란 표정이었다. 거기까진 몰랐다는 듯한 모습이었다.

"나도 나중에 알게 된 거야."

만약 고모가 일을 벌이지 않았다면 할아버지가 맹회에 참석하셨을 테고, 할아버지가 맹회에서 돌아오시고 나서 바로 혼약식을 치르면 돌이킬 수 없게 끝이었다.

'뭐 마교도의 습격이 중간에 있긴 했지만.'

누구도 예상치 못했던 사건이니 이를 빼고 생각한다면 말이다.

처음 남궁류청과 혼담이 오간다는 이야기를 들었을 때 무척 놀라 반대했다.

하지만 나중에 다시 생각해 보았을 때…… 과연 내가 진심으로 반대한 것인가? 하는 의문이 들었다.

그리고 깨달았다. 나는 그때 내심 그것도 나쁘지 않다, 라고 생각했다는 것을.

그래서 극렬하게 반대하지 않은 것이다. 돌이키기 힘든 상황이 되면 어쩔 수 없으니까, 라고 핑계를 대며 받아들일 생각이었던 것이다.

"류청, 마교가 맹회를 습격한 일을 제외하고 한번 생각해 봐."

남궁류청이 무슨 말이냐는 듯 나를 보았다. 나는 천천히 설명을 이어 갔다.

"만약 시간을 되돌릴 수 있다면, 산수연 때로 돌아갈 수 있다면 넌 어쩔 거야?"

남궁류청이 무슨 그런 말도 안 되는 질문을 하냐는 듯 바로 답했다.

"그야 당연히 막아야지."

나는 은은하게 웃었다.

"나는 안 막아. 명 오라버니가 독이 든 영약을 먹도록 둘 거야."

"……!"

"류청, 청아. 나는 시간이 되돌아간대도 똑같이 행동할 거야."

왜 막나? 고모를 잡아넣을 수 있는 기회를 왜?

백리명? 백리명이 당한 일은 불쌍하고 안쓰럽다. 나 때문이라고 생각한다. 하지만 거기까지였다. 그리고 그렇게 어긋나게 된 남궁류청과의 혼담? 그것도 아쉬운 일이었다. 하지만 거기까지였다.

나는 알아들었을 남궁류청을 향해 다시 한번 못 박았다.

"너와의 혼담은 내게 그만큼의 가치가 없어."

상처받은 마음이 역력히 드러나는 표정. 저 모습을 보는 걸 피하고 싶었는데, 돌고 돌아 결국 이렇게 되는구나.

"내가 널 좋아하지 않는 건 아니야."

나는 남궁류청의 시선을 피하지 않고 마주 보았다.

"하지만 너만큼 좋아하진 않아."

남궁류청이 침묵했다.

남궁류청이라면, 내 말뜻을 모두 이해했으리라. 처음 내가 말한 것이 내가 가문을 떠날 생각이 없는 이유라면……. 두 번째는 감정의 깊이의 문제였다. 호감이 있긴 하지만 그를 위해 무언가를 포기하겠다는 생각은 전혀 없었다.

그가 고작 나를 향한 호감 때문에 중요한 걸 포기하지 않기를 바라기도 했다. 그리고 사랑을 주는 만큼 사랑을 돌려줄 수 있는 이와 이어지기를 바랐다.

벌레 우는 소리조차 들리지 않는 조용한 밤. 바람에 나뭇잎들이 스치는 소리만 들려왔다.

어딘가 열린 창문으로 스며든 바람에 내 머리카락이 흩날리며 남궁류청의 손등을 간질였다. 이를 바라본 내가 고개를 살짝 틀자 흩날리던 머리칼이 천천히 가라앉았다.

시선에 닿은 향이 한 마디 정도로 짧아져 있었다. 시간이 얼마 지나지 않은 것 같은데 벌써 일주향이 지난 모양이었다.

덜컹.

사당 문이 열리는 소리가 들렸다. 아버지가 나와 남궁류청을 보며 표정을 굳혔다.

"둘이 여기서 무얼 하는 게야?"

남궁류청이 굳은 표정으로 고개를 살짝 숙였다. 사당을 둘러본 아버지가 다 타들어 간 향불을 새롭게 꽂았다. 그리고 다시 우리를 돌아보았다.

"이 시각에 대동한 사람도 없이 단둘이서 사당에 있다니. 내가 아닌 다른 사람이 너희 둘을 보기라도 했다면, 연이의 평판이 어찌 됐겠느냐?"

남궁류청은 여전히 말이 없었다.

말 없는 남궁류청을 대신해 나는 자리에서 일어나 아버지 팔을 붙들었다.

"아버지, 가요."

아버지는 남궁류청을 한 번 바라보고 몸을 돌려 나와 함께 사당을 나왔다.

사당을 나온 아버지는 객실로 돌아가는 것이 아니라 연못 방향으로 향했다. 꽃나무가 가득한 오솔길 사이를 지나자 달이 떠 있는 연못이 보였다.

어느 정도 걸었다 생각한 내가 물었다.

"아버지, 다 들으셨죠?"

짐묵하던 아버지가 입을 뗐다.

"이렇게까지 할 필요 있느냐? 좋은 아이다. 그리고 그 아이는 널…… 많이 좋아했다."

"아버지도 알고 계셨어요?"

"그래."

짧은 한숨을 내쉰 아버지가 말을 이었다.

"모를 수가 없지. 그 아이의 시선 끝에는 늘 네가 있었으니."

"……."

아버지마저 눈치챌 정도였다니.

뭐랄까, 왠지 부끄러운 감정에 나는 달아오른 뺨을 식히듯 살짝 쓸어내렸다.

"그리고 너도……."

"네?"

"아니, 아무것도 아니다."

나는 아버지를 의아하게 바라보다가 투정 부리듯 말했다.

"아버진 제가 류청하고 혼인했으면 좋겠어요? 제가 남궁 세가에 가면 일 년에 한 번 얼굴 보기도 힘들 텐데."

"아쉽지. 하지만 너만 행복할 수 있다면 그건 문제가 되지 않는다."

나는 입을 비죽였다. 자식의 행복을 가장 먼저 생각하는 정말 바람직한 아버지셨다.

그때 아버지가 갑자기 대단히 조심스러운 목소리로 물었다.

"혹시 네 할아버지가 이리하라고 시켰느냐?"

"할아버지요? 아뇨. 하지만 제게 가문을 물려줄 거라고 말씀하시긴 했어요. 저는 똑똑하니 바로 이해했죠."

아버지는 살짝 질린 표정을 지었다. 마치 이 순간 그런 말을 하고 싶으냐는 듯한 표정이었다.

아버지가 옅은 한숨을 내쉬며 말했다.

"너는 정말 변하지 않는구나. 여섯 살 때나 스물이 다 된 지금이나."

'당연하죠. 아이는 몸이 자라면서 정신도 성장하지만 전 이미 어릴 때 정신이 다 성장한 상태였는걸요.'

나와 다르게 남궁류청은 정신적으로 많이 성장했지만 그렇다고 해도 그의 집착적인 성미는 그대로였다. 과연 그가 포기할지 나도 예상할 수 없었다.

"제가 예전에 말한 적 있잖아요? 전 평생 아버지랑 같이 살 거라고요. 기억 안 나세요?"

"그랬지. 하나…… 어릴 때지 않았느냐?"

아버지가 담담히 웃었다.

"어떻게 그걸 또 기억하는구나."

"저는 아버지가 제 혼담에 찬성하셨다길래 기억 못 하시는 줄 알았어요."

"그럴 리가."

나는 귀밑머리를 쓸어 넘기며 허공을 보았다. 어차피 할 말은 이미 다 했다. 아버지 또한 다 들었으니 더 말할 필요 없었다.

말없이 한참을 걷던 아버지가 갑자기 입을 열었다.

"……그러고 보면 이런 점은 네 어미를 닮았구나."

"네?"

나는 놀라서 아버지를 바라보았다.

그러니까 회귀 전까지 포함해서 아버지가 난생처음으로 내 어머니에 대해 먼저 말을 꺼낸 것이었다.

어머니.

아버지는 한 번도 내게 어머니에 대한 말을 한 적 없지만, 전혀 짐작 가는 게 없는 건 아니었다.

몇 번이나 꾸었던 꿈속의 여인. 나를 감옥에서 꺼내 주던 매우 수상쩍은…….

처음엔 몰랐다. 그러나 계례를 치르는 날, 약간의 화장을 하고 면경을 보았을 때 별안간 깨달았다. 그 여인은 성인이 된 나와 닮았다는 것을.

감옥에 갇혀 있던 나를 몰래 빼 줄 능력.

무공을 익힌 듯한 모습.

살아 계시지만 모습을 드러내지 않고, 이를 찾지도 않는 아버지…….

연못에 뜬 달을 바라보는 아버지를 보며 깨달았다. 질문할 기회가 왔다는 것을.

"아버지, 제 어머니는 어떤 분이셨어요?"

그날 이후 이젠 반대로 남궁류청이 나를 피해 다녔다.

하지만 나와 달리 나를 피해 다니는 모습이 너무 티가 났다. 객잔에 머무는 백검단 사람들이 두 분 싸우셨으면 화해하시라고 나와 남궁류청에게 넌지시 말할 정도였다.

전해 들은 바로 남궁류청은 꽤 억울해한 것 같았다.

어쨌든 매일같이 고뇌에 찬 얼굴로 돌아다니는 모습을 보다 못한 아버지가 남궁류청을 데리고 잠시 어딘가로 다녀온 후, 안색이 나아진 남궁류청은 악양을 떠났다.

내게 작별 인사를 할 때는 꽤 괜찮아져서 마치 그때의 대화가 없었던 것처럼 굴었다.

아버지께 무슨 말을 하였냐고 여쭤보았으나, 세상에. 아버지는 비밀이라고 하셨다!

남궁류청 자식, 내 아버지랑 비밀을 만들다니!

第二章

사월 말, 무림맹에서 천하제일 비무 대회를 열겠다고 알렸다.

개최 시기는 구월이었다. 강호에 소식이 전달될 시간과 지역별로 무림맹 지회의 예선을 치를 시간까지 넉넉하게 잡은 일정이었다.

의자에 비스듬히 앉아 비무 대회 선포 내용을 읽던 나는 문득 아버지를 바라보았다. 그리고 잠시 아버지의 말끔한 얼굴을 응시하다 진지하게 말했다.

"아버지, 아버지도 참석하시는 거 어때요?"

"뭐?"

"아버지 얼굴이라면 다들 후기지수라고 생각……."

"쓸데없는 소리."

아버지는 웃음기 하나 없이 정색하며 말을 끊었다.

'재미없어…….'

농담이 통하지 않는 사람이었다.

하여튼 이번 비무 대회는 이례적인 규모가 될 것이었다. 매우 오랜만에 열린 비무 대회인 점도 있지만, 그보다 더 강호인들을 흥분하게 만든 것은 바로 우승 상품.

우승자에게는 늘 엄청난 상금과 단숨에 무림맹에서 한자리 얻을 수 있는 혜택, 그리고 상품이 주어졌다. 상품은 매번 바뀌었기 때문에 비무 대회가 열리면 사람들이 가장 궁금해하는 것은 이번 상품이 무엇인가였다.

가령 아버지가 우승하시던 해의 상품은 소림의 대환단이었다.

소림의 대환단은 공청석유에 버금가는 엄청난 영단이었다. 소림의 신비 비술로도 수많은 승려가 달라붙어 몇십 년에 겨우 하나 만들어내는 정도였다.

"아버지가 참석하셨을 때, 준결승에서 남궁완 아저씨를 만나서 이기셨잖아요. 어땠어요?"

나는 눈을 빛내며 물었다.

당시 관례를 치르자마자 집을 떠나신 아버지는 조금씩 이름을 날리고 있었다.

하지만 백리 세가의 넷째 아들과 남궁 세가의 유일한 후계자의 대결이었다. 당연히 모두 남궁완 아저씨의 승리를 점쳤다.

"당시 완의 대진 운이 좋지 못했다."

"운이 좋지 못했다고요?"

"그래. 나와 비무하기 전 벽 소협을 상대하였으니까."

벽 소협, 벽기현이라면 야율의 어머니 아닌가? 여기서 갑자기 그 이름이 나올 줄 몰랐기에 나는 꽤 놀랐다.

진진이 눈을 빛내며 조심스레 말했다.

"저도 스승님께 들은 적 있어요. 남궁 소가주가 사공자님을 만나기 전에 이미 너무 많은 패를 보였다고요."

진진은 나와 아버지께 비무 대회 소식을 가져온 후, 우리의 대화를 흥미진진하게 듣고 있었다. 진진도 이번에 비무 대회에 참가할 예정이었다.

"맞았다. 너희들도 알아 두면 좋을 것이, 대회의 비무는 생각보다 빨리 끝난다. 하나 당시 벽 소협과 완은 거의 이백 합을 싸웠지. 결국 완이 승리하긴 했지만, 나는 완의 검법을 모두 지켜볼 수 있었다."

"아하."

"그리고 나와 대결할 때 내가 세 합 만에 승리해서……."

아버지가 말끝을 흐리며 찻잔을 들었다.

"세 합이요? 하하하하하! 아저씨 엄청 화났겠네요?"

아버지가 고개를 끄덕였다. 세 합이면 제대로 대결도 하기 전에 바로 진 것이지 않은가?

남궁류청의 승부욕이 어디서 왔겠는가? 다 제 아버지를 닮았다고 말이 많았는데, 아버지께 세 합 만에 졌다니……. 아마 화나고 억울해서 잠도 못 주무셨을 터다.

대환단 외에 가장 유명했던 상품은 백오십 년 전 검선이라 불렸던 이의 비급이었다.

검선께서는 돌아가실 때까지 제자가 한 명도 없었기에 그녀의 무공은 실전된 것이나 다름없는 상황이었다. 그 비급을 얻기 위해 백도 무림 사이에 전쟁이 날 뻔한 것을 비무 대회라는 형식으로 묶어 놓은 것이나 다름없었다.

이때만큼 치열했던 비무 대회가 없었다고 한다. 중간에 누군가 비급을 훔쳐 가려고도 하고 사망자도 엄청나게 나온, 거의 반전쟁이나 다름없었다고 했다.

그리고 이번 상품도 저 검선의 비급에 버금갈 정도로 어마어마한 것이었다.

시간이 지나 오월 중순.

나는 생일을 맞아 잠시 집으로 돌아갔다.

내 생일이라고 이곳저곳에서 선물을 보냈다. 처음에는 많은 선물이 들어오는 것이 신기하고 좋았는데, 이제는 모두 귀찮을 따름이었다.

친밀한 사람이 보낸 거라면 그래도 괜찮았다. 하지만 잘 알지 못하는 사람이 친해지자고 보낸 선물은 거절하고, 이를 설명하고……. 괜히 일만 늘어나기 마련이었다.

나는 선물이 쌓여 있는 방의 중앙 탁자로 다가갔다.

그중 가장 위의 상자를 열었다. 생생한 복숭아 꽃가지 장식이었는데, 꽃 부분이 옅은 빛깔의 강옥으로 이루어져 은은하게 아름다웠다.

"아, 그건 남궁 공자께서 보내신 선물이에요."

장식을 꽃병에 꽂아 넣으면 언제든 도화 향을 맡을 수 있을 것만 같았다. 정성과 마음을 쏟은 것이 느껴지는 선물이었다.

"와, 정말 예뻐요. 남궁 공자님께서 정말 신경 쓰셨네요. 어떻게 할까요? 어울리는 꽃병을 찾아볼까요?"

나는 살펴본 장식을 다시 원래대로 넣고 상자를 닫았다.

"이건 다시 남궁 세가로 돌려보내."

"네?"

어린 얼굴의 시비는 놀란 낯으로 눈을 동그랗게 뜨고 나를 바라보고 있었다. 영문을 모르겠다는 낯이었다. 금쇄가 혼인하고 내 곁을 비우면서 새로운 시비가 여럿 왔다.

나는 상자를 옆구리에 끼워 들며 말했다.

"아니, 이건 내가 총관님께 직접 말할게."

팔월 초.

진진은 무난히 호남성 예선을 통과해 바로 본선에 진출할 수 있는 자격을 얻었다.

무림맹 본단이 있는 무한에서도 예선을 치를 수 있지만, 이렇게 지역 예선을 통과한 후기지수로 무림맹에 향하면 여러 혜택이 있었다.

본디 이 혜택은 무림맹을 꾸준히 지원해 온 지방 유력 세가와 문파 자제들에게 제공하던 편의였다. 본선부터 편하게 시작할 수 있도록 말이다.

즉, 뒷배만 좋다면 얼마든지 호남성 후기지수로 뽑힐 수 있다는 뜻이었다.

처음부터 그들의 말을 잘 들을 사람들을 예선에 참석시키고, 대진표를 조작하고…… 얼마든지 가능했다.

진진이 정정당당한 승부를 통해 실력으로 선발된 후기지수라면 벽가의 소공자는 그와 정반대의 경우였다. 벽가 또한 호남성에 있었기 때문이다.

그날 저녁 아버지가 비무 대회의 일로 나를 찾아오셨다. 나는 아버지를 향해 차를 따라 드리고 마주 앉았다.

"진진은 호남성 후기지수들과 함께 무한에 갈 거라고 하더구나. 너도 슬슬 준비해야지 않겠느냐? 너는 어찌할 생각이냐?"

"저요? 저야 당연히 따로 가야죠."

"굳이 그럴 필요가 있느냐?"

"으…… 벽 소공자도 있는데 저랑 함께 가면 분위기가 퍽도 좋겠어요."

아버지가 찻잔을 탁 소리 나게 내려놓았다. 그리고 단호한 눈빛으로 말했다.

"벽 소공자가 너를 피하면 피했지 네가 피해야 할 이유는 없다."

나는 눈을 동그랗게 떴다가 배시시 웃었다.

"아버지 말씀이 옳아요. 제가 피할 이유는 없죠."

나는 찻잔을 들며 말을 이었다.

"그래도 따로 가려고요. 악양도 들러서 상황도 보고 그러려면 혼자가 편하니까요. 게다가 전 호남성 후기지수로 뽑히지도 않았는걸요."

아버지가 나를 살짝 의아하게 바라보았다가 말했다.

"그럼 언제 출발할 생각이냐? 몸 상태도 관리해야 하고 적응도 해야 하니, 늦지 않도록 넉넉하게 날을 잡거라."

"네. 저도 중순에는 출발할까 해요."

"도착하면 아마도 네게 관심을 가지며 비무를 신청하는 이가 많을 게다. 괜히 몸이 상할 수도 있으니, 되도록 받아 주지 말거라."

"아, 그건 좀 귀찮겠네요. 차라리 조금 늦게 갈까요?"

"아니, 미리 가서 적응하는 것도 중요하니 그보다 늦는 건 좋지 않다."

"뭐 여기랑 많이 다르겠어요?"

"물론 별다를 것 없다만, 승리를 위해서는 만반의 준비를 해야지."

나는 잠시 말을 멈추었다. 왠지 아버지와 대화가 헛도는 기분이었다. 잠시 고민한 나는 설마 하며 말했다.

"아버지, 전 비무 대회 참가 안 할 건데요?"

멈칫한 아버지가 혼란스러운 낯빛으로 보았다.

"그게 무슨 말이냐? 참가를 안 하겠다고?"

"네. 저 그래서 예선도 참석 안 했잖아요. 참석할 거였다면 당연히 예선을 치렀죠."

"뭐라고?"

아버지가 또 놀란 기색으로 나를 보았다.

"연아, 몰랐느냐? 너는 예선에 참가할 필요 없다."

"네? 아니, 왜요?"

"그야 내 딸이기 때문이지."

알고 봤더니 우승자 혜택 중에 우승자의 자손이나 제자는 일회에 한하여 바로 본선에 진출할 수 있는 혜택이 있다고 한다.

"그런 제도가 있었어요? 아니, 전혀 몰랐어요."

"너는 다 아는 것 같더니 또 이런 건 모르는구나."

나는 얼굴을 긁적이며 웃었다.

그야 전생에 나는 자리에 낄 주제도 못 되었으니 사용하지도 않을 저 혜택에 대해서 알 일이 있었겠는가?

게다가 내가 아는 비무 대회는 남궁류청이 참석한 것에 딸린 정보인데 남궁류청은 예선부터 참가했다.

'하긴, 남궁류청은 남궁완 아저씨가 우승 못 하셨으니 당연히 예선부터 참가해야 하는 거구나…….'

아버지가 말을 이었다.

"나는 그래서 네가 참석 안 한 것인 줄 알았거늘."

"으음……."

아버지와 대화 부족으로 인한 의사소통 문제라니. 오랜만에 겪는 일이었다.

아버지가 물었다.

"참석을 안 하려는 이유라도 있느냐?"

"참석할 필요를…… 느끼지 못해서요."

앞으로 벌어질 일을 생각한다면 이 비무 대회는 그저 즐길 수 있는 자리가 아니었다. 비무 대회에 참석한 상태라면 여러모로 운신이 불편할 터.

비무에 대해서도 신경 써야 할 테니. 그래서 난 처음부터 당연히 참석하지 않을 생각이었다.

그리고 내 대답에 아버지가 매우 실망한 낯을 했다.

그 모습을 보자 나도 모르게 참석하겠다고 말을 내뱉을 뻔했다. 다행히 내가 그렇게 말하기도 전에 먼저 바깥에서 목소리가 들렸다.

"대공자께서 오셨습니다."

큰아버지가 왔다고?

나는 어리둥절하게 아버지를 보았다. 아버지는 여전히 참석하지 않겠다는 내 말의 충격에서 벗어나지 못한 듯 보였다.

곧이어 큰아버지가 내 처소로 들어왔다. 아버지와 함께 있는 걸 보고는 웃으며 말을 건넸다.

"너도 여기 있었느냐?"

"예."

건성으로 느껴질 듯한 짧은 답에도 큰아버지는 별로 기분 나쁜 기색 없이 말했다.

"네 아버지, 무슨 일 있느냐?"

고모의 손에서 백리명을 구해 낸 다음 큰아버지와 아버지의 사이는 꽤 좋아졌다.

정확히 말하면 큰아버지가 가주의 자리를 포기하면서 매번 날 세울 일이 없어지다 보니 괜찮아졌다고 해야 할까?

나는 말을 돌리듯 말했다.

"큰아버지, 무슨 좋은 일 있으세요? 표정이 좋으시네요."

"그래?"

큰아버지가 제 얼굴을 쓸어내렸다. 낯빛이 확실히 좋아진 상태였다. 백리리가 가출하고—아직도 못 잡았다—시름에 잠겨서 매일 얼굴이 죽상이셨는데…….

뒤늦게 정신을 차린 아버지가 입을 열었다.

"여긴 어쩐 일이십니까?"

"아, 필요한 것이 있다면 말하라고 전하러 왔다."

"필요한 것이요?"

"그래. 무한에 갈 것 아니냐? 호남성 후기지수들과 같이 가지 않는다고 들었다만."

"아, 네. 그렇죠."

이미 같이 갈 생각이 없다고 말해 놓은 상태라 큰아버지가 알 수도 있는 일이긴 했다만, 그 일에 큰아버지가 관심을 가질 일이 뭐란 말인가?

내 표정에 의문이 드러났는지 큰아버지가 말했다.

"무한에 나와 함께 갈 것이니 내게 말하라는 것이었다."

"……예에?"

이 헛소리는 대체 무엇이지?

호북성 무한.

팔월 말의 무한은 그야말로 찜통이었다. 가만히 있어도 땀이 송골송골 맺히는 무더운 날씨에도, 무한 초입부터 사람들이 넘쳐 났다. 비무 대회 때문이었다.

비무 대회의 참가자들과 구경 온 사람들, 그리고 이 대목에 한밑천 벌어 보기 위해 몰려든 장사꾼들로 이 넓은 대로에서 자꾸 어깨를 부딪칠 정도로 복잡했다.

"아가씨, 조심하십시오."

호위가 나와 어깨를 부딪칠 뻔한 사람을 막으며 말했다. 내 주변에는 호위 넷뿐이었는데, 큰아버지와 함께 움직이기로 한 계획이 틀어진 이유는 오는 길이 험난했기 때문이다.

그러니까 악양을 살짝 벗어나 동정호 북쪽을 지날 때 습격을 한차례 받았다. 아버지께 원한이 있던 흑도 녀석들의 습격이었다.

물론 습격은 수월하게 막았다. 큰아버지의 활약이 컸다. 큰아버지가 아버지에 비하면 실력이 부족하긴 하지만 그래도 나름 가주 후보였던 사람이었다.

그 일 이후 우리는 일행을 나눠서 큰아버지는 원래 계획대로 향하고 나는 살짝 돌아서 가기로 했다.

다른 호위가 내게 말했다.

"아가씨께서는 무한은 처음이시겠네요?"

"……그렇죠."

사실 그렇지 않았다. 전생에 아버지를 따라 와 본 적이 있으니.

'그 뒤로는 남궁류청을 따라다니다가 많이 와 봤고.'

그래서 거리 자체는 꽤 익숙했다.

"조심하십시오. 아무래도 사람이 많고 다들 호기롭다 보니 사소한 일로도 시비가 붙기 쉽습니다."

무림맹이 치안을 관리한다고 하지만 인파가 이 정도 되면 구석구석 살필 수 없었다.

"알겠어."

나는 면사를 달아 놓은 삿갓을 매만졌다. 그때 호위 한 명이 살짝 긴장한 목소리로 말했다.

"저기 회령문 녀석들입니다. 이번 비무 대회에 참석하나 보군요."

회령문은 정사지간의 문파였다. 비무 대회에는 정파만 참석할 수 있다는 규정은 없었다. 이론상 출신과 무공에 상관없이 연령만 맞는다면 모두가 참석할 수 있는 대회였다.

다만 제정신인 흑도라면 정파 무림의 성지인 무한에 발을 들여놓을 리가 없었다.

'마교에게 짓밟힌 주제에 성지라고 부를 수 있나 싶긴 하지만…….'

따라서 흑도는 참석하지 않더라도, 정사지간의 세력들은 꽤 참석했다.

그리고 회령문은 최근 마교와 접촉했다는 소문이 돌고 있는 문파였다. 그런데도 당당히 여기에 모습을 드러내다니. 대단한 패기였다.

호위가 걱정스럽다는 듯 말했다.

"지금 바로 무림맹 성내로 들어가시죠."

"아니. 좀 더 둘러볼래요."

"예?"

"어떤 이들이 왔는지는 확인해 보려고요. 괜찮아. 어차피 얼굴 가렸잖아요. 못 알아보겠죠."

거리에는 나처럼 삿갓에 면사를 두르고 구경을 다니는 여인들이 꽤 있었다. 걸음을 옮기는 내 뒤를 호위들이 황급히 뒤따랐다.

반나절을 쉬지 않고 돌아다닌 결과 예전부터 무한에 잠입해 있던 것으로 보이는 마교의 세작들을 몇 명 찾아낼 수 있었다. 게다가 무공 연원이 마교와 관련된 것처럼 보이는 수상한 인원도 상당수 발견할 수 있었다.

이것이 내가 일부러 큰아버지와 따로 온 이유였다.

큰아버지는 백리 세가에서 무한으로 간다고 온갖 요란을 다 떨면서 갔다. 흑도 녀석들이 우리의 행적을 알고 습격하는 게 당연할 정도로 말이다.

내가 큰아버지와 함께 도착했다면 남은 세작들도 도망치거나 몸을 숨겼을 터. 내가 무한에 온다고 알려진 순간부터 빠져나간 세작들도 많겠지만.

'고작 이 사람들이 다는 아니겠지.'

무림맹 성내 앞은 대로보다 더 북새통이었다. 비무 대회에 참석하러 온 수많은 가문과 문파가 줄지어 서 있었다.

넓은 입구에는 여럿이 나와 일일이 신분을 확인하고 있었다. 사람들이 워낙 몰려 있어 몇 명이 일하고 있음에도 언제 들어갈 수 있을지 기약이 없었다.

나는 깔끔하게 결론을 냈다.

"줄 서서 들어가려면 한참 걸릴 것 같으니, 먼저 식사라도 하고 가죠."

호위가 그럴 필요 없다는 듯 말했다.

"걱정하지 마십시오, 아가씨. 번거롭게 기다리실 필요 없습니다. 저희 가문의 이름을 댄다면 줄 서지 않고 바로 통과할 수 있을 겁니다."

백리 세가 정도 되는 가문이라면 무림맹 내에서도 대우가 달랐다. 이름만 대면 바로 통과할 수 있는 것이다. 이렇게 줄을 서 있는 이들은 중소 문파였다.

호위가 말을 이었다.

"저기 보십시오. 통과하는 사람이 있군요."

그냥 보아도 부귀해 보이는 무복 차림새의 일행들이었다. 조금 전에 우리 옆을 지나쳤던 이들이었는데, 그들은 익숙하게 성문 무사들과 인사한 후 별다른 확인 없이 안으로 들어갔다. 줄을 서 있는 이들이 이를 보고는 살짝 부러운 기색을 보였다.

나는 이를 모두 지켜본 후, 가볍게 물었다.

"음, 아버지가 그렇게 하셨어요?"

"……."

“…….”

순간 호위들 사이에 침묵이 흘렀다.

“아니요. ……사공자님은 시급한 일이 있지 않은 한 줄을 서셨습니다.”

나는 착하니까, 굳이 지금이 시급을 다투는 상황이냐고 묻지는 않았다. 호위가 곧장 사과했다.

“제가 생각이 짧았습니다!”

“죄송합니다!”

크게 대답한 호위들이 나를 매우 우러러보는 표정으로 바라보았다. 마치 역시 우리 아가씨. 믿고 따르겠습니다. 이런 느낌의 눈빛이라고 할까…….

갑자기 매우 부담스러워졌다.

다만 식사를 먼저 하자는 내 결정에는 작은 문제가 생겼다. 사람이 많다 보니 음식점이란 음식점에는 저마다 사람들이 가득 들어차 있었다. 더군다나 나는 얼굴을 가린 삿갓을 벗고 편하게 식사할 자리가 필요했다.

객잔 몇 곳을 돌아다닌 후, 점소이에게 웃돈을 얹어 주고서야 칸막이로 나뉜 조용한 자리를 얻을 수 있었다.

나는 한쪽에 서려는 호위들을 향해 말했다.

“다들 앉아요. 앉아.”

“아닙니다. 저희는 나중에…….”

나는 거절하려는 호위의 말을 자르며 말했다.

“설마 무한에서 나를 습격하는 이가 있을 거라 생각하는 건 아니겠죠?”

"……."

"……."

결국, 호위들이 조심스레 자리에 앉았다.

"먹고 싶은 거 있으면 얼마든지 시켜요. 이번엔 제가 살게요!"

나는 탁자 위에 은자가 든 주머니를 내려놓았다.

"지금까지 고생했으니까요. 음, 좋은 곳을 데려가고 싶었는데…… 여기가 맛있을지는 잘 모르겠네요."

점소이가 내 말을 들었는지 다가오며 말했다.

"무슨 소리십니까? 저희 천하객잔 음식이 얼마나 유명한데요!"

"기대할게요. 지금 무슨 음식이 되나요?"

나는 삿갓을 벗으며 고개를 살짝 털었다. 삿갓을 쥐고 부채처럼 살랑살랑 흔들었다.

주문을 마치고 얼마 지나지 않아 음식이 하나씩 나오며 탁자 위를 차근차근 채웠다. 기름기가 좔좔 흐르는 돼지 수육부터 오리구이, 내장볶음 등. 나로서는 기가 질릴 정도로 고기가 가득한 식단이었다.

반나절을 끼니도 제대로 챙기지 못하고 움직였으니 다들 배가 많이 고프긴 한 모양이었다. 호위들은 거절할 때는 언제고 음식이 나오자마자 아주 전투적으로 식사했다.

여유롭게 거리를 내려다보던 나도 젓가락을 들어 닭으로 육수를 낸 국수를 먹었다. 점소이가 가슴을 내려치며 보장하던 것에 비해 맛은 그냥 무난했다.

한 세 입쯤 먹었을 때였다. 거리에 시선을 두었던 난 무심코 소리를 냈다.

“어?”

호위가 곧장 반응했다.

“아가씨? 무슨 일입니까?”

“아니, 별거 아니에요. 아는 사람을 본 것 같아서요.”

다들 내 시선이 닿은 곳을 바라보았다. 그리고 나는 그런 호위들을 유심히 살폈다.

“어떤 분 말씀하시는 겁니까? 아가씨 아시는 분입니까? 친우분인가요?”

“음, 이렇게 보니 아닌 것 같아요.”

“그렇군요.”

거리를 쭉 훑어본 호위들이 다시 음식에 시선을 두었다. 나 또한 국수를 먹는 척하고 슬그머니 거리를 바라보았다.

‘저기…… 저거 백리리 아냐?’

연분홍색 상의를 입은 여인. 허술하긴 했으나 역용도 하고 있었다.

‘역용술을 가르쳐 달라고 하도 조르길래 좀 가르쳐 줬더니 잘 쓰고 있네. 하아, 이걸 다행이라고 해야 할지.’

호위들의 반응을 보아하니 백리리를 알아보지 못한 듯했다. 나는 젓가락을 입에 물었다.

‘이걸 어째야 하나?’

생각해 보면 가출한 백리리가 무한에 있을 법도 했다. 비무 대회였다! 그것도 몇 년에 한 번 열리는. 이번 기회가 아니면 언제 구경하겠는가? 혹은 정체를 숨기고 참석하러 왔을 수도 있다.

게다가 백리리는 아마 지금 큰아버지가 무한에 계신 줄 모를 것이다. 백리리가 집을 떠난 것이 벌써 몇 달이나 되었으니까. 그러니 이렇게 당당히 무한에 나타났겠지.

'아, 정말 어쩌지?'

지금이라도 아는 척 붙잡아야 할까? 아니면 모르는 척 넘어가야 하나? 백리리는 여기서 아는 사람도 생겼는지 누군가와 즐겁게 떠들며 걸어가고 있었다.

그렇게 얼마나 백리리를 지켜보고 있었을까? 백리리가 친우와 함께 다루로 들어가고, 나도 일단은 식사부터 마저 마치자고 생각할 때였다. 건물 뒤쪽 인파 너머로 희미하게 붉은 기운이 보였다.

나는 자리에서 벌떡 일어났다.

"아가씨?"

뭐라고 설명할 정신이 없었다. 나는 삿갓을 집어 든 채 이 층 창문 창턱을 짚고 그대로 뛰어내렸다.

탁.

"꺅!"

"뭐, 뭐야?"

내가 위에서 일 층으로 툭 떨어지자 거리의 몇 사람이 놀라 비명을 지르는 것이 들렸다.

"아가씨!"

위쪽에서 나를 부르는 소리도 들렸다. 나는 이를 모두 무시하고 붉은빛이 보이는 방향을 향해 달렸다. 하지만 워낙 사람이 많아 제대로 속도를 낼 수가 없었다.

그 사이를 간신히 빠져나와 골목길로 뛰어들었다. 몇 번을 꺾으며 달리기를 한참. 골목길이 담벼락에 막혀 끝났다. 나는 담을 밟고 전각 위쪽으로 뛰어올랐다. 민가였는지 창문으로 누군가 고개를 내밀며 소리쳤다.

“이게 무슨 소리…… 으악!”

사내와 부딪칠 뻔한 내가 황급히 몸을 틀었다.

내가 다시 지붕 위로 올라갔을 때는 붉은 기운을 시야에서 찾아볼 수 없었다.

“…….”

나는 계속 지붕 위를 뛰어다니며 근방을 샅샅이 살폈다. 금안의 능력을 최대한 끌어올려 한참을 찾았음에도 그 붉은 기운은 다시 보이지 않았다.

마치 네가 착각한 거라고 말하는 것처럼…….

허탈감이 물밀듯 몰려왔다. 허망함에 다릿심마저 풀린 걸까? 살짝 비틀거리는 내 발끝에 지붕 기와가 걸렸다.

달그락.

그때 누군가가 아래에서 고함치는 것이 들렸다.

“그만하고 내려오시지요!”

뒤따라온 호위겠거니 생각하며 뒤를 돌아본 나는 멈칫했다. 대여섯 명의 사내들이 창과 검을 꼬아 쥐고 나를 향해 고함쳤다.

“거기 소저! 내 말 안 들리시오? 당장 내려오지 않고 뭘 하는 것이오!”

나는 조심스럽게 삿갓을 다시 썼다. 정신없는 와중에도 삿갓을 들고 나온 것이 다행이라고 생각하면서.

탁. 타탁.

내가 두어 발 만에 지붕에서 내려오자 대장으로 보이는 사내가 안도한 듯이 숨을 내쉬었다. 차림새로 보아 무림맹의 치안대인 듯했다.

비 오듯 쏟아 낸 땀으로 경갑 안의 옷자락이 푹 젖어 있었다. 상황을 보니 저 사내가 나를 한참 쫓아다닌 것 같았다.

원래 치안을 유지하는 건 관부의 일이었다. 하지만 이곳은 무림맹이 자리를 잡아 강호인들이 바글바글한 데다가, 비무 대회까지 열리고 있으니 관부는 이미 이곳에서 손을 뗀 상태였다.

사내가 내게 소리쳤다.

"지붕 위를 뛰어다니면 어쩌자는 거요? 여기 사람들이 깜짝 놀라지 않소! 지금 경공 자랑이라도 하는 것이오?"

"……죄송합니다."

나는 얌전히 고개 숙였다. 할 말이 없었기 때문이다. 잔뜩 화가 났는지 사내가 씩씩거리며 소리쳤다.

"대체 왜 뛰어다닌 거요? 이유라도 들어 봅시다!"

"……아는 사람을 찾은 것 같아서 저도 모르게……."

"그렇다고 지붕 위를 뛰어다니면 되겠소? 기와가 아래로 떨어져 사람이라도 다치면 어쩌려고 그러는 거요! 사문이 어찌 되시오?"

"……."

나는 주변에 몰려든 구경꾼들을 흘끗 보았다. 여기서 백리 세가라고 말하기가 조금 민망했다.

"소저! 왜 말이 없소? 뛰어다닐 땐 그리 날래더니! 요새 젊은것들 말이야, 무림맹이 자기 사문 안마당인 줄 아는지 순 제멋대로라니까! 어서 말씀하시오! 내 그냥 넘어가진 않을 거요!"

고민하던 나는 순간 아버지가 무림맹에서 쓸 일이 있을지도 모른다고 주었던 패가 떠올랐다. 아버지가 무림맹에서 공을 세웠을 때 받은 패였는데 웬만한 일에 면책될 수 있다고 했다.

'좋아, 그걸 내밀어야겠다!'

그리고 품속을 뒤지던 난 눈을 부릅떴다.

'으아아아아! 미친, 백리연! 그걸 객잔에 놓고 오면 어떻게 해!'

계산을 위해 은전이 든 주머니를 객잔 탁자 위에 꺼내 놓았는데 하필 아버지가 주신 패도 그 안에 함께 있었다. 호위도 나를 쫓다가 놓쳤는지 찾아볼 수 없었다.

"대체 뭐 하는 거요? 대답도 없고, 안 되겠군. 따라오시오! 치안소로 가서 얘기하지!"

"……."

이걸 어떻게 해야 하나? 고민하던 찰나였다.

"잠깐, 잠시만 기다리시오!"

한 청년이 구경꾼들을 헤치고 우리 앞으로 나왔다.

"저는 장철이라고 합니다."

나는 인상을 찌푸렸다.

'장철…… 장철…… 어디서 들어 본 것 같은 이름인데……?'

나와 달리 무림맹 무사는 그런 이름은 처음 들어 봤다는 표정이었다.

내가 기억을 떠올리는 사이 장철이 품속에서 작은 패를 하나 꺼내 내밀었다. 무사는 이를 확인하고 인상을 찡그리며 장철을 위아래로 훑어봤다.

"장 공자 신분은 알겠소. 그런데 공자가 왜 끼어드는 것이오?"

"이 소저는 제가 아는 소저입니다."

"그게 어쨌다는 거……."

그때 장철이 작은 주머니를 사내에게 쥐여 주었다.

"제 얼굴을 봐서 이 정도로 해 주시지요. 만약 문제가 생긴 집이 있다면 보상은 그걸로도 충분할 겁니다."

"크흠."

무사가 헛기침을 하며 나를 돌아보았다.

"운 좋은 줄 아시오! 앞으로 그런 일은 하지 마시오. 한 번 더 걸리면 봐주지 않을 테니!"

치안대가 물러가고 그제야 구경하듯 둘러싼 사람들이 조금씩 흩어졌다.

그때쯤 그가 누군지 떠올랐다.

"아! 너, 양주 장가장의 장철?"

남궁 세가에서 머물 때, 만두를 사러 나갔다가 시비를 걸었던 패거리의 대장!

"뭐야, 이제 기억났나 보지?"

바로 못 알아본 이유가 있었다.

일단 헤어질 때 아주 어렸던 탓도 있고, 이렇게 자란 장철의 인상이 전생과 많이 달랐기 때문이다.

상념을 뒤로하고 물었다.

"그러는 너는 내가 누군지 알고 도와준 거야?"

장철이 목소리를 낮췄다.

"백리 세가, 백리연이잖아?"

나는 의심스럽게 물었다.

"……어떻게 알아본 거야?"

"원래 저기서 식사하고 있었는데……."

시선이 닿은 곳은 맞은편 삼 층짜리 건물로 객잔처럼 보였다.

"웬 미친…… 크흠, 지붕 위를 뛰어다니길래 봤더니……. 하여튼 곤란해 보여서 잠깐 끼어들었어."

"어…… 음…… 고마워. 신세를 졌네."

장철과 헤어지고 난 뒤로 몇 차례 그의 얘기를 전해 듣긴 했다.

내게 몇 마디 들은 이후로 장철이 꽤 얌전해졌다고 병약하던 장 부인께서 고맙다는 서신을 보내왔더랬다. 양주에 올 기회가 있으면 장철과 또 만났으면 한다는 얘기와 함께.

하나 내가 장철을 만날 일은 없었다. 장철은 마치 본성은 어찌 못 한다는 예시를 보이듯 언젠가부터 다시 패악을 부리며 점차 삐뚤어졌다고 했다.

결국에는 장씨 부인이 앓던 병으로 돌아가셨다는 게 내가 들은 장철에 관한 마지막 소식이었다.

'그런데 얘가 날 왜 도와준 거지?'

내가 백리연인 걸 단번에 알아봤다고 치자. 그렇다고 해도 우리가 서로 돕고 그럴 사이는 아니었던 걸로 기억했다.

'음…… 이제 와서 친하게 지내보려고 그러나?'

그간 이런 사람들을 너무 많이 보았다. 학당에서도 백리명과 백리리의 눈치를 보며 나를 본체만체하던 사람들이 백리명이 주화입마에 빠져 후계자 자리에서 밀려나자마자 얼마나 잘해 주던지.

갑자기 내 절친이라고 주장하는 사람들이 한 스무 명쯤 늘어났고, 그 외의 다른 세가나 문파에서도 연회에 초대하거나 방문을 청하는 명첩이 갑자기 쏟아졌다.

"아까 그 주머니엔 얼마 들어 있었지? 갚을게."

"됐어."

"아니야."

나는 소매에 손을 넣었다가 또 망연히 멈췄다.

'아, 맞다. 돈주머니 놓고 왔지.'

장철은 뭐 하냐는 듯 나를 바라보고 말했다.

"그깟 돈 얼마나 된다고. 됐어. 예전 일 갚는다고 생각해."

진심인가?

장철이 말했다.

"그럼 볼일 끝났으니 난 간다."

그러고는 미련 없이 몸을 돌려 자리를 떠났다. 나는 멀어지는 장 공자를 지켜보다가 소리쳤다.

"장 공자!"

뒤돌아보는 장철을 향해 다가갔다.

"예전 일을 고작 이걸로 때우려는 건 아니겠지?"

"뭐? 고작 이거?"

나는 고개를 끄덕였다.

"내가 그때 상처를 많이 입었어."

"뭐? 그때 처맞은 건 나거든!"

"그건 네가 맞을 짓 해서 맞은 거고."

장철이 기가 막힌다는 듯이 입을 쩍 벌렸다.

"내 부탁은 간단해."

"하, 무슨 부탁?"

"천하객잔이 어디에 있는지 알아?"

하하, 뒤도 돌아보지 않고 골목을 뛰어다니고 지붕을 날아다녔더니 내가 지금 어디 있는 건지 알 수가 없었다.

장철이 인상을 팍 찌푸리고 말했다.

"천하객잔? 아, 그 음식 더럽게 맛없는 데? 거긴 왜!"

나는 눈을 깜빡거렸다. 머뭇거리다가 물었다.

"거기 음식…… 맛없어?"

"어."

"아니, 왠지 거기만 자리가 났더라니!"

"뭐야, 너 거기서 밥 먹었어?"

장철이 혀를 차며 불쌍하다는 듯 나를 보았다.

"내 호위들도 거기서 식사 중이었거든……."

그 시각 무림맹. 총군사의 전각 밀실.

무림맹주와 무림맹 총사, 구파 일방을 비롯한 무림맹 장로가 될 수 있는 세가의 대표들이 모두 모였다. 이곳에 머물고 있다는 사실이 알려지면 세상을 놀라게 할 만한 인물들도 몇몇 있었다.

무림맹주 위지백은 소태를 씹은 듯한 표정으로 한쪽을 바라보았다. 분명 회복 불가능이라고 들었건만 멀쩡한 팔로 검까지 들고 심지어 그 위기에서 깨달음을 얻었는지 경지도 상승했다는 소문 또한 있었다.

위 맹주 본인은 별로 티를 내지 않는다고 생각했지만, 이 자리에 앉은 모두는 기감이 예민했다. 그리고 적대심을 감추지 못하는 무림맹주의 행태에 내심 혀를 찼다.

공손방 총사가 속으로 한숨을 내쉬었다.

역시나 제 예상을 벗어나지 않는 맹주의 모습을 보아 제대로 된 진행은 불가능해 보였다.

공손방 총사가 앞으로 나섰다.

"다들 이렇게 귀한 시간을 내주셔서 감사합니다."

공손방 총사가 포권을 하며 좌중을 둘러보았다.

"바로 이번 비무 대회의 상품을 보이도록 하지요. 그럼 부탁드립니다, 태고 진인."

태고 진인.

곤륜파의 장문인이자 천하 십강 중 한 명이었다. 머리부터 눈썹, 수염, 옷차림까지 온통 희디흰 노인이었다. 주름진 얼굴을 통해 나이가 많다는 것만을 알 수 있을 뿐 몇 살인지 가늠하기 어려웠다.

게다가 태고 진인은 근 삼십 년 가까운 세월 동안 무림맹을 방문한 적이 없었다.

"이번 무림맹 주최 비무 대회의 상품입니다."

태고 진인이 손바닥보다 조금 더 큰 상자를 꺼냈다. 흑색 상자에는 붉은 주사로 그린 부적이 몇 장 붙어 있었는데, 빛바랜 부적의 모습이 그 상자가 아주 오래된 것임을 알려 주고 있었다.

태고 진인이 상자를 열었다. 그 안에는 새카만 묵색 가죽이 돌돌 말려 끈으로 묶여 있었다. 오래되어 보이는 상자나 손만 대도 부스러질 것 같은 끈과는 달리 가죽은 상태가 제법 괜찮아 보였다.

누군가 말했다.

"천마지보."

누구도 놀라는 기색은 없었다. 이미 예전에 정해져 알고 있던 상품이기 때문이다.

대신 그들의 표정과 눈빛에 나타난 것은 호기심이었다.

"저것이……."

"별로 특별해 보이진 않는데……."

"어허."

천마지보는 천마신교의 손꼽히는 성물이었다. 마교가 발호하고 무림맹이 세워진 초창기 벌어진 혈사에서 승리한 무림맹이 얻어 낸 승전품이기도 했다.

물론 천마지보를 상품으로 건다고 이를 내주는 것은 아니었다. 받는다고 해서 그 사람이 천마지보를 지킬 수도 없을 터.

그저 견학의 기회를 주는 것. 얼마든지 볼 수 있도록.

전설처럼 내려오는 기록에 따르면 천마지보에는 천마의 신공절학과 그의 의념이 담겨 있다고 했다. 워낙 유명한 이야기이기 때문에 굳이 설명이 필요 없었다.

마교의 신공을 얻을 수 있는 기회. 상품의 정체가 세간에 알려지면 그야말로 엄청난 파란이 생길 터였다.

그때 남궁완이 입을 열었다.

"태고 진인께 한 가지 여쭙고 싶군요."

인자한 미소와 함께 태고 진인이 고개를 끄덕였다.

"물어보시오."

"천마지보는 천마신교의 성물로 이를 통해서만 진정한 천마가 될 수 있다고 들었습니다."

"그런 말이 전해지긴 하지."

"왜 지금껏 없애지 않은 겁니까?"

남궁완의 질문에 누군가 불편한 듯한 헛기침을 했다.

"크흠."

이어서 거대한 덩치의 중년 사내가 제 허벅지를 솥뚜껑만 한 손으로 내려치며 소리쳤다.

"말도 안 되는 소리! 무림맹의 승리를 나타내는 승전품이오. 우리 승리의 상징을 뭐 하러 없앤단 말이오!"

하북 팽가의 소가주였다. 팽 소가주가 거만한 어조로 소리쳤다.

"어디 한번 뺏어 갈 테면 뺏어 가 보라지!"

"천마신교의 성물입니다. 어떤 비밀이 담겨 있을지 모르는 것을 함부로 없애는 것도 너무 가벼운 선택이 아닐는지요?"

"저는 남궁 소가주의 말이 옳은 것 같소. 사특한 것을 남겨 두는 것 자체가 세상에 분란을 불러일으킬 것이오."

여러 의견이 오고 가는 것을 본 태고 진인이 수염을 쓰다듬으며 허허 웃었다.

"세대가 바뀌는 것을 이렇게 느끼게 되는구먼."

"무슨 말씀이십니까? 아직 한창이십니다."

공손방 총사의 말에 태고 진인이 고개를 저으며 천마지보를 집어 들었다. 다들 무얼 하나 의문을 가진 순간, 태고 진인의 손에서 푸른 불길이 피어났다.

삼매진화.

청고한 기운에 깊은 내공이 더해져 불길이 푸른빛을 띠는 것이었다. 사악한 것을 태우기에 이보다 더 적합한 불길은 없을 터.

모두가 깜짝 놀라 반쯤 일어났으나 더 놀라운 일은 그 뒤에 벌어졌다.

뜨거운 열기가 밀실 가득 느껴짐에도 천마지보는 멀쩡했다. 밀실을 환하게 밝혔던 푸른 불꽃이 사그라들자 태고 진인이 보란 듯이 천마지보를 내려놓았다.

"……."

"어떻게 이런……!"

"허어."

그때 기침 소리와 함께 낮은 웃음소리가 들렸다.

"해석도 불가능하고 없앨 수도 없으니, 보관하고 있는 것이 최선일 뿐이지요."

다들 기침의 주인에게 시선을 향했다. 이 밀실에서 가장 어린 나이의 가주가 말했다.

"이렇게 늘 직접 보여 주기 전까진 믿지 않았죠. 하하."

아련하면서도 지긋지긋하다는 어조였다. 팽 소가주가 깜짝 놀라 물었다.

"아니, 제갈 세가에서도 해석하지 못했단 말입니까?"

제갈 세가주가 고개를 끄덕였다.

그렇다면 상품으로 받는다 한들 우승자가 이를 해석할 수 있을 리가 없었다. 놀라운 상품이었지만 가치가 높다고 볼 수는 없었다. 물론 세상 사람들은 대부분 이 사실을 모르고, 말해 준다 한들 믿지도 않을 것이다.

공손방이 다시 입을 열었다.

"어차피 우리가 이것을 상품으로 건 것은 마교의 신공을 내주기 위해서가 아닙니다."

태고 진인이 고개를 주억거렸다.

마교의 성물이 비무 대회의 상품으로 걸린다. 말하자면 이건 마교의 체면을 짓밟는 짓이었다. 그야말로 뺨을 때리는 격이라고 볼 수 있었다.

"마교의 움직임을 파악했습니다. 역시 정보가 새어 나간 듯 보이더군요."

"허어……."

"덕분에 쥐새끼 몇 마리를 잡을 수 있었습니다만, 얼마나 많은 놈들이 남아 있을지 알 수 없는 상황입니다."

공손방 총사가 밀실 안의 사람들을 살폈다.

"모두 조심하십시오. 그리고 이제 마교가 어떻게 나오는지 지켜보도록 하지요."

마교가 참지 못하고 본산을 뛰쳐나온다면 무림맹의 승리. 만약 참아 내고 반응을 보이지 않는대도 무림맹의 승리였다.

뺨을 맞고도 참는 이를 누가 무서워할까? 마교에게 넘어갔던 세력의 추를 다시 무림맹이 가져올 수 있을 것이다. 또한 세상에 알리게 될 것이다. 무림맹은 언제든 천마를, 마교를 상대할 준비가 되어 있다는 것을. 그리고 마교와 천마는 덤비라는 도발에도 발을 뺀 졸렬한 광신도일 뿐이라는 걸.

그때 갑자기 위 맹주가 손을 내밀었다.

"천마지보를 잠시 이리 주시지요. 제가 한번 살펴보겠습니다."

태고 진인이 위 맹주를 물끄러미 바라봤다.

"맹주."

"말씀하시지요."

"비무 대회에서 우승하고 오시오."

"……."

조용한 가운데 피식 웃는 소리가 났다. 부채를 펴는 소리와 함께 말이 이어졌다.

"서른 살 정도 젊어지시면 참석하실 수 있겠네요."

위 맹주의 얼굴이 불그죽죽해졌다.

"제갈 세가주, 그게 무슨 막말이오!"

제갈 세가주가 방긋 웃으며 말했다.

"하긴 참석한다고 해도 이번은 워낙 경쟁자들이 쟁쟁해서 우승한다고 장담할 수 없겠군요."

"제갈 세가주!"

"위 맹주, 태고 진인께서 농담을 하신 것뿐인데 뭘 그리 화를 내십니까?"

남궁 소가주였다. 면박은 태고 진인이 주었음에도 제갈 세가주에게 화를 내는 모습이 추하다고 은근히 조롱하는 것이었다.

공손방 총사가 황급히 입을 열었다.

"그럼 오늘 이 시각 이후로 천마지보가 상품이라는 정보를 풀도록 하겠습니다."

태고 진인이 말했다.

"총사가 노고가 많소."

장철은 나보다 열흘 정도 먼저 도착한 상태였다. 그래서 무한에 대해 훨씬 더 잘 알고 있었다.

'천하객잔……. 이름부터 촌스러웠어!'

장철을 먼저 만났다면 조금 더 돌아다닐지언정 그 객잔에 가지 않았을 텐데.

닭국수 맛은 무난하다고 여겼는데, 아니 세상에, 거기 음식 중에 닭국수가 제일 괜찮은 거였다! 흑흑.

호위들에게 그저 미안할 뿐이었다.

'맛없는 걸 내가 샀다고 맛있게 먹느라 얼마나 힘들었을까…….'

다음에 다른 맛있는 것을 사겠다고 사과했다.

무림맹 성 앞은 아직도 인산인해였다. 이 줄이 줄어들기는 하는지 의심이 될 지경이었다. 그래도 지루하진 않았다. 이에 대비해 장철에게 함께 들어가는 게 어떠냐고 권했기 때문이다.

"……해서 서 소저가 이겼어."

"오, 하령이가 그렇게……."

장철은 안휘성 예선 통과자였다. 그리고 안휘성에는 남궁류청과 서하령이 있었다.

한참 얘기를 하던 장철이 목이 탄 듯 큼큼거리며 물통을 열었다. 참고로 저 물통에는 물이 아닌 술이 들어 있었다. 그런데 계속 얘기를 하며 마시는 새 떨어졌는지 나오는 게 없었다.

내 물통을 대신 건네주려 할 때였다. 갑자기 옆자리에서 물통이 날아왔다. 반사적으로 장철에게 향하는 물병을 내가 막아 내듯 잡았다. 그러자 물병이 날아온 방향에 서 있던 한 청년이 당황한 표정을 짓다가 포권을 했다.

"아, 소저가 잡으셨군요. 물이 떨어진 것 같아, 장 공자께 그걸 드시라고 드린 겁니다."

장철이 그게 무슨 소리냐는 듯 노려보자 청년이 정중히 설명을 덧붙였다.

"저도 모르게 얘기를 듣고 있었거든요. 하하, 다른 지역 예선 얘기다 보니 재미있어서 그만."

"아, 그런 거였군요."

나는 장철에게 물통을 건넸다.

"두 분 다 안휘에서 오셨습니까? 저는 사천에서 왔습니다."

"아뇨, 저는 호남에서 왔어요."

"아, 그렇습니까? 두 분이 일행처럼 보여서 제가 착각했습니다."

"어릴 적에 잠깐 알던 사이였어요."

"아하. 그렇군요. 혹시 사문이 어찌 되십니까?"

"그건 좀……."

"아, 밝히기 어려우신가 보군요. 죄송합니다. 물통을 채 가던 손길이 워낙 예사롭지 않아서요. 그러니 더욱 궁금해집니다. 천천히 알 날이 오겠지요! 하하."

붙임성 좋은 사람이었다. 마치 끼어들 시점만 재고 있었던 것처럼 말도 아주 많았다.

"상품은 뭘까요? 저는 역시 비급이나 영약이면 좋겠습니다."

"공청석유 같은 거요?"

"공청석유! 만약 그런 거라면 더 바랄 게 없을 것 같습니다."

"우승할 자신이 있으신가 봐요."

"하하, 모름지기 참석한 이라면 당연히 우승을 생각하지 않겠습니까! 물론 현실적으로 어렵긴 하겠지요."

그때 줄 서 있는 우리 옆을 한 무리의 일행이 우르르 지나갔다. 무림맹에서 한자리하는 이의 자제거나 대문파, 혹은 세가 사람일 터.

몇 번이나 본 일이었기에 사람들도 질투 어린 시선으로 흘끗 보았을 뿐 별 반응은 없었다. 그러나 지금까지와 다른 점은 그들이 앞서 조용히 들어갔던 사람들과 달리 보란 듯이 크게 떠들며 향했다는 것이었다.

"줄이 엄청나게 길군요."

"그러게 말이야."

"저희는 다행입니다. 형님 덕분에 줄 설 필요 없이 편히 가네요."

"고작 이런 걸 가지고. 하하!"

으스대는 모습이 눈꼴시었다. 떠들썩하게 지나가던 녀석들은 줄을 서 있는 사람들을 보며 피식 비웃기까지 했다.

그때 나와 대화하던 청년이 속삭이듯 말했다.

"저기 맨 앞에 있는 이가 벽 소공자입니다. 정말 꼴불견이지 않습니까?"

벽 소공자라고?

자세히 살피자 그 무리의 앞쪽에 벽 소공자가 있는 것을 알 수 있었다. 형님이라고 아부를 받고 호탕하게 웃던 놈이 벽 소공자였다. 역시 그 가문에 그 인성이었다.

그때 갑자기 그 무리가 멈춰 서더니 한 명이 떨어져 나와 내가 있는 방향으로 다가왔다.

뭐지? 설마 나를 알아본 건가? 어떻게?

나는 면사를 매만졌다. 다가온 이는 내가 아닌 장철 앞에 멈춰 섰다.

"형님, 여기 계셨군요!"

형님……?

나는 그제야 장철의 모습을 확인했다. 장철은 얘기하기도 짜증이 나는 듯한 얼굴이었다. 청년이 돌아서서 장철을 향해 물었다.

"형님이라니요? 장 공자의 아우입니까?"

"형님의 일행이십니까? 예. 저는 철이 형님의 동생인 오라고 합니다."

장오…… 장오.

장철 자체가 찌끄레기 악역 조연 수준이었기에 장철의 아우에 대한 정보는 따로 없었다. 그래서 남궁 세가에서 만난 적 있다는 사실을 조금 뒤늦게 떠올렸다.

그때 아마도…… 교묘하게 장철의 뒷말을 하고 남궁류청과 친해지려고 하다가 면박을 받았지.

"형님, 얼마나 서 계셨습니까? 저랑 함께 가시지요."

"……."

장철은 싸늘한 표정으로 노려보았다. 장오는 아무렇지도 않은 듯 웃으며 말했다.

"아, 혹시 일행 때문인가요? 그렇다면 소공자께 말씀드리겠습니다. 잘하면 일행분도 함께 들어가실 수 있을 겁니다."

"아…… 음……."

청년은 떨떠름한 낯으로 장철과 장오를 보았다.

방금 전에 꼴불견이라고 욕하던 사람과 형님 아우라니. 당황할 법했다.

그때 장철이 말했다.

"필요 없으니까 가라."

"형님……."

"아, 됐다니까!"

장오가 씁쓸한 얼굴로 물러났다.

“형님의 뜻이 그렇다면…… 알겠습니다. 아쉽게 됐네요. 소개해 드릴까 했는데. 일행분들도 같은 생각이신 건가요? 이 줄이라면 들어가는데 한 시진은 걸릴 겁니다.”

마치 너희들도 장철을 따르겠냐고 묻는 듯한 느낌이었다. 자신을 따라간다면 벽 소공자를 소개해 주겠다는 의도도 담겨 있었다.

그때 청년이 단호하게 거절했다.

“예. 전 그냥 줄 서서 들어가겠습니다.”

오…… 말이 많아서 귀찮다고 여겼는데 꽤 바른 청년이었다. 나 또한 됐다는 손짓을 보였다.

“음, 다들 같은 생각이신가 보군요. 그럼 다음에 뵈면 인사라도 합시다.”

그때였다. 갑자기 입구에서 고함이 들려왔다.

“내가 누군지 알아? 너 누구야! 책임자 나오라고 해!”

뭐야? 무슨 일이야? 주변에서 그런 말들이 들리고 표정이 변한 장오가 입구로 향했다.

소리를 지른 것은 벽 소공자였다. 당당히 입구까지 걸어갔던 벽 소공자가 무림맹의 무사에게 붙잡혀 있었다.

“안에서 온 명령입니다. 공자님, 소란 피우지 말고 줄 서 주십시오.”

“그게 무슨 말이야! 네가 뭐 잘못 안 거 아냐?”

“죄송합니다.”

“뭐? 아니, 이봐!”

그때 줄 서 있던 이들 중 한 명이 소리쳤다.

“작작 하지 진짜. 안 된다잖아! 시끄러워 죽겠네.”

벽 소공자가 뒤를 돌아보며 빽 소리쳤다.

"어떤 자식이야!"

그러자 험상궂은 인상의 사내가 검을 쥐고 나섰다.

"내가 말했소만? 내 입인데 내가 말도 못 한단 말이오?"

여기 줄 서 있는 이들은 대부분 제 이름을 알릴 기회를 찾아온 것이었다. 다들 호기로우니 이대로 검을 뽑기에 딱 좋았다.

"형님, 잠시 진정하시지요. 뭔가 잘못된 게 아니겠습니까?"

청년이 고소하다는 듯이 중얼거렸다.

"뭐가 어떻게 된 건지는 모르겠지만…… 쌤통이네요. 하하."

원래 벽가장의 세력 정도로는 이렇게 무림맹에서 대우받기 어려웠다. 위지백이 맹주가 되며 그를 오랫동안 지원하던 벽가장은 맹주의 신임을 받는 세력이 되었다. 그 뒤로 점차 세를 키워 나가 무림맹에서 꽤 알아주는 세력이 되었는데…….

그때 안에서 무림맹의 무사로 보이는 사람이 나왔다. 장오의 낯빛이 확 밝아졌다.

"보십시오, 형님. 사람이 나왔습니다. 뭔가 잘못된 거라고 하지 않았습니까?"

그러나 무사는 벽 소공자와 장오 앞을 그대로 지나쳤다. 무사는 계속 두리번거리며 누군가를 찾는 듯하다가 정확히 이쪽을 응시했다.

"음? 이쪽을 바라보는 것 같은데……."

청년이 혼잣말처럼 중얼거렸다.

장오가 우리에게 향했을 때 찾는 이가 나인 줄 착각했던 기억이 아직 선명했기에 이번에도 나를 향한 것은 아닐지도 모른다고 생각했다.

시선을 고정한 무사가 이쪽을 향해 다가오더니 내 앞에 멈춰 섰다. 그가 정중하게 포권을 하며 물었다.

"백리 세가의 백리연 소저 맞으십니까?"

"헉! 백리 세가의 백리연?"

"백리의강의 딸이라고!"

약간의 흥미를 가지고 바라보던 사람 사이에 술렁임이 퍼져 나갔다.

"……."

음, 이번에는 확실히 나를 향한 게 맞았다. 청년이 얼이 빠진 목소리로 물었다.

"소, 소저 사문이 배, 백리 세가였소?"

고개를 미약하게 끄덕인 나는 옅은 한숨과 함께 삿갓을 벗었다.

"헉!"

"정말로……!"

"백리의강의 딸! 그런데 왜 줄을 서 있는 거지?"

"당연히 참석하러 온 거겠지!"

"아니, 누가 그걸 모르나? 왜 줄을 서 있었냐고 묻는 거잖아!"

무사가 내게 다시 한번 포권을 했다.

"백리 소저께 다시 인사드립니다. 무림맹 무사 이곽이라고 합니다. 안에서 소저를 찾는 분이 계십니다. 저와 함께 가시지요."

"저를 찾는 분이요? 누구요?"

"그건 여기서 말씀드리기 어렵습니다."

"……."

나는 살짝 미간을 찡그리며 줄의 앞과 뒤를 보았다.

'이제 반 왔나……?'

이미 주변이 술렁이며 수군거리는 게 느껴졌다.
'여기 계속 남아 있는다면 온 관심을 받겠지.'
"알겠어요. 그럼 혹시, 제 일행도 함께 가는 것이 가능할까요?"
나는 장철을 눈짓했다.
"누구지?"
"처음 보는 사람인데."
"아까 들었는데 장창이랬어."
장철이야…….
장철도 이들의 대화를 들었는지 얼굴이 벌게져 있었다. 일단 사람들의 관심이 자신에게도 향하자 무슨 이유든 당장 이 자리를 벗어나고 싶은 얼굴이었다. 하지만 내가 자리를 비우면 벽가 놈이랑 아우라는 장오한테 괜한 시비를 걸리기에 딱 좋았다.
무사가 상관없다는 듯 고개를 끄덕였다.
"일행, 괜찮습니다. 함께 들어가시죠."
"어때요, 장 공자? 같이 갈래요?"
장철이 재빨리 고개를 끄덕였고, 나는 청년을 돌아보며 인사했다.
"다음에 만나면 제대로 통성명이라도 하죠."
청년은 왠지 모르게 상기한 표정으로 고개를 힘주어 끄덕였다.
나는 서 있던 줄을 벗어나 무사를 뒤따랐다. 입구에 다다르자 눈을 부릅뜬 벽 소공자도 있었다. 그 옆에는 좀 전의 청년과 똑같이 얼빠진 표정의 장오가 보였다. 장철이 그런 장오를 보곤 보란 듯이 우쭐댔다. 장오가 정신을 차린 듯 소리쳤다.
"잠깐……!"
뒤따라오려는 장오를 수문 무사의 창이 막아섰다.

무림맹 본단은 그야말로 거대했다. 백리 세가도 손꼽힐 정도로 거대한 장원이지만, 무림맹 본단은 그보다 더했다.

무림맹에서 소모하는 어마어마한 물류들을 생각한다면 무림맹이 무한을 먹여 살린다고 해도 과언이 아니니 무림맹 자체가 도시라고 보아도 될 정도였다.

마교의 습격에 패배했던 흔적은 전혀 느껴지지 않았다. 언제까지나 굳건할 것만 같이 위풍당당한 위용이었다.

하나, 과거 아버지와 남궁류청을 따라 들락거렸던 내게는 전과 달라진 건물들이 몇 보였다. 아마도 습격으로 인해 새롭게 세운 것일 터.

장철과는 얼마 지나지 않아서 헤어졌다. 그는 다른 하인처럼 보이는 이에게 인계되어 무림맹 객원들이 머무는 객당으로 향했다.

나는 나를 찾아온 무사였던 이곽을 따라 안으로 안으로 들어갔다. 내가 지나온 담벼락이 열 개를 넘었을 때부터는 세지 않았다.

곧이어 나 또한 완전히 처음 보는 곳까지 왔다. 내가 몇 번 아버지와 남궁류청을 따라 무림맹에 머물렀대도 이렇게 중심까지 들어오는 것은 처음이었다.

그리고 뭔가 안으로 들어올수록 기감이 흐트러졌다. 답답한 올가미가 나를 짓누르는 느낌이랄까? 정확히 말하자면 금안이 제대로 힘을 쓰기 어려운 느낌이었다.

곧 알 수 있었다. 무림맹 중심이 모두 하나의 진법에 얽혀 있었다.

'이게 바로 무림맹의 위력인가?'

건물 하나도 허투루 짓지 않았다.

누군가 내 감각을 한 다섯 겹 정도 차단한 듯한 느낌이 되었을 때였다. 전각 하나가 눈에 들어왔다. 걸어가는 방향을 보아 저 전각이 목표임을 알 수 있었다.

전각에 거의 다다랐을 때 그 안에서 압도적인 내력의 주인을 찾을 수 있었다. 금안이 아니었다면 안에 이 정도의 강자가 있을 거라고 상상도 못 할 만큼 깔끔하게 가려진 기세였다.

'위지백 맹주인가? 나를 보고 싶다는 사람이 맹주였어?'

이 정도의 내공이 진짜라면 정말 무림맹에서 위지백 맹주를 포기하지 못하는 이유를 알 수 있었다. 손 하나가 아쉬운 판국에 그래도 마교와 싸울 수 있는 전력을 어찌 내치겠는가?

그리고 그 옆에 익숙한 내력이 보였다. 곧이어 그 내력의 주인이 있는 내실 앞에 당도하고 문이 열렸다.

밖에서 보았던 것처럼 방에는 두 사람이 있었다. 온통 하얀색 복장인 신선 같은 노인과 똑같은 백발의 청년. 나이 차가 극명히 대비되는 둘은 마주 앉아 바둑을 놓고 있었다.

노인이 말했다.

"승부는 여기까지 합세."

"말은 바로 하셔야죠. 승부는 예전에 끝났습니다."

"너무하구먼. 살날이 얼마 남지 않은 노인 좀 봐주게나."

"글쎄요. 누구의 살날이 더 긴지는 때가 되어 봐야 알지 않겠습니까?"

노인이 크게 웃음을 터트렸다. 나로서는 무슨 표정을 지어야 할지 알 수가 없었다. 헛기침을 하며 웃음을 정돈한 노인이 나를 보고 말했다.

"어서 오시게."

나는 포권을 취하며 예를 표했다.

"곤륜파 장문인 태고 진인께 인사 올립니다. 백리 세가의 백리연입니다."

"음?"

태고 진인이 흥미롭다는 듯이 나를 보았다. 언뜻 보기에는 부드러운 눈빛이지만 나를 파헤치듯 샅샅이 살피고 있었다.

"빈도가 불렀다는 걸 알고 있었는가?"

"그건 아닙니다만, 뵙자마자 알았습니다. 또한 알아보았는데 일부러 모른 척할 필요는 없다고 생각했습니다."

곤륜파 장문인인 태고 진인. 천하 십강에 가장 오래 이름을 두고 계신 분이라고 볼 수 있었다. 할아버지가 철벽으로 만든 산이 내 앞에 앉아 있는 듯한 느낌이라면 태고 진인은 주변과 일체가 된 듯한 느낌이었다.

내 금안이 아니었다면, 태고 진인의 정체를 전혀 예상하지 못했을 터였다.

그때 살짝 고개 숙인 내 옆으로 공기를 가르는 기파가 느껴졌다. 힐긋 보자 무사가 뭐라고 전음하고 있었다.

"음?"

태고 진인이 살짝 놀란 표정으로 나를 보았다.

"빈도가 괜한 짓을 했네. 줄을 서 있었다니, 내 곤란하게 했구먼."

"아닙니다."

"허어, 패혁 그자의 핏줄에서 이런 아해가 나오다니. 음, 아비의 영향인가?"

태고 진인이 수염을 쓰다듬으며 나를 훑어보았다.

"내 한번 말한 것뿐인데 말일세. 이런 위치에 있다 보면 말 한마디가 이렇게 되는 경우가 많다네."

"저를 보고 싶다고 하셨다고요?"

나랑 태고 진인은 지금껏 단 한 번의 연도 없었다.

"그래. 천마가 노리는 아해라길래 보고 싶었네."

갑작스럽게 나온 천마라는 단어에 표정이 굳었다.

태고 진인은 어디까지 알고 있는 거지?

곤륜파는 정파 무림맹의 수좌인 구파 일방 중 마교의 본거지와 가장 가까운 곳에 자리한 대방파였다. 무한에 자리한 무림맹은 갑작스러운 습격을 받기 전까지는 상상도 못 한 채 평화를 즐기고 있었지만, 곤륜파는 수시로 마교와 싸움을 벌여 늘 전시 상황이나 다름없는 곳이었다.

태고 진인이 나를 보며 말을 이었다.

"정말로 묘한 눈일세."

놀랄 틈도 없이 제갈화무가 끼어들어 말했다.

"한번 보이는 것이 어떻습니까? 뭔가를 알아낼 수도 있지 않습니까?"

태고 진인이 웃는 표정으로 제갈화무를 돌아보았다.

"제갈 세가주, 예외는 없네. 백리 소저 또한 비무 대회에서 승리해야 하네."

제갈화무가 어깨를 으쓱이며 입을 다물었다. 태고 진인이 나를 보며 말했다.

"그러고 보면 아직 자네는 모를 테지."

"무엇을 말입니까?"

"이번 무림맹 비무 대회의 상품이 천마지보라네."

“천마지보요?”

나는 놀란 것처럼 말했다. 실제로도 살짝 놀랐으니 완전히 연기는 아니었다.

이미 상품이 무엇인지는 알고 있었다. 하지만…….

‘천마지보를 곤륜파 장문인이 가지고 있었구나.’

의외였다. 나라면 좀 더 안전한 곳에 보관할 텐데. 마교와 수시로 싸우는 곤륜파 장문인이 보관하게 하다니. 등잔 밑이 어둡다는 전술을 쓴 걸지도.

그런데 그걸 제갈화무는 왜 내게 보이라고 한 거지? 이 눈 때문에?

나는 잡생각을 밀어 넣고 말했다.

“그럼 저와는 연이 없겠네요.”

“음?”

“전 비무 대회에 참석하지 않을 거거든요.”

“으음?”

제갈화무도 놀란 눈빛으로 나를 보았다. 태고 진인이 말했다.

“뭔가 잘못 알고 있는 게 아닌가?”

“무슨 말씀이신지요?”

태고 진인이 제갈화무와 눈빛을 교환했다. 나이가 몇인지 짐작도 안 가는 노인과 젊은 청년이 서로 눈빛을 교환하는 모습은 이상하게도 전혀 어색하지 않았다. 나를 볼 땐 분명 어린아이를 대하는 듯한 눈빛이었는데 말이다.

“중요한 건 그것이 아니니 참석에 대한 얘기는 넘어가고, 자네는 천마지보가 탐나지 않는 겐가?”

“네.”

그딴 걸 왜 가지고 싶어 해야 하는데?

“비무 대회에서 우승한다면 명예 또한 따라올 거네.”

“그게 중요한가요? 물론 그걸 중요하게 여기는 사람도 있고, 중요하기도 하지만……. 지금의 제게 별로 탐나는 목표는 아니에요.”

태고 진인이 왠지 모르게 살짝 감탄한 표정으로 나를 보았다.

“역시 천산염제가 제 목숨을 버려 가며 살린 이유가 있었군.”

“…….”

“그거 아는가? 천마는 천산염제와의 전투에서 꽤 큰 부상을 입은 것 같네.”

“네?”

천마가 부상을 입었다고?

‘아니, 그런데 어떻게 지금까지 소문이 나지 않을 수가 있지?’

심지어 지금은 죽은 동호방주도 그런 이야기는 전혀 없었다.

태고 진인이 말을 이었다.

“이상하다고 생각하지 않았는가, 이 혼란스러운 상황 속에서 천마가 아무것도 하지 않은 채 시간만 보낸다는 게? 무림맹은 반으로 나누어져 있고, 이를 다시 수습할 시간을 주지 않고 공격했다면 쉽게 쓰러트릴 수 있었을 텐데 말일세.”

“아니요. 그렇게 쉽진 않았을 거예요.”

나는 단호하게 고개를 저었다. 나를 죽인다면 더 귀찮은 대적자가 나타날 거라 여겨 살려 놓았듯이, 어떠한 계획이 있었을 터.

“음? 빈도의 의견에 이렇게 정면으로 반대하는 이는 오랜만일세. 당돌하구먼.”

아차차.

태고 진인이 보기에 나는 새파랗게 어린 아이일 터. 그런데 정면으로 부정하듯 말했으니 기분 나쁠 수도 있었다.

여기서 말을 잘해야 했다. 나는 눈을 반짝이며 태고 진인을 바라보았다.

"제 할아버지도, 남궁 세가주님도 계시고, 게다가 여기 이렇게 태고 진인께서도 자리를 지키고 계시는데 백도 무림이 쉽사리 무너질 리가요?"

태고 진인이 웃음기 남은 눈으로 바라보며 말했다.

"부친을 닮은 줄 알았더니 또 이런 걸 봐서는 전혀 아니로구먼."

확실히 분위기가 누그러졌다. 역시 세상에 아부를 싫어하는 사람은 없다. 그게 설사 천하제일인이어도 말이다.

문득 태고 진인 옆의 제갈화무와 눈이 마주쳤다. 제갈화무는 살짝 미소 짓고는 내게서 시선을 돌렸다. 아무 감정도 느껴지지 않는 의례적인 태도였다.

"천마의 부상은 겉으로 보이지 않는 거라네. 격에 입는 부상이라고 할 수 있지."

나는 다시 태고 진인을 바라보았다.

"격이요?"

"무의 극을 추구한 끝에 무엇이 있으리라 생각하는가?"

"……우화등선을 말씀하시는 건가요?"

태고 진인이 살짝 흥미로운 듯 나를 보았다.

"세가 출신의 사람이 이리 답하는 건 처음 보는구나."

솔직히 나도 그동안 전설에 가까운, 턱도 없는 얘기라고 생각했더랬다. 천마를 만나기 전까지는 말이다. 그리고 격에 관한 이야기를 듣자 어떤 것을 말하는 건지 어렴풋하게 알 것 같았다.

내가 본 천마는 전혀 사람 같지 않았다.

죽지 않고, 시간을 돌리고……. 그 어떤 사람이 그런 일을 할 수 있단 말인가?

천마가 신선이라고 생각하는 건 아니었다. 하지만 대충 그에 준하는 존재가 아닐까? 그리고 정말 신선이 있다면 하늘에서 천마가 마음대로 움직이지 못하도록 얽매고 있는 그자들이 신선이 아닐까?

그냥 내 생각일 뿐이었다.

"천마의 목표는 우화등선일까요?"

"그건 빈도도 알 수 없군. 다만 우화등선을 위해서는 속세의 미련을 떨쳐 내야 한다 배웠다네. 하나 그간 천마의 행동은 속세에 관심이 아주 지대해 보이지 않던가?"

"……그랬죠."

"천산염제가 쇠락하고 있다 하여도 천하 절대 고수로 꼽히던 이였네. 그이가 죽음을 각오했는데 천마라도 쉽진 않았을 걸세."

태고 진인이 희미하게 웃으며 말을 이었다.

"내 근 백 년을 살아오며 느낀 것은 세상에 영원불멸이란 없다는 거라네."

"그러니까 태고 진인의 말씀은…… 천마도 쇠락하고 있다는 건가요?"

태고 진인이 정답이라는 듯 고개를 끄덕였다.

"그렇다네. 그러니 더 이해가 안 되지 않는가? 쇠락하는 천마가 제격에 타격을 입었음에도 자네 하나를 처리하지 않고 물러가다니. 고작 얼굴 한번 보자고? 일의 경중이 맞지 않지. 천마만 손해 보는 일이란 말일세."

태고 진인이 허공을 바라보며 천천히 말을 이었다.

"천마가 어린아이의 성품과 자질에 감복해 제 손해를 감내하고 살려 둔다? 터무니없는 얘기."

"……."

"분명 자네가 살아 있는 게 천마에게 이득인 부분이 있으리라 생각했다네. 그래서 궁금했네. 자네를 살려 둔 이유가 무엇일지."

그때 갑자기 제갈화무가 끼어들었다.

"그래서 이렇게 보니 그 이유를 아시겠습니까?"

태고 진인이 진지한 눈길로 나를 바라보았다.

"모르겠군."

갑자기 팽팽하던 방 안의 긴장감이 맥없이 풀렸다. 태고 진인이 싱겁게 웃었다. 제갈화무가 알겠다는 듯이 고개를 끄덕이고 말했다.

"백리 소저는 앞으로 천천히 확인할 수 있으실 테니, 그럼 오랜만에 만난 친우와 할 얘기가 있는 저를 위해 이만 자리를 비켜 주시지요."

제갈화무가 태연하게 태고 진인에게 축객령을 내렸다. 지금 보니 제갈화무의 안색이 아까보다 더 창백해진 것이 피로해 보였다.

태고 진인이 고개를 내저으며 자리에서 일어났다.

"아픈 사람에게 비키라 할 수는 없으니 빈도가 나가야지 별수 있겠나?"

"살펴 가십시오. 배웅은 안 합니다."

나는 이 모든 상황을 얼떨떨하게 바라보았다.

아무리 몸이 좋지 않다고 한들, 제갈 세가주라고 한들, 태고 진인에게 이렇게 말해도 되나?

태고 진인과 제갈 세가주의 연배 차이가 몇인데. 태고 진인이 혼인했다면 제갈 세가주만 한 손자가 있을 연배였다. 제갈화무의 태도는 누가 봐도 불손하게 느껴질 정도였다.

그런데도 태평한 태도로 방을 빠져나가던 태고 진인이 방문 앞에서 나를 돌아보았다.

"아 참, 백리 소저, 내가 맹에 있는 건 아직 비밀이니 얘기를 꺼내지 않았으면 하네."

나는 고개를 끄덕였다.

태고 진인이 방을 빠져나가고 잠시 후 방은 조용해졌다. 나를 돌아보고 방긋 웃은 제갈화무가 제 옆으로 오라는 듯 손짓했다.

"그러고 보니 지금까지 차도 안 내줬네."

태고 진인에게 말하는 말투와 비교해 확연히 부드러워진 어조였다. 나는 창백한 안색을 보고 말했다.

"피곤하면 다음에 얘기해."

"여전히 상냥하네. 괜찮아. 너를 만나기 전에도 계속 회의가 있어서 조금 피곤한 거니까."

나는 좀 전까지 태고 진인이 앉아 있던 자리에 앉았다. 제갈화무가 내 앞의 찻잔을 치우고 새 찻잔을 내왔다.

"마지막으로 본 게 삼 년 전인가?"

"그쯤 됐지."

서로 근황을 간단하게 주고받은 후, 나는 바로 물었다.

"천마지보, 내가 봐야 하는 이유라도 있었던 거야?"

제갈화무가 긍정하듯 투덜거렸다.

"하여간 노친네 눈치는 빨라서는……. 이제 우승하는 수밖에 없겠네. 본인이 생각하는 최소한의 기준이라고 여기나 봐."

"노친네라니, 말이 좀 험하잖아. 그리고 내가 왜 그걸 봐야 하는 데?"

"궁금해?"

나는 짜증 난다는 표정을 지었다.

"궁금하면 우승해서 확인해, 라고 말하면 가만 안 둔다."

"……."

제갈화무가 말문이 막힌 표정으로 눈을 깜빡였다. 그리고 주제를 돌리듯 말했다.

"천마가 왜 무림맹을 습격했다고 생각해? 무당파는 뭐 때문에? 그냥 세력을 약화하려고?"

무당파는 당시의 습격으로 장문인이 크게 다쳤다. 제자들도 상당수 부상을 당했고, 다음 장문인이 될 거라 생각한 가장 유망하던 후계자는 다시는 검을 들지 못할지도 모른다는 이야기가 있었다.

그 뒤로는 더 알아볼 수 없었다. 무당파가 봉문을 선언했기 때문이다. 그들은 이번 비무 대회에도 참석하지 않았다.

"네 말은 천마가 천마지보를 찾자고 무당파를 습격했다는 거야?"

제갈화무가 고개를 끄덕였다.

"다 죽어 가는 제갈 세가를 습격한 이유 또한 그게 어디 있는지 파악하기 어려워서지. 겸사겸사 내가 죽으면 모두 사라질 제갈 세가의 서고 또한 불태워 버린 거고."

그런데 결국 태고 진인이 가지고 있었다니. 나는 의아해 물었다.

"몇 번이나 회귀한 천마가 천마지보가 어디 있는지 아직도 제대로 파악하지 못했다고?"

제갈화무가 당연하다는 듯 말했다.

"천마가 회귀한다는 사실을 아는데 매번 같은 곳에 천마지보를 숨겨 두겠어?"

"……."

그게 가능한 것인가?

어떻게 제갈 세가가 천마와 그 오랜 세월 다툴 수 있었는지 새삼 또 알게 되었다. 그게 어떤 방법이었든, 제갈 세가는 천마가 알아내지 못하도록 천마지보를 매번 다른 곳에 숨겼고, 이번에는 곤륜파의 태고 진인에게 숨겼다는 말이었다.

잠시 침묵하던 내가 물었다.

"태고 진인이랑…… 가까운가 봐?"

서로 농담을 나누고 축객령을 아무렇지도 않게 내리는 것을 보아 깜짝 놀랄 만큼 친밀한 듯했다.

"내 조부와 가까웠거든."

제갈화무가 가볍게 웃었다.

"태고 진인은 내 친부와 조부님까지 다 만난 적이 있으셨어. 태고 진인 정도 되는 고수라면 사소한 습관, 말투 같은 걸 기억하는 건 어렵지 않지. 눈치도 빠르니."

나는 미간을 좁혔다.

"태고 진인께서 제갈 세가의 비밀을 아신다는 말이야?"

"정확히는 모르지만, 태도를 보아선 나를 내 조부, 선선대 제갈 세가주라고 생각하시는 것 같더라고. 어린 시절을 기억하는 친우가 그리울 나이시지 않겠어? 맞춰 드리는 건 어렵지 않으니까."

제갈 세가주는 기억을 대대로 물려받는다.

제갈화무는 그 물려받은 기억들의 봉인을 푸는 것을 무척 경계하고 싫어했다.

하지만 제갈 세가로 돌아간 이후 제갈화무는 두 번에 걸쳐서 폐관 수련을 했다. 그리고 그는 여전히 나를 친밀하게 대하고 많은 도움을 주었다.

그러나 나는 이제 내 맞은편에 있는 제갈화무가 내가 알던 제갈화무라고 확신할 수 없었다.

"……니까. 조심하도록 해."

"아, 뭐라고? 잠깐 못 들었어."

제갈화무가 나를 물끄러미 바라보았다가 살짝 웃었다.

"너도 알다시피, 천마는 함부로 움직일 수 없어. 하늘의 감시를 피해야 하기에. 그렇다면 한 번의 움직임에 최대한의 이득을 얻으려 들겠지."

나는 고개를 끄덕였다.

"너와 천마지보가 함께 있는 이 비무 대회. 이건 천마가 함정이 있는 걸 알면서도 올 수밖에 없는 아주 먹음직스러운 미끼야. 그러니까 무슨 일이 생겨도 이상하지 않으니, 조심하라고."

"응."

과거 나는 백리의란을 잡아내기 위해 나 스스로를 미끼로 쓰려고 한 적이 있었다. 제갈화무는 이를 원치 않아 교묘하게 백리의란의 목표를 백리명으로 바꿨다. 그런데 지금은 천마를 끌어내기 위해 나를 미끼로 쓴다고 말하고 있었다.

태고 진인이 제갈화무를 그의 조부와 같은 사람으로 생각한다면 나는 되레 반대였다. 내가 알던, 누이의 죽음을 씁쓸하게 여기고 선대의 기억들을 물려받은 사실을 혐오하던 제갈화무가 아니라 다른 사람처럼 느껴졌다.

'기억은 하고 있으려나?'

내게 고백했던 일들. 차라리 잊는 게 피차 좋은 일이었다.

'이렇게 된 건 다행이라고 생각하지만…….'

그런데도 제갈화무를 볼 때마다 왠지 모르게 씁쓸한 마음이 드는 이유는 알 수 없었다.

태고 진인이 떠난 후, 제갈화무의 몸 상태가 빠르게 나빠져 오래 이야기를 나눌 수 없었다.

오랜만에 제갈화무의 운기를 도와주고 밖에 나왔을 때는 이미 저녁 식사 시간조차 지난 지 오래였다.

'아, 배고프다…….'

나를 데려왔던 무림맹 무사 이곽이 기다리고 있었다. 그 덕에 헤매지 않고 숙소로 바로 향할 수 있었다.

숙소에 도착한 나는 매우 놀랐다.

'뭐야? 숙소가 왜 이렇게 좋아?'

회귀 전 아버지와 남궁류청의 배경 없이 나 홀로 무림맹에 머물 때가 있었다. 그때 내 취급이 어찌나 하찮던지. 무림맹 본단에서도 가장 외곽에 있는 객당의 객실 하나를 내주었다. 하급 무사나 방파 같은 경우 돈이 있다면 차라리 외부의 객잔을 이용할 정도로 별로인 곳이었다.

하지만 지금 이 숙소는 그야말로 저택에 가까웠다. 작지만 연못이 있는 정원에 정자까지 딸려 있었다.

이곽이 내게 말했다.

"여기서 머무시면 됩니다. 하인과 하녀들도 딸려 있으니 편히 쉬십시오."

"네. 안내 감사해요."

"혹시 오늘 만나신 분을 또 뵙고 싶다면 저를 찾으시면……."

이곽이 말을 끝마치기도 전이었다.

"백리연!"

뒤에서 익숙하면서도 오랜만인 목소리가 들렸다.

"아저씨?"

남궁완 아저씨였다. 옆에는 큰아버지 백리의묵이 함께 계셨다. 쪼르르 달려간 내게 큰아버지가 타박하듯 말했다.

"대체 종일 어디 있다가 오는 게냐? 무한에 도착했으면 마땅히 어른께 인사부터 하러 와야지! 무림맹 본단의 다른 사람들에게 본을 보이지는 못할망정 천방지축으로 굴어서야 되겠느냐? 여기가 네 집도 아니거늘 멋대로 굴다니."

"……?"

나는 당황한 표정을 지었다. 지금 뭐라고 하시는 거지?

큰아버지와 나는 서로 적당히 거리를 두고 존중하는 관계였다. 그런데 갑자기 이렇게 뜬금없이 잔소리라니? 아니, 잔소리라는 말도 귀여운 축이었다. 이건 그냥 혼내는 것이나 다름없었다.

곧이어 왜 저러는지 상황을 파악했다.

'지금 남궁완 아저씨 앞이라고 허세 부리는 거야?'

하, 기가 막혔다.

이걸 큰아버지 체면을 생각해 적당히 넘어가야 하나 아니면 정색을 해야 하나 고민한 순간이었다.

나는 그 고민에 한 가지 더 끼워 넣었어야 했다. 남궁완 아저씨는 남궁류청의 친부라는 사실을.

남궁완 아저씨가 큰아버지를 향해 말했다.

"지금 연이에게 뭐라 하셨습니까?"

"예?"

"지금 감히 연이에게 뭐라 하셨냐 물었습니다."

남궁완 아저씨의 목소리가 심상치 않았다. 큰아버지는 다소 당황한 듯했지만 웃음을 잃지 않고 말했다.

"하하, 남궁 소가주께서도 거의 두 시진 가깝게 기다리지 않았소? 나는 그저 연이가 소식도 없이 사라졌기에 큰아버지로서 걱정되어……."

남궁완 아저씨가 큰아버지의 말을 자르며 말했다.

"걱정? 진정 걱정하긴 하셨소?"

큰아버지는 갑작스럽게 벌어진 일에 순간 무슨 대답을 해야 할지 모르겠다는 듯한 표정이었다. 남궁완 아저씨가 사납게 웃으며 말을 이었다.

"진정으로 연이가 걱정되었다면 이유부터 물어야지, 무슨 상황인지 제대로 알지도 못하면서 기다렸다는 듯 냉큼 화부터 내는 것이 진정으로 걱정하는 어른의 태도요?"

큰아버지의 얼굴이 빨갛게 달아올랐다. 남궁완 아저씨가 명백한 조소를 머금고 말했다.

"여전하신가 봅니다. 변한 게 없으시군요?"

"아까부터 대체, 무슨 말을 하는 것이오?"

"무슨 말이냐니. 벌써 잊어버린 것이오? 하긴 보통 제가 저지른 잘못은 쉬이 잊어버리지."

남궁완 아저씨의 목소리에서 냉기가 뚝뚝 떨어졌다.

"내 아직도 똑똑히 기억하오. 십여 년 전쯤 백리 세가에 방문했을 때 있었던 일 말이오."

큰아버지의 가슴팍이 크게 들썩였다.

"연이가 제 아버지 주겠다고 꺾어 온 꽃을 사촌이라는 자들이 강탈해 눈앞에서 짓밟았지. 사촌 오라비라는 자는 뻔히 보고서도 모르는 척 조롱하였고. 대체 누굴 보고 그리 행동하나 궁금하였는데. 역시 그 아비에 그 아들이었구려!"

그 일로 백리명이 매를 맞고 쌍둥이들이 쫓겨나기도 하였는데 어찌 잊어버릴까? 그러나 남궁완 아저씨가 아직까지 그 일을 기억하고 있는 것은 놀라웠다.

큰아버지가 눈을 부릅뜨고 말했다.

"그게 언제 적 일인데……."

큰아버지가 하던 말을 멈추고 입술을 파르르 떨었다. 어느새 조용히 나타난 하인들이 구경하듯 기웃거리고 있었다. 나와 작별 인사를 하다가 갑작스럽게 벌어진 상황에 물러날 기회를 잃은 무림맹 무사 이곽도 있었다.

나는 그만하라는 듯 남궁완 아저씨의 팔을 잡아당겼다.

"아저……."

그러나 남궁완 아저씨가 완강히 뿌리쳤다. 나는 눈을 동그랗게 뜨고 바라보았다.

"말리지 말거라! 내 이번에는 좌시하지 않을 터. 너를 모욕하는 건 나를 모욕하는 것이나 다름없다는 걸 똑똑히 알려 줄 게다!"

남궁완 아저씨의 목소리가 쩌렁쩌렁하게 울려 퍼졌다.

어찌어찌 상황이 소강된 후, 큰아버지는 시뻘게진 얼굴로 소맷자락을 털며 숙소를 떠났다. 나는 큰아버지 뒤를 황급히 뒤따라가 배웅한 후, 정원 한쪽에 서 있던 남궁완 아저씨를 데리고 숙소로 들어왔다.

대충 적당히 눈에 띄는 방으로 들어갔다. 그때까지도 화가 누그러지지 않았는지 남궁완 아저씨가 버럭 성을 냈다.

"네 아비나 너나 똑같다! 뭣 하러 저런 놈과 잘 지내? 하하 호호. 올 사람이 없어서 저자와 같이 오느냐? 네 아비랑 오면 될 것을!"

"……."

"호가호위라고, 저자가 요 며칠간 무림맹에서 얼마나 고상한 척을 하던지! 내 정말 기가 막히더군."

음, 그러니까 간단히 정리하자면 남궁완 아저씨는 내 아버지가 아니라 큰아버지가 온 것 자체가 마음에 들지 않았고, 거기에 큰아버지가 고상한 척 구는 모습이 꼴 보기 싫던 참에, 심지어 내게 뭐라고 하는 모습을 보자 그대로 눈이 뒤집힌 것이었다.

"장로라고? 하! 그 또한 네 아비가 온갖 모욕을 뒤집어쓴 것에 대한 보상이지 않느냐. 그걸 왜……!"

"아버지는 몸이 안 좋으시니까요."

"……."

"아무래도 오시기 힘드시죠."

방 안의 분위기가 순식간에 가라앉았다. 남궁완 아저씨가 착잡한 목소리로 물었다.

"아직도 해결법은 못 찾았느냐?"

나는 웃었다.

"곧 찾을 수 있을 거예요."

"……그래."

남궁완 아저씨가 한숨을 내쉬었다. 그러다 이상하다는 듯 나를 보며 말했다.

"들어오면 틀림없이 네가 그러지 말라고 뭐라고 할 줄 알았거늘. 별말이 없구나."

"네? 뭘요?"

"네 큰아버지께 너무했다고 생각 안 하느냐?"

"음……."

솔직히 조금 과하다고 생각하긴 했는데…….

나는 고개를 살짝 기울였다.

"하지만 저를 위해서 나서신 거잖아요?"

"그렇지."

"잘하셨어요."

"뭐?"

"앞으로도 그렇게 하시면 돼요."

남궁완 아저씨가 무슨 말이냐는 듯이 나를 바라보았지만 나는 그저 방긋 웃을 뿐이었다.

곧이어 하인이 차를 가지고 들어왔다. 나는 하인을 내보내고 찻주전자를 들었다. 찻잔을 채우는 내 모습을 지켜보던 남궁완 아저씨가 감탄 어린 목소리로 말했다.

"이제 정말 다 컸구나. 멀리서 보고 처음에 못 알아볼 뻔했어."

"그러게요. 정말 오랜만이네요."

"정말 잘 자랐구나. 의강을 많이 닮았어. 정말로. 널 처음 보았을 때는 내 허리만 했단다. 요만하던 아이가 언제 이리 커서는."

남궁완 아저씨가 나를 아련한 표정으로 나를 바라보다가 갑자기 정색했다. 극단적인 감정 변화였다.

"밥을 안 먹었다고?"

꼬르르륵.

이놈의 배는 한번 소리가 나기 시작하더니 계속 눈치도 없이 소리를 냈다.

"종일 밥도 안 먹고 뭘 한 거야? 건강해지니 아주 막사는군. 매일같이 픽픽 쓰러지면서 약을 먹던 때는 벌써 잊어버린 것이지?"

"아, 이건 오늘 너무 바빠서…… 어쩌다 보니 그리됐어요."

"어쩌다 보니? 하, 네 아비한테도 그리 말할 테냐?"

"어…… 음…… 아이고, 밥이 왜 이렇게 늦지?"

"말 돌리지 말거라!"

"아저씨, 그러고 보니 무림맹에는 어쩐 일이세요?"

남궁완 아저씨가 애쓴다는 표정으로 나를 바라보았다.

남궁완 아저씨는 비무 대회에 참석하는 남궁류청과 함께 왔다고 한다.

"마교 놈들이 류청을 노릴 수도 있으니 말이다."

남궁류청이 이번 비무 대회에 참석할 것은 너무나 당연한 일.

양주에서 무한으로 오는 길은 뻔했다. 경로가 훤히 드러나 있으니 습격의 위험이 훨씬 컸다. 일단 나만 해도 습격당하지 않았는가? 마교 놈들은 아니었지만…….

그러고 보면 남궁 세가는 벌써 두 번에 걸쳐서 마교의 습격을 받은 것이었다. 한 번은 남궁완 아저씨의 누이가 죽었고, 그다음 남궁완 아저씨도 팔을 잃을 뻔했으니. 경계가 남다를 법했다.

'그리고 천마지보에 대한 것도 알고 계셨겠지.'

천마지보를 미끼로 하여 마교를 본산에서 끌어내는 것. 일반 무인들에게는 그냥 백도 무림의 축제일 뿐이지만, 무림맹 고위급은 전쟁까지 생각하고 있을 터였다.

이게 남궁완 아저씨가 무림맹에 온 진짜 이유겠지.

얼마 지나지 않아 기다리던 식사가 왔다. 나는 밥을 먹고, 이미 저녁을 드신 남궁완 아저씨는 맞은편에서 술을 드시며 근황을 주고받았다.

내가 식사를 거의 끝냈을 즈음이었다. 남궁완 아저씨가 조심스러운 어투로 물었다.

"그러고 보니 네가 류청이 보낸 생일 선물을 돌려보냈다고 들었다."

"……."

"혹시 둘이 싸운 것이냐?"

……역시. 이 주제가 한 번은 나올 줄 알았다.

"류청이 그러던가요, 다퉜다고?"

"그놈이 그런 말을 할 녀석이냐? 그냥 어쩌다 보니 듣게 된 것이다."

하긴 공식적인 경로로 선물을 되돌려 보냈으니 남궁완 아저씨의 귀에 들어가는 것도 당연했다.

"그 선물은 생일 선물로는 너무 과했어요."

잠시 침묵한 남궁완 아저씨가 말했다.

"그건 보기보다 그리 귀하지 않다. 그냥 장식일 뿐이야."

남궁완 아저씨가 머뭇머뭇하며 말을 이었다.

"류청이…… 직접 도안을 그려서 장인에게 의뢰를 넣어 만든 것이다. 꽤 고심했다."

"장인에게 직접 도안을 그려서 의뢰를 넣은 건데 귀한 게 아니라고요?"

앞뒤 설정이 안 맞잖아!

"……큼, 뭐, 크흠, 어쨌든 내가 그렇다면 그런 줄 알거라."

하지만 남궁완 아저씨의 말이 아니더라도 그 장식을 보자마자 알 수 있었다. 이것은 남궁류청이 장인에게 직접 의뢰한 것이라는 걸.

'남궁 세가에 머물 때 복숭아꽃이 피면 다시 보러 가자고 했으니까…….'

나는 남궁완 아저씨를 바라보다 희미하게 웃었다.

"아저씨께서 제가 받았으면 하시면 받을게요."

남궁류청을 위해서가 아니라 남궁완 아저씨를 위해서는 받을 수 있다는 말이었다. 하지만 남궁완 아저씨가 내 말에 담긴 뜻을 못 알아들을 리 없었다.

"……아니다. 네가 원치 않는다면 어쩔 수 없지."

고개를 끄덕인 나는 주제를 돌렸다.

"그러고 보니 아저씨, 폐관 수련을 삼 년이나 하시더니……."

나는 은근하게 웃으며 아저씨를 바라보았다.

"축하드려요."

보통 아저씨 연배쯤 되면 폐관 수련을 일, 이 년씩 길게 할 수 없었다. 아무래도 위치가 위치다 보니 엮여 있는 가문의 일이 많지 않겠는가? 여건상 보통 폐관 수련을 하더라도 짧게, 길어야 두세 달이 한계였다.

하지만 남궁완 아저씨는 통째로 이 년을, 그리고 잠깐 나왔다가 또 일 년을 폐관 수련에 들어갔다. 그래서 남궁완 아저씨의 팔이 멀쩡하다는 것은 거짓 아니냐는 소문도 났다.

"네 눈으로 그것도 볼 수 있느냐?"

"그것도 있고…… 벌써 소문도 나고 있던데요? 남궁 세가의 소가주가 화경에 들었다고요."

남궁완 아저씨는 그게 뭐 어떠냐는 듯 술잔을 홀짝였지만, 살짝 올라간 입꼬리는 숨기지 못했다.

무림인의 경지를 간단히 나누자면 일단 삼류, 이류, 일류가 있었고 그다음을 절정이라 칭했다. 절정은 보통 검기를 자유자재로 다루는 경지로 여기서부터는 확실한 고수로 취급했다. 그다음이 초절정, 그리고 화경 순이었다.

남궁완 아저씨가 지금 오른 것으로 알려진 경지였다. 화경에서 한 발 더 나아가 현경에 들면 이제 할아버지와 남궁 세가주 같은 천하 절대 고수라고 불리는 것이다.

그리고 아버지와 남궁완 아저씨는 오랫동안 누가 먼저 초절정의 벽을 넘을 것인지 세간의 관심을 받아 왔다. 그 대결은 남궁완 아저씨의 낙승이었다. 초절정을 넘어서 화경에까지 들었으니.

아버지도 초절정의 경지에는 올랐으나…….

나는 소맷자락을 꽉 쥐었다. 어쩔 수 없는 일이었다. 아버지의 불완전한 내공 상태로는 현 상태를 유지하는 것만으로도 벅찼으니까. 제대로 수련을 할 수 있을 리가 없었다. 거기다 주화입마에 빠졌던 나까지 돌봐야 했으니.

이렇게 화경에 든 남궁완 아저씨를 마주 보니 축하하고 싶은 마음도 진심이었으나, 미약한 질투와 함께 드는 씁쓸한 마음도 어쩔 수 없었다. 그리고 결국에는 이런 생각이 들었다.

'정말로 내가 문제인 건가? 나만 없었더라도…….'

천마의 말이 떠오르는 것이었다. 내가 아버지의 발목을 잡고 있다는.

잠시 생각에 빠졌던 나를 남궁완 아저씨의 목소리가 깨웠다.

"그때…… 다시는 검을 들지 못할 뻔했을 때의 경험이 도움이 많이 되었지."

남궁완 아저씨가 자신의 오른손을 바라보았다.

"다 네 덕이니라."

그러고는 진지한 눈길로 나를 바라보았다.

"네가 어떤 선택을 하든 나는 이미 널 내 딸처럼 여기고 있느니라."

"……."

"그러니 내 도움이 필요한 일이 있다면 언제든지, 지체 말고 나를 찾아오너라."

나는 입술을 꽉 깨물고 고개를 숙였다. 괜스레 눈시울이 시큰해졌다.

이튿날. 나는 일찍이 채비해 큰아버지를 찾아갔다. 그리고 큰아버

지께 남궁완 아저씨의 일을 대신 사과했다.

황급히 하인들을 내보내긴 했지만 이미 소문이 파다하게 퍼졌다. 하인이라지만 우리 가문 사람이 아니라 무림맹 사람인 것이다. 내가 그들의 입을 모두 틀어막을 수도 없는 데다 여기는 무림맹에서 내준 숙소였다. 넓다고 한들 다른 이들이 묵고 있는 다른 전각들과 담벼락 하나로 나뉘어 있었다.

"후일 할아버지께 말씀드려서 정식으로 항의하도록 할게요."

글쎄. 할아버지가 과연 이번 일을 듣고 정식으로 사과하라고 남궁세가에 항의할까? 오히려 무림맹에서 처신 하나 제대로 못 하냐며 혼이나 내겠지.

당연히 큰아버지도 이를 알 것이다. 큰아버지는 약이 오르는 듯 가슴팍을 들썩이며 씨근덕거렸다.

"됐다! 네가 나보다 남궁 소가주를 훨씬 가깝게 여기는 건 내 진즉 알고 있었느니. 아무리 그래도 너와 나는 피를 나눈 혈육이거늘. 내가 너를 그리 박대할까! 나는 그저 기가 찰 뿐이다!"

내가 뭐라고 말하기도 전에 큰아버지가 다탁을 거세게 탕탕 두들겼다.

"그리고 왜 네가 사과를 하느냐? 사과하려면 그자가 와야지! 아니지. 또 네게 이렇게 말했다고 득달같이 내게 달려들겠구나. 됐다. 너도 그냥 가거라. 내 네게 무슨 말을 할까!"

나는 엎어진 찻잔을 바로 세우며 찻주전자를 들었다.

"큰아버지, 일단 진정하시고 제 말을 조금만 들어 주세요. 잘 생각해 보면 이번 일, 그렇게 나쁘지만은 않은 일이에요."

얼굴을 와락 찌푸린 큰아버지가 또다시 다탁을 내려치며 소리쳤다.

애써 따른 찻물이 다시 왈칵 흘러넘쳤다.

"네가 들은 말이 아니라고 그리 쉽게 말하지 말거라!"

"그게 아니라…… 큰아버지, 일단 한 번만, 한 번만 들어 보세요."

나는 태연하게 다시 찻잔을 채웠다. 다탁 테두리가 장식이 높아서 물이 흘러내리진 않았다. 하지만 한 번만 더 다탁을 두들겼다간 다탁이 아니라 수반이 될지도 몰랐다.

큰아버지가 사나운 눈빛으로 어서 말하고 나가라는 듯이 나를 노려보았다. 나는 차분히 말했다.

"여긴 무림맹이잖아요."

"누가 그걸 모르느냐?"

"백리 세가와 남궁 세가 간에 불화가 있다는 소문이 퍼진다면 누가 가장 좋아할까요?"

"음?"

불퉁한 기색이던 큰아버지가 내 말에 흥미가 생긴 듯 표정이 살짝 풀렸다. 나는 은근하게 말했다.

"한 분, 매우 좋아하실 분이 계시죠."

무림맹주 위지백. 나름 머리를 굴릴 줄 아는 큰아버지는 조용히 있다가 금세 말귀를 알아들었다.

"그러니까 네 말은 남궁 세가와 불화가 있는 척 일부러 연기하라는 게냐?"

"역시 큰아버지께서는 현명하시니 바로 제 뜻을 이해하실 거라고 생각했어요."

두 가문 사이가 틀어진다면 위 맹주 측에서 행동을 보일 터.

"하나 어젯밤 일이 있다고 한들 그쪽에서 믿을까?"

큰아버지가 의심 어린 표정을 지었다.

"쉽게 믿진 않겠죠. 하지만 무시하기도 힘들 거예요. 그러니 큰아버지의 실감 나는 연기가 중요하죠."

"흐음."

턱을 쓰다듬으며 생각에 잠긴 듯하던 큰아버지가 깨달았다는 듯 말했다.

"하면 남궁 소가주도 처음부터 이를 불화로 소문내려고 내게 그리 했다는 게냐? 그렇다면 미리 말을 했어야지!"

"그건…… 아니에요."

"뭐? 아, 그럼 어제 말을 맞춘 게냐?"

"그것도 아니에요."

큰아버지가 그럼 대체 뭐냐는 듯이 나를 바라보았다.

"남궁완 아저씨께는 말씀드리지 않았어요. 남궁완 아저씨는 모르는 계획이에요."

"뭣? 어째서?"

말하려 했으면 어제도 기회가 충분했다. 하지만 나는 말하지 않았다.

'왜냐면…… 남궁완 아저씨는 연기가 취약이었으니까.'

나는 속내와 전혀 다른 말을 했다.

"이 일의 중심은 큰아버지신걸요. 굳이 남궁완 아저씨께 말씀드려야 하나요?"

일의 중심이라는 말에 큰아버지의 눈썹이 꿈틀거렸다. 큰아버지는 이 상황을 받아들일 것이다. 제법 괜찮은 방법이니까.

첫 번째 이유.

할아버지께서 큰아버지를 무림맹의 장로 자리로 보낸 것은 가주 자리에서 물러나게 된 큰아버지를 위로하는 처사였다.

하지만 할아버지는 능력도 없는 이를 무림맹 장로로 계속 앉히지는 않을 것이다. 뭔가 공을 세우는 모습을 보여야 했다.

고민하는 듯하던 큰아버지가 걱정스레 물었다.

"하지만 두 가문에 불화가 있다고 믿는다고 한들 위 맹주 측에서 우리에게 접근할까?"

"그럼 남궁 세가 측에 접근할까요?"

"그건 그렇지……."

큰아버지가 말을 흐렸다.

두 번째 이유.

위 맹주가 두 가문 중에 손을 뻗어야 한다면 무조건 우리 가문 쪽일 것이었다.

큰아버지, 백리의묵은 지금까지 위 맹주와 직접 충돌한 적이 없었다. 하지만 남궁완 아저씨는 달랐다. 남궁완 아저씨와 위 맹주 사이는 이미 돌이킬 수 없을 정도였다.

백리 세가의 가정사에 대해 알 만한 이들은 알 터였다. 과거 큰아버지와 아버지의 사이가 원만하지 않았다는 사실을.

"그리고 접근하지 않아도 저희는 손해 볼 게 없어요. 어차피 정말로 두 가문 사이가 틀어질 일은 없고, 사람들에게 이제 백리 세가가 남궁 세가와 동등한 기세를 지녔다는 것을 널리 알릴 수 있으니까요."

위 맹주가 정말로 그간의 싸움에 아무런 감정이 없어서 우리에게 접근하지 않는다면, 오히려 좋았다. 위 맹주가 생각이란 걸 할 지능이 남아 있으며, 그래도 끌어안고 갈 수 있는 전력이라는 뜻이었으니.

하지만 전혀 반성 없이 무림맹 내 권력 투쟁에만 관심이 있다면…….

마교가 천마지보를 얻기 위해 언제 무슨 술수를 쓸지 모르는 상황이었다. 이런 상황에 아군인지 아닌지도 확실하지 않은 사람을 수장으로 남겨 둘 수는 없었다.

나는 머뭇거리는 큰아버지 등을 한 번 더 밀어주었다.

"그리고 할아버지께는 큰아버지께서 이런 계획을 세웠다고 말씀드리면 되지 않을까요? 분명 좋은 생각이라고 동의하실 거예요."

그러니까 이 모든 계획은 내 생각이 아니라 큰아버지가 떠올린 것이라고, 큰아버지께 공을 넘기겠다는 말이었다.

큰아버지의 눈이 반짝였다. 그러나 너무 속이 보인다 여겼는지 헛기침을 하며 말했다.

"크흠. 하나 이건 네 생각이거늘 어찌 네 공을 뺏어 가겠느냐?"

나는 고개를 갸웃 기울이며 말했다.

"하지만 저는 딱히 하는 것도 없는걸요. 분란이 있는 척 연기하는 건 큰아버지시니까요."

연달아 헛기침하며 눈을 굴리던 큰아버지가 어쩔 수 없다는 듯이 말했다.

"흐음, 뭐, 네 뜻이 그렇다면……."

큰아버지의 낯빛이 어느새 밝아졌다. 벌써 계획이 성공한 미래를 그리고 있는 듯했다. 나는 그런 큰아버지께 주의를 주었다.

"하지만 조심하셔야 해요. 여긴 무림맹이니까요. 누군가 서신을 쥐도 새도 모르게 열어 볼 수도 있어요."

"설마 그런 일이……."

너무 들떠서는 안 됐다. 위 맹주도 바보가 아닌 이상 큰아버지께 손을 뻗기 전 몇 번이고 불화를 검증하려 들 터. 큰아버지가 잠시 인상을 찡그렸다가 고개를 주억거렸다.

"그래. 일을 성공시키는 것이 중요하지. 아버지께 알리는 건 나중에 하는 게 좋겠구나."

큰아버지는 본인이 머리 좋은 줄 알고 똑똑한 척 굴지만, 확실히 세상 곱게 자란 분이라고나 할까? 누가 백리명과 부자 아니랄까 봐 참 닮은 두 사람이었다.

'아니 잠깐만, 그러고 보니…… 뭔가 큰아버지 부자를 둘 다 내가 이용하는 것 같은데…….'

아니, 아니지. 이용이라기엔 서로 간에 이득을 교환하는 거라고 생각하자.

그래도 미약한 죄책감은 들었다. 그래서 대신이라고 할까, 이 이야기를 꺼냈다.

"그러고 보니 큰아버지, 저 밖에서 리리를 보았어요."

"뭣!"

큰아버지가 제자리에서 펄쩍 뛰어올랐다.

사실은 살짝 귀찮기도 했고 백리리도 잘 지내는 것 같으니 그냥 모른 척할까도 고민했다. 하지만 마교가 무슨 짓을 저지를지 모르는 비무 대회지 않나? 백리리가 괜히 휩쓸려 다치는 일은 없었으면 했다.

큰아버지가 다급한 목소리로 말했다.

"어디, 어디서 보았느냐! 밖에서 보았느냐? 안에서? 하지만 네 호위에게선 리리 얘기는 전혀 못 들었거늘……!"

"역용을 하고 있어서 저도 알아보기 힘들었어요."

"역용을 했다고? 하…… 어쨌든 그래서 리리인 게 확실하더냐?"

"아마도요."

내 눈썰미는 그간 마교 첩자를 몇 명이나 잡아내 증명된 바였다.

"네가 그리 봤다면 맞겠지. 백리리 이 녀석……! 그런데 왜 데려오지 않았느냐!"

"그게……."

내가 뭐라고 대답하기도 전에 큰아버지가 깨달았다는 듯 말했다.

"아, 설마 지붕을 뛰어다니며 온 난리를 쳤던 이유가 리리 때문이었던 게냐?"

"어…… 하, 하하. 버, 벌써 들으셨어요?"

알아서 착각해 주니 따로 변명할 필요가 없어 다행이었지만, 살짝 민망했다.

"그래. 네 호위에게 보고받았다. 지붕을 뛰어다니다가 그대로 길을 잃어버렸다고."

그나마 치안대에게 붙잡혀 끌려갈 뻔한 사실은 호위도 몰랐기에 큰아버지도 못 들으신 듯했다.

"내 네가 오자마자 호위들에게 떨어져 있는 동안 어찌 지냈는지 하나하나 다 물어보았다. 내가 널 이리 신경 쓰거늘, 뭐? 웃기지도 않는! 흥."

다시 남궁완 아저씨를 향해 한차례 성을 낸 큰아버지가 다시 정신을 차리고 말했다.

"아니, 아니. 지금 그 얘기를 할 때가…… 지금 당장 사람을 풀어야겠다! 이만 넌 가 보거라. 아니, 잠깐. 화공을 먼저 불러 용모파기를 그려야겠구나. 잠시 기다려라. 대체 그 아이는 제정신인지……. 거기

밖에 있느냐!"

"큰아버지, 큰아버지. 잠시만요."

나는 정신이 하나도 없어 보이는 큰아버지를 억지로 진정시켰다.

"만약 여기서 리리를 잘못 자극하면 또 도망칠 수 있으니까요. 차라리 제가 리리를 찾아서 큰아버지를 찾아오라고 설득해 볼게요."

"……네가?"

"네. 백리 세가 사람들을 풀어서 우르르 찾아다녔다간 잘못하면 찾기도 전에 리리가 먼저 눈치챌 수도 있잖아요?"

"그건 그렇지."

"게다가 무한이 얼마나 넓은데요. 백리 세가 무사들을 쓴대도 어느 세월에 찾겠어요? 그렇다고 무림맹 무사들에게 찾아 달라고 할 수도 없잖아요? 범죄자도 아닌데."

큰아버지가 내키지 않는 듯 인상을 찌푸렸다.

"하나 너 혼자 언제 찾는단 말이냐? 이 넓은 곳을."

나는 걱정하지 말라는 듯 달래는 어조로 말했다.

"리리는 건강해 보였어요. 친구도 사귄 듯싶고요. 게다가……."

나는 말을 계속해 마른 목을 찻물로 축였다.

"저희가 급하게 찾아다니지 않더라도 리리가 알아서 찾아올 거예요."

"리리가 우리를 찾아온다고?"

"네."

큰아버지가 의심스러운 눈길로 말했다.

"어찌 그리 확신하느냐?"

"큰아버지, 이 시기에 무한에 왔으면 꼭 들르는 곳이 한 곳 있잖아요? 저희는 그냥 기다리면 돼요."

"꼭 들르는 곳이라니? 그런 곳이 있느냐?"

나는 고개를 끄덕이며 말했다.

"비무 대회장이요."

"……!"

"비무 대회장에서 기다리면 리리가 알아서 찾아올 거예요."

큰아버지가 제 손바닥을 주먹으로 내리쳤다.

"옳거니! 확실히 네 말이 맞다! 맞아. 당연히 비무장에 오겠구나."

큰아버지가 걱정스러운 낯빛으로 물었다.

"설마 참여하려는 걸까?"

"그건 모르죠. 정체를 숨기고 참여할 생각일 수도 있고, 혹은 그냥 구경을 할 생각일지도요."

"어찌 되었든…… 그래. 그래도 여기 있다는 것을 알아 다행이구나……."

큰아버지가 걱정을 덜었다는 듯 안도의 한숨을 쉬었다.

그렇다. 이 시기에 무한에 왔는데 비무장에 오지 않는 건 말이 되질 않았다. 다른 이 역시 마찬가지일 테다.

내가 보았던 그 붉은빛의 내공. 지금껏 그런 타오르는 듯한 열기가 느껴지는 빛깔의 내공은 두 사람밖에 본 적 없었다.

천산염제와…… 야율. 그 또한 무한에 왔다면 비무장에서 볼 수 있으리라.

"그래서 말인데요. 혹시 예선 명단을 볼 수 있을까요?"

"그건 왜?"

"혹시 리리가 참가했을 수 있으니까요. 명단이 있으면 더 파악하기 쉽겠죠."

"그건 문제가 되지 않는다만, 네가 비무 대회장에 종일 있을 수는 없지 않으냐? 너도 대회 준비를 해야지."

"네?"

"그러고 보니 들었느냐? 이번 비무 대회 상품은 천마지보다."

"아, 어제 들었어요."

큰아버지가 고개를 끄덕이며 살짝 교만한 표정을 지었다.

"나는 미리 알고 있었지만, 발표는 어제 났다. 지금쯤 바깥은 이 소식으로 뒤집혔을 테지. 역대 최고의 상품이라 말해도 아쉬울 것 없으니 말이다."

"그렇죠."

"그러니 너도 열심히 해야지 않겠느냐."

"네?"

"남궁 그 자식들에게 질 수는 없지. 네 아버지의 영광을 네가 이어야 하느니라! 이 비무 대회에서 백리 세가의 이름을 네가 떨쳐야 한다! 알았느냐!"

"……."

"아, 튼실한 잉어를 구해서 주방으로 보내 놓았다. 어젯밤에 고아 놓으라고 했으니 가서 받아 가거라."

큰아버지의 유례없는 열정적인 모습에 기가 막히기도 했고, 한숨이 나오기도 했다. 이 사람이나 저 사람이나 왜 다들 내가 비무 대회에 당연히 참가할 거라고 생각하는지.

"큰아버지, 저는 비무 대회에 참석 안 해요."

"그게 무슨 말이냐?"

나는 단호하게 말했다.

"저는 참가할 생각이 없어요."

"……."

큰아버지가 나를 물끄러미 바라보다 우습다는 듯 피식 웃었다.

'음?'

뭔가 예상했던 반응이 아니었다. 놀라거나 반대하거나 그럴 줄 알았는데…….

큰아버지가 혀를 끌끌 차며 말했다.

"똑똑한 척은 다 하더니 왜 여기선 허술한 게야?"

"네?"

"아버지께서, 그러니까 네 할아버지가 이미 비무 대회에 네 이름표를 제출했다."

"……네에?"

"그러니 허튼 생각 말고 비무 대회에 집중하도록 해라."

아니, 뭐라고?

"잠깐, 잠시만요. 큰아버지, 그러니까 할아버지가 저를 출전시켰다는 말씀이신 건가요?"

"그래. 처음 무림맹에서 비무 대회 배첩이 오자마자 바로 출전시켰다. 당연히 알고 있는 줄 알았거늘."

"말씀 안 해 주셨어요!"

기가 막히고 억울했다. 아니, 이런 중요한 걸 왜 말씀 안 해 주시는 거야?

그러고 보니 태고 진인과 제갈화무가 지었던 그 미묘한 웃음. 왠지 이상하다 싶더니만, 내 출전 사실을 알고 있던 거였다! 그런데도 비무 대회에 출전하지 않을 거라고 말하는 걸 보고 얼마나 어이가 없고 웃졌을까!

괴로워하는 나를 향해 큰아버지가 말했다.

“흠, 뭐 당연히 출전한다고 생각할 법도 하지. 쯧, 내가 네 대진표를 짜느라 얼마나 골머리를 앓았는지 아느냐?”

“예? 대진표요? 그건 또 무슨 말씀이세요?”

“대진표 말이다. 네가 최대한 힘 빼지 않고 올라가기 쉽도록 대진표를 짜느라 며칠간 다른 이들과 얼마나 씨름을 했는지. 쯧쯧.”

“올라가기 쉽게 대진표를 짰다고요?”

“그래.”

“그거…… 조작…… 아닌가요?”

“대진표를 짜는 것은 장로회의 일이다. 그리고 우리만 그렇게 한 것도 아니고. 이 정도야 손쓰는 것도 아니다.”

내 떨떠름한 모습에 큰아버지가 되레 호통쳤다.

“여기서 손 놓고 있는 자가 멍청한 게지! 남궁 세가의 그자를 말하는 거다. 흥.”

“아니, 그래도 할아버지께서 아시면…….”

“흥, 아버지는 오히려 잘했다고 하실 것이다! 그럼 넌 본선 시작하자마자 남궁류청 그 아이와 비무했으면 좋겠다는 게냐?”

그, 그건…….

순간 나도 말문이 막혀 버렸다. 큰아버지는 그런 날 보면서 그거 보라는 듯 의기양양했다.

‘우, 우으. 큰아버지께 이런 취급을 당하다니.’

뭔가 내 자존심에 타격을 받는 느낌이었다. 그리고 일단 하나는 확실히 알 수 있었다. 큰아버지와 남궁완 아저씨는 절대 가깝게 지낼 수 없는…… 그런 사이라는 것을.

'허, 세상에.'

내가 비무 대회에 참석한다고? 게다가 뭐? 대진표 조작이라니?

내가 대진표 조작에 얽혔다니! 아버지!

무한 서북 거리.

어스름한 아침 햇살이 어둠에 잠겨 있던 기와 위로 오르며 고요한 저택들을 비추었다. 저택들이 오밀조밀하게 밀집해있는 서북 거리는 보통 무림맹 본단에 적을 두고 일가를 이룬 이들이 모여 살았다.

그중에서도 가장 규모가 거대한 장원.

이른 시간부터 나와 정원을 쓸기 시작한 하인들은 벽 소가주가 씩씩거리며 걸어가는 것을 보고 재빨리 고개 숙였다.

벽 소가주가 이곳을 방문하는 일은 자주 있었다. 하지만 저 단단히 뿔이 난 표정은 무엇이란 말인가?

하인들의 의문은 금방 풀렸다.

기세등등하게 중문을 넘어 들어가던 벽 소가주가 내원 앞에서 갑자기 멈췄다. 벽 소가주와 무사들 사이에 몇 차례 실랑이가 벌어지고, 무작정 들어가려는 벽 소가주를 무사들이 붙잡았다.

"소가주님, 이러시면 안 됩니다. 안으로 소식을 전하러 들어갔으니 잠시만 기다려 주시지요."

"하! 내 어제 종일 기다렸거늘 일이 있어서 바쁘다고 얼굴 한 번 내비치지 않아 놓고 뭐라고? 오늘은 무조건 봐야겠네. 비켜!"

"아직 이른 시간입니다. 준비하는 데 시간이 걸리시는 듯싶으니 기다려 주십시오!"

"이 손 떼지 못해? 오냐, 네놈들도 그 문지기들과 같이 군다 이거지?"

그때 벽 소가주의 옆을 한 사내가 지나갔다. 무사들은 그의 앞을 막지 않았다. 벽 소가주가 그자를 손가락질하며 눈을 부릅떴다.

"저, 저, 저자는 왜 안 막느냐! 뭐? 준비하는 데 시간이 걸려? 위 맹주!"

"벽 소가주님! 이러시면 안 됩니다!"

"위 맹주! 듣고 있는 거 다 알고 있소! 나와 보시오!"

그리고 소란이 벌어지고 있는 전각 안 내실.

위지백은 아리따운 여인의 시중을 받으며 식사 중이었다. 벽 소가주를 지나쳤던 사내가 위지백이 식사 중인 방으로 들어왔다. 사내를 본 위지백이 여인을 향해 이만 물러가라 손짓했다. 여인이 뒷걸음질로 물러가고 사내가 입을 열었다.

"맹주님, 밖이 아주 시끄러운데 괜찮습니까?"

위지백이 손수건으로 손을 닦으며 무심히 말했다.

"예상한 바일세. 천박하기 그지없는 자들이지. 이제 본색을 드러내는 것뿐."

무심한 어조에 중후한 음성은 사람을 절로 믿게 만드는 힘이 있었다.

이미 전날 벽 소공자가 무림맹 본단 정문에서 일으킨 소란이 무림맹 내에 짜하게 퍼진 상태였다.

"맞습니다. 지금껏 맹주님의 이름을 팔아 너무 문제를 일으켰지요."

사내가 위지백을 바라보는 눈길에는 굳건한 믿음이 가득했다. 위지백이 충성스러워 보이는 사내를 향해 물었다.

"그래서 어떻던가, 백리연 그 아이는? 오자마자 태고 진인과 제갈 세가주를 보았다던데. 그만한 보옥이던가?"

"그것이……."

사내가 머뭇거리자 위지백이 말했다.

"그냥 본 그대로 말하게나."

"일단 제 기척은 전혀 알아채지 못한 듯 보였습니다."

위지백이 당연하다는 듯 고개를 끄덕였다.

"그리고 기이할 정도로 아무 기백도 느껴지지 않더군요. 실망스러울 정도였습니다. 동년배에도 미치지 못하는 느낌으로, 솔직히 말씀드리자면 삼류 수준이었습니다."

"……그 정도였다고?"

"예. 이상할 정도로 아무 내공도 느껴지지 않았습니다. 혹은 기세를 제가 알아챌 수 없을 정도로 완벽하게 죽인 것 같습니다. 죄송합니다."

"아니, 아닐세. 자네가 알아보지 못할 리가 없지 않은가. 하지만 뭔가 좀 이상하긴 하군. 분명 동호방주를 쓰러트렸다 들었는데."

턱을 쓰다듬던 위지백이 인상을 찌푸렸다.

백리연의 무위는 특히나 논란이 많았다. 직접 목격한 자들이 있는데도 계속 논란이 이는 이유는 그들이 자꾸만 허무맹랑한 말을 해 댔기 때문이다.

애초에 백리연의 연배에 악양을 주름잡던 동호방주를 쓰러트렸다는 얘기 자체가 믿기 어려운 일이었다. 남궁 세가의 남궁류청이라면 모를까, 백리 세가의 그 단전 폐인이?

그렇지 않아도 믿기 어려운 상황이거늘, 백리연이 동호방주를 상대할 때 검이 날아다녔다는 등의 말을 들으면 헛소리 작작 하라는 말이 튀어나오는 것이었다.

동호방주와의 전투를 보고받은 위지백도 마찬가지였다. 동호방 놈들이 제 방주가 어린 계집에게 당했다는 사실을 숨기기 위해 경지를 부풀린 게 아닐까 생각했다.

위지백이 중얼거렸다.

“흐음, 일단 항간에 퍼진 소문의 반의반만 되어도 최소 중반까진 버티겠지.”

“그렇겠지요. 예선을 치렀다면 그래도 짐작이 갈 텐데 말입니다. 하필 바로 본선으로 직행하여……. 그러고 보니 오늘 맹주님의 제자가 예선을 치르는 날이었지요? 미리 축하드립니다.”

“아직 결과는 나오지 않았네.”

“당연히 통과하지 않겠습니까.”

위지백은 찻잔을 들며 대진표를 떠올렸다. 아직 무림맹 무한 지역 예선이 끝나지 않아 대진표의 몇몇 자리는 공석으로 남아 있었다. 비무 대회의 흥성을 위해서는 약간의 조작도 필요한 법. 그리고 백리연 정도라면 그의 제자의 명성을 높이는 데 좋은 제물이 될 터였다.

본선 초반에 마주치게 할지 중반이 좋을지 고민할 때였다.

“그리고 태고 진인, 제갈 세가주와 대화가 끝난 후 돌아간 숙소에서 남궁 소가주와 백리 장로 사이에 충돌이 있었습니다.”

“음? 자세히 말해 보게.”

정신이 혼미했다.

큰아버지께 대진표에 손쓰는 일은 그만두시라 하였으나 과연 내 말을 들을지는 알 수 없는 노릇이었다.

'그냥 기권할까?'

아니. 차라리 처음부터 참석 신청을 안 하면 안 했지 이미 했다가 기권하면 백리 세가의 체면에 먹칠을 하는 꼴일 터였다.

무슨 정신으로 돌아왔는지도 알 수 없이 숙소에 도착했을 때였다.

"연아!"

마치 다른 사람의 숙소에 도착한 것처럼 한 여인과 소녀가 날 맞이했다. 노란색 무복을 입은 여인은 서하령이였고 백색 무복의 소녀는 진진이었다.

나는 환하게 웃었다.

"오랜만이야."

서하령이 잠시 나를 멍하게 바라보다가 뒤늦게 정신을 차렸다.

"……너 ……너! 너 이 나쁜! 어떻게 깜깜무소식이야? 내가 너 언제 오나 목 빼고 기다리다가 한 치는 늘어났을 거다! 너랑 같이 온다던 사람은 왔는데 너는 안 오고! 그리고 도착해 놓고는 나를 만나러 오지도 않아? 연락도 없이!"

진진이 웃는 낯으로 서하령을 다독였다.

"하령 언니, 진정해요. 사정이 있었을 거예요."

"나 어젯밤에야 겨우 숙소에 들어왔는걸. 눈뜨자마자 큰아버지께 갔다 왔어. 다들 아침은 먹었어?"

"먹었을 리가 있겠어? 밥으로 유혹할 생각 하지 마."

"잉어를 고아 놓은 게 있다던데……."

"뭐 해? 앞장서. 어서 아침 먹으러 가자."

서하령은 앞장서라면서 본인이 먼저 앞장서서 걸었다.

"잉어라니. 그게 어디서 난 거야? 이 근방에서 원기를 조금이나마 북돋아 주는 음식은 가격이 열 배에서 오십 배까지 올랐다고."

"오……."

무림인이 가장 좋아하는 세 가지를 꼽으라면 신병이기, 무공 비급 그리고 영약이 될 터. 세상에 이름 날리고 싶은 무림인들이 다 모여들었으니 약의 효능이 있기만 하면 이 근방에서 싸그리 사라지는 중인 모양이었다.

서하령과 진진 둘 다 열흘 전에 도착했다고 했다. 원래도 잘 맞았던 둘은 이번에 무림맹에서 만나 한층 더 가까워진 느낌이었다.

아침 식사를 마치고 나서 서하령이 이 꼭두새벽부터 나를 찾아온 이유를 알 수 있었다.

"차는 됐어."

"응? 벌써 돌아가게?"

"무슨 소리야? 너도 일어나야지."

의아한 얼굴의 내게 진진이 설명했다.

"서둘러 가야 예선전을 좋은 자리에서 볼 수 있어요."

예선전…….

갑자기 머리가 지끈거리는 느낌이었다. 서하령이 주먹을 불끈 쥐며 말했다.

"오늘은 무슨 일이 있어도 꼭 봐야 해."

"왜?"

"그야, 위 맹주의 직전 제자인 위구중이 나오는 날이니까!"

점차 비무장에 가까워지는 것을 삼삼오오 몰려오는 사람들로 알 수 있었다.

'생각보다 무인이 많네.'

다양한 문파와 가문의 젊고 어린 이들을 볼 수 있었다. 오늘 예선에 나온다는 맹주의 직전 제자를 보러 온 듯한 느낌이었다.

서하령이 인상을 찡그렸다.

"왜 이렇게 사람이 많아? 우리도 일찍 온 건데."

벌써 모여든 사람들로 비무장에 다가가기 힘들 정도였다.

'이거 제대로 볼 수 있으려나?'

나는 상관없지만…… 서하령과 진진은 괜찮은 자리를 잡아야 할 텐데. 걱정하는데 뭔가 분위기가 이상했다. 인파들이 감탄하는 목소리가 들렸다.

"우와! 세상에! 대단하구먼!"

"아니, 이래도 되는 것이여?"

콰앙! 큰 소리와 함께 기파가 느껴졌다. 서하령이 눈을 동그랗게 떴다.

"아니, 뭐야? 뭐야! 벌써 시작한 거야? 그럴 리가 없는데?"

나 또한 눈을 크게 떴다. 저 기파가 매우 익숙했기 때문이다 지금까지 느긋하게 걷던 나 또한 나는 듯이 뛰어가는 서하령의 뒤를 따랐다.

그때 인파 속에서 한 청년이 튀어나와 아는 척했다.

"서 소저! 드디어 왔구려. 지금……."

다급히 말하던 청년이 나를 보고는 갑자기 말을 멈췄다.

"어어…… 이쪽은……?"

하지만 지금 청년에게 신경 쓸 상황이 아니었다. 비무장 위에서 비무를 펼치는 자가 남궁류청이었기 때문이다.

'저기서 뭐 하는 거야!'

남궁류청은 이미 예선을 통과한 본선 진출자였다. 남궁류청을 아직 알아보지 못한 서하령이 청년에게 다급히 물었다.

"예선이 벌써 시작한 거예요?"

청년이 뒤늦게 정신을 차리고 말했다.

"아, 아니. 지금 하는 비무는 예선이 아닙니다!"

"아니라고요? 그럼 저기서 뭘 하는 거예요?"

그때 다른 이들의 대화가 청년 대신 답을 알려 주었다.

"남궁 공자와 황보 공자의 비무라니! 이거 예선 보러 왔다가 좋은 구경을 하는군!"

"아니, 그런데 둘이 갑자기 여기서 왜 이러는 건가?"

"뭔가 시비가 있던 것 같긴 하네만 제대로 못 들었네. 뭐 어떤가? 우리야 구경하고 좋지! 예선 시작도 전에 후끈 달아오르는구먼!"

그제야 서하령도 비무장 상황을 알아보았다.

"뭐야? 뭐야! 류청이랑 황보 공자라니? 둘이 싸운다고?"

나는 그제야 상대가 누군지 알았다.

"황보라면? 황보찬?"

"어, 너도 알아?"

"들어는 봤어."

황보 세가. 산동성 제남에 위치한 명문으로 무림맹이 세워질 때부터 십 대 세가로 불리던 가문 중 하나였다. 그런 가문이니 당연히 무림맹 원로회에 한자리를 차지하고 있었다.

원로원의 문파와 세가들은 서로의 이합집산에 따라 사이가 좋아졌다 나빠지기를 반복했다.

'물론 지금은 서로의 이해관계는 뒤로 밀어 두고 위 맹주와 마교 덕에 모두 한뜻으로 모인 상황이지만.'

어찌 되었든 그 연혁이 오래되다 보니 대대로 사이가 안 좋은 문파들도 있었다.

대표적인 앙숙이 바로 황보 세가와 남궁 세가였다. 두 가문 사이는 어마어마하게 멀기에 이해관계가 얽힐 일도 좀처럼 없건만, 사이가 좋지 않은 이유는 무공 때문이었다.

일단 황보 세가는 대대로 권법의 대가를 배출했고 남궁 세가는 검법의 대가를 배출했다. 보통 권법은 권법끼리, 검법은 검법끼리 경쟁이 벌어지는 편으로 무공의 결이 다르면 대결 구도가 생기지 않았다.

하지만 두 가문은 연원을 알 수 없는 이유로 은근히 서로를 견제했고, 심지어 전대에 완전히 앙숙이 되어 버린 사건이 벌어지는데…….

바로 한 여인을 두 남자가 사랑한 것이다.

'그야말로 사랑과 전쟁…….'

승리자는 흠흠, 남궁완 아저씨였다.

실연의 아픔을 얻은 당시 황보 공자, 현 황보 소가주는 일찍 혼인하여 삼녀 일남을 두었고, 저기 남궁류청과 싸우고 있는 이가 황보 소가주의 외아들이자 막내아들인 황보찬이었다.

명문 세가의 후계자로 금이야 옥이야 자란 황보찬은 무림맹에 와 커다란 충격을 받는다. 사람들이 자신보다 남궁류청에게 관심이 더 많았기 때문이다.

사람들의 관심이 남궁류청에게 쏠리는 것을 본 황보찬은 남궁류청을 시기 질투했고 남궁류청을 만날 때마다 신경을 긁으며 발목 잡기를 주저치 않았다.

'위 맹주 일 때문에 별일 없을까 했더니만…….'

현재 무림맹에 와 있는 남궁완 아저씨와 황보 소가주 사이에도 별일이 없지 않았는가?

하긴 두 분과 비교하기엔 나이부터 상대가 안 됐다. 거시적이라는 단어는 알려나?

그사이 남궁류청이 황보찬을 몰아붙였다. 나름 황보찬도 우승을 기대하는 기재거늘, 남궁류청과는 상대가 되지 않았다. 심지어 남궁류청은 검조차도 뽑아 들지 않은 상태였다.

퍽, 퍽, 퍽! 쾅! 빠악.

권장법으로만 상대하는데도 황보찬은 속절없이 밀렸다. 서하령도 꽤 당한 게 있는지 분노하며 소리쳤다.

"저 새끼 저거, 내가 언젠가 이런 일 벌어질 줄 알았지. 류청! 잘한다!"

아니, 잘하긴 뭘 잘해?

청년이 당황해서 말했다.

"서, 서 소저, 남궁 공자를 말려야……."

"말리긴 뭘 말려? 죽이지만 않으면 됐지."

"그, 그래도. 비무 참가자들끼리 개인적인 싸움을 하면……."
"이 김에 저 입을 아주 닥치게 만들어야지!"
빠악!
소리만으로도 인상이 찡그려질 정도였다.
황보찬은 나가떨어지지 않고 버텼다. 하지만 황보찬의 손은 남궁류청의 옷깃도 스치지 못했다. 검을 뽑지 않은 것을 보아 마지막 이성은 지키고 있는 듯했다.
'그나마 다행인가?'
홀로 고개를 끄덕이다 의심이 들었다.
'사실 검을 안 뽑은 건 피를 안 보기 위해서가 아니라 황보 세가의 장기인 권장법으로 황보찬을 밟아 누르려는 목적 아냐?'
"세상에, 둘 다 명문 세가의 자제들 아니오? 어찌 이리 실력 차이가……."
"앞으로 나는 남궁 공자에게 모두 걸어야겠소!"
"황보 공자의 실력도 부족하지 않거늘 어찌 이렇게 일방적이란 말인가!"
나는 인상을 찡그렸다.
'누구 말릴 사람이…… 없네.'
아무래도 예선전이다 보니 무림맹에서도 지위가 높은 인물은 나와 있지 않았다. 난 쓴웃음을 짓고 발을 디뎠다.
"헉!"
"연아!"
청년과 서하령이 놀라 소리칠 때, 나는 이미 얽혀 있던 두 사람 사이에 끼어들어 있었다. 지금껏 싸움을 흥미진진하게 지켜보던 구경꾼들도 놀라 말했다.

“대체 언제! 자네 봤나? 끼어드는 거?”

“아니, 눈 한 번 깜빡이니까 있던데? 내가 존 줄 알았네.”

“누구지?”

“눈을 가린 거 보면 모르겠나? 백리 소저지!”

그저 감탄하는 이들만 있는 건 아니었다. 이 자리에는 예선전을 참관하러 온 젊은 고수들도 많았다.

“역시 경신법이 고절해. 과연 백리 세가라고 해야 하나? 부드러움이 그야말로 제일이군.”

“대단한데. 남궁 공자의 공격을 단번에 막아서다니. 백리 세가의 금나수인가?”

내 손바닥이 남궁류청의 주먹을 막고 있었다. 내가 일으킨 자연지기가 남궁류청이 일으킨 진기의 경파를 부드럽게 밀어냈다.

‘이 주먹으로 때리고 있었단 말이야? 황보 공자 괜찮은 거 맞아?’

나는 소란을 뒤로한 채 남궁류청의 크게 뜬 눈을 보며 말했다.

“이 정도 했으면 됐어.”

놀란 것도 잠시, 어느새 나를 노려보던 남궁류청이 싸늘하게 말했다.

“네가 무슨 상관이야? 끼어들지 마.”

오, 성질 나오네.

“맞아. 상관은 없지만…… 네가 여기서 더 손을 썼다간 문제가 생길 수 있다는 건 알지.”

황보찬 또한 본선 진출자다. 비무 대회 참석자들끼리 사적인 싸움은 금지되어 있었다.

남궁류청이 나를 밀쳐 내듯 내 손을 뿌리쳤다. 주춤 밀려난 난 황보찬과 부딪쳤다. 황보찬은 몸을 반쯤 숙이고 있었다.

남궁류청이 이를 악물고 말했다.

"비켜."

역시 이 정도로는 안 되려나? 나는 남궁류청을 향해 속삭이듯 목소리를 낮췄다.

"류청, 우리 결승에서 만나야지. 안 그래?"

"……."

남궁류청이 눈을 부릅뜬 채 나를 보았다. 나는 살짝 미소 지었다. 남궁류청의 기세가 점차 조금씩 수그러들었다.

남궁류청이 내 뒤쪽을 싸늘한 눈길로 쏘아보며 소맷자락을 정돈했다. 이내 낮게 중얼거렸다.

"자신 있나 봐?"

나는 턱을 치켜들고 오만하게 웃었다.

자신은 무슨 자신. 젠장. 오늘 아침만 해도 나가는 줄도 몰랐는데. 휴, 차라리 오늘 아침에라도 진실을 알아서 다행이라고 생각하자.

싸움이 소강상태가 되자 끼어들지 못하고 발만 구르던 이들이 뛰어나와 황보찬에게 달려갔다.

"황보 공자!"

"공자! 괜찮습니까?"

어느새 바닥에 주저앉아 있던 황보 공자가 부축하는 사람들을 밀쳐 내며 소리쳤다.

"이거 놔!"

"공자!"

"아직 안 끝났어! 넌 뭔데 끼어드는 거야!"

겨우 진정시킨 남궁류청이 다시 발끈했다. 그런 그를 막으며 황보찬을 돌아볼 때였다. 둘러싼 인파들 너머 한 무리의 건장한 무인들이 우르르 몰려왔다.

"다들 나오시오!"

"비키시오! 무림맹 치안대이니 다들 비키시오!"

무인들이 고함을 지르며 둘러싼 사람들을 뚫고 들어와 대뜸 소리쳤다.

"신성한 비무 대회에서 누가 소란을 피우는 것이오!"

"……."

"……."

다들 떨떠름한 표정으로 치안대를 바라보았다. 한발 늦은 등장이었기 때문이다. 뒷북도 참…… 이런 느낌의 표정이랄까?

치안대 대장으로 보이는 무사는 아직 분위기를 느끼지 못한 듯 소리쳤다.

"비무장에서 사적인 싸움이라니! 남궁 공자 그리고……."

남궁류청 앞에는 내가 서 있었다. 대장이 나를 보고 살짝 당황한 표정을 지었다가 부축을 받는 황보찬을 보고는 얼굴을 굳혔다.

무사가 한 발짝 더 다가오며 소리쳤다.

"백리 소저까지 지금 뭘 하시는 겁니까?"

나는 살짝 눈을 가늘게 떴다.

'이것 봐라?'

분명 어떤 상황인지 보고를 받고 출동했을 터. 내가 황보찬과 남궁류청 사이를 가로막고 있는 상황만 보아도 내가 두 사람의 싸움을 말리고 있었다는 걸 파악할 수 있을 것이다. 그런데 황보 공자는 쏙 빼고 나와 남궁류청만 언급하다니?

나는 공수를 하며 공손히 말했다.

"소란을 피워 죄송합니다. 더는 소란이 없을 테니, 걱정하지 않으셔도 됩니다."

나는 남궁류청의 옷자락을 팔을 잡고 당겼다.

"거기 서시오!"

내려가려는 우리를 말로 붙잡은 무사가 황보찬을 보며 말했다.

"어서 황보 공자를 무림맹 의각으로 모셔라!"

그러고는 우리를 돌아보고 호통쳤다.

"이런 소란을 피워 놓고 그런 말로 넘어갈 생각 마시오. 남궁 공자와 백리 소저 두 사람은 우리와 함께 율법원으로 가셔야겠소!"

남궁류청이 인상을 찡그리고 설명했다.

"연이는 그저 싸움을 말리려 끼어들었을 뿐입니다. 가야 한다면 저만 가면 됩니다."

무사는 콧방귀를 뀌며 말했다.

"변명은 되었소. 따지고 싶다면 율법원에 가서 말하시오."

후, 그래. 왠지 느낌이 싸하더라니. 남궁류청이 이를 악물고 무사를 노려보며 말했다.

"대협, 상황을 제대로……."

무사는 아랑곳하지 않고 남궁류청의 말을 잘랐다.

"죄를 지었으면 벌을 받아야 하는 법! 여기가 길바닥 저잣거린 줄 아시오? 여긴 정파 연맹의 성지인 무림맹이오. 소란을 피웠다면 남궁세가의 자제든 백리 세가의 자제든 피할 수 없소!"

와! 순식간에 남궁류청과 나의 반론을 가문의 배경을 가지고 위세 떠는 것으로 탈바꿈시켰다. 남궁류청이 기가 찬 낯으로 한 곳을 가리켰다.

"나와 소란을 피운 자는 저쪽……."

무사는 마치 기다렸다는 듯이 답했다.

"황보 공자는 지금 부상을 입지 않았소! 왜, 무림맹에서 멋대로 검을 빼 든 것도 모자라 이제는 치료도 하지 못하게 막으려는 것이오? 다들 뭐 하는가? 황보 공자를 뫼셔라!"

검은 뽑지도 않았건만 이를 따지고 들면 뭐가 다르냐고 할 게 분명했다. 어떤 식으로 여론을 끌고 나가는지 알 수 있었다.

명령을 받은 치안대원이 황보 공자를 부축하려 다가가고 일부는 우리에게 향했다. 남궁류청이 이를 아득 물며 나를 향해 미안한 표정을 지었다. 나는 괜찮다는 듯 그의 팔을 살짝 다독였다.

남궁류청은 소란을 벌인 건 맞으니 얌전히 율법원에 갈 생각일 터였다. 크게 다친 사람도 없고, 나는 말리려고 끼어든 것이니 거기서 해명하면 될 거라 생각하는 거지.

'하지만 그래선 안 되지.'

이 일은 처음부터 함정이었다.

율법원에는 위 맹주의 사람이 앉아 있었다. 율법원에 가는 순간 이 사건의 고삐를 위 맹주가 쥐는 것이나 다름없었다. 그렇게 된다면 이 일은 남궁류청과 황보찬의 다툼이 아니라 위 맹주와 남궁 세가 간의 세력 싸움이 될 터였다.

'게다가 황보 세가도 위 맹주 편을 들 테고.'

원로회가 뜻을 모으고 있다고 한들 제 아들이 남궁류청 때문에 제대로 망신을 당한 상황이었다. 원래도 관계가 좋지 않았으니 잘됐다 하고 돕지 않을 터.

내가 이렇게 확신할 수 있는 이유는…… 과거에도 이와 같은 일이 똑같이 벌어졌기 때문이다.

게다가 당시에는 무림맹이 마교의 습격을 받기 전이었기 때문에 원로회도 남궁 세가의 일에 끼어들지 않았다.

남궁류청은 어찌어찌 비무 대회에는 무사히 참가하게 된다. 하지만 이 일로 무림맹 내에서 남궁 세가의 영향력이 상당히 줄어들고 말았다. 그러니 남궁류청이 절대 율법원에 가게 두어서는 안 됐다.

반대로 치안대의 목적은 무슨 핑계를 대서라도 일단 남궁류청을 율법원에 끌고 가는 것이다.

그때였다.

"잠시만요."

온화하면서도 낭랑한 목소리였다.

듣기만 해도 미모가 짐작이 가는 목소리를 지금껏 두 번 들었다. 한 명은 남궁류청의 어머님이셨고, 이번이 두 번째였다. 그리고 나는 이 목소리의 주인이 누군지도 알았다.

입술을 꽉 깨문 무사가 중얼거렸다.

"공손 소저."

무림맹 총군사인 공손방의 딸 공손월.

서하령이 생기 넘치는 햇살 같은 느낌의 미인이라면, 공손월은 지적이며 우아한 느낌의 미인이었다.

눈이 마주친 공손월이 내게 살짝 눈인사하고 무사를 돌아보았다.

"강 무사님, 노고가 많으십니다."

원래도 아는 사이였던 듯 무사를 향해 공수한 공손월이 차분한 목소리로 말을 이었다.

"백리 소저는 그저 남궁 공자와 황보 공자의 싸움을 말리시던 것뿐입니다."

모여든 인파들로 소란스러움에도 공손월의 목소리는 귀에 쏙쏙 들어왔다. 나는 공손월의 목소리에 미약한 내공이 실려 있는 걸 느낄 수 있었다.

"율법원에 가야 한다면 제가 함께 가는 게 맞습니다."

강 무사가 떨떠름한 표정으로 말했다.

"……공손 소저, 함부로 말씀하시면 안 됩니다."

"아니요. 이 자리에서 나서지 않는다면 남궁 공자께 제가 얼굴을 들 면목이 없습니다. 남궁 공자가 나서게 된 이유는 황보 공자가 제게 한 말 때문이었으니까요."

"……."

강 무사가 골치 아프다는 듯한 표정을 지었다.

공손월의 친부는 무림맹 총군사인 공손방이다. 그런 공손월을 함부로 대할 수는 없었다. 또한 그녀의 증언도 무시할 수 없었다. 그녀가 율법원에서 남궁류청의 편을 든다면 일이 꼬일 수밖에 없었다. 그러니 강 무사가 저런 떨떠름한 표정을 짓는 것이다.

상황을 해결했다고 여기는 듯 공손월이 남궁류청을 보면서 살짝 미소 지었다. 남궁류청도 이를 보고 고맙다는 듯이 고개를 살짝 끄덕였다.

"캬, 웃는 거 봤는가?"

"역시 백문이 불여일견이구먼."

"공손 소저와 남궁 공자 둘이 선남선녀로군. 아주 잘 어울려."

"그러고 보니 둘이 최근 붙어 다니지 않았소?"

이 모든 상황을 보는 나는 왠지 남궁류청의 팔을 잡던 손에 힘이 빠졌다.

스르륵.

남궁류청이 나를 붙잡을 것처럼 움찔 움직였다가 겨우 멈추는 게 느껴졌다.

나는 모르는 척 공손월을 바라보며 말했다.

"공손 소저의 뜻은 알겠어요. 율법원에 같이 가시겠다고요. 하지만 일단은……."

나는 몸을 돌려 황보찬에게 다가갔다. 내 돌발 행동에 다들 영문을 모르겠다는 얼굴로 나를 지켜보았다. 나는 자연지기를 이용해 황보찬을 부축하던 소년을 살짝 밀어내고 대신 부축했다. 떠밀린 소년이 어리둥절한 낯으로 자신의 손을 바라보았다.

나는 이를 무시하며 물었다.

"공자, 많이 다치셨나요?"

"……."

황보찬은 웃길 정도로 얼빠진 낯이었다. 내 말을 알아듣지도 못한 듯했다.

"황보 공자?"

내가 고개를 살짝 기울이며 다시 부르자 황보찬이 화들짝 놀라며 답했다.

“뭐, 뭡니까?”

나는 미소 지으며 물었다.

“몸이 괜찮으신가 해서요.”

그렇게 얻어터졌음에도 황보찬은 입술이 터진 자국 외에는 별다른 외상을 찾아볼 수 없었다.

‘피부 가죽 하나는 두껍나 보네. 잘됐네.’

황보찬이 입가를 손등으로 닦으며 벌떡 일어났다.

“내가 고작 이딴 걸로……!”

나는 다행이라는 듯 고개를 끄덕이고 물었다.

“황보 공자, 그럼 기권하실 생각은 없으신 거죠?”

황보찬이 제자리에서 방방 뛰며 소리쳤다.

“뭐? 내가 왜!”

“다행이네요.”

그러고는 강 무사를 돌아보았다.

“들으셨죠, 강 무사님? 남궁 공자와 공손 소저도 율법원에 가실 필요 없어서 다행이네요.”

지켜보던 강 대협이 버럭 소리쳤다.

“대체 그게 무슨 소리요!”

“강 무사님, 왜 화를 내시죠?”

나는 고개를 갸웃 기울이고 이해가 안 된다는 듯 바라보았다. 강 대협이 비웃듯 말했다.

“백리 소저는 비무 대회의 참가자들은 사적 다툼을 해서는 안 된다는 규칙도 모른단 말이오?”

"아, 당연히 알고 있죠."

"그런데 지금 남궁 공자를 두둔하는 것이오? 소저, 그렇게 보지 않았는데 실망스럽구려!"

나는 빙긋 웃으며 말했다.

"하하, 모르시는 건 강 무사님 같은데요?"

"뭐요?"

나는 사납게 소리치는 강 무사를 보며 목소리를 살짝 가다듬었다. 그리고 자연지기를 담아 목소리가 멀리 퍼져 나가도록 만들고 입을 열었다.

"맹에 그 규칙이 생긴 것은 비무 대회 참가자들이 자꾸만 비무장이 아닌 곳에서 사적 다툼으로 큰 부상을 입거나 기권하길 반복했기 때문입니다."

뒤로 갈수록 내 목소리는 단호해졌다.

"즉, 상대가 상해를 입고 기권하게 될 시 적용되는 거죠. 제 말이 틀렸나요?"

강 무사가 입을 빼끔거렸다.

법도 해석하기 나름인데, 규칙도 당연히 해석하기 나름 아닌가?

게다가 논리적으로 말이 안 되는 소리도 아니었다. 처음 이 규칙이 생긴 이유는 자꾸만 기권하는 사람이 나와서니까.

지켜보던 이들도 내 말을 듣고 고개를 주억거렸다.

"호오, 역시 백리 대협의 딸인가. 무림맹 규칙에 대해서 잘 아는구먼."

시시비비가 생기면 무공으로 해결하고 보는 강호 사람들에게 싸우지 말라는 게 가당키나 한 것인가? 다치지 않고, 다른 사람들에게 피해 주지 않을 정도로만 하라는 것이었다.

거기다 생각도 못 한 지원이 들어왔다.

"백리 소저의 말이 맞습니다."

공손월이었다.

"그 규칙이 생긴 건 지금으로부터 칠 회 전 비무 대회 참가자들이 비무장이 아닌 곳에서 벌인 싸움이 너무 커져 원수 관계가 생기며, 이에 얽힌 십육 강 참가자 반수 이상이 기권하게 되어서였습니다."

나는 감탄했다. 저렇게 자세히 기억한단 말이야?

나는 그대로 기세를 몰아붙였다.

"강 무사께서는 맹 내의 본선 참가자들은 대련도 해서는 안 된다고 주장하시는 건가요? 이곳에는 수많은 무인이 모여 있고 그들은 매일같이 대련을 하며 무학을 교류하죠. 그럼 강 대협께서는 지금까지 맹 내에서 대련한 모든 참가자를 율법원으로 끌고 가셔야겠군요?"

"……."

강 무사가 턱이 부서질 듯 이를 악물었다. 이 자리에서 그렇다고 하면 이제 무림맹의 모든 참가자 문제로 비화할 거고 아니라고 한다면 이대로 물러나는 수밖에 없었다.

"확실히 소저 말이 맞지. 피만 안 보면 되는 거 아냐? 다친 이도 없고 당사자들이 괜찮다는데. 아까부터 정말 소란은 누가 피우고 있는지."

"그러니까 말이야. 다 끝난 일을 가지고 왜 저렇게 물고 늘어지는 거야? 재미도 없고. 쯧."

"작작 좀 하고 가지. 이러다 예선전 시작 늦춰지는 거 아냐?"

강 무사의 얼굴이 붉으락푸르락해졌다. 주변을 둘러본 강 대협이 대부분 내 의견에 동의하는 듯한 모습에 굴복할 수 없다는 듯 소리쳤다.

"말도 안 되는 헛소리로 사람들을 현혹하다니!"

나는 기분 나쁘다는 듯 인상을 찡그리고 말했다.

"강 무사께서는 이곳에 모인 사람들이 바보로 보이나 봅니다?"

단번에 모인 이들의 눈빛이 사나워졌다. 강 대협이 움찔 놀랐다.

"내, 내가 언제 그렇게 말했소!"

"제 말 몇 마디에 현혹됐다고 하시는 거 아니었습니까? 그런 뜻이 아니었다면, 알겠습니다."

씨근덕거리던 강 무사가 이를 악물고 소리쳤다.

"백리 소저, 아까부터 소저의 일도 아닌데 왜 자꾸 끼어드는 것이오? 맹의 치안대 일에 월권하겠다는 뜻이오? 백리 대협조차 늘 다른 대원께는 협조하셨소!"

하, 여기서 아버지를 걸고넘어져?

"그거참 이상하네요."

고개를 갸웃 기울인 나는 머리칼을 귀로 넘기며 냉소 지었다.

"좀 전까지는 제가 류청과 함께 서 있었다는 이유만으로 데려가려고 하셨으면서 이제는 관련 없으니 빠지라는 건가요?"

"……."

명백한 내 승리였다.

'그러니까 누가 처음부터 나를 끌어들이래?'

싸늘한 낯빛과 무거운 분위기. 이제 무슨 말을 해도 여론은 이미 돌이킬 수 없을 정도로 기울어진 상태였다. 곳곳에 휴일을 맞아 예선전을 구경 온 맹원들과 심지어 강 대협의 부하인 치안대원들조차 왜 이렇게까지 하냐는 듯 의혹이 어린 시선이었다.

강 무사가 황보찬을 바라보았다. 아니, 정확히는 황보찬 주변의 다른 이를 보고 있었다.

곧이어 강 무사가 이를 드러내고 말했다.

"오늘 일을 후회하게 될 것이오!"

마치 악당들이 퇴장할 때의 전형적인 대사 같았다.

"두고 보시오!"

구경꾼들을 거세게 밀치며 빠져나가는 강 무사의 뒤를 치안대원들이 우르르 뒤따라갔다.

치안대 두엇은 내게 미안하다는 듯 고개를 살짝 숙이기까지 했다. 그리고 그 모습에 위 맹주의 위세가 예전과 같지 않다는 걸 느낄 수 있었다.

과거에 위 맹주가 건재했을 때는 이런 일이 벌어지면 맹원들, 특히 평대원들은 덮어 놓고 명문 정파를 적대했다. 위 맹주의 여론전과 그간 쌓인 업보들로 맹원들 사이에서는 소수의 몇몇―예를 들면 내 아버지―빼고 명문 정파들의 이미지가 무척 나빴기 때문이다.

만약 과거처럼 위 맹주가 존경받고 있었다면, 그냥 구경꾼들이라면 모를까 맹원들은 말 몇 마디로 설득되지 않았을 테다.

떠나는 강 대협의 뒷모습을 바라보고 있을 때, 내 팔을 누군가 꽉 붙잡아 왔다. 남궁류청이었다. 서늘한 낯의 남궁류청이 황보찬을 매섭게 노려보고는 나를 그에게서 떼어 놓으려 했다.

"뭐, 뭘 그렇게 쳐다봐?"

황보찬도 지지 않고 남궁류청을 노려보았다. 그리고 나는 남궁류청의 손길을 부드럽게 밀어냈다. 꽤 충격을 받은 듯한 표정의 남궁류청에게서 시선을 돌리고 황보찬을 향해 속삭이듯 말했다.

"황보 공자."

"뭐, 왜. 왜 불러? 요?"

서로의 거리가 가까워서인지 황보찬의 낯빛이 점차 붉어져 가는 게 눈에 띄었다. 나는 차분히 말을 이었다.

"한번 고민해 보세요. 공자가 왜 여기서 남궁 공자와 다투게 되었는지요."

"뭐? 그게 무슨 소리야?"

나는 속으로 탄식했다. 황보찬은 정말 영문을 모르는 듯한 눈빛이었다.

'바보인 줄은 알았지만, 이 정도일 줄이야.'

나는 눈높이를 맞춰 설명했다.

"류청을, 남궁 공자를 싫어하는 이들은 아주 많답니다."

황보찬이 아리송한 표정을 지었다. 대충 해석하자면 뭐야, 백리연은 남궁류청이랑 친구 아니었어? 하는 얼굴이었다.

나는 설명을 이어 갔다.

"그런데 왜 황보 공자가 대표로 남궁 공자를 상대하게 되었을까요?"

"뭐?"

"한번 고민해 볼 필요가 있을 거예요."

독불장군형 천재. 본인의 외모 또한 수려하기 그지없고, 거기에 아리따운 여인들까지 거느린다? 추종자도 많지만 반대로 공공의 적이기도 했다.

나는 더 확실하게 말했다.

"누군가 공자를 부추겼을지도 모르죠."

"지금…… 내가 다른 놈들에게 속았다는 거야? 어? 내가 다른 놈의 부추김에 저 녀석이랑 싸우게 됐다 그거야?"

나는 알아서 생각하라는 듯이 미소로 답했다. 붉어진 낯의 황보찬이 소리쳤다.

"웃기는 소리! 이간질을 하려나 본데, 안 속아!"

하지만 황보찬의 믿음에 찬 외침과 달리, 황보찬을 부축하다 내게 밀려났던 소년은 경악한 표정으로 나를 바라보고 있었다.

"……그렇군요. 그럼 부디 본선에서 좋은 결과 얻으시길 바랍니다."

대화는 거기까지였다. 비무장에 올라온 서하령이 나를 확 잡아끌었다.

"언제까지 얘기하고 있을 거야? 가자."

서하령에게 뭐라고 대답할 틈도 없이 거의 질질 끌려 비무장을 내려갔다.

황보찬에게서 어느 정도 멀어지자 서하령이 멈춰 서고 나는 붙잡혔던 팔목을 빼내어 문질렀다.

"살살 해. 아유, 우리 하령이 손힘이 장사네."

얼마나 억세게 움켜쥐었는지 팔뚝에 붉은 자국이 남았을 정도였다. 서하령이 도끼눈을 하며 말했다.

"저딴 녀석한테 뭐 하러 덕담을 건네?"

함께 내려온 남궁류청이 은근히 고개를 주억거렸다. 서하령이 간만에 마음에 드는 말을 했다는 듯한 태도였다.

'아니…… 너는 또 왜 동의해?'

나도 모르게 남궁류청을 향해 눈을 흘겼다.

그러고 보니 꽤 오랜만이었다. 그러니까 지난번 악양에서 만난 이후로 처음 보는 남궁류청이었다. 갑자기 현실로 돌아온 듯한 느낌에 입술을 살짝 깨물었다.

나만 그런 것이 아니었는지 남궁류청이 나를 바라보는 눈빛도 깊게 가라앉아 있었다.

"……."

"……."

그 시선을 살짝 피하며 흐트러졌던 옷자락을 정돈했다.

'이걸…… 이제 어떻게 해야 하나?'

상황이 다급해 일단 끼어들고 보았지만 다 끝난 지금 남궁류청을 어떻게 대해야 할지 미묘했다.

'그보다 아니, 대체 류청이 왜 여기 있는 거야?'

남궁류청은 과거 예선 첫날 경기를 한 번 보고 그 뒤로 다시는 예선전에 발길을 옮기지 않았다. 예선을 구경하는 것보단 개인 수련에 집중하는 편이 낫다는 결론을 내렸기 때문이었다.

심지어 위 맹주의 직전 제자가 예선에 나오는 날에도 오지 않았다. 그러니 당연히 이번에도 오지 않을 거라고 여겼다.

황보찬하고 싸우는 곳도 이곳이 아니었다. 무협지라면 꼭 부서져야 하는 약속의 장소, 객잔에서 싸움이 났다. 그것도 본선 직전에.

그래서 나는 본선 직전까지 최대한 남궁류청을 만나지 않을 생각이었다. 내가 알짱거릴수록 마음을 정리하기 힘들지 않겠는가?

그때 공손월이 사뿐사뿐한 걸음으로 남궁류청 곁으로 다가왔다. 남궁류청이 공손월을 바라보자 공손월이 살포시 웃으며 입을 열었다.

'……괜한 걱정이었나?'

나도 모르게 두 사람의 대화에 귀를 기울이고 있었다. 별다른 말은 없었다. 다친 곳은 없느냐, 괜찮으냐고 묻는 대화였다.

무슨 대화를 하는지 더 듣고 싶었지만, 서하령이 내 소맷자락을 잡고 흔들어 대며 말을 걸었다.

"연아, 너 설마 황보찬 저 새끼가 마음에 든 건 아니겠지?"

나는 눈을 크게 떴다가 서하령의 입을 손가락질했다.

"뭐어? 하아. 그 입, 입조심해. 여기 귀 밝은 사람이 한둘이 아닌데 저 새끼가 뭐야? 너도 한판 하고 싶어?"

"흥, 덤빌 테면 덤비라지. 보니까 별것도 아니더구먼."

"하령아! 한 번 더 소란 피우면 이번에는 못 지켜 줘."

코웃음을 친 서하령이 갑자기 내 눈치를 보며 머뭇거렸다.

"미안해."

"응?"

갑작스러운 사과에 내가 너무 심하게 말했나 걱정할 때였다.

"내가 가만히 있었던 건 안 도와주려던 게 아니고…… 도와주고 싶었는데 내가 나섰다가 괜히 치안대에 트집 잡힐까 봐 그랬어."

나는 눈을 살짝 크게 떴다가 미소 지었다.

"괜찮아."

눈치를 보던 서하령이 목소리를 한층 더 낮췄다.

"율법원에 가면 안 됐던 거지……?"

고개를 끄덕이며 긍정한 내가 설명하려는 순간이었다.

"현재 율법원에는 맹주님의 사람이 자리 잡고 있으니까."

끼어든 공손월이 내게 실례한다는 듯이 살짝 고개 숙였다. 서하령은 공손월과 이미 아는 사이인 듯 익숙하게 물었다.

"맹주님의 사람이라고?"

말까지 놓은 것을 보아 그냥 아는 사이 정도가 아닌 듯싶었다.

"응. 위 맹주님의 처남 되는 사람이지. 본디 이번에는 무당파에서 맡아야 했지만……."

지금 무당파는 봉문 상태였다.

서하령이 발을 구르며 성을 냈다.

"아이 진짜, 짜증 나. 이런 것까지 하나하나 다 신경 써야 해? 숨 막혀."

"서하령, 체통을 지켜. 보는 눈이 많다."

이를 꽉 깨문 서하령이 남궁류청을 노려보고 흥- 소리와 함께 고개를 돌렸다. 이를 무시하며 남궁류청이 내게 말했다.

"이쪽은 공손 세가의 공손월 소저. 네게 감사 인사를 하고 싶대."

공손월이 두 손을 모았다.

"이렇게 인사하게 되는 건 처음이네요. 공손월이라고 합니다."

"백리 세가의 백리연입니다."

나도 마주 손을 모았다. 공손월이 상냥한 미소를 지으며 말했다.

"도와주셔서 정말로 감사드려요. 저희 때문에 괜한 일에 휘말리실 뻔하였네요. 사죄드립니다."

'……'저희'라니.'

공손월은 과거 위 맹주의 세력이 득세하던 무림맹 내에서 남궁류청의 아군이었다. 그 행동들은 남궁류청을 향한 이성적인 호감에서 시작된 것이었다.

그리고 지금. 벌써 남궁류청을 돕고 있는 모양새였다.

공손월은 자색도 뛰어났고, 무공 실력도 괜찮고, 이를 받쳐 주는 지략도 있었다. 가문 또한 백리 세가보다 명망 있는 공손 세가였다.

위로는 가문을 이을 오라비들이 있어 거리낄 것도 없었고, 심지어 친부는 무림맹의 총군사였다.

그야말로 잘 어울리는 한 쌍이었다.

그래…… 정말로 잘 어울렸다. 누가 와도 이보다 더 잘 어울릴 수는 없을 것 같은 모습이었다. 서하령은 이제 완전히 남궁류청을 이성으로 보지 않는 듯 보였지만, 공손월은…….

"……감탄스러운 언변이었어요. 한 수 배웠답니다. 어…… 소저?"

"……."

"백리 소저. 소저?"

나를 부르는 목소리에 화들짝 놀라며 정신을 차렸다. 공손월이 걱정스러운 낯으로 나를 바라보고 있었다.

"예? 아, 뭐라고 하셨죠?"

"정신을 어디다 놓고 있는 거야?"

서하령의 핀잔에 공손월이 희미하게 웃으며 말했다.

"피곤하신가 봐요."

"아, 아뇨. 괜찮아요. 무슨 얘기 하셨죠?"

"언변이 대단하시다고 말씀드렸어요. 이야기는 많이 들었어요. 역시 이야기를 전해 듣는 것보다는 이렇게 뵈니 훨씬 더 잘 알겠네요."

이야기를 들었다고 말하며 남궁류청을 흘끗 보는 게 누구에게 전해 들었는지 역력히 보였다.

"두 분이 많이 친하신가 봐요."

순간 나도 모르게 튀어 나간 말이었다.

"예?"

그리고 당황한 듯한 공손월의 표정을 보며 크게 후회했다. 당연히 친밀하니 남궁류청을 도와주겠지. 남궁류청도 황보찬이 공손월한테 한 말 가지고 화냈다고 했잖아!

'난 왜 이런 말을 하는 거야?'

마치, 마치…… 질투하는 것처럼!

나는 수습을 위해 서둘러 말을 이었다.

"하하, 류청이 하령이 외에 다른 이와 가까운 모습을 보는 건 처음이라서요."

"……."

말하고 나자 더 후회막급이었다.

으아아아! 덧붙인 말이 더 추하잖아!

남궁류청이 인상을 찡그린 채 나를 바라보고 있었다. 너 뭐 하냐는 표정처럼 보인다면 내 착각인 걸까?

"음, 그게……."

공손월이 살짝 붉어진 뺨을 한 채 어떻게 말해야 할지 곤혹스럽다는 듯 남궁류청을 힐끗거렸다. 하지만 남궁류청은 공손월을 돌아보지 않고 말없이 나를 바라보기만 했다. 나는 되레 왜 그러냐는 듯 방긋 웃으며 마주했다.

"……."

"……."

그때, 내게 구원의 밧줄이 내려왔다. 비무장으로 한 무리의 사람들이 우르르 다가온 것이다. 좀 전에 떠났던 치안대와는 다른 이들이었다. 가장 앞선 이는 가사를 입은 스님이었다.

스님 곁의 무림맹 무사로 보이는 이가 소리쳤다.

"자자, 다들 비무장에서 물러나시오! 곧 예선전을 시작할 예정이오!"

스님은 윗선인 듯 비무장에서 조금 떨어진 엇비슷한 높이의 단상으로 올라가 자리를 잡았고 맹원들이 비무장 주변을 정리 정돈하기 시작했다.

"뭐야? 비무장이 왜 이렇게 난리지? 어젯밤에 정리 끝냈는데?"

"어? 뭐야! 누가 이래 놨어!"

이 말에 대한 반응은 모두 비슷했다. 눈치를 쓱 본 우리는 짜기라도 한 듯이 스르륵 비무장 곁에서 멀어졌다.

"아, 밀지 마쇼! 밀치지 말라고! 아니, 밀지 말라고 몇 번을 말해! 모르는 척하면 다야?"

"거기! 싸움을 벌일 시 바로 추방이오!"

"여긴 내가 새벽부터 맡아 놨던 자리야!"

"자리 팝니다! 비무장이 바로 보이는 자리예요!"

예선이 시작된다는 말과 함께 몰려든 사람들로 정신이 하나도 없었다.

'예선전부터 이렇게 난리라니.'

복잡하고 혼란 그 자체인 게 남궁류청이 왜 예선전을 하루 보고 다시는 보러 안 왔는지 짐작이 갔다.

그때 소란과 조금 동떨어진 방향에서 청년 한 명이 우리를 향해 다가왔다. 화려한 의복에 영웅건을 맨 멋들어진 차림새의 청년이었다. 보자마자 왠지 모르게 공작새가 떠올랐다.

청년이 느끼한 미소를 지으며 말했다.

"서 소저! 제 쪽으로 오시죠. 여기 전망 좋은 자리 맡아 놓았습니다."

"자리요?"

서하령과 안면이 있는 사이인 듯 별다른 인사 없이 되물었다.

"예. 저쪽입니다."

그가 가리킨 곳은 자신이 온 방향의 단상이었다.

단상 위에는 그늘막과 좌석이 놓여 있었는데, 이미 착석해 있는 이들도 많았다. 나이대가 각양각색인 사람들의 공통점은 모두 비단을 두른 부귀한 옷차림이라는 것이었다. 젊은 사람들은 대부분 명문가 강호인들 같았고 나이 든 이들은 상인이나 부유한 지주들처럼 보였다.

무림맹 관계자들이나 부유한 자들을 위해 판매하는 자리였다.

그리고 왠지 느낌상 청년은 서하령을 초대할 수 있는 상황이 오기만을 오매불망 기다린 것 같았다.

'흐음, 하령이 인기 대단한데.'

왜 그리 생각하였냐면, 청년 뒤쪽으로 다른 청년들이 기회를 놓쳤다는 듯이 아쉽거나 억울한 표정을 하고 있었기 때문이다.

서하령이 청년이 가리킨 자리를 보고 물었다.

"거기에 연이, 그러니까 백리 소저 자리도 있나요?"

청년이 무척 당황한 표정을 지으며 나를 흘끔 보았다.

"어……. 그, 진 소저 자리는 있습니다만……."

와, 진진 자리까지 구해 놨다니. 내 감탄과 달리 서하령은 가차 없이 답했다.

"없다고요? 그럼 됐어요. 연아, 어디로 갈까?"

청년이 하늘이 무너져 내리는 듯한 표정을 지었다. 청년 뒤쪽에서 미련을 떨치지 못한 낯의 다른 청년들도 당황한 얼굴로 어딘가에 막 손짓을 하기 시작했다.

나는 입술을 꽉 깨물며 웃음을 참고 말했다.

"그보다 하령아, 진진은?"

둘러봐도 진진의 모습이 보이지 않고, 나타나지도 않았다.

"어디 갔어?"

"아, 진진은 네 큰아버지 찾으러 간다고 하고 갔어. 치안대 놈들이 막 너 끌고 가려고 했을 때."

서하령이 얼굴을 긁적이며 말을 이었다.

"나도 빨리 가라고 했는데 이렇게 될 줄 알았으면 말릴 걸 그랬나 봐."

"아냐. 이렇게 끝날 줄 몰랐으니까."

일단 큰아버지께 알리는 건 나쁜 생각은 아니었다. 만약 문제가 생겨서 내가 끌려갔다면 큰아버지에게 빠르게 소식을 전하는 게 옳았으니까.

"큰아버지 뵈러 갔으면 꽤 걸리겠네. 언제 돌아오려나……? 자리부터 잡을까? 적당한 곳이 어디……?"

중얼거릴 때 불길한 기척이 다가왔다. 공손월이 나긋나긋한 목소리로 말했다.

"서 소저, 백리 소저. 저희와 함께 봐요."

"천하제일 비무 대회의 예선전을 참관하러 오신 여러분께 감사 인사를 올립니다."

비무장에 올라온 스님이 오늘 진행을 맡았다며 자기소개를 짤막하게 한 후, 참가자들을 비무장으로 한 명씩 호명했다. 의복과 연령이 가지각색인 무인들이 긴장한 기색으로 비무장에 올랐다.

무림맹의 예선은 각 지부별로 일정과 방법이 상이했다. 진진이 뽑힌 호남성 같은 경우는 무림맹 본선과 같은 방식을 취했다. 호남 지부에서 대진표를 짜서 일대일 승부를 본다. 패배하면 탈락. 승리하면 다음 경기로 올라간다. 이렇게 쭉 올라가서 최종 몇 명 안에 들면 되는 것이었다.

선발 인원이 꽤 되므로 이 방식은 대진표가 매우 중요했다. 실력이 최종 후보 안에 들어갈 정도더라도 초반에 자신보다 강한 강자를 만난다면…… 그냥 재수 없이 떨어지는 것이다.

반면 서하령과 남궁류청이 치렀던 안휘성의 예선은 점수제였다. 제비뽑기로 상대를 골라 몇 번의 비무를 치르고 승패에 따라 점수를 매겨 합산하여 총점순으로 잘라 냈다.

만약 안휘성이 호남성과 같은 방식을 취했다면 서하령은 예선에서 탈락했을 것이다. 정말로 재수 없게도 첫 비무 상대가 남궁류청이었기 때문이다.

남궁류청은 당연히 전승 만점으로 예선을 통과했다.

전승 결과는 날개 달린 듯 전역으로 퍼졌다. 그리고 현재 사람들이 입을 모아 말하는 가장 유력한 우승 후보가 지금 내 앞줄에 앉아 있었다.

함께 보자고 권유한 공손월은 내가 올 것을 미리 알기라도 한 듯 단상 위에 내 자리까지 마련해 놓은 상태였다. 도움을 받았으니 보답하고 싶다며 초대하는데 거절하기도 애매했다.

그때 공손월이 남궁류청을 향해 전음했다.

물론 내겐 앞자리에 앉은 둘의 뒤통수밖에 안 보였다. 하지만 기파의 움직임을 통해 둘이 전음을 나누는 것을 알 수 있었다. 그리고 전음을 나누는 것이 벌써 몇 번째였다.

'무슨 할 말이 저렇게 많아? 흥, 게다가 류청 저놈도…….'

나를 만나고 나서는 입에 무슨 아교라도 바른 듯 몇 마디 하지도 않아 놓고선 왜 공손월이랑은 자꾸 전음을 하고 있는지 알 수가 없었다.

나는 남궁류청의 반질반질한 뒤통수를 노려보던 것을 그만두고 비무장을 보았다. 비무장에는 어느새 열 명의 참석자들이 올라와 있었다.

무림맹 본단의 예선 방식은 다수 난투였다. 열 명의 참석자가 동시에 비무장으로 올라온다. 그리고 한 명만 남을 때까지 싸우는 것이었다. 비무장 밖으로 떨어지거나, 패배 선언을 하거나, 더는 싸움을 이어 나갈 수 없을 정도의 부상을 입으면 실격이었다.

이런 식의 다수 난투를 택한 것은 본단이 유일했다. 참석자들이 워낙 많으니 빠르게 걸러 내기 위해 고안한 방법이라고 볼 수 있었다.

서하령이 내게 속삭였다.

"그 사람은 언제 나오려나?"

"이번 조에는 없어 보이네. 정확한 조는 일단 비밀이긴 하니까."

오늘 나온다는 소문 또한 그자가 워낙 유명해 퍼진 것이었다.

"오후에 나오지만 않았으면 좋겠는데."

중얼거리던 서하령이 갑자기 불현듯 떠올랐다는 듯 말했다.

"맞다! 맹주님은 비무 대회 우승자잖아. 제자는 예선에 안 내보내도 되지 않아? 너처럼. 설마 안 나오는 거 아냐?"

"그건 아닐걸."

위 맹주의 제자가 몇 조에 있는지까진 알아내기 어렵지만, 참석 여부 정도는 확인하기 쉬웠다. 게다가 공손월까지 있었다. 위 맹주의 제자가 오늘 나오는 건 확실했다. 나오지 않는다면 공손월이 알 테니까.

그때 공손월이 갑자기 뒤를 돌아보았다.

"맹주님께서는 늘 제자들에게 예선을 직접 통과해 본선에 오르도록 하셨어요."

잠시 눈을 내리깔았던 공손월이 나를 보며 말했다.

"……특혜를 쓰고 올라가는 것은 공정치 못하다고요."

그리고 나는 특혜를 쓰고 올라온 사람이었다.

"……."

흠, 뭐지? 지금 나한테 싸움을 거는 건가?

그렇지 않아도 전투 의지를 불태우던 내가 입을 열려는 순간, 서하령이 선수를 쳤다.

"뭐? 지금 맹주님께서 연이보고 뭐라고 했다는 거야? 특혜 써서 올라왔다고?"

서하령의 목소리가 상당히 컸기에 주변 좌석에 앉아 있던 이들의 시선이 우리에게 모이는 것이 느껴졌다.

"맹주씩이나 되는 사람이 치졸하게 뭐 하는 짓……."

공손월이 깜짝 놀란 표정으로 서하령을 말렸다.

"하령, 걱정할 필요 없어. 괜찮아."

"뭐? 이런 말을 듣고 어떻게 화를 안 내? 너도 가만히 있으라고 할 거면 뭐 하러 알려 준 거야?"

공손월이 곤혹스러운 표정으로 나와 서하령을 보며 설명했다.

"정말로 걱정 안 해도 돼서 그런 거야. 후우. 왜, 백리 소저께서 처음 본단에 들어오실 때 줄을 서셨잖아?"

그 일은 무림맹 내에 짜하게 소문이 퍼졌다. 서하령도 저 소문을 듣고 내가 온 것을 알았다고 말했기 때문이다.

공손월이 말을 이어 갔다.

"백리 소저가 그냥 통과하지 않고 줄을 서신 덕에 맹주님의 말씀을 신경 쓰는 사람은 거의 없어."

"그래? 그럼 다행이네. 사실 나도 줄 안 서고 들어왔는데."

서하령이 민망하다는 듯이 어깨를 살짝 움츠리며 웃었다. 곧이어 스님의 목소리가 비무장에 울려 퍼졌다.

"그럼 예선을 시작하시오!"

"승자! 비룡문의 창우혁!"

승리를 만끽하는 승자의 모습을 바라보며 공손월이 남궁류청을 향해 전음을 보냈다.

승자가 내려가자 맹원들이 올라와 비무장에 쓰러진 사람들을 데리고 간 후 파이고 부서진 비무장을 정돈했다.

서하령이 만족스럽다는 듯이 말했다.

"이번 조는 재미있네."

"그러게. 저 비룡문이라는 문파는 처음 들어 보는데."

그때 공손월이 끼어들어 답했다.

"못 들어 봤을 만도 해요. 사천 지역의 작은 문파거든요."

서하령이 감탄하며 되물었다.

"사천 지역? 그런데 왜 여기서 예선을 치른대?"

"사천 지역은 예선이 비공개거든."

"비공개라고?"

"응."

"예선 방식이 매번 바뀌고 완전 비공개야. 참석자들의 무공 실력과 무학 정보를 지켜 주려고."

"아니, 아무리 그래도……."

사천 지역의 예선이 비공개인 이유는 자신들의 무공 비기에 매우 예민하고 폐쇄적이기로 유명한 당가의 영향력 때문이었다.

비공개 예선에서 무슨 일이 벌어질지 어떻게 알겠는가?

게다가 공개 예선이라고 한들 문제가 없는 것도 아니었다. 진진이 뽑혀 온 호남성 예선만 해도 대진표를 조작하여-아니 세상에, 나도 조작에 연루되었다니-올라왔는데.

정파 연맹이라고 하지만 연맹이 오래된 만큼 내부에는 그야말로 부정부패가 만연했다. 그러한 까닭에 사람들은 예로부터 무림맹 본단에서 치르는 예선을 가장 공정하다고 여겼다. 어쨌든 여기는 지켜보는 이가 많기 때문이었다.

"그리고 본단 예선에서 두각을 보이면 이름이 알려지기 훨씬 쉬우니까."

남궁류청처럼 압도적인 승리를 하지 않는 이상, 지역 예선전에서 이름을 알리기는 어려웠다.

"……아니 그래서, 그건 어떻게 아는 거야?"

"아버지 곁에 있다 보면 듣는 게 많다 보니까."

서하령과 공손월은 계속 속닥거렸다. 서하령은 원래도 발이 넓고 친우가 많은 편이었으니 이상할 것 없는 일이었다.

하지만…….

'왜 이렇게 기분이 나쁘지?'

정확히는 남궁류청과 공손월이 전음을 나눌 때부터 기분이 나쁘기 시작했다. 그리고 시간이 지날수록 나의 기분은 계속, 계속 가라앉았다.

그때 공손월이 지나가는 장사꾼을 불렀다. 사람들이 모인 곳엔 당연히 장사꾼이 따라오는 법. 공손월이 음료를 사서 우리에게 나눠 주었다.

서하령이 반색하며 마셨다.

"잘 마실게! 오, 시원한데! 어휴, 그늘막이어도 덥긴 덥다."

"한 잔 더 마실래?"

"응!"

그 모습을 보며 깨달았다. 이 불쾌감은 친구 뺏긴 기분이었다.

'그래. 그거였어.'

나는 입술을 살짝 깨물었다.

'아니, 공손월과 만난 지 얼마나 됐다고 이렇게 친하게 지내는 거야?'

한번 인정하고 나니 왠지 서러운 감정마저 들었다.

"백리 소저도 한잔 드세요."

하지만 공손월은 내게도 매우 조심스럽고 상냥한 태도였다. 흠잡을 곳은 전혀 찾을 수 없었다.

그사이 비무장 정리가 끝나고 새 참석자들이 비무장에 올라왔다. 서하령이 투덜거리듯 말했다.

"이번에도 안 나왔잖아?"

그때 뒤를 돌아보고 있던 공손월이 입술을 달싹였다. 기파의 방향을 보아 서하령에게 전음하는 걸 알 수 있었다.

"……."

좀 전에는 남궁류청에게 전음하더니, 이번에는 서하령?

'아까부터 사람을 앞에 두고 왜 갑자기 전음이야?'

공손월과 눈이 마주쳤다. 눈웃음을 지은 공손월이 다시 몸을 돌려 앞을 바라보았다. 나는 바로 서하령을 바라보며 전음했다.

[둘이 무슨 대화 한 거야?]

[봤어? 너한테도 말해 주라고 하더라. 공손월이 방금 전에 위 맹주 제자, 이제 몇 조 안 남았다고 알려 줬어. 적어도 점심 먹기 전엔 나올 거래.]

[……그래.]

전음으로 말한 이유가 이해가 갔다.

누가 몇 조에 속해 있는지는 기본적으로 비밀이었다. 다대일이다 보니 같은 조에 속한 사람들끼리 먼저 편을 먹거나 누군가를 집중 공격하는 식으로 승부를 조작할 수 있기 때문이었다.

총군사의 딸 정도나 되니 알아낼 수 있는 정보였다. 아닌 척 우리를 주목하는 이들이 많은 데다가, 곳곳에 귀가 밝은 사람들이 있는 여기서 대놓고 말할 수 있는 이야기가 아니었다.

'지금 너무 예민한 것 같아.'

마음을 가라앉히려고 할 때, 남궁류청이 공손월을 향해 전음하는 것이 또 느껴졌다.

"……."

이를 노려보던 나도 서하령을 향해 전음했다.

[진진은 언제 돌아오는 거야?]

서하령이 고개를 갸웃하며 답했다.

"그러게. 늦어도 너무 늦는데? 근데 연아, 별것도 아닌데 그걸 왜 전음으로 물어?"

서하령의 말에 공손월과 남궁류청이 나를 돌아보았다. 의아한 눈빛들. 나는 귀 끝에 열이 오르는 걸 느꼈다.

서- 하- 령!

나는 자리에서 벌떡 일어났다.

"연아?"

"진진 찾으러 갔다 와야겠어."

공손월이 놀라며 물었다.

"이렇게 갑자기요?"

"네. 저는 신경 쓰지 말고 계세요."

그때 남궁류청이 일어났다.

"너는 앉아 있어. 내가 찾으러 갔다 오지."

"네가 왜?"

내가 인상을 찡그리며 되묻자 남궁류청이 딱딱한 표정으로 답했다.

"넌 무림맹 본단에 어제 왔잖아. 지리도 잘 모를 테니 내가 갔다 오는 게 나아."

"……됐어. 괜찮아. 내가 갔다 올게."

"아니, 앉아 있어."

"괜찮다니까. 진진이 어디 갔는지는 알고 말하는 거야?"

"어디 갔는데?"

나는 얼이 빠졌다. 어디 있는지도 모르면서 간다고 일어난 거야?

그때 공손월이 끼어들었다.

"공자, 소저. 두 분 다 앉아 계세요. 맹은 넓으니 진 소저를 찾다가 엇갈리기 쉬울 거예요. 그러면 오히려 찾으러 가지 않은 것만 못하겠죠. 차라리 제가 사람을 시켜서 모셔 오라고 할게요."

서하령도 거들었다.

"맞아. 이렇게 넓은데 찾다가 서로 엇갈리면 어쩌려고? 그냥 기다려. 맹 내에서 무슨 일이 있을 리도 없잖아."

"……."

이렇게 자리를 빠져나가려는 시도는 불발되었다. 그나마 다행이었다. 남궁류청이랑 실랑이하는 사이에 창피한 일은 잊힌 듯 보였다.

도로 자리에 앉게 된 나는 제 사람에게 명을 내리는 공손월을 바라보며 마음을 가다듬었다.

'그래. 저쪽에 신경 쓰지 말자. 어린애도 아니고……. 지금 신경 써야 할 곳은 따로 있잖아?'

야율과 백리리를 찾아야 했다.

특히 백리리는 놓치기 쉬웠다. 백리리는 정종 심법으로 쌓은 정순한 내공을 가지고 있었다. 그리고 정파 연맹인 이곳은 정종 내공을 익힌 이들이 곳곳에 포진해 있었다.

즉, 백리리는 특징이 전혀 없어서 얼굴을 자세히 살펴보지 않는 한 놓치기 쉬웠다.

일단 지금까지 살펴본 결과 둘 모두 관객들 사이에는 없었다. 두 개 조의 예선이 끝나도, 야율과 백리리의 행방은 여전히 오리무중이었다.

'오늘은 안 오려는 건가?'

심지어 재미도 없었다. 서로 먼저 싸우길 바라며 눈치 싸움만 오지게 했다.

경기가 너무 길어진다 싶으면 종을 치고 일각 내로 승부를 보게 했다. 그때까지 한 사람만 남지 않으면 전원 탈락이었다. 하지만 방금 조의 놈들은 끝까지 싸우지 않고 서로 눈치만 보다가 남은 다섯 명이 사이좋게 전원 탈락했다.

툭.

누군가 내 어깨에 기대는 느낌이 들었다. 돌아보자 서하령이 잠들어 있었다.

'왠지 조용하더라.'

그 모습을 보니 나도 왠지 나도 하품이 나왔다. 입을 가린 채 길게 하품을 하는 순간 남궁류청이 기가 막히게 돌아보았다.

"……."

"……."

하품하고 싶은 마음이 싹 사라졌다. 남궁류청은 내게 기댄 서하령을 불만스러운 듯 매섭게 노려보았다.

아니, 졸리면 좀 잘 수도 있지……. 왜 저렇게 노려보는 거야? 눈빛이 거의 날붙이 수준인데…….

남궁류청의 눈빛을 느꼈는지 서하령이 살짝 찡얼거리듯 내 목덜미를 더 파고들었다. 남궁류청이 날 선 목소리로 말했다.

"서하령, 일어나. 잘 거면 돌아가."

"……."

미동도 없었다. 나는 말리듯 말했다.

"왜 그래? 그냥 자게 둬."

그때 주변에 술렁이는 분위기가 느껴졌다. 공손월이 나직이 말했다.

"나왔네요."

나는 서하령을 흔들어서 깨웠다.

"일어나. 하령아, 일어나. 나왔어."

우리만 알아본 것이 아니었다. 주변의 다른 후기지수들의 대화가 들렸다.

"저자가 위 맹주의 직전 제자로군."

"백문이 불여일견이로군. 기도 자체가 달라. 오늘 시간을 낸 보람이 있어."

"글쎄. 그건 결과를 봐야 알지 않겠는가?"

"재능 하나로 위 맹주의 양자가 되었다는데. 이름이 위구중이랬나?"

위 맹주는 본래 별 볼 일 없는 집안 출신이었다. 먹고살기 위해 무림맹에 입단했던 그는 임무를 나갔다가 실종되었다. 그리고 거기서 우연히 기연을 얻었다.

고수가 되어 돌아온 그는 착실히 실력을 높여 갔고, 무림맹의 많은 임무를 수행하며 지지 세력을 늘려 갔다.

물론 그의 가장 강한 지지 세력은 혼인을 통해 동맹을 맺은 가문들이었다.

정식 부인만 넷이었다. 첩까지 하면 더했다. 자식들도 내 기억으로는 열이 넘는 걸로 알았다. 하지만 그의 친자식들 중에는 무공에 재능이 있는 이가 없었다. 다들 고만고만한 정도.

대신 재능 넘치는 양아들들이 있었다. 위 맹주는 혼인 동맹의 힘만으로는 모자란다고 여겼는지 출신을 가리지 않고 재능이 있는 이들을 뽑아 제자로 받아들였다.

명문 정파에서 제자를 뽑을 때는 조건이 엄격한데, 바로 재능이었다. 돈이 많건, 가문이 좋건 가리지 않고 무조건 근골 좋고 재능 있는 이가 우선이었다. 문파의 위세는 무위에서 비롯하고 따라서 문파를 키우기 위해서는 재능 있는 제자가 가장 중요하기 때문이었다.

하지만 재능만큼 중요한 것도 있었다. 바로 무공이었다. 무공이 중요하지 않다면 왜 수많은 강호인이 신공절학에 목을 매겠는가? 명문 정파가 명문 정파를 유지할 수 있는 이유는 재능과 신공절학이 만났기 때문이었다. 그리고 천하 절대 고수에 오른 위 맹주의 무공이라면 신공절학임이 틀림없을 터. 만약에 정말로 제자가 되어 배울 수만 있다면 이는 엄청난 기회였다.

그리고 위구중은 그렇게 뽑힌 직전 제자였다.

현재 위 맹주의 제자들 중에서 나이는 제일 어렸다. 하지만 위 맹주가 제일 아끼는 제자였다. 그러니 기대주라고 할 수 있었다. 남궁류청과 비견할 만한 재능이라는 말이 여기저기서 들릴 정도였다.

'흥, 그럴 리가 있나.'

비무를 진행하는 승려가 호명했다.

"위천검파의 위구중!"

와아아아아!

관중석에서 처음으로 함성이 터져 나왔다.

허리춤에 휘황한 보검을 차고 고급스러운 황색 무복을 입은 청년이 비무장 위로 천천히 올라왔다. 갓 약관을 넘긴 나이답게 얼굴에 아직 앳된 티가 남아 있었다. 하지만 전신에서 흘러나오는 기도가 연배에 맞지 않게 매우 비범했다.

위구중은 주변을 둘러보거나 상대를 살펴보지도 않고 무료한 표정으로 앞만 바라보고 있었다. 긴장한 기색이라고는 전혀 찾아볼 수 없었다.

"날을 잘 잡았구먼! 왠지 오늘따라 후기지수들이 많이 보이더라니!"

관객들이 기대에 찬 낯을 했다.

반면 위구중이라는 이름을 듣는 순간, 낯빛이 퍼렇게 질린 이들도 있었다. 먼저 비무장에 올라왔거나 호명되어 올라오는 이들 모두 귀신이라도 본 듯한 낯이었다. 벌써 포기한 것처럼 멍하니 하늘을 바라보거나, 덜덜 떠는 자도 있었다.

'끝났네.'

위구중과 붙어 볼 만한 실력자조차 없었다.

곧이어 마지막 참석자까지 비무장에 오르고 승려가 외쳤다.

"그럼 시작하시오!"

말이 끝나는 즉시.

콰아아아아앙!

빛살처럼 검이 뽑혀 나오고 굉음이 비무장을 강타했다. 보통 사람들은 검을 뽑는 것을 보지도 못했을 정도였다. 먼지구름이 비무장을 가득 채우자 관객들이 아우성을 쳤다.

"뭐, 뭐야?"

"안 보여!"

"무슨 일이 벌어지고 있는 거야?"

먼지구름 속에서 그림자가 어른거리고 둔탁한 소리가 울려 퍼졌다.

퍽! 쾅– 으악! 컥! 억!

짤막한 신음들도 연달아 들렸다.

잠시 후, 피어났던 먼지구름이 가라앉았다. 그리고 비무장엔 단 한 명만 서 있었다. 아홉 명 모두 비무장 밖으로 떨어져 나갔다. 정신을 잃은 자는 있는 것 같았지만 핏자국 하나 없는 것이 크게 다친 사람은 없어 보였다.

침묵. 그리고 관중석에서 일제히 환호성이 터져 나왔다.

와아아아아아아아아!

"위구중! 위구중!"

처음 시작할 때도 환호성을 질렀지만, 아까와는 비교하지 못할 정도로 엄청났다. 땅이 울리는 느낌이 들 정도였다.

"승자, 위천검파 위구중!"

경기가 끝났음에도 위구중의 모습에서는 시작했을 때와 전혀 달라진 점을 찾을 수 없었다. 표정부터 허리춤에 다시 꽂은 검까지. 옷자락이 조금 흐트러진 정도랄까.

어마어마한 함성과 응원 속에서도 위구중은 별다른 감흥 없는 표정으로 비무장을 내려갔다.

"어떻게 이긴 거야? 나…… 제대로 보지도 못했어. 어떻게 아홉 명을 단번에!"

놀란 서하령은 몸까지 일으킨 상태였다.

"일부러 먼지구름을 피운 거야. 제 무공을 내보이지 않으려고. 동시에 상대의 시야를 차단해서 빠르게 승부를 본 거지."

나는 남궁류청을 흘끗 보았다. 그리고 순간 터져 나올 뻔한 웃음을 참았다. 위구중의 표정이 감흥 없다고? 여기 똑같은 표정의 사람이 한 명 더 있었다!

'하하, 왠지 류청도 무대 올라가면 똑같이 저럴 것 같은데.'

나는 서하령의 감탄을 배경 삼아 말을 이어 갔다.

"다섯은 검도 뽑지 못하고 당했어."

그야말로 압도적인 승리였다.

관객들에게는 먼지구름이 피어나고 가라앉으니 비무장에서 모두 사라진 것처럼 보일 터. 뇌리에 확실히 각인하고도 남을 정도였다.

'왜 위 맹주의 기대를 한 몸에 받고 있는지 알겠네. 확실히 실력은 좋아.'

나는 턱을 괸 채 부축을 받으며 비무장을 벗어나는 참석자들을 보았다.

하지만 위구중이 이렇게 압도적인 승리를 거둘 수 있는 데는 이유가 있었다. 위구중의 조가 특히 실력이 떨어지는 이들로 구성되어 있기 때문이었다.

'약간의 조작은 있는 걸로 알았지만…… 어떻게 예선에서부터 손을 써?'

위구중도 그 사실을 아는지 모르는지는 확실치 않지만 이번 승부는 그야말로 잘 짠 무대나 다름없었다.

물론 조마다 실력의 편차는 있었다. 하지만 이정도로 극단적이지는 않았다. 지금까지 나온 예선전 참가자 중 위구중의 상대가 될 만한 이는 없었다. 어차피 승리해 올라올 텐데 왜 이런 짓을 벌였겠는가?

간단했다. 압도적인 모습을 뇌리에 각인하기 위해서. 남궁류청이 압도적인 예선 성적으로 계속 회자되며 끌고 있는 주목을 뺏어 오기 위해서였다.

문파나 세가들이 달리 권력을 쥔 게 아니다. 무가의 권력은 바로 무력에서 비롯하는 법이었다. 그런데 대를 이어 갈 후계가 마땅치 않다? 그럼 바로 어디에 줄을 댈지 주판알을 튕기며 비교하기 마련이었다.

위 맹주의 본신의 능력이 얼마나 잘났건 간에 말이다.

그런 의미에서 위구중은 확실히 강자였다.

하지만 소용없다. 회귀 전의 남궁류청이었다면 모를까, 지금의 남궁류청은 과거의 이 시점보다 훨씬 더 강했다.

'큰 변수는 없네.'

혹시나 뭔가 변한 게 있을까 걱정했는데, 이렇게 확인했으니 됐다.

대단하다고 계속 요란을 피우던 서하령이 남궁류청을 돌아보았다.

"넌 할 말 없어? 별 반응이 없네."

남궁류청이 무심히 답했다.

"뭐가?"

"아까부터 너무 조용하니까 그러지. 혹시 너무 놀라서 할 말을 잃은 건가? 응?"

서하령이 약 올리듯 장난스럽게 말했다. 하지만 서하령의 도발에도 남궁류청은 심드렁했다. 아니, 오히려 싸늘하기까지 했다.

"호들갑은. 대단치도 않아."

……얘도 눈치챘네.

반응을 보아하니 남궁류청도 위구중의 조가 조작된 것을 알아챘다.

이러니저러니 해도 남궁류청은 강자를 인정하는 사람이었다. 호승심도 매우 강했다. 하지만 위구중에게는 전혀 관심 없어 보였다.

'제 상대가 아니라 이거지.'

하지만 서하령은 위구중의 조가 조작된 것까진 눈치채지 못했다. 그래서일까? 남궁류청의 말에 서하령은 기분이 크게 상한 듯 보였다.

"어련하시겠어. 네 눈에 차는 사람이 있기는 하니?"

남궁류청은 서하령의 기분이 상한 걸 눈치채지 못했는지 여상한 태도로 말했다.

“사실을 말한 것뿐이야. 네가 그런 반응을 보일 만큼 대단치 않다는 말이라고.”

“나도 그냥 사실을 말한 것뿐인데? 네 눈에 차는 사람 없잖아? 맨날 그렇게 깔보기만 하고.”

남궁류청이 그제야 이상함을 느끼고 눈썹을 치켜들었다.

“……서하령, 뭐 하는 거야?”

“내가 뭘? 틀린 말 했나?”

나는 황급히 대화에 끼어들었다.

“잠깐 진정…….”

내가 말을 끝마치기도 전이었다.

“거 듣자 하니 말이 너무한 것 아니오?”

나는 속으로 한숨을 내쉬었다.

‘아니, 또 시비야?’

벌써 두 번째 시비였다. 끼어든 목소리의 주인은 가까운 자리에 있던 후기지수였다. 얼굴도 익숙했다. 좀 전에 내가 공작새 같다고 생각했던 그 청년이었다.

청년과 함께 앉아 있던 다른 후기지수들은 당황한 표정이 역력했다. 그를 말리려 드는 이도 있었으나 소용없었다.

“그쪽이 얼마나 대단하길래 예선에서 이렇게 활약한 위 공자의 실력을 무시하시오? 아, 남궁 세가의 자제라 당연한 건가?”

남궁류청의 표정은 대충 해석하면 이 잡것은 또 뭐야? 정도였다. 그의 입장에서는 뜬금없다고 여길 만한 시비였다.

공손월이 비무장을 지키는 무사들을 향해 손짓했다. 황보찬 때는 딱히 제지할 사람이 없어서 싸움이 커졌으나, 지금은 예선 도중이었다.

"거기 무슨 일이오!"

청년은 아랑곳 않고 말을 이어 갔다.

"사내대장부가 수치도 모르고 여인들 사이에 둘러싸여서 추앙이나 받고 있질 않나."

"……."

대체 여기서 누가 추앙했다는 거야? 대충 짐작은 하고 있었지만 저 말로 확실해졌다. 질투였다. 남궁류청은 함께 있다가 그냥 불똥이 튀었다고 해도 좋을 상황이었다. 그때 그 불똥이 내게도 튀었다.

"다른 한 명은 아버지 휘광으로 본선에 올라온 주제에 잘난 척을 하질 않나."

음, 생각해 보니 갑자기는 아니었다. 나 때문에 서하령과 함께 앉지 못했을 때부터 나를 노려보는 눈빛을 느끼긴 했다.

살짝 짜증 난다는 정도였던 남궁류청의 표정이 어느새 싸늘해져 있었고 이를 공손월이 진정시키고 있었다.

후우, 안 그래도 기분이 계속 꿀꿀했는데 잘됐다. 나는 청년을 향해 비웃듯 말했다.

"신기하네요. 저는 그쪽의 성함도 모르는데, 개인적인 대화를 엿들으시다니. 원래 성격이 그렇게 음침하신가 봐요?"

"……뭐, 뭐라고?"

"설마, 하령이에게 같이 앉자는 거 거절당해서 이렇게 추잡하게 구시는 건 아니겠죠?"

청년이 붉어진 얼굴로 입만 뻐끔거렸다.

관객석의 소란과 상관없이 정리가 끝난 비무장에 다음 참가자들이 올라오고 있었다. 움직임을 느끼고 별생각 없이 비무장을 바라보았던 나는 순간 그대로 굳었다.

그때 청년이 소리쳤다.

"추, 추잡이라니! 추잡한 건 그쪽이겠지! 내공 폐인이었으면서 특권으로 올라와 놓고 이렇게 당당할 수 있는 것도 재주는 재주구려!"

계속 이어진 소란에 주변 관객석의 사람들이 비무장이 아닌 우리를 구경하고 있었다.

나는 머리칼을 귀로 넘기며 일어났다. 내가 일어나자 청년이 앉은 채로 주춤 뒤로 물러났다.

"특권이라고?"

나는 청년이 있는 방향을 향해 걸어갔다.

"내 아버지는 정정당당하게 우승하셨어. 이 특권이 바로 내 아버지의 우승을 상징하지. 그런데 왜 내가 이 특권을 쓰는 것을 부끄럽게 여겨야 하나?"

나는 내게 모인 시선들을 훑어보았다. 허리를 곧게 펴고 단호하게 말했다.

"나는 증명할 자신이 있어. 이 특권은 사실 필요 없었다는걸."

관객석을 떠나는 내 뒤로 시선들이 따라 붙었다. 너무 자신감을 내비쳤나 싶지만, 어차피 약육강식인 강호의 세계에서 겸손은 진짜 강자나 떨 수 있는 것이었다.

내가 물러난다고 저들이 멈출까? 오히려 더 얕잡아 보고 괴롭혔을 것이다.

대부분의 사람들은 위 맹주의 말에 진심으로 동의해 험담을 하는 것이 아니었다. 그저 강자의 주장에 편승하는 것에 불과했다. 그러면서 다른 이의 이름을 깎아내리고 제 도덕적 우월성이나 조금 채우는 정도.

내가 이렇게 강하게 나갔으니 이제 내 의견에 편승해 위 맹주도 너무하다고 할 터였다.

게다가 내 본선 진출을 가지고 아버지에 관해서 자꾸 왈가왈부하는 게 꼴 보기 싫었다. 아버지의 우승까지 빛이 바래게 만들려고 하는 것이 느껴졌다. 백리의강은 세간의 평판만큼 그렇게 고결한 인물이 아니라고.

삼인성호라지 않나? 없는 호랑이도 세 사람이 우기면 만들어 낸다는데, 말도 안 되는 비난이라지만 그게 계속 이어지면 타격을 받을 수밖에 없었다. 한번 기세를 꺾어 놔야 했다.

나는 근처 건물 이 층으로 올라갔다. 난간을 넘어 비무장이 한눈에 내려다보였다. 꽤 멀어진 거리 너머 나뭇가지 크기의 사람들이 서로 무기를 겨누고 있었다.

그리고 나를 계속해 따라오던 기척이 거리를 두고 멈추는 게 느껴졌다. 내가 비무장을 나서기가 무섭게 따라오던 기척이었다. 지금까지는 필요에 의해 모르는 척했다. 일부러 정보를 흘리는 용도로. 그런데 상황이 이렇게 되자 거슬렸다.

'괜히 내버려 뒀나?'

그때 바로 뒤까지 따라붙은 또 다른 기척이 있었다. 탁, 탁, 탁. 제가 있다는 걸 알리는 듯한 발걸음 소리였다.

남궁류청이었다.

나를 똑바로 응시하고 계단을 올라오고 있었다. 그늘 속 남궁류청의 얼굴 위로 투명한 햇빛이 자리를 넓혀 갔다. 화공이 있다면 지금 당장 붓을 들지 못하는 것을 한탄할 것 같은 자태였다. 나도 모르게 그 외모에 감탄할 때였다.

남궁류청에게서 전음이 들렸다.

[네 뒤를 밟는 사람이 있어.]

[알고 있어. 위 맹주겠지.]

[알고 있다고?]

남궁류청이 인상을 찡그렸다. 침묵하던 남궁류청이 되물었다.

[……방금은 대화를 엿들었다고 화내며 떠났으면서 이건 괜찮다는 건가?]

나는 고개를 끄덕이고 머리칼을 쓸어 넘겼다.

[저들이 나의 일거수일투족을 파악하고 있다고 착각하게 두는 거지.]

[불편하잖아.]

[불편하지. 그래도 감수할 만하니까.]

나는 비무장을 돌아보며 축객령을 내렸다.

"어쨌든 나는 괜찮으니까, 신경 쓰지 말고 돌아가. 공손 소저를 두고 오면 어떻게 해?"

남궁류청이 물끄러미 나를 바라보는 게 느껴졌다. 나는 일부러 눈을 마주치지 않았다. 왠지 눈을 마주치면 내 속을 읽힐 것 같았기 때문이다.

"백리연."

나는 말하라는 듯이 고개를 살짝 끄덕였다.
“하나만 물을 테니 대답해. 그럼 갈게.”
나는 비무장을 일별하고 남궁류청을 돌아보았다.
“물어봐.”
“공손월을 왜 그렇게 신경 써?”
단번에 중심을 파고드는 주제였다. 남궁류청은 눈치를 보지 않는 거지 눈치가 없는 게 아니었다. 오히려 눈치는 매우 빠른 쪽에 속했다.
곧장 무슨 소리냐고 대답해야 했는데, 갑자기 당한 기습에 나도 모르게 멈칫했다. 이제 와서 난 신경 쓴 적 없다고 부인해 봤자 소용없었다.
“…….”
내가 아무 말도 하지 못하고 있자 남궁류청의 입꼬리가 점차 올라갔다. 나는 그제야 입을 겨우 열었다. 최대한 냉정하고 싸늘하게 말했다.
“무슨 생각을 하는지 알겠는데, 아니야.”
남궁류청이 바로 입꼬리를 내리며 답했다.
“그래.”
이 자식, 전혀 안 믿고 있잖아!
나는 난간을 부서트릴 듯 꽉 부여잡았다. 이럴 것 같아서 남궁류청이랑 마주치는 걸 피했는데.
나는 마음을 다잡고 매몰차게 말했다.
“류청, 내가 저번에 했던 말을 또 해야겠어?”
사당에서 남궁류청의 마음을 거절한 이후, 당시 남궁류청의 표정이 때때로 떠올랐다. 이를 떠올리면 식사를 하다가도 입맛이 떨어질 정도였다.

그런데 남궁류청의 반응이 이상했다. 그새 무슨 결론을 냈는지 이젠 전혀 개의치 않는 표정이었다.

"상관없어."

"상관이 없다니."

"너는 내가 싫다고 하지 않았잖아."

"그건……."

그랬다.

'실수였나? 그때 싫다고 했어야 했나?'

아니다. 남궁류청은 거짓말로 설득될 상대가 아니었다. 그리고 내 진심도 아니었다. 가장 중요한 건 남궁류청을 거짓으로 설득하고 싶지 않다는 것이었다.

남궁류청이 말했다.

"그때 싫다고 하지 않은 걸 후회해?"

폐부를 찌르는 듯한 질문이었다. 내 속을 들여다보고 있는 것 같았다. 남궁류청이 말을 이었다.

"그럼 지금 물어보지. 내가 싫어?"

나는 넘어가지 않고 싸늘하게 말했다.

"질문, 하나만 한다고 했잖아."

남궁류청이 피식 웃었다.

"할 말 없으니까 꼬치꼬치 따지기는……."

"……."

……기가 막혀서 말이 나오질 않았다.

'뭐, 어디서 말하는 법 수행이라도 하고 온 건가? 왜 이렇게…….'

말려드는 건 알았지만 그렇다고 착각하게 둘 수도 없었다.

"그렇다고 내가 널 연모하는 것도 아니거든."

"알아."

남궁류청이 잠시 눈을 내리깔았다가 고개를 살짝 틀었다. 조각 같은 콧날을 따라 짙은 음영이 졌다.

"그날 이후로 내 패인을 고민해 봤어."

"그런 거 안 해도 돼."

남궁류청은 내 말을 무시하며 말을 이었다.

"내가 널 좋아하는데 너도 당연히 나를 좋아할 거라고 여겼지."

……뭐지? 이 뻔뻔하기 그지없을 정도의 어마어마한 자신감은?

나도 모르게 남궁류청을 멍하니 바라보았다가 어쩔 수 없이 인정했다.

'그래. 저 얼굴을 하고 있으면 저런 자신감을 가져도 되지.'

하지만 상대를 잘못 만났다. 내 아버지가 누구냐! 바로 여인들이 던진 꽃으로 바닥이 보이지 않을 정도였다던 미남 중 미남이신 백리의 강 아닌가.

남궁류청은 차분히 말을 이었다.

"세상에 그렇게 쉬운 일은 없었어. 그래서 앞으로 네게……."

남궁류청이 잠시 머뭇거렸다.

"내게 뭐?"

"구애할 생각이야."

"……."

순간 말문이 턱 막혔다.

'어, 어, 어, 어, 어떻게 저런 말을…… 창피하지도 않나?'

얘가 원래 이런 말을 할 줄 아는 사람이었나? 아니었던 것 같은데.

그때 남궁류청이 내게 바짝 다가왔다. 나도 모르게 주춤 물러났다. 남궁류청은 천천히 겁먹지 말라는 듯 손을 뻗어 내 오른손을 잡았다. 그러고는 손바닥이 보이도록 펼쳤다. 굳은살이 잔뜩 박인 손바닥은 깨끗했다.

남궁류청이 과거 흉터가 남아 있던 부분을 살짝 쓸어내렸다.

"이때 거절했어야지."

"……."

내가 손바닥을 다쳤을 때, 남궁류청이 시중을 든다고 찾아왔던 그 때, 거절했어야 했다고.

"네 잘못이야."

심지어 이렇게 나한테 책임을 전가한다? 기가 막히고 어이가 없어서인지 심장이 빠르게 두근거렸다.

그 순간 나는 한 가지 가능성을 떠올렸다. 나는 숨을 가쁘게 몰아쉬며 소리쳤다.

"너, 너…… 설마!"

"천천히 말해."

"네가 공손 소저를 시켜서 자리를 마련한 거야? 하령이를 시켜서 나를 데리고 온 거고?"

남궁류청이 선선히 답했다.

"서하령은 내가 시키지 않았고, 공손월의 일이라면 맞아."

서하령은 행동 양식이 뻔했다. 굳이 남궁류청이 나를 데려오라고 시키지 않았어도 그녀의 행동을 짐작할 수 있었을 것이다.

남궁류청이 말을 이었다.

"내가 부탁한 거야. 그러지 않았다면 넌 나 본선에서 만날 때까지 피해 다녔을 거잖아?"

"……."

"내가 자리를 마련했다고 초대하면 거절했을 테고."

한참 입을 뻐끔거리다 왠지 억울한 마음이 치솟았다. 남궁류청에게 잡힌 손을 확 빼며 말했다.

"나 때문이라지만, 네가 공손 소저랑 지내는 모습을 보고 내가 싫어하면 어쩌려고 그랬어?"

"나는 당연히 네가 바로 눈치챌 줄 알았는데."

"……."

또 할 말을 잃었다.

'그러게. 이런 뻔한 수를 전혀 눈치 못 채고 있었다니.'

이유는 간단했다. 공손월에게 정신이 팔려서. 나는 입술을 질끈 깨물고 말했다.

"그래서 굳이 가시밭길인 걸 알면서 가겠다고?"

"너는 예전부터 그랬어."

남궁류청이 고개를 살짝 들어 허공을 바라보았다.

"늘 미래만 봐."

"……."

"현재의 자신을 아낄 줄 모르지. 미래를 위해서 아무렇게나 쓰고 버리는 것처럼 굴어."

"사람은 현재에 안주해선 아무것도 얻을 수 없어."

남궁류청은 나를 돌아보지 않고 말했다.

"저 벌레는 내가 치우겠어."

남궁류청이 말한 벌레는 나를 따라다니던 위 맹주의 수하였다. 허공을 바라본다고 여겼던 남궁류청의 시선은 그자를 바라보고 있던 것이었다.

"네가 싫다고 해도 할 거야. 내가 널 따라다니기 불편해. 거슬려."

그렇게 난간을 밟은 남궁류청이 소리 없이 멀어졌다.

이튿날.

새벽닭이 울기도 전에 일어난 나는 운기조식을 한 후 진진과 한바탕 대련을 했다.

진진은 나와 함께 이 숙소에 머물게 되었다. 내가 어차피 방도 남으니 함께 쓰자 했기 때문이다. 서하령 또한 초대했지만 거절당했다. 안휘성 후기지수들과 함께 머물고 있는데 그들을 두고 혼자 좋은 숙소로 옮기기 민망하다는 것이 이유였다.

씻고 진진과 아침을 먹은 후 그대로 방에 틀어박혔다. 나와 친분을 쌓고 싶다는 손님들이 계속해서 찾아왔으나 모두 거절했다.

해가 중천에 떠 있을 때. 진진이 내 방으로 찾아왔다. 품 안에는 종이 뭉치가 잔뜩 있었다.

"아가씨, 이거 큰 어르신께서 아가씨께 보내신 거예요."

"아, 여기다 놔."

드디어 왔군.

진진이 내가 가리킨 탁자 위에 종이 뭉치를 내려놓고는 머뭇거렸다.

"할 말 있어?"

"그…… 괜찮을까요? 두 분께서 크게 싸우셔서……."

"괜찮아. 신경 쓰지 마."

여기서 말하는 두 분은 큰아버지와 남궁완 아저씨였다.

어제 진진은 내가 남궁류청과 함께 율법원에 끌려갈 뻔하자 황급히 큰아버지를 찾아가서 보고했다. 그런데 하필 그 자리는 장로회 사람들이 모여 회의를 하던 장소였다. 그리고 남궁완 아저씨도 참석해 있었다.

큰아버지와 남궁완 아저씨는 다급하게 율법원으로 향했다. 비무장에 가도 이미 늦었으리라 여긴 것이다. 하지만 두 분이 율법원에 도착하기 전 내가 알아서 해결했다는 사실을 전해 듣게 되었다.

그 사실을 들은 큰아버지는 곧장 남궁완 아저씨와 다투기 시작했다. 대충 자식 교육을 어떻게 했으면 사고를 치느냐, 연이까지 엮이게 만들지 말고 처신 제대로 해라, 그런 싸움이었다고 한다.

진진은 어찌할 바를 모르고 발을 동동 구르며 지켜볼 수밖에 없었다. 진진이 한참이 지나도 돌아오지 못한 이유였다.

나야 큰아버지가 왜 그렇게 소란을 피웠는지 알지만, 진진은 정말 혼이 나갔을 테다. 어제부터 계속 괜히 보고한 게 아닌가 자책하며 신경 쓰고 있었다.

나는 안타까운 목소리로 말했다.

"어제 보고 싶던 시합 못 봐서 아쉽겠어."

"괜찮아요. 게다가 하령이 말로는 흙먼지밖에 안 보였다는데요."

"……그건 그래."

진진과 내가 웃음을 터트렸다. 그래도 시합을 보며 내가 알 수 있었던 것들과 참가자들의 상대법을 한창 얘기하고 있을 때였다. 하인이 휘장을 걷으며 방으로 들어왔다.

"백리 소저, 손님이 찾아오셨습니다."

진진이 나서서 답했다.

"아가씨께서 모두 거절하라고 했던 걸로 아는데."

"예. 오늘 아무도 만나지 않으신다고 거절했습니다만, 물러가지 않고 계속 소란을 피우고 있어서요. 저희만으로는 해결이 힘들어서 치안대를 불러도 될까 하여 여쭈러 왔습니다."

진진이 눈을 치켜뜨고 말했다.

"아가씨, 제가 가 보겠습니다."

"편히 쉬라고 오라고 한 건데 계속 잡일을 하게 되네."

"별것도 아닌데요, 뭘. 아가씨는 일 보세요."

진진이 방을 빠져나갔다. 나는 진진이 가져온 종이 뭉치를 내려다보았다. 어제 예선전 우승자 명단이었다. 나는 깊은 한숨을 내쉬었다.

'어제 류청 그놈 때문에 제대도 보지도 못하고…….'

초중반까지는 그래도 웬만큼 확인했는데 어느 순간 완전히 남궁류청에게 정신이 팔려 버렸다.

'대체 무슨 생각인 거야?'

어제의 일만 생각하면 얼굴이 화끈거렸다.

'창피한 줄도 모르고…….'

여러 가지 생각들이 머릿속에 휘몰아쳤다.

바스락.

갑자기 들린 소리에 정신을 차리자 내 손에 종이 뭉치가 구겨지고 있었다. 나도 모르게 주먹을 움켜쥔 모양이었다. 나는 한숨을 내쉬며 구겨진 종이를 펼쳤다.

[승. 추도문 - 적야]

추도문은 처음 들어 보는 문파였다.

강호에는 셀 수 없이 많은 문파가 있다. 그중 태반은 문파의 이름이 제 지역을 벗어나지도 못할 정도였다. 나는 탁자를 두드리다 자리에서 일어났다.

'내가 모르겠다면 해박한 사람을 찾아가면 되지.'

적당한 선물을 고르고 숙소 건물을 나왔을 때였다. 정원 너머로 소란이 느껴졌다. 씩씩거리며 돌아오던 진진이 나를 발견하고 고개 숙였다.

"죄송합니다. 너무 시끄러웠죠? 안 된다고 해도 말이 통하질 않네요. 하인들이 무림맹 사람을 불렀으니 곧 조용해질 거예요."

"아, 괜찮아. 그것 때문에 나온 거 아니니까. 나도 나가 보려고."

"예? 어디 가시려고요?"

"공손 소저한테 가 볼까 하는데. 물어볼 게 좀 있어서. 처소가 어느 쪽인지 알아?"

"제가 안내할게요."

나는 진진과 대화하며 정원을 가로질렀다. 소란스러운 대문이 눈에 담겼다. 하인들이 들어오려는 여인을 막아서고 있었다. 대체 누가 이러는가 싶어 여인의 얼굴을 확인한 순간, 나는 눈을 부릅떴다.

진진이 그런 내 모습에 의아한 듯 나를 불렀다.

"아가씨?"

손을 들어 진진의 말을 막았다.

'아니, 뭐야? 얘가 왜 여기에……?'

문 앞에 하얗게 질린 낯의 백리리가 있었다.

쪼르르르.

백리리 앞의 찻잔에 찻물이 차올랐다. 백리리는 좀처럼 진정하지 못하는 낯이었다. 나는 찾아온 이유가 있겠거니 싶어 먼저 입을 열 때까지 기다려 주었다.

차를 두 잔이나 비우고 나서야 백리리가 입을 열었다.

"내가 여기 있는데 언니는 별로 놀라는 기색이 없네."

찻잔을 들며 말했다.

"그야 알고 있었으니까. 네가 여기 있는 걸."

"알고 있었다고?"

"응. 마주친 적 있거든."

"어디서?"

"거리에서. 넌 못 봤을 거야."

차를 한 모금 마신 후 말을 이었다.

"그리고 큰아버지도 아셔."

백리리가 의자에서 움찔 떨고 소리쳤다.

"언니가 말했어?"

"응."

백리리가 배신감에 찬 눈빛으로 바라보았다.

"그걸 왜 말해!"

"그럼 말하지 말아야 할 이유가 뭔데?"

"……."

"큰아버지가 여기 계신 거 너도 알지?"

백리리가 뾰족하게 말했다.

"알아. 근데 그게 나랑 무슨 상관이야? 아, 당장 내가 왔다고 또 아버지한테 일러바치려고?"

"큰아버지가 너를 잡으러 가겠다고 펄펄 날뛰시던 걸 내가 말렸어."

"……말렸다고?"

사실은 백리리가 어디 있는지, 그리고 정확히 어디 머무는지 알지 못해서 잡으러 갈 수 없었던 거지만. 어쨌든 거짓말은 아니었다. 중의적 표현일 뿐.

"네게도 무언가 생각이 있을 테니 내가 먼저 너랑 천천히 얘기해 본다고 했지."

"……."

"다들 걱정하고 있어. 걱정 그만 끼치고 돌아와."

백리리가 입술을 살짝 깨물었다. 이 정도면 됐다 싶어 난 본론을 꺼냈다.

"그래서 여기는 왜 온 거야?"

질문하자마자 다시 백리리의 안색이 확 나빠졌다. 이쯤 되자 정말 궁금했다.

'대체 무슨 일이길래 반응이 저런 거지?'

그리고 백리리에게서 나온 말은 전혀 예상치 못한 말이었다.

"나, 고모를 봤어."

고모는 그때 실종된 후 아직도 찾지 못했다. 내공 폐인인 고모가 누군가의 조력 없이 탈출하는 건 불가능했다. 시기상 조력자들이 마교일 거라 여겼다. 하지만 심증일 뿐 물증은 하나도 찾을 수 없었다.

한동안 고모를 계속해서 찾던 할아버지는 흔적을 찾을 수 없자 찾는 걸 포기했다. 대신 쌍둥이들을 엄중히 감시했다. 고모가 살아있다면 쌍둥이들을 어떻게든 되찾아 가려 할 거라고 생각했기 때문이다.

하지만 고모는 지금까지 쌍둥이들을 만나러 오지 않았다.

그렇게 몇 년이 지났다. 모두 고모에 대해 거의 잊은 채 어디선가 죽었으리라 생각했다.

"이쪽으로 쭉 가면 돼."

나는 백리리를 앞세워 무림맹 본단을 나왔다. 구름 한 점 없는 청명한 하늘 아래 거리에는 사람들이 바글바글했다.

무한에 온 백리리는 가짜 신분으로 본단 밖의 객잔에 머물렀다고 한다. 가짜 신분으로 새로운 벗도 사귀고 예선도 구경하러 다니며-참고로 비무 대회 참여는 안 했다고 한다-즐거운 나날을 보내다 그 사람을 발견한 것이다.

"처음엔 나도 믿을 수가 없어서 계속 쫓았는데……."

고모가 한 객잔에 들어가는 것까지 확인하고는 어찌해야 할지 종일 고민하다가 나를 찾아온 것이었다.

"어떻게 이렇게 뻔뻔하지? 무림맹 한복판에 나타날 생각을 하고."

글쎄. 가출한 주제에 뻔뻔하게 무림맹 한복판에 나타난 네가 할 말은 아니지 않니, 리리야?

"고모의 얼굴을 아는 사람은 별로 없을 테니까."

고모는 이름이 거의 알려지지 않았다. 이름이 알려지지 않았으니 얼굴은 당연히 더 그랬다. 그나마 고모의 얼굴을 기억할 고모의 지인들은 다 호남성 지역 사람이었다. 혹시나 아는 사람이 여기 있더라도 무한은 넓으니 조금만 조심해도 문제없었을 거다.

하지만 아무리 그렇다고 해도…… 간이 배 밖으로 나온 행위였다.

"고모인 거 확실해?"

백리리가 연신 고개를 끄덕였다.

"확실해. 변한 게 하나도 없어서 보자마자 바로 알아봤다고! 염치도 없는 인간 같으니. 살려 준 걸 감사하게 여겨도 모자란 마당에, 도망을 쳐? 절대 가만 안 둬."

백리리가 씩씩거리며 말했다. 백리리도 조금만 삐끗하면 제 오빠처럼 주화입마에 빠질 뻔했으니 그 원한이 대단할 만했다.

나는 백리리의 말 중 신경 쓰이는 부분을 되물었다.

"……변한 게 없다고?"

"응. 완전 똑같았어. 나도 변장을 하고 돌아다니는데 제정신인가 싶었다니까."

"이상한데."

"뭐가?"

"고모는 내공을 폐했잖아."

백리리가 무슨 소리냐는 듯 바라보았다.

일반적으로 백도, 그러니까 정종 무공을 익힌 이들은 노화가 다른 이들에 비해 느린 편이었다. 고모가 가장 좋아하는 찬사 중 하나가 아이 둘을 가진 사람 같지 않은 외모라는 소리였으니.

고모는 외모도 무척 신경 썼기 때문에 마지막으로 보았을 때만 해도 이십 대 중후반처럼 보였다.

하지만 고모는 내공 폐인이 되었다. 그러니 지금쯤은 제 나이대로 보이는 게 맞았다. 흑도 놈들이 익히는 사파 무공처럼 갑자기 확 늙거나 하는 부작용은 없지만 어쨌든 내공을 폐한다는 건 몸이 크게 상하는 일이기도 했다.

내 말뜻을 이제야 깨달은 듯 백리리의 표정이 하얗게 질렸다.

“어…… 그러게? 어떻게 멀쩡하지?”

할아버지가 직접 내공을 폐하셨으니 실수하셨을 리가 없다. 발을 멈춘 백리리가 한 건물을 가리켰다.

“저 건물이야.”

청호객잔.

평범한 이름에 삼 층짜리 객잔이었다.

“저기로 들어갔어.”

강호인들이 주로 모이는 객잔인 듯 때마침 허리에 칼을 찬 사람들 한 무리가 우르르 객잔을 나왔다. 비무 대회가 열리는 지금 객잔의 태반은 저런 모습이기에 이상할 것 없었다. 건물 안에 머무는 사람들도 특이한 점을 찾기 어려운…….

나는 품에서 명패를 꺼내 백리리에게 건넸다.

“뭐, 뭐야?”

나는 담담하게 말했다.

“이거 들고 무림맹 본성 정문에서 기다려. 기다리다가 내가 한 시진이 지나도 안 돌아오면…… 남궁류청을 찾아가."

이럴 때 떠오르는 게 남궁류청이라니. 참 뭐라 말할 수 없는 심정이었다.

백리리가 주춤 물러나며 말했다.

"어, 언니, 갑자기 왜 그래?"

"일단 가. 혹시나 해서 그런 거니까."

좀 전까지 가만 안 둔다며 패기 넘치던 백리리의 눈동자가 지진 난 것처럼 흔들렸다.

"어, 언니, 위험하면 그냥 차라리 아버지께 말씀드려서 같이 가는 게……."

흥, 죽어도 아버지 만나러는 안 가겠다더니. 얘가 나를 걱정하기는 하는구나 싶었다.

"걱정 마. 별일 없을 거야."

나는 돌아보지 않고 바로 객잔으로 향했다.

나는 객잔 문을 열고 들어갔다. 겉에서 보았듯 내부 또한 평범하기 그지없는 객잔이었다. 내부 장식과 깔끔하니 잘 정돈된 모습으로 보아 무한에 있는 객잔 중 중급 정도였다.

보통 일 층은 식당으로 운영하는 객잔의 특성상 점심시간이 지난 지금은 꽤 한산했다. 드문드문 앉아서 대화를 나누는 듯한 사람들만 몇 보였다.

그때 점원처럼 보이는 청년이 객잔 계단을 빠르게 내려와 다가왔다.

“어서 오십시오. 식사를 하러 오셨습니까? 숙박이라면 죄송합니다만 방이 꽉 차서 불가능합니다.”

나는 점원을 살피고는 삿갓을 벗었다. 숨을 헉 들이켜는 소리를 들으며 말했다.

“사람을 찾으러 왔는데.”

“사, 사람이요? 혹시 성함이 어찌 되십니까? 말씀해 주시면…….”

나는 일 층 구석에 앉아 술을 마시던 사람들을 가리켰다.

“그건 저쪽이 알 것 같네.”

“예?”

나는 의아해하는 점원을 뒤로하고 객잔을 가로질렀다. 손가락질을 할 때부터 어리둥절한 표정을 짓던 이들은 내가 다가가자 거짓말처럼 표정이 싹 사라졌다.

중년이 스르륵 일어나며 말했다. 그의 뒤를 따라 다른 이들도 함께 일어났다.

“어떻게 알아낸 거지?”

나는 새삼 감탄했다. 천마지보가 나타난 이상 마교 놈들이 가만히 있지 않을 거라 예상하긴 했다. 하지만 이렇게 실제로 보는 건 달랐다.

‘무림맹 본단 바로 코앞에 이렇게 자리를 잡고 있었다니.’

어디 숨어 있다가 나타난 것인지. 내가 무한 거리를 좀 더 구석구석 뒤져 봤어야 했나? 왠지 이자들은 새 발의 피일 것 같았다.

내가 답 없이 웃자 중년이 차가운 표정으로 말했다.

“우리의 정체를 알고도 혼자 나타나다니, 대단한 자신감이로군. 우리와의 관계를 생각한다면 그럴 수 없을 텐데.”

한 무리가 나를 둥그렇게 둘러쌌다.

"그건 내가 돌려주고 싶은 말인데."

"당신 이름에 우리가 봐줄 거라고 생각하면 오산이오."

중년이 검을 뽑아 들자 탁한 기운이 점차 짙어졌다. 몇 번 겪었다고 어떻게 쌓은 기운인지 저절로 알 수 있었다.

나 또한 검을 쥐었다. 당장 싸움이 벌어질 것 같은 순간.

"그만."

뒤쪽에서 목소리가 들렸다. 이제는 거의 잊었다고 생각했는데 목소리를 듣는 순간 털이 쭈뼛 서는 기분이었다. 당장 내게 덤벼들 것 같던 이들이 갑자기 공손한 태도로 변했다.

"오셨습니까."

"다들 죽고 싶어? 누가 이러라고 했지?"

언성이 높아지지도 않은 나직한 타박에 중년과 나를 둘러싼 놈들이 털썩 무릎을 꿇었다.

"죄송합니다."

목소리를 들으면 들을수록 검을 쥔 손에서 힘이 빠질 것 같았지만, 억지로 검을 꽉 쥐고 뒤를 돌아보았다. 검붉은빛이 희미하게 도는 눈동자가 나를 보았다. 눈꼬리가 흐릿하게 웃음 지었다. 꾸며 낸 것처럼 다정한 목소리가 귀를 간질였다.

"오랜만이야."

굳게 쥔 두 손과 달리 내 눈동자는 갈피를 잃고 이리저리 흔들렸다.

정갈하고 넓은 방이었다. 본래 여기서 머무는 것이 아닌 듯 생활감이 전혀 없었다. 일부러 방을 빌려 자리를 마련한 듯싶었다.

앞자리에 앉은 낯선 얼굴의 청년이 찻주전자를 집어 들었다.

쪼르륵.

"생각보다 늦었네. 바로 찾아올 줄 알았는데."

"네가 도망칠 것도 아닌데 급할 필요 없지."

탁.

찻주전자를 내려놓는 소리가 거슬리게 들렸다.

"거짓말. 그날 남궁 놈한테 붙잡혀서잖아."

예선전을 치르면서도 그걸 보다니.

청년의 눈빛이 스산하게 빛났다. 붉은빛이 희미하게 도는 눈동자 아래 짙은 살기가 느껴졌다. 남궁류청을 죽이고 싶어서, 증오하여 그러는 게 아니었다. 수많은 자를 죽이고 피바다를 헤치며 살아남은 자의 살기였다.

나는 짧게 숨을 들이쉬고 말했다.

"추도문의 적야."

"그냥 야율이라고 불러."

"그 얼굴은 뭐야?"

야율은 처음 보는 얼굴을 하고 있었다. 정교한 인피면구였다. 오히려 기맥이 뒤틀린 것을 살필 수 있는 역용술이 더 알아보기 쉬웠다.

야율이 나를 가만히 바라보다 인피면구를 벗었다. 칠흑 같은 머리카락이 새하얀 이마 위에 흐트러졌다.

나는 거의 숨을 멈추다시피 했다. 그늘진 눈매 아래 눈물점이 선명했다. 살짝 음울해 보이면서도 시선을 뗄 수 없는 매력이 느껴졌다.

수십 번을 꿨던 꿈속의 모습과 완전히 똑같았다.

야율의 입술이 움직였다.

"이쪽이 익숙한가? 싫어할 줄 알았는데."

의미심장하게 들리는 말이었다. 나도 모르게 말이 싸늘하게 나왔다.

"무슨 의미야?"

야율이 고개를 모로 기울였다.

"그야, 내가 네 목을 잘랐으니까."

말하는 내용과 어울리지 않을 정도로 낮고 부드러운 미성이었다. 나는 입술을 깨물었다.

'설마 기억을 해 낸 건가? ……아니면 들은 건가?'

놀랍지는 않았다. 야율이 천마와 함께 사라졌다는 사실을 들었을 때부터 이런 일이 벌어지지 않을까 짐작했으니까.

야율이 인피면구를 탁자 위에 툭 던지며 말했다.

"궁금해. 날 왜 살렸어?"

"……."

"어떻게 자신을 죽인 사람을 내버려 두지?"

야율의 시선이 내 목을 바라보는 것이 느껴졌다.

"날 동정했어?"

"……."

"아니면 악인을 계도할 수 있다는 자신감?"

목덜미가 간지러웠다. 손으로 벅벅 긁으면 이 간지러움이 해소될 것 같았다. 하지만 찻잔을 꽉 움켜쥐며 참았다. 긁는다고 해소되는 통증이 아니었다. 나는 입술을 꽉 깨물었다가 야율을 쏘아보며 말했다.

"네가 그리 말하니 나도 궁금한 게 있어."

나는 야율이 뭐라고 말하기 전에 바로 물었다.

"날 왜 죽였어?"

"……."

이번에는 반대로 야율이 침묵했다. 나는 오랫동안 묻어 두었던 말을 꺼냈다.

"아버지께서 돌아가신 후, 나는 살고 싶어서 아무 연고도 없는 곳으로 떠나 조용히 살고 있었어. 너를 만난 적도 없었지. 죽을 만큼 큰 죄를 지은 것도 없었어. 그런데 왜 죽였어?"

야율이 답했다.

"몰라."

"모른다고?"

"응. 기억이 안 나."

잔뜩 긴장했던 나는 야율의 대답에 어처구니가 없어졌다.

"그거 참 이상한 기억력이네. 날 죽인 사실은 떠올리고 이유는 모른다니."

"……화났어?"

"그럴 리가. 내가 왜 화를 내?"

"화났구나."

제멋대로 단정한 야율이 말을 이었다.

"예전부터 꿈을 꿨어."

"……."

"어떤 여인의 목을 자르는 꿈."

그 여인이 나를 말하는 거라는 걸 알았다.

“처음에는 누군지 몰랐는데, 나중에 알았어. 그게 너라는 걸.”

“언제부터?”

“널 처음 만났을 때부터 꿨을 거야.”

전혀 몰랐다. 야율이 그런 꿈을 꾸고 있는지.

제갈화무에게 들은 적 있었다. 이런 식으로 기억을 떠올리는 사람이 가끔 있다고. 하지만 보통은 정말 꿈처럼 잊어버린다고 했다.

“그리고 너는 잘 때 가끔 살려 달라고 했어.”

“…….”

나는 몰랐지만, 야율은 꽤 오랫동안 자는 나를 지켜보았다. 내가 손바닥을 다쳤을 때 움직이지 못하도록 하면서. 나는 그때 때때로 악몽을 꿨다. 잠버릇이 고약하다고 듣긴 했지만, 잠꼬대로 꿈속의 일을 말하기까지 한 줄은 몰랐다.

야율이 말을 이었다.

“나이를 먹을수록 이따금 떠올랐어. 하지만 그게 너인지는 몰랐지. 천마를 본 날 바로 알았고.”

야율이 천마를 언급한 순간 다시 정신이 들었다. 지금 중요한 건 이게 아니었다.

“그래서 넌 지금 왜 마교 놈들하고 함께 있는 거야? 너 정말로 천마와…….”

멍청한 질문이었다.

천마와 함께 사라졌던 야율이 마교도의 복종을 받으며 함께 있다?

몸속에 혈고가 있는 것도 아니고 억류되어 있지도 않았다. 무림맹 비무 대회 예선에도 참석했다. 그리고 정상적인 방법으로는 불가능할 정도로 늘어난 내공.

극양지체는 본디 내공을 빠르게 쌓을 수 있었다. 하지만 야율의 성장은 그것만으로 설명하기 힘들 정도였다.

흡성마공.

야율이 다시 흡성마공에 손을 댔다는 걸 알 수 있었다. 결국, 이렇게 된 것이다.

그러나 실의에 빠져 있을 수만은 없었다. 나는 그를 향해 물었다.

"여기 온 목적이 뭐야?"

야율의 입꼬리가 스르륵 올라갔다. 찻잔을 쥔 내 손에 힘이 잔뜩 들어갔다.

"세상엔 쓰레기들이 너무 많아. 힘을 휘두르며 약자들을 버러지처럼 짓밟는 자들. 다 죽어 마땅하지."

나는 대체 무슨 말을 하는가 싶어 인상을 찡그렸다. 죽어 마땅한 자들? 복수를 말하는 건가?

야율이 의자 위에 비스듬히 기대앉아 고개를 모로 기울이며 나를 보았다.

"너와 지내보니 더 잘 알겠더라고. 천마가 내게 천마지보의 회수를 지시했어."

나는 얼굴을 왈칵 일그러트렸다.

"천마가 너한테 그걸 지시했다고? 내가 당연히 너를 알아볼 걸 뻔히 알면서도 왜……!"

왜긴 왜겠는가?

야율이 고개를 기울였다.

"무림맹에 나를 고발할 거야? 여기 마교의 첩자가 있다고."

"……."

"할 수 있겠어?"

이를 꽉 깨문 나는 야율을 노려보았다. 야율이 안타깝다는 듯 말했다.

"걱정 마, 연아. 일은 간단하니까."

"간단하다니?"

"네가 날 막으면 돼."

야율의 눈매가 가늘어졌다.

"비무 대회의 승자는 한 명뿐이니 우리는 언젠가 만날 거야."

"고작 그것뿐이야?"

그렇게 간단히 해결될 일이라고?

"물론 이것만일 리 없잖아."

야율이 장난치듯 손가락을 까딱이며 말했다.

"교주가 천마지보를 손에 넣어 오는 자에게 큰 보상을 약속했어."

"……."

천마신교의 모두가 광신도들인 건 아니었다. 그저 죄를 저지르고 정파에게 쫓겨 마교에 들어갔거나, 혹은 정파에 복수하기 위해 마교에 들어간 사람도 있었다. 정말 천마에게 충성해서 천마지보를 바칠 생각을 하는 자가 있다면, 천마지보에 담긴 힘을 노리는 자들도 있을 거라는 걸 예상할 수 있었다.

"나 말고도 다른 놈들이 있을 거야. 나도 누군지 알 수 없어. 그리고 모두 같은 생각을 가지고 있지도 않지."

서로가 서로를 견제하며 경쟁하도록 만들었다. 이렇게 마교도들이 다 따로 움직이게 된다면 무림맹에서 마교도를 끌어내 일망타진하겠다는 꿈은 멀어지는 것이나 다름없었다.

마교도 중에 누군가는 잡힐 것이다. 하지만 서로 정체를 모르기 때문에 한 명을 잡는다고 다른 이들을 잡아낼 수는 없을 테다. 분명 잡히지 않는 이들도 있을 것이다.

"내게 이 얘기를 해 주는 이유가 뭐야?"

"그야 네가 걱정되니까."

"……."

"내가 옆에 있을 수 없으니까."

"지금이라도 돌아오면 되잖아."

야율은 고개를 저었다. 단호한 모습이었다.

"말했잖아. 세상에 쓰레기가 너무 많다고. 먼저 청소부터 하고."

"……."

야율이 눈웃음을 지으며 다정한 목소리로 말했다.

"차 식고 있어."

"……."

"입도 대질 않네."

숨소리처럼 작은 웃음소리가 들리고, 야율이 손을 뻗어 내 손에서 찻잔을 빼앗아 갔다. 야율의 손이 스치듯 닿은 부분에 뜨끈한 열기가 느껴졌다. 닿은 부분에 화인이 찍힌 것처럼 느껴졌다.

흉터가 곳곳에 남아 있는 기다란 손가락이 찻잔을 감싸 들었다. 곧이어 찻잔이 야율의 입가에 닿았다.

"……."

길게 뻗은 하얀 목울대가 움직였다. 반쯤 빈 찻잔이 다시 내 앞에 놓였다. 야율이 가볍게 말했다.

"자. 독은 없어."

"……."

야율이 찻주전자를 들어 다시 찻잔을 채워 주었다. 하지만 나는 무표정한 낯으로 손도 까딱하지 않았다.

"안 마실 거야?"

옅게 한숨을 쉰 야율이 손을 뻗어 찻잔을 거둬 갔다.

"이런 객잔에 어울리지 않을 정도로 좋은 차였는데."

순전히 아쉽다는 어조였다.

"……."

나는 눈을 꽉 감았다 뜨고 물었다.

"고모는 어딨어?"

야율이 이번에는 정말 놀란 표정을 지었다.

"그 사실도 알고 왔어?"

야율이 여기 있다는 걸 알고 온 건 아니었지만 나는 긍정도 부정도 하지 않은 채 재차 물었다.

"그래. 고모에게 뭘 가르친 거야?"

"나도 몰라. 하지만 마교에는 이제는 찾을 수 없는 기이한 사술들이 많지."

"그럼 직접 보는 수밖에 없겠네. 어딨어?"

"몰라."

"모른다니. 말이 돼?"

"정말이야. 내가 어제 예선을 치르는 동안 사라졌거든."

"……사라졌다고?"

야율이 고개를 끄덕였다.

"교주의 명령으로 함께 오게 되었을 뿐이야. 나는 백리의란을 감시하고 백리의란은 나를 감시했다고 보면 돼."

"……천마가 널 믿지 않는 거야?"

"교주는 아무도 믿지 않아."

야율이 건조하게 말했다.

"그가 믿는 건 오로지 자신뿐이지."

잠시 생각에 잠겼다가 입을 연 순간이었다.

쾅!

커다란 소리가 객잔에 울려 퍼졌다.

소리가 들린 거리를 보아 객잔의 일 층 식당이었다. 이어서 칼날이 부딪치는 소리도 들렸다. 싸움이 벌어진 것이다. 폭풍같이 패도적인 기운이 느껴지는 게 보지 않아도 누군지 알 수 있었다.

나뿐만 아니라 야율도 누군지 눈치챘다.

"불청객이 왔네."

야율이 나를 물끄러미 바라보았다. 마치 안 가 볼 거냐는 듯한 모습이었다. 내가 자리에서 일어나자 그가 배웅하듯 따라 일어났다.

"또 봐."

"……."

나는 그를 물끄러미 바라보다 재차 들린 큰 소리에 황급히 밖으로 나갔다. 나와 야율이 대화를 나눈 곳은 꼭대기 층에 있는 방이었다.

차를 가지고 왔던 점원은 쭈그리고 앉아 난간 틈새로 일 층을 살피고 있었다. 큰 소리가 날 때마다 어깨가 움찔움찔 떨렸다.

나는 바로 난간을 넘어 일 층으로 뛰어내렸다.

"으악!"

뛰어내린 건 난데 점원이 놀라 비명을 질렀다. 탁. 가벼운 소리와 함께 아직 나뒹굴지 않은 탁자 위로 착지했다.

새파란 보검을 뽑아 든 남궁류청이 나를 보고 미간을 살짝 좁혔다. 그가 검을 크게 휘두르자 덤벼들던 놈들이 날아가 벽에 부딪쳤다. 힘으로 찍어 누르는 듯한 어마어마한 공력이었다. 벽은 괜찮나 모르겠네.

내 등장으로 싸움이 잠시 소강상태가 되었다.

"너 여기서 뭐 하는 거야?"

"……뭐야. 멀쩡하네."

멀쩡하다니. 만나자마자 그게 할 말? 아니, 그보다.

"네가 여긴 어떻게 온 거야?"

벌써 한 시진이 지났나? 그럴 리가 없었다. 남궁류청이 말했다.

"따라왔어."

나는 기가 막힌 표정을 지었다. 남궁류청은 뻔뻔하게 답했다.

"미리 말했잖아."

"그 말이 진심이었어?"

그냥 내게 관심을 표한다는 의미인 줄 알았지! 나는 혀를 내두르며 말했다.

"감시원을 떼었는데 남궁류청이 대신 붙었다니. 이거 손해가 막심한걸……."

남궁류청이 눈썹을 치켜떴다.

"지금 그런 농담이 나와? 너는 왜 자꾸 혼자……!"

남궁류청이 소리치다가 갑자기 입을 꾹 다물었다. 그리고 고개를 틀며 진정하듯 숨을 크게 들이쉬더니 말했다.

“원래는 드러낼 생각이 아니었는데 네 동생이 거정하며 초조하게 계속 돌아다니는 걸 봐서.”

아니, 같이 있던 이가 백리리인 것도 알다니?

‘설마 백리리가 다 말한 건가?’

나는 한숨을 내쉬며 말했다.

“그래서 왜 싸우고 있었던 거야?”

남궁류청이 거만하게 말했다.

“눈빛이 마음에 안 들어서.”

“…….”

그때 귓가로 남궁류청의 전음이 들렸다.

[이놈들 다 마교잖아.]

그리고 갑자기 위를 올려다보았다. 언제 따라 나왔는지 모를 야율이 인피면구를 쓴 채 아래를 내려다보고 있었다.

야율과 남궁류청의 시선이 마주친 걸 알 수 있었다.

“지금까지 저 녀석이랑 같이 있던 거야?”

“응”

“어디서 본 것 같은데.”

“일단 나가자.”

나는 남궁류청의 팔을 잡아끌었다. 등 뒤로 따라오는 시선이 따가울 정도였다.

소란이 벌어졌던 객잔과 달리 거리는 내가 들어갈 때와 전혀 달라진 것 없이 평온했다. 나는 옷자락을 정돈하는 남궁류청을 보며 이를 어떻게 설명해야 할지 생각했다. 골치가 아팠다. 일단 계속 객잔 앞에서 있을 수는 없으니 인파 사이로 들어갔다.

"백리리인 건 어떻게 알았어?"

"엿들은 건 아니야."

그렇지. 대화를 엿들을 수 있을 정도로 가까이 왔다면 내가 남궁류청을 몰라볼 리 없었다.

"원래는 멀리서 지켜보기만 할 생각이었는데."

"음…… 멀리서 지켜보기만 하는 것도 좀…… 아니야."

나는 남궁류청의 시선을 받고 입을 다물었다.

"네 동생 모습이 너무 수상해서 무슨 일이냐고 물어봤을 뿐이야. 그랬더니 걔가 갑자기 도와 달라고 털어놨어. 너는 그런 곳에 어떻게 혼자 갈 생각을……."

남궁류청의 말이 갑자기 뚝 끊겼다. 의아하게 바라보자 남궁류청이 진지한 눈빛을 하고 말했다.

"내 도움이 필요하면 언제든지 말해. 도와줄 테니까. 혼자서 앓지 말고."

그 말이 끝이었다. 남궁류청은 더 설명하지도 않고 묻지도 않았다.

'이상한걸.'

왜 마교 놈들과 함께 있었는지 물어보며 펄펄 날뛸 줄 알았는데.

나는 남궁류청을 조용히 지켜보다 물었다.

"무슨 일인지, 안 물어봐?"

남궁류청이 나를 물끄러미 바라보았다.

"내가 물어보길 바라는 거야?"

"……그건 아니야."

"네가 내게 알려 줘야 하는 일이라면 알려 주겠지."

"나를 믿어서 안 물어본다는 거야?"

남궁류청이 당연하다는 듯 말했다.

"네가 나한테 나쁜 짓을 할 리 없잖아?"

"……."

나를 무조건 믿는다는 말이나 다름없었다. 나는 희미하게 웃으며 말했다.

"고마워."

그때 남궁류청이 입을 열었다.

"물론 말해 주면 더 좋을 거야."

"……."

나는 남궁류청을 물끄러미 바라보았다.

"류청, 멋없어."

"알아."

퉁명스러운 목소리가 살짝 삐진 것처럼 들렸다.

어이가 없네. 나를 믿는다며?

총사부 전각.

익숙하게 복도를 걸어간 공손월이 한 방 앞에 멈춰 섰다.

"소저, 총사님을 뵈러 오셨나요?"

공손월이 고개를 끄덕였다. 살짝 곤란한 표정에 무슨 일이냐고 물어보려는 찰나. 벌컥. 방문이 안에서 열렸다.

커다란 그림자가 공손월을 가렸다.

"음? 공손 소저."

"맹주님께 인사드립니다."

공손월이 황급히 고개를 숙이며 양손을 모았다.

"고개 들거라. 그리 예를 차릴 필요 없다고 했거늘."

공손월이 어색하게 웃으면서 고개를 들었다. 그러자 기분 나쁜 시선이 머리끝부터 발끝까지 그녀를 쭉 훑었다.

안에서 공손방이 따라 나와 말했다.

"제 딸이 원래 좀 숫기가 없습니다."

"그래? 하지만 이리 미인이니 딸을 데려갈 사내는 매우 복 받았소."

위 맹주가 멀어지고 나서야 공손월은 다시 크게 숨을 쉬었다.

공손방이 말했다.

"들어오너라."

자리에 앉자마자 공손방이 물었다.

"오늘은 안 만나느냐?"

"……네."

"흠, 하긴 근래 매일 만나긴 했지. 여기저기서 너와 남궁 공자가 잘 어울리는 한 쌍이라는 말이 많더구나."

공손방은 뿌듯하다는 듯이 미소 지었다.

"네가 느끼기에는 어떻더냐? 남궁 공자의 성품은 어떤 것 같으냐?"

"바르죠."

"그게 다더냐?"

"아버지."

불러 놓고 한동안 말이 없자 공손방이 재촉하듯 불렀다.

"월아?"

공손월이 탁자 아래 치맛자락을 꽉 붙잡고 말했다.

"아버지, 재신임 건이요. 정말로 재고해 보시는 게 어떨까요?"

공손방이 인상을 찌푸리며 조용조용 말했다.

"갑자기 그게 무슨 말이야?"

"이미 보고 들으셨잖아요."

"설마 남궁 공자가 율법원에 갈 뻔한 일을 가지고 그러는 것이냐?"

"네. 황보 공자를 누군가 부추긴 것이 분명해요. 아버지도 이미 아시잖아요. 누군지는 따질 필요 없겠죠. 현재 율법원은 맹주님 친족이 장악했으니. 백리 소저가 없었다면 꼼짝없이……."

말끝을 흐렸던 공손월이 마른침을 삼키고 다시 말을 이었다.

"그리고 무림맹에서 오랫동안 협행을 펼쳤던 백리 대협의 명예도 계속해서 모욕하려 들고요."

"그래. 나도 들었다. 백리 세가주가 아낀다더니, 이유를 알겠더군. 누가 그런 손녀를 아끼지 않겠더냐?"

공손방이 천천히 차를 한 모금 마시고 말을 이었다.

"어쨌든 백리 소저가 해결해 내지 않았느냐? 다들 위 맹주가 속 보이는 짓을 하였다고 수군거리고 있느니라. 그 일과 무슨 상관이라고 재신임 얘기를 꺼내는 것이냐?"

"아버지께서 그러셨잖아요. 무림맹에 분란이 일어날수록 마교인들만 이득을 본다고요. 맹주님은 분란을 잠재우실 생각이 없어요."

달그락. 찻잔을 내려놓는 소리에서 불편한 심기가 느껴졌다.

"월아, 내 맹주의 재신임 말을 꺼낸 것은 그저 위협용이었다. 그때 이미 설명한 것으로 기억하는데."

단호한 음성에 공손월이 시선을 내리깔았다.

"알아들었다면……."

"힘들 뿐이지 불가능한 건 아니잖아요?"

공손월이 공손방의 말에 끼어들었다.

"공손월."

똑바로 눈을 마주하는 모습에 공손방이 피곤하다는 듯이 미간을 꾹꾹 눌렀다.

"내가 괜한 말을 꺼내 네게 쓸데없는 기대감을 주었나 보구나."

"아버지."

"네 생각은 잘 알겠다."

공손방이 굳은 표정으로 엄중하게 말했다.

"밖에서 그런 헛소리를 하고 다니진 않았겠지?"

"예?"

"위 맹주가 문제가 많은 건 맞는다. 하지만 위 맹주가 맹주로 있는 것이 좋다."

공손월이 믿기지 않는다는 듯 눈을 크게 떴다.

"아버지, 설마……?"

공손방이 공손월의 말을 자르며 담담히 말했다.

"정확히 말해서 우리에게 좋은 일이라는 뜻이다. 이 정도면 이해하겠느냐?"

"……."

"가장 중요한 것은 공손가의 이득이다. 너도 정신 똑바로 차리거라."

고모가 도망쳤다는 사실을 안 백리리는 군말 없이 큰아버지께 돌

아갔다. 큰아버지는 그렇게 돌아온 백리키를 보고…… 울었다.

하, 그 자리에 있는데 정말 어찌나 어색한지. 부녀가 눈물의 상봉을 하고 있을 때 슬그머니 방을 빠져나왔다. 그리고 제갈화무를 만나러 향했다.

사람을 붙잡고 물어물어 장로부 안 제갈 세가의 전각으로 향했다. 차 한 잔을 비울 정도의 시간이 지난 후 제갈 세가의 전각에 도착할 수 있었다.

지나오며 보게 된 다른 문파나 가문들의 전각에 비하여 제갈 세가의 전각은 숨 막힐 정도로 조용했다. 넓은 전각에 사람 그림자도 보기 힘들었다.

안으로 더 들어가자 어디선가 탕약 냄새가 풍겨 왔다. 그리고 드디어 사람을 마주쳤다. 상대도 나를 알아보고 반가운 눈을 했다.

제갈화무의 노복인 막추였다. 그가 반쯤 빈 탕약 그릇을 들고 말했다.

"소저, 가주님을 뵈러 오신 겁니까?"

고개를 끄덕이자 아쉬운 얼굴로 말했다.

"지금은 주무시고 계십니다. 혹시 살펴보시겠습니까?"

일반적으로 주인이 자고 있다면 손님을 돌려보내는 게 평범한 반응이었다. 하지만 막추는 나를 자연스럽게 제갈화무가 잠들어 있는 방으로 안내했다.

방은 탕약 냄새와 함께 또 다른 미묘한 향으로 가득했다. 나는 그 향내를 맡지 않도록 조심하며 침상으로 다가갔다.

창백한 안색의 제갈화무는 내가 들어오는 기척을 느끼지 못할 만큼 깊게 잠들어 있었다. 초췌한 안색에서 날이 갈수록 병이 깊어지고 있음이 보였다.

“언제부터 이랬나요?”

뒤따라온 막추가 착잡한 목소리로 답했다.

“상태야…… 꾸준히 나빠지셨죠.”

“차라리 본가로 돌아가는 게 낫지 않겠어요?”

“그래도 근래에는 태고 진인께서 진기도인을 도와주시고 계십니다.”

“……다행이네요.”

“으음.”

우리가 하는 대화에 제갈화무가 깨어난 듯 신음했다. 눈을 뜬 제갈화무는 시야가 흐릿한지 몇 번 눈을 깜빡이고 나서야 뒤늦게 나를 알아보았다.

“백리연?”

“그래. 나야.”

“막추, 사람이 자고 있는데 외부인을 들여보내면 어떻게 해?”

가라앉은 목소리에는 반가움이 아닌 당혹스러운 감정이 담겨 있었다. 나는 씁쓸한 마음을 삼키며 몸을 일으키려는 제갈화무의 가슴팍에 손을 올렸다.

내가 제갈화무를 찾아온 이유는 고모와 마교에 관한 일을 의논하고 싶어서였다. 특히 고모에게 벌어진 기현상에 관해 얘기할까 했지만…….

“진기도인을 할게.”

“신세를 지네.”

“뭘 새삼.”

잠깐 깨어났던 제갈화무는 진기도인 도중 다시 정신을 잃었다. 그리고 내가 끝마칠 때까지 다시 눈을 뜨지 않았다.

진기도인을 끝내고 전각을 나왔을 때는 시간이 꽤 지나 있었다. 나는 바로 큰아버지께 돌아갔다.

백리리와 큰아버지 두 사람은 이제 어느 정도 진정한 듯 보였다. 둘 다 세수도 하였는지 말끔해진 낯이었다. 눈가에 아직 붉은 기가 남아 있었지만.

'나도 아버지 보고 싶다…….'

백리리는 머리가 아프다며 쉬러 가고, 혼자 남은 큰아버지가 점잖은 어조로 감사를 표했다.

"의란 이야기도 들었다. 아버지께 바로 소식을 보낼 것이다."

"네."

착잡한 낯으로 침묵하던 큰아버지가 말했다.

"의란이 정말…… 사술을 썼을 거라 생각하느냐? 그런 유의 사술은 필시……."

마교와 관련되어 있음을 큰아버지도 모를 수 없었다. 분명히 깨끗한 방법은 아닐 터다. 나는 흡성마공과 비슷한 유가 아닐까 예상했다.

"저도 그저 짐작만 할 뿐이에요."

"대체 어찌 그렇게까지 추락한 것이야!"

제 자식이 죽을 뻔했건만 시간이 지나자 기억이 흐릿해졌는지 큰아버지는 고모를 안타까워하고 있었다.

"제 마음에 들지 않는다는 이유만으로 친족에게 독을 먹인 사람이에요. 무슨 짓을 해도 이상하지 않죠."

"그래. 네 말이 맞는다. 의란이 한 짓은 용서받기 어려운 짓이지."

큰아버지의 표정이 굳었다. 하여간 큰아버지도 정말 줏대가 없긴 했다. 이를 잘 이용하는 내가 할 말은 아니었지만.

"그러고 보니 위 맹주 쪽에서 연회에 초대했다."

"벌써요?"

하긴 그렇게 요란하게 싸웠는데 미끼를 물 때가 되었지.

그때였다. 잠시 바깥에 소란이 일더니 큰아버지의 부관이 방으로 들어왔다.

"무슨 일인가?"

"지금 무림맹에 급보가 하나 들어왔는데, 벽가장이 습격을 받았다고 합니다."

"뭐? 습격?"

나도 큰아버지와 같이 놀랐다. 부관이 설명을 이어 나갔다.

"예. 아직 정확한 피해 규모는 듣지 못하였습니다만 벽가장주가 죽고 식솔들도 생사를 확인하기 힘들다고 합니다."

그 순간 갑자기 머릿속에 야율이 떠올랐다. 세상에 쓰레기가 너무 많다던. 그리고 지금 들려온 벽가장의 습격 소식. 이 모든 게 그저 우연일까?

큰아버지가 다그치듯 이어 물었다.

"생사를 확인하기 힘들다니? 설마…… 멸문을 당했다는 게냐?"

부관이 딱딱한 어조로 답했다.

"보고받은 바로는 하룻밤 새 벽씨 성을 가진 자부터 하인들에 일꾼은 물론이고 키우던 개들까지 모두 죽었다고 합니다."

큰아버지는 곤혹스러운 표정을 지었다. 좋아해야 할지 말아야 할지 알 수 없는 듯 보였다.

이미 벽가장과 백리 세가는 틀어질 만큼 틀어진 사이였다. 칼만 뽑지 않았을 뿐 원수나 다름없었다. 벽가장에게 벌어진 일은 마치 손 안 대고 코를 푼 격이었다.

"대체…… 벽가장이면 그리 작은 가문도 아니거늘. 하룻밤 새 모두 다 죽었다고? 대체 누가……?"

큰아버지가 혼잣말하듯 중얼거렸다.

아무리 사이가 좋지 않은 가문이라고 한들 멸문은 충격적인 일이었다. 위지백이 무림맹주가 되고 동맹이 된 벽가장은 나날이 세를 불리고 있었다. 벽가장 내의 식솔들만 합쳐도 최소 이백 여 명은 넘을 터.

그들을 일거에 쓸어버릴 수 있는 놈들은…….

"마교겠죠."

"설마."

큰아버지가 단번에 부인했다. 그러고는 믿기지 않는다는 어조로 말했다.

"그간 조용하지 않았느냐?"

"이 정도 규모의 가문과 사람들을 눈도 깜짝 안 하고 죽일 수 있는 이들이 누가 있겠어요?"

"……하지만 왜 마교가 벽가를 노린단 말이냐? 이 시기에……."

큰아버지가 잇지 못한 말끄트머리에는 천마지보가 있는 무림맹을 노리지 않고, 라는 뜻이 담겨 있었다.

"그 이유를 이제 알아봐야죠."

그때 밖에서 기척이 느껴지고 허락과 함께 하인이 들어왔다. 하인은 손에 서찰을 하나 들고 있었다. 종종걸음으로 들어온 하인은 내게 서찰을 내밀며 말했다.

"위 공자의 하인이 아가씨께 전달해 달라고 하였습니다."

큰아버지가 나무라듯 타박했다.

"위 공자가 한둘이냐?"

"위구중 공자이십니다."

"위구중이라고?"

나는 서찰을 꺼내 글귀를 쭉 읽어 내렸다. 그리고 곧장 큰아버지께 건네며 말했다.

"후기지수 연회 초청장이에요."

맹주부. 전각.

벽가의 습격 사실이 무림맹에 보고되고 거의 반나절이 지나서야 소집된 회의였다. 미적미적한 대응이었다. 심지어 이 자리에 불참한 원로도 있었다. 그리고 검게 죽은 낯의 벽 소가주도 있었다.

본래라면 벽 소가주는 이런 상층부 회의에 참석하지 못했다. 하지만 이번 일은 당사자 자격으로 참석한 상태였다. 늘 회의에 참석하고 싶어 했던 벽 소가주로서는 꿈을 이뤘다고 볼 수도 있었다.

무림맹에서 파악한 정보를 공유한 결과, 벽가장의 멸문은 거의 확정된 상황이었다. 현 상황의 생존자는 무림맹 본단에서 무사로 일하던 벽성율과 비무 대회 참석을 위해 무한에 온 벽 소공자, 이 자리의 벽 소가주뿐이었다.

공손방이 말했다.

"……하여 사태 파악을 위한 조사 인원을 보내기로 하겠습니다. 다른 의견이 있거나 반대하시는 분 계십니까?"

"찬성하오."

"총사 뜻대로 하시오."

장로회의 대표와 위지백이 답하였다.

"이거 뭐 참석할 필요도 없었군."

팽 소가주가 심드렁히 말하는 걸 뒤로하며 공손방이 위지백을 보았다.

"맹주님, 더 하실 말씀 없으십니까?"

참석한 이들의 시선이 위지백에게 모였다. 위지백은 살짝 미간을 찌푸렸다. 그리고 공손방을 불쾌하다는 듯 바라보았다가 답했다.

"없네."

몇몇 가주가 벽 소가주와 위 맹주를 흘끗 보며 고개를 내저었다. 공손방이 한 박자 늦게 입을 열었다.

"……알겠습니다. 그럼 여기까지 하도록 하죠."

그때였다.

쾅!

혼백이 나간 듯한 낯이던 벽 소가주가 탁자를 내리치며 일어났다.

"이게 끝이오?"

"벽 소가주?"

벽 소가주가 공손방을 무시하며 위 맹주를 향해 소리쳤다.

"조사 인원을 파견한다는 걸로 끝이란 말이오? 반나절을 끌어서 회의한 결과가 고작 이거란 말이오!"

"……."

위지백이 인상을 팍 찡그린 채 입을 열지 않았다. 벽 소가주가 계속 소리쳤다.

"조사? 그거야 기본으로 해야 하는 것뿐이지 않소! 누가 벽가를 습격했겠소! 이 상황에서 마교 말고 더 있겠소? 그런데 고작해야 조사 인원 파견으로 끝이라고!"

"……."

여전히 위지백은 대답하지 않았고 결국 공손방이 대신 입을 열었다.

"벽가는 무림맹의 동맹이오. 이번 일은 좌시하지 않을 테니 진정하시……."

벽 소가주가 공손방을 무시하며 손가락질했다.

"위 맹주! 내 당신에게 우리 가문의 복수를 대신 하라고 하진 않겠소! 하지만 뒷짐을 지고 있는 건 아니지 않소!"

위지백이 혀를 차고는 무시하는 시선으로 벽 소가주를 보며 말했다.

"아직 확실하지도 않은데 쉬이 마교를 언급하지 마시오. 평소 원한이 있던 흑도 놈들의 소행일 수도 있지 않겠소? 아니 그렇소?"

위지백이 동의를 구하듯 백리의묵을 보았다. 원로원 소속의 사람들이 그 상황을 의아하게 바라보았다.

왜 하필 백리의묵에게 동의를 구한단 말인가? 사이도 좋지 않거늘.

그때 백리의묵이 벽 소가주를 향해 싸늘하게 말했다.

"가장 의심스럽기는 하나 마교의 짓인지 확실하지 않소. 벽 소가주, 여기가 시장 바닥이오? 목소리를 낮추시오."

위지백이 흡족한 눈길로 백리의묵을 보고는 벽 소가주를 향해 말했다.

"벽 소가주 말대로 마교가 벌인 일이라면 마교가 대체 왜 벽가장을 습격한단 말이오?"

"그…… 그건……!"

위지백은 말을 잃은 벽 소가주를 압박하듯 다그쳤다.

"벽 소가주, 혹시 우리에게 숨기는 것이라도 있는 게 아니오?"

부들부들 떨던 벽 소가주가 버럭 소리쳤다.

"위지백 네 이놈! 내가 네놈 속셈을 모를 줄 아느냐!"

거의 반쯤 눈이 뒤집힌 벽 소가주가 위지백에게 달려들었다. 당연히 손끝 하나 스칠 수 없었다.

"벽 소가주, 뭐 하는 짓이오!"

바닥에 널브러진 벽 소가주가 소리쳤다.

"이대로 내 가문이 사라지길 바라는 속내렷다!"

"무슨 말을 하는지 모르겠군. 벽 소가주, 체통을 지키시오."

"체통? 하! 며칠 전부터 갑자기 낯빛을 바꾸더니! 우리 가문을 이용할 만큼 이용하고 이제 와서 발을 빼?"

원로원 사람들이 고개를 저으며 자리에서 일어났다. 방을 빠져나가는 그들의 뒤로 벽 소가주의 절규가 이어졌다.

전각을 나온 이들은 두셋씩 짝지어 전각을 벗어났다. 남궁 세가의 대표로 참석한 남궁완과 함께 걷던 팽 소가주가 혀를 차며 입을 열었다.

"위 맹주도 참……. 위 맹주가 직접 가지는 못할 테니, 가문 세력들로 지원해 줄 줄 알았건만."

"새삼스럽지도 않은 일이지요."

"사람은커녕 은자를 쓰는 것마저도 아까워하다니. 갈수록 바닥만 보이는구려."

남궁류청이 실종되었을 당시 백리 세가에서는 백검단과 백리의강을 파견해 수색을 도왔다.

벽가와 위지백 간의 관계를 따지자면 백리 세가와 남궁 세가의 관계보다 훨씬 더 가까운 동맹이었다. 위 맹주가 조금만 나섰다면 조사 인원부터 수색대까지 그 규모가 훨씬 커질 수 있었을 테다.

하지만 위 맹주는 나서지 않았다. 심지어 제 사람조차 보내지 않았다.

팽 소가주가 말했다.

"그러고 보니 백리 세가는 무슨 생각인지 아시오? 거기서 위 맹주 편을 들다니."

"……모르오."

"자네와 크게 다퉜다고 하던데."

"흥. 그자는 원래부터 마음에 들지 않았소."

"소가주가 되고 나서도 그리 감정에 휩쓸려서야 쓰나."

무슨 사정이 있는 건지 알아내 보려던 팽 소가주는 어깨를 으쓱이며 말을 넘겼다.

"뭐…… 벽가와 원한이 있으니 백리 세가에서 위 맹주 편을 들 수도 있긴 하지. 소가주, 시간 되면 내 처소에서 차라도 한잔하겠소?"

남궁완이 고개를 저었다.

"일이 있소."

"그럴 것 같았소."

팽 소가주가 은근한 목소리로 말했다.

"꽤 바쁘게 지내는 것 같던데. 조심하시구려."

순간 남궁완의 표정이 싸늘해졌다. 팽 소가주는 의뭉스럽게 웃으며 말했다.

"걱정하지 마시오. 우연히 알았을 뿐이니. 나도 그대의 뜻에 동의하는 바요! 하하하."

비무 대회가 한창인 무한의 밤거리는 불야성이나 다름없었다. 노란색과 주황색 등롱으로 밤거리가 휘황찬란했다.

위구중이 초청한 연회는 본선에 진출한 후기지수들의 모임이었다. 주루를 통째로 빌렸는지 안에는 온통 무인들로 꽉 차 바깥에까지 그들의 기운이 느껴질 정도였다. 넘치는 열기 사이에서 남궁류청의 기운 또한 확인할 수 있었다.

주루 입구를 지키고 있던 이들이 나를 보자마자 곧장 문을 열어 주었다. 크고 화려한 문이 열리자마자 소란스러운 실내가 보였다.

이미 한창인 분위기였다. 먹고 마시며 즐기는 분위기에서 오만해 보일 정도의 젊은 혈기들이 느껴졌다. 그 누구도 벽가에서 일어난 일 따위는 신경 쓰고 있지 않았다.

"백리 소저이시지요? 저를 따라오시면 됩니다."

하인의 뒤를 따라 계단을 올라가는 길에 서하령이 보였다. 다른 이들과 시끌벅적하게 얘기하고 있었다. 거리를 두자 아닌 척 주변을 맴돌며 그녀에게 말을 걸 기회만 호시탐탐 노리는 청년들의 모습이 더 잘 보였다.

나를 위층으로 안내한 하인은 별말 없이 꾸벅 고개를 숙이곤 물러났다.

아래층과 비슷하게 사람들이 삼삼오오 모여 앉은 자리였다. 다만 정제된 기도들이 아래층과 확연히 다른 느낌이었다. 그러니까 간단히 말하면 후기지수 중에서도 손꼽히는 이들만 있었다. 가문이면 가문, 실력이면 실력 둘 다 빠질 것 없는 이들만 모아 놓았다.

'이걸로 나도 인정받았다고 해야 하나?'

호기심 어린 시선들이 닿아 왔다. 하지만 쉽게 말을 걸지는 않았다. 그만큼 자존심이 세다는 뜻이기도 했다.

"새로운 이가 왔네. 백리 소저로군."

"음, 이렇게 봐서는 실력이 가늠되지 않는군. 제 기도를 완벽히 숨긴 건가?"

속닥거리는 목소리가 들리는 와중 연회의 주최자인 위구중은 마치 내가 온 걸 알아채지 못한 것처럼 무시하고 있었다.

원래라면 이때쯤 연회의 주최자가 나서야 했다. 초대에 응해 주어서 감사하다, 그런 말을 주고받으며 자리에 앉으라고 권하는 것이다. 이렇게 꿔다 놓은 보릿자루처럼 둘 것이 아니라.

하지만 저쪽에 보이는 위구중은 그럴 생각이 없어 보였다. 눈살을 찌푸린 공손월이 일어나려는 순간 누군가 그녀에게 말을 걸어 붙잡았다.

근처의 남궁류청 또한 옆에 있는 상대가 그의 술잔을 채우며 연신 말을 걸고 있었다. 조악한 견제와 무시가 그대로 느껴졌다.

이 상황을 타파할 방법은 보통 이러했다.

첫 번째, 내가 먼저 수그리고 위구중에게 아는 척을 한다.

두 번째, 푸대접을 참지 못해 자리를 박차고 돌아간다.

세 번째, 깽판을 치며 분위기를 파탄 낸다.

"이게 누구야! 연이 아니냐!"

"중해 오라버니?"

나는 놀란 척 눈을 동그랗게 떴다.

네 번째, 미리 내 사람을 만들어 놓는다.

악중해.

산동 악가의 차남으로 예전에 천귀조 사건에서 내 아버지께 목숨을 구명받은 적 있었다. 그 뒤로도 꾸준히 서신으로 연락을 주고받았다.

"어쩐 일이세요?"

"어쩐 일이긴. 그건 되레 내가 물어봐야지."

알고 보니 이 자리에는 전대 기린회의 선배들도 초대되어 있었다.

이 비무 대회에서 두각을 보인 이들이 기린회에 들어갈 것은 당연지사. 이미 기린회에 이름을 올리고 있는 이들도 많았다. 가령 위구중처럼. 그러니 자연스레 선배들도 함께하는 자리가 된 것이었다.

내가 어떤 태도로 나올지 은근히 구경하던 이들이 재미없는 결과에 실망하는 것이 느껴졌다.

악중해는 전혀 신경 쓰지 않고 누군가를 향해 손짓했다.

"엊그제 너 만나러 갔는데, 자리를 비웠더라고?"

"엊그제라면……."

백리리를 만나서 외출했을 때였다.

"여기 내 동생인 악중산이야. 내 동생도 이번 비무 대회에 참석하거든. 소개 좀 해 주려고 했지."

아직 어린 티 나는 소년이 내게 절도 있는 자세로 양손을 모으며 인사했다.

"악중산입니다. 형님께 얘기 많이 들었습니다."

꽤 귀엽게 생긴 외모였지만, 덩치는 악중해 오라버니처럼 거대했다.

"백리 세가의 백리연이에요."

그때 악중해 오라버니 뒤편으로 위구중이 다가오는 것이 보였다. 표정을 관리하고 있었지만, 계획이 틀어져 뒤틀렸을 속내를 짐작하긴 어렵지 않았다.

바로 앞까지 다가온 위구중이 아무 일도 없었던 것처럼 웃는 낯으로 포권했다.

"위구중입니다. 소저가 선배님과 이렇게 친밀한 사이인 줄 미처 몰랐군요. 초대에 응해 주셔서 감사합니다."

그때 악중해 오라버니가 피식 웃으며 말했다.

"뭐야, 평생 모른 척할 줄 알았더니만."

위구중의 표정이 살짝 굳었으나 태연하게 말했다.

"죄송합니다. 사담에 깊게 빠져 있다 보니 백리 소저의 도착을 미처 알아채지 못했습니다."

나는 옷자락을 정돈하며 나른하게 웃었다.

"괜찮아요. 기척에 둔하면 누가 왔는지 눈치채지 못할 수도 있죠."

깜짝 놀란 듯 눈을 부릅뜬 악중산의 표정이 꽤 우스웠다. 비슷한 표정이었던 악중해 오라버니가 크게 웃음을 터트렸다.

"푸하하, 하하하! 그래. 뭐, 둔한 건 어쩔 수 없지."

위구중이 붉으락푸르락한 낯으로 나를 노려보았다.

'어쩌려고? 때릴 거야?'

정신머리가 남아 있어서인지 선배 앞에서 함부로 굴지는 않았다.

'안타깝군. 여기서 진상이라도 떨었다면 이차, 삼차전도 할 수 있는데.'

악중해 오라버니가 웃음을 그치고 말했다.

"너 정말 여전하구나? 어릴 때도 한 성격 하더니만."

"제가요? 한 성격이라니요. 저처럼 착하고 얌전한 사람이 어디 있다고요?"

"옳지. 맞는 말이야. 그럼그럼."

우스갯소리를 마친 악중해 오라버니가 위구중을 돌아보고 진지한 어투로 말했다.

"구중아, 네 행동이 맹주님을 대변한다는 걸 늘 생각해야지."

"……예. 조심하겠습니다."

위구중은 겉으로는 공손하게 고개를 숙였다. 이후 내게 연회를 즐기라고 말하고는 제자리로 돌아갔다. 악중해 오라버니가 그런 위구중의 뒤통수를 보면서 혀를 끌끌 찼다.

중해 오라버니의 친근한 접근을 기점으로 슬금슬금 다가오는 이들이 하나둘씩 늘어났다. 가장 선두에는 굳은 표정의 남궁류청이 있었다.

말이 많을 때부터 알아보았지만, 악중해 오라버니는 마당발이었다. 내게 이 사람 저 사람을 소개해 주었고, 반 시진 정도 지났을 때는 자연스럽게 한 무리가 형성되었다. 어째 위구중의 무리와 나뉘어 있기도 했다.

그때 귀를 잡아채는 대화가 들렸다.

"……벽가장의 일은 들었습니다. 동맹으로서 유감일 뿐입니다."

벽 소공자와 청년의 대화였다. 청년은 몇 마디 의례적인 위로를 하고 곧장 자리를 옮겼다.

처음 봤을 때부터 의아한 인선이었다. 벽 소공자가 이 자리에 있다는 것 자체가. 벽가장이 명문 정파에 들어갈 수 있느냐 하면 애매하였고, 심지어 벽 소공자의 실력 또한 그렇게 눈에 띄지는 않는 편이었다.

그리고 역시나라고 해야 할까, 벽 소공자는 어울리지 못하고 홀로 겉돌고 있었다.

다른 이와 떠들던 악중해 오라버니가 말했다.

"뭘 보는 거야? 벽 소공자?"

나는 술잔을 들며 고개를 살짝 끄덕였다.

"성율이가 안됐지. 가문이 그렇게 되다니."

생각해 보면 악중해 오라버니는 기린회 당시 벽성율과 같은 조로 파견을 나갔었다. 물론 벽성율이 그들을 버리고 도망갔지만…….

그 후, 벽성율은 하급 무사로서 무림맹에 봉사하는 것으로 상황을 일단락했다. 그 모든 수습을 도왔던 것은 위 맹주였다.

확실히 이렇게 보면 위 맹주는 벽가와 매우 가까웠다.

'그런데 한순간에 팽하다니.'

파헤친다면 꽤 얻을 정보가 많아 보였다.

"제 가문이 그리되었는데 이런 연회에 참석하고 싶을까. 당장 돌아가 봐야지 않나?"

누군가 살짝 조롱하듯 얘기하자, 동조하는 말이 여럿 나왔다. 씁쓸한 표정을 지은 악중해가 손을 내두르며 말했다.

"됐어. 다들 그런 말 하지 마."

잠시 조용해지고, 나는 분위기를 바꾸도록 말을 건넸다.

"아, 그러고 보니 중해 오라버니, 소용 언니와 곧 혼인한다면서요? 축하드려요."

악중해 오라버니의 얼굴이 달처럼 밝아졌다. 악중해 오라버니는 당시 기린회의 조장이었던 당소용 언니와 이번에 혼약을 맺었다. 축하한다는 말이 쏟아지는 와중 누군가 초를 치는 말을 했다.

"그런데 당가는 무조건 데릴사위로 들이지 않습니까?"

황보찬이었다.

"그렇지."

"당가가 그런 점은 엄격하죠."

"혼인하면 예전 같진 않겠어."

워낙 배타적인 당가는 딸이 당가의 비전을 배웠을 시에는 데릴사위만 들일 수 있었다.

탁. 술잔이 탁자에 부딪치는 소리와 함께 남궁류청이 싸늘하게 말했다.

"데릴사위가 무엇이 어떻길래 반응들이 그렇습니까?"

데릴사위라는 말이 나오자 인상을 찌푸렸던 한 청년이 당황하며 답했다.

"뭐, 그, 그야 그렇지요. 그런데 그렇게 예민할 필요가 있습니까?"

"글쎄요. 무시하는 듯한 어조가 담겨 있었는데 제 착각인가 봅니다?"

"그, 그냥 별말도 아니지 않느냐? 네 착각이지."

"다른 이의 인륜지대사인 혼인을 오해하기 쉬운 어투로 말하는 것이 옳지는 않지요."

사그라드는 듯하던 논쟁은 눈치 없는 황보찬에 의해 다시 불붙었다.

"아니, 사내대장부라면 제 가문을 이루는 게 당연하지 않은가! 안 그렇소?"

몇몇이 고개를 주억거렸다. 저렇게 말할 수 있는 것도 참 좋은 팔자다 싶었다. 나는 황보 공자를 향해 감탄했다는 듯 말했다.

"오, 황보 공자께서는 조상님들의 은덕을 벗어나 새 가문을 세우시려는가 봐요. 대단하네요."

"내가 언제 그리 말했소?"

"방금 그리 말씀하신 거 아닌가요? 황보 공자께서 황보 가문을 세우신 건 아니잖아요?"

"……."

네 조상이 세운 가문이지 네가 세운 가문도 아닌데 너도 똑같은 처지 아니냐는 뜻이었다.

분위기가 가라앉았다. 이내 악중해 오라버니가 손을 내저으며 말했다.

"혼인은 내가 하는데 왜 너희들이 나서서 난리야? 뭐가 그렇게 심각해?"

"이게 다 네가 요란 떨며 혼사를 진행해서 그런 게지 않냐?"

기린회의 선배 한 명이 장난스럽게 타박하자 몇 명이 웃음을 터트렸다. 황보 공자가 남궁류청을 노려보다가 코웃음을 치며 벌떡 자리에서 일어났다.

악중해 오라버니가 나와 남궁류청의 술잔을 채워 주며 말했다.

"하하, 너희들 고맙다. 연이는 그렇다 치는데, 류청 네가 나를 도울 줄은 몰랐다."

"다른 이의 인륜지대사에 함부로 말을 얹는 것이 불쾌했을 뿐입니다."

남궁류청이 새침하게 답했다. 어리둥절한 표정이던 악중해 오라버니가 갑자기 눈살을 찌푸렸다. 그리고 뭔가 깨달은 듯한 표정을 짓더니 홀로 고개를 주억거리며 남궁류청을 향해 말했다.

"그래. 너도 힘들겠다. 도움이 필요하면 이 형님에게 말하렴."

"……."

그저 남궁류청이 황보찬에게 밀리는 걸 보고 싶지 않아서 편들어 준 것이었는데 괜한 짓을 한 듯싶었다. 조금 더 자리를 지키고 있던 나는 바람을 좀 쐬고 오겠다며 연회장을 나갔다.

주루를 통째로 빌렸기에 쉬거나 따로 사담을 나누고 싶으면 얘기를 할 수 있도록 빈방들이 있었다. 그중 하나를 찾아 들어갔다. 주독이야 자연지기로 몰아낼 수 있지만 그 탓에 온몸에서 술 냄새가 나는 것 같았다.

나는 점원에게 물을 떠 오게 한 후, 손을 씻고 가볍게 세수를 했다. 정신이 좀 맑아지는 기분을 느끼며 물기를 닦아 낼 때였다. 밖에서 소란이 일었다.

여성의 짧은 비명과 사내가 버럭 화를 내는 목소리가 들렸다. 이어서 사과를 하는 목소리도 들렸다. 그런데 어째 사과하는 목소리가 익숙했다.

나는 한숨을 내쉬며 방 밖으로 나갔다. 소란이 일어난 곳은 내 바로 옆방의 문 앞이었다. 그리고 소란의 주인공 중 한 사람은 남궁류청이었다.

"말 한마디로 사과하면 다요? 왜 더 말이 없소!"

남궁류청은 붉게 달아오른 얼굴로 입을 꾹 다문 채 아무 말도 하지 않고 있었다.

버럭 소리치는 청년의 얼굴은 불쾌하게 물들어 있었다. 차림새 또한 괴상망측했는데 내의는 어디 갔는지 보이지 않았고 간신히 겉옷만 걸친 모습이었다. 그리고 방 안쪽에서는 부스럭거리는 기척이 느껴졌다. 흘끗 금안으로 확인한 바로는 여인이었다.

반 벌거벗은 남성과 모습을 드러내지 않는 여인.

'아이고…….'

왜 이렇게 뻣뻣하게 굳어서 아무 말 못 하나 했더니만. 상황이 이런데도 웃음이 터질 뻔해 입술을 꽉 깨물며 고개를 숙였다.

웃음을 참아 낸 후 곧장 끼어들었다.

"사과도 하였는데, 적당히 하시죠."

"그쪽은 뭐야? 끼어들지 마시오!"

"두 분이 타오르는 연정을 주체 못 하고 청춘을 불태우고 싶은 마음은 이해합니다만, 누구나 들어가 쉴 수 있는 방에서 앞을 막는 사람도 두지 않은 건 그쪽 잘못 아닌가요?"

"뭐…… 헉!"

내가 손을 뻗었다 거둔 순간 사내가 눈을 감고 바닥으로 쓰러지려 했다. 남궁류청이 얼굴을 찌푸린 채 나를 보았다. 양 뺨이 새빨갛게 달아오른 낯이었다.

"지금 혼혈을 짚은 거야?"

나는 어깨를 으쓱였다.

"주정뱅이 상대해서 뭐 해?"

나는 기절한 남자를 방 안으로 대충 집어 던졌다. 안에서 "꺅!" 짧은 비명이 들렸지만 무시하며 대충 발로 문을 닫았다.

"……."

나는 남궁류청을 내가 쉬던 방으로 끌고 들어갔다.

'얘가 그냥 온 건 아닐 테고.'

날 따라온 게 분명했다.

"왜 저기로 들어간 거야?"

"……실수야. 방문을 착각했어."

방이 다닥다닥 붙어 있다 보니 헷갈릴 만도 했다. 고개를 주억거린 나는 남궁류청에게 말했다.

"너도 세수 좀 할래? 얼굴이 빨개."

확실히 바른 청년인 남궁류청에게 청춘 남녀 둘이 얽혀 있던 건 너무 자극적인 장면이었을지도.

"됐어."

시간이 약인 듯 낯빛이 본래대로 돌아왔다. 인상을 찌푸린 남궁류청이 나를 쏘아보며 말했다.

"넌…… 어떻게, 어떻게 이렇게 태연하지?"

"뭐가?"

"그야……!"

당장 뭐라고 소리칠 것 같던 남궁류청이 갑자기 고개를 팩 돌리며 다른 곳을 보았다.

'왜 저래?'

귀 끝이 새빨개져 있었다.

'뭐야, 진정하고 있었던 거 아니었어?'

나는 팔짱을 끼고 지켜보았다. 그런데 남궁류청의 낯빛은 갈수록 다시 달아오르고 있었다. 나는 걱정스럽게 물었다.

"……너 어디 아파?"

"아니, 아냐."

남궁류청이 주춤 물러나며 답했다. 목소리가 조금 가라앉아 있었다. 나는 고개를 갸웃거렸다.

'보기엔 멀쩡해 보이는데, 몸이 안 좋나? 목소리가 왜 저래?'

내가 다가가자 남궁류청이 움찔 놀라며 말했다.

"가까이 오지 마."

"아니, 류청, 너 정말 괜찮아?"

무시하고 다가간 내가 남궁류청에게 손을 뻗었을 때였다.

짜악!

남궁류청이 매섭게 내 손을 쳐 냈다.

나는 눈을 크게 떴다. 남궁류청도 생각보다 소리가 컸는지 살짝 놀란 기색이었다.

"아니, 이건…… 그러니까 내가 가까이 오지 말랬잖아!"

"……."

아니, 방금 걱정했다가 맞고, 타박까지 받은 거야? 기가 막혔던 나는 손을 감싸 쥐고 고개를 살짝 숙였다.

"……."

"……."

짧은 침묵과 함께 주루의 시끌벅적한 소리가 방 안으로 은은하게 흘러들어 왔다. 이내 당황한 듯한 목소리가 들렸다.

"괜찮아?"

"……."

나는 답하지 않았다. 멀찌감치 떨어져 있던 남궁류청이 황급히 다가오는 게 느껴졌다.

"백리연!"

깜짝 놀란 목소리.

"하하, 장난이지……."

웃음을 터트리며 고개를 든 순간이었다.

남궁류청의 얼굴이 바로 코앞에 있었다. 서로 거의 맞닿을 듯, 콧날 사이 종이 한 장이 겨우 빠져나갈 만큼 가까웠다.

"……."

"……."

나는 웃기는커녕 숨조차도 멈췄다. 남궁류청도 그대로 굳은 얼굴이었다. 이렇게 가깝게 바라본 적은 단연코 처음이었다.

주홍빛 등불이 도자기같이 매끄러운 피부 위를 비췄다. 살짝 내쉬는 숨이 뺨에 느껴지고, 남궁류청이 입을 열었다.

"손……."

나는 화들짝 놀라며 그대로 손을 뻗었다.

퍽 소리와 함께 남궁류청이 뒤로 거의 날아갔다. 하필 벽을 장식하고 있던 장식대에 부딪친 남궁류청이 그대로 바닥에 나동그라졌다. 기둥이 부서진 장식대가 쓰러지며 장식대 안의 서책과 도자기, 기타 장식들이 남궁류청 위로 쏟아져 내렸다.

퍽! 쿠당탕탕, 쾅! 쨍그랑!

한순간에 벌어진 일이었다. 입을 딱 벌린 채 바라보았던 나는 한달음에 다가갔다.

"류청! 괜찮아?"

손에 느껴진 감촉을 보아 내가 남궁류청에게 한 공격이 아주 제대로 들어간 걸 알 수 있었다.

이건, 결단코 고의가 아니었다! 수련한 성과를 내보였다고 해야 할까, 깊게 생각도 하기 전에 몸이 반사적으로 나가 버렸다.

남궁류청이 바닥을 짚으며 몸을 일으켰다. 남궁류청의 어깨 위를 덮고 있던 서책이 바닥으로 툭, 떨어졌다. 콜록, 콜록. 남궁류청이 마른기침을 뱉어 냈다.

나는 안절부절못하며 말했다.

"아니, 네 실력이면 피할 수 있잖아! 그걸 왜 못 막아서……!"

어라? 이거 방금 남궁류청이 내 손을 내치고 한 말과 비슷하지 않나?

고개를 번쩍 든 남궁류청이 나를 매서운 눈길로 노려보았다. 나는 어색하게 웃으며 미안한 마음을 가득 담아 말했다.

"괘, 괜찮아?"

남궁류청이 이를 악물고 말했다.

"괜, 찮, 아."

그때 문밖에서 목소리가 들렸다.

"큰 소리가 들리던데, 무슨 일 있으십니까?"

"자, 잠시만요."

방이 엉망진창이 되었는데도 주루의 지배인은 의외로 태연했다. 무인이 많은 곳이다 보니 이런 일을 자주 겪은 듯했다. 적당한 돈을 주자 크게 따지지 않고 넘어갔다.

그렇게 수습하고 엉망인 방에서 겨우 안도의 숨을 내쉬었다. 다행히 쓰러진 장식대 아래 깔렸던 남궁류청도 다친 곳은 없었다. 굳이 가장 다친 곳을 따지자면 내가 때린 곳이랄까……. 하하.

'휴, 괜히 장난 좀 치다가…….'

나는 민망함에 차마 고개를 들지 못하고 말했다.

"정말 미안해."

남궁류청이 흘끔 노려보고 옷자락을 털었다.

"됐어. 서로 한 대씩 주고받았으니."

"으응."

눈을 굴리던 나는 어색한 상황을 타파하기 위해 질문했다.

"그래서 왜 따라온 거야?"

"아."

남궁류청이 이제야 떠올랐다는 듯이 고개를 들고 나를 보았다.

"나, 며칠 못 볼 거야."

"응?"

"수련에 집중하려고."

"음?"

나는 고개를 갸웃 기울였다가 말했다.

"그러니까…… 널 만나러 오지 말라는 소리야?"

"그것도 있고. 안 보인다고 걱정하지 말라고."

"아……."

나는 알겠다는 듯 고개를 끄덕였다. 남궁류청이 나를 물끄러미 바라보다 말했다.

"내가 없는 동안 조심해."

"조심?"

"그래. 특히 위구중."

"위 맹주도 아니고 위구중?"

"위 맹주를 조심하는 건 당연한 거고. 황보 공자 일, 알아보니 위구중이 뒤에서 부추긴 거였어. 확실한 증거는 잡지 못했지만."

나는 살짝 인상을 찌푸렸다.

"위구중의 독단이었다는 거야?"

"명령을 받고 한 건지까지는 알 수 없어. 하지만 주동자가 위구중이라는 게 중요하지."

나는 고개를 끄덕였다.

"그리고 오늘 너한테 시비를 건 것 역시 나를 상대하기 어려울 것 같으니 네게 그런 짓을 한 거야."

대충 예상하던 바이긴 했다.

"그런데 또 네가 한 방 먹였으니."

남궁류청이 미안하고 걱정스러운 눈빛으로 나를 보며 말했다.

"공손월 말로는 위구중은 본인이 받은 모욕을 그냥 넘기는 사람이 아니라더군. 네게 원한을 가졌을 수 있어. 조심해."

휘황찬란하게 밝은 밤거리에도 빛이 미치지 않는 부분은 있었다. 등롱의 빛이 닿지 않는 어두컴컴한 골목. 그곳엔 머리끝부터 발끝까지 온통 새카맣게 두른 사람 몇이 기척도 없이 어둠에 녹아들어 있었다.

그 골목길에 한 청년이 모습을 드러냈다. 그러자 어둠 속에서 낮은 목소리가 들려왔다.

"얘기는 다 했느냐?"

"예."

청년은 남궁류청이었다. 그와 함께 어둠 속에서 뭔가 휙 날아가는 소리가 들렸다. 탁. 가볍게 받아 드는 소리가 들리고 사부작거리는 소리가 이어졌다.

"그리 걱정되면 남아 있지 그랬느냐? 너 없이도 충분한 일이다."

"아뇨. 괜찮습니다."

곧이어 검은 복장을 뒤집어쓴 남궁류청은 이제 누군지 알아볼 수 없을 정도로 골목에 완전히 녹아들었다.

"그럼, 출발하지."

그 말과 함께 골목은 누가 있었냐는 듯 고요해졌다.

'이상한데.'

수련이라서 며칠 못 만날 거다? 굳이 내게 조심하라고까지 말하고.

분명 거짓을 말하고 있는 태도였다. 하여간 남궁류청도 제 아버지처럼 거짓말엔 별 재능이 없었다. 물론 남궁완 아저씨에 비하면 좀 더 그럴듯하긴 했다. 하지만 오래 알고 지낸 내 눈을 속일 수는 없었다.

'뭐, 걔도 걔만의 일이 있겠지.'

남궁류청은 남궁류청의 일을 하고 나는 나의 일을 할 뿐.

"아하하하하. 그게 정말이오? 아니, 소협……!"

"……그런 상황이라면 검을 비껴 내리는 건 어떠하오? 우리 문파의 비기라면 중심을 잡을 수 있소."

색색의 화려한 비단 무복을 입은 이들이 세상의 시름 따위 전혀 없이 웃고 떠들고 있었다. 악공들의 연주 소리, 끊임없이 채워지는 음식과 술들. 사치스러운 연회장을 뒤로하고 나오자 입구를 지키던 문지기가 내 앞선 이에게 질문하는 것이 보였다.

"마차가 필요하십니까?"

청년은 점원의 부축을 받으며 비틀비틀 걷고 있었다.

'대체 얼마나 마셨길래?'

쉬지 않고 술기운을 배출하는 건 꽤나 귀찮은 일이었다. 계속 신경 써서 운기를 해야 한다는 뜻이었으니까. 즐기는 자리에서 편하게 있고 싶은 건 사람이라면 당연한 것. 또한 맨정신으로 있을 거라면 술을 왜 마시냐는 생각을 가진 이들도 있었다.

문지기가 내게도 마차가 필요한지 물었으나, 거절하고 거리로 나왔다. 거리는 내가 처음 주루로 들어갔을 때와 별반 다를 바 없었다. 여전히 밝고 소란스러웠다. 다만 취한 모습의 사람들이 훨씬 많아졌다.

비슷비슷하게 화려한 전각들이 모인 거리를 지나 걸음을 옮길수록 빛이 사라지고 주변은 조용해졌다. 반 시진 정도 걷자 이제 거리의 불빛이라고는 하늘에 떠 있는 달빛이 전부가 되었다.

허름하고 냄새마저 날 것 같은 누추한 거리에 밤바람을 타고 소란이 아스라이 들려올 뿐이었다. 다닥다닥 붙은 작은 집들. 집 안에서 코 고는 소리가 좁은 골목까지 들릴 정도였다.

얼마나 걸었을까? 나는 작은 가정집 앞에 멈춰 섰다. 그리고 똑똑,

문을 두드렸다. 살짝 두드렸는데도 삐걱거리는 소리가 크게 들렸다. 아직 잠들어 있지 않던 기척이 움직이며 집 안에 불을 밝혔다.

곧이어 문이 크게 삐걱거리며 가는 목소리가 들려왔다.

"진짜 왔네? 대체 뭐가 궁금해서……."

문을 열고 나오던 여인이 나를 보고 눈을 부릅떴다.

"……진…… 진진이 아니잖아? 다, 당신은 누구…… 누구시죠?"

내 차림새를 빠르게 훑어본 여인이 곧장 존대를 했다.

"예전에 한 번 본 적 있을 텐데요."

"예?"

"……."

"진진한테 내가 시킨 거니까. 진진이 이제 어디서 지내는지 알잖아요?"

"설마…… 백리…… 소저?"

이 여인은 흑시에서 구출되었던 사람 중 한 명이었다. 구출된 사람들 중 나이가 좀 찬 사람들은 무림맹에서 데려가 친지를 찾아 주었고, 어린애들은 아버지가 거두었다.

그 흑시 출신 중 가장 잘된 이를 찾아보라고 한다면 진진이 될 것이다. 백리 세가 백검단주의 직전 제자가 되었으니. 부단한 노력 끝에 인정받은 뒤로 진진은 흑시 출신의 주변 사람들을 챙겼다.

"밖에서 계속 얘기할 건가요?"

입술을 깨문 여인이 조용한 거리를 살핀 후, 안으로 들어오라는 듯이 살짝 비켜 주었다. 문 안으로 몸을 숙여 들어가자 바로 부엌이 나왔다. 여인이 나를 경계하며 말했다.

"그…… 딱히 얘기할 만한 자리는 없어요. 제게 무슨 대접을 바라지 마세요."

"잘됐네요. 꽤 좋은 찻잎을 가져왔거든요."

"필요 없……!"

"진진이 부탁한 거예요."

"……."

거짓말이다. 그냥 내가 챙겨 온 것이었다. 입술을 깨문 여인이 부엌 찬장을 뒤지는 것을 가만히 지켜보았다.

나는 꽤 오래전부터 은밀히 무림맹주에 관한 조사를 해 왔다. 하지만 과거 남궁류청과 대립할 때에도 아무 흔적 없던 무림맹의 뒤를 캐내는 일은 쉽지 않았다. 맹주와의 대립으로 분노한 할아버지의 협력이 있었음에도 불구하고 별다른 문제점을 찾아볼 수 없었다. 그나마 있는 거라곤 여성 편력 정도.

스님이나 도사도 아니고 세속 문파의 사람이 여자를 '조금' 밝히는 정도는 문제 삼을 수 없었다. 그래도 천하 십강에 드는 정파의 인물이고, 무림맹 하급 무사에서 무림맹주까지 올라간 입지전적인 인물이었다. 마교와의 대립을 생각한다면 다소 문제가 있더라도 눈감아 줘야 할 판국에 문제가 없다면 안도해야 했다.

하지만 나는 믿지 않았다.

야율의 일까지 있고 나서도 잡히는 게 없어서 초조할 찰나, 진진이 알아 온 것이다.

"다 떠났다고 들었는데요."

탁!

여인이 성질난 듯이 찻주전자를 내려놓았다.

"그자들이 그렇게 말하던가요? 부모도 없고 연고도 없는 제가 여길 떠나 어디서 지냈단 말입니까?"

흑시에서 구출되었던 이를 이제야 찾은 이유가 있었다.

무림맹이 마교에게 습격당했을 때 민초의 피해는 적었다지만 그렇다고 아예 피해가 없을 수는 없었다. 흑시의 생존자들은 다행히 살아남았음에도 불구하고, 눈앞에서 같이 일하던 다른 사람들이 죽은 걸 본 충격으로 다들 무림맹을 떠났다고 알려졌기 때문이다.

"그럼 왜 숨어 있었던 거죠?"

"숨으려고 했던 건 아니에요. 저 따위가 무슨 능력이 있다고 숨겠습니까? 그냥 그쪽과 연관 안 되고 살려고 떠난 것뿐이라고요!"

"가정도 있고 말이죠."

부엌 안쪽의 방에서 뒤척이는 움직임이 보였다. 여인이 움찔 놀랐다가 겁에 질린 표정을 숨기려 애쓰며 나를 노려보았다.

"혀, 협박을 해 봤자……."

"제 아버지가 누군지 아시잖아요? 아버지 명예에 먹칠할 일은 하지 않아요. 그저 목소리를 낮추라는 소리였어요. 아이가 깨어날 것 같으니."

남편은 이미 깨어난 듯싶었으나 여인이 미리 언질을 준 듯 깨어나려는 아이를 다독이기만 하고 나오지 않았다.

"……."

여인이 입술을 깨물며 생각에 잠겼다.

내가 아버지를 언급해서인지 여인의 모습이 조금 누그러진 듯 보였다. 물론 일부러 노리고 언급한 것이었다. 나는 차를 마시며 여인이 추스를 시간을 주었다.

내가 다시 입을 열기 전 여인이 먼저 입을 열었다.

"왜 자꾸…… 이미 지난 일을 가지고…… 도와주지도 않을 거면서 건드리는지."

"자꾸?"

"그래! 당신네들이라면 다를 거라고 믿은 내가 바보지. 남궁 세가도 그렇고……."

갑자기 나온 이름에 나는 미간을 찌푸렸다. 이를 악문 여인이 목소리를 낮춘 채 낮게 소리쳤다.

"당신들에게는 우리 같은 허드렛일 하는 인간 몇 사라지는 것 따위 별일 아니겠지!"

"그 일 자세히 좀 말해 보시죠."

아직 등롱이 화려한 주루. 꽤 많은 자리가 비었지만, 그 자리들이 별달리 눈에 띄지 않을 정도로 사람이 많았다. 이 연회 자리는 맹회의 또 다른 목적이기도 했다.

젊은 강호인들의 교류의 장.

천하는 넓디넓었고, 각자 제 지역의 토호로 행세하며 수련하기도 바쁜 이들이었다. 이런 자리가 아니라면 평생 만나 볼 일이 없는 이들도 많았다.

"백리 소저는?"

"내 알아보니 이미 돌아갔다 하던데."

"맞소. 위층에만 잠시 얼굴을 비쳤다가 떠났다 들었소."

"뭐요? 난 아직 얼굴도 못 보았거늘!"

"뭐 어떻소? 시 소저는 있지 않소. 공손 소저도 함께 있으니 보는 것만으로도 호사로구려."

"입 조심하게. 공손 소저의 친부가……."

그 순간이었다.

와장창! 위층에서 갑자기 뭔가 박살 나는 소리가 들렸다. 이어서 고함 소리가 들렸다.

"이 의리도 없는 위선자 같은 놈들. 콩고물 얻어먹고자 철썩 달라붙어 내 발을 핥을 땐 언제고 이렇게 나를 무시해!"

위층을 올려다보던 청년 하나가 중얼거렸다.

"저건 누구요?"

"씁, 목소리를 들어선 벽 소공자 같은데……."

다들 알 만하다는 듯 고개를 주억거렸다. 한 사람이 혀를 차며 말했다.

"벽 소공자가 상심이 매우 큰가 보오. 다들 이해해 줍시다."

혈기 왕성한 무인들이 모인 연회기에 저 정도의 소란은 꾸준히 이어졌기에 다들 금세 가라앉으리라 여겼다. 하지만 예상과 다르게 목소리는 점점 더 커지고 무례해지기 시작했다.

"뭐? 남궁? 백리? 얼마 전까지 마교와 붙어먹은 배신자 취급하더니 언제 그랬냐는 듯이 아양을 떨어?"

이를 지켜보던 위구중이 인상을 찌푸리고 한 사람을 보았다.

"갈수록 정도를 넘는군. 좀 진정시키지요."

위구중과 눈이 마주친 이가 마른침을 삼키고 고개를 끄덕이더니 벽 소공자에게 달려갔다. 위구중이 한숨을 내쉬며 주변을 돌아보았다.

"벽 소공자가 여기 있고 싶다고 하여 가문 일도 있다 보니 마음이 헛헛할 것 같아 특별히 자리를 마련해 준 것이건만……."

안타깝다는 목소리에 위구중의 옆에 앉은 사람이 코웃음을 쳤다.

"제 주제를 알아야죠. 여기 모인 이들이 벽가장에 아첨해서 콩고물을 얻어먹을 만한 사람들입니까?"

"소협 말이 맞소. 별다른 재능도 없는 자들이 맹주님만 믿고 위세 부렸던 주제에 현실을 모르는 거죠. 위 소협 탓이 아니오."

위구중이 쓰게 웃으며 일어났다.

"후, 그래도 문제를 일으키게 둘 수는 없지."

위구중이 일어나 아직도 진정되지 않은 듯 시끄러운 아래층으로 천천히 내려갔다. 저 멀리 주먹을 부들부들 떨고 있는 서하령을 공손월이 붙잡고 있는 것이 보였다.

눈을 가늘게 뜬 위구중은 아쉽다는 듯 혀를 찼다.

와장창-! 쾅!

"으악!"

"꺄악!"

"아니, 벽 소공자, 뭐 하는 것이오! 말려!"

"미쳤소, 벽 공자? 검을 뽑아 들다니!"

여인과의 대화를 마친 후 생각에 잠긴 채 돌아가는 길이었다. 모르는 척 걸어가던 나는 민가에서 멀어진 후 뒤를 돌아보았다.

"그만하고 나와."

어둠 속에서 야율이 스르륵 모습을 드러냈다. 앞에서 모습을 드러내는 것임에도 전혀 기척이 느껴지지 않았다. 웬만한 실력자가 아니라면 정말로 있는지조차 느낄 수 없었을 터였다.

"이제 정체도 들켰겠다, 아주 대놓고 따라다니는 건가? 응?"

인피면구를 벗은 야율이 내 말이 맞는다는 듯 웃기만 하는 모습에 어처구니가 없어졌다. 그러면서도 안도가 되었다. 내게 아직 관심이 남아 있다는 사실에.

관심이 있으니 나를 이렇게 몰래 따라오지 않았겠는가? 물론 그 관심이 좋은 쪽인지 나쁜 쪽인지는 아직 알 수 없지만.

야율이 입꼬리를 올리며 말했다.

"호위도 없이 야밤에 돌아다니면 어떻게 해?"

"야밤을 틈타 누가 날 습격이라도 할까 봐?"

"조심하는 게 좋으니까."

"글쎄. 나한테는 지금 네가 제일 위험한 거 아닌가?"

"그런가."

야율이 미소 지으며 고개를 살짝 기울였다. 아주 태연한 모습이었다. 주변을 쭉 훑어본 야율이 물었다.

"네 거머리는…… 일이 있나 봐?"

거머리…….

물어보지 않아도 누굴 말하는지 알 수 있었다. 나는 눈을 가늘게 뜨고 야율을 바라보았다.

"걔가 거머리면 너도 거머리지."

나로선 거머리 하나 떠났더니 다른 거머리가 붙은 꼴 아닌가.

야율이 입을 다물고 눈을 깜빡였다. 그러다 다시 입을 열었다.

"그게 뭐 중요해? 중요한 건 우리가 만났다는 거지."

"……."

이번엔 내가 입을 다물었다. 미소 띤 얼굴의 야율이 궁금증이 어린 목소리로 물었다.

"그래서 그 거머리랑 방에서 뭘 하고 있었던 거야?"

나는 놀란 눈으로 바라보았다.

"그건 또 어떻게……?"

야율이 대수롭지 않은 투로 답했다.

"걱정 마. 내가 주루에 들어가거나 사람을 심어 놓은 건 아니니까. 돈만 주면 소식을 전해 주는 이들이 얼마나 많은데. 게다가 넌 워낙 눈에 띄니까."

"……."

"그래서 방에서 뭘 한 거야?"

나는 눈을 가늘게 뜨고 바라보다 말했다.

"돈 써서 알아봐."

"아, 너무해."

나는 살짝 실웃음을 흘렸다. 이렇게 허튼소리를 지껄이고 있으니 마치 예전으로 돌아간 것 같았다. 나는 어둠에 파묻힌 듯한 야율을 바라보았다.

'차라리 지금 다시 만난 게 다행일 수도.'

급작스럽게 만났다가 바로 헤어져 제대로 묻지 못한 것들이 있으니.

나는 천천히 입을 뗐다.

"내가 무한에 처음 온 날 내 앞에 왜 나타났어? 내가 쫓는 걸 알고 나서는 왜 도망쳤고?"

이상한 일이었다. 내 능력에 대해 알고 있는 야율이라면 가시거리

안에 들어오는 순간 내가 알아볼 것을 뻔히 알았을 텐데.

'굳이 모습을 드러냈다가 갑자기 도망치다니.'

무슨 사정이 있는 건 아닐까?

그때 야율이 가볍게 답했다.

"보고 싶어서."

"……뭐라고?"

"원래는 멀리서만 볼 생각이었어. 그런데 한 번 보니까 더 가까이서 보고 싶었고, 그래서 조금씩 다가가다 보니……. 실수했지."

말을 마치고 미소 짓는 야율의 모습은 화사하다고 느껴질 정도였다.

"……."

나는 주먹을 꽉 쥐었다. 어느새 깨물고 있던 입술을 떼고 물었다.

"나를 보고 싶었다고? 왜?"

"방에서 둘이 뭐 했어?"

"……."

쥐고 있던 주먹에 힘이 불끈 들어갔다. 네가 대답하지 않으면 나도 대답하지 않겠다. 그런 의미가 읽혔다. 야율은 눈을 치켜뜬 나를 보며 왜 그러냐는 듯이 고개를 갸웃거렸다. 얄밉기 그지없는 태도였다.

내가 되물었다.

"방에서 뭘 했냐고?"

"응."

"남궁류청 얼굴이 마음에 안 들어서 때렸다. 됐어?"

야율이 고개를 끄덕였다.

"아……. 이해해. 때리고 싶게 생겼지."

"그리고 지금 너도 때리고 싶어지는데."

"하하. 그럴래?"

얼마든지 그래도 된다는 듯한 태도였다. 나는 야율을 노려보던 것을 그만두고 한숨을 내쉬었다.

"야율, 실없는 얘기는 이제 그만하자. 진지하게 얘기해."

"진지한 얘기, 좋지."

야율이 고개를 끄덕이며 나를 바라보았다.

"어떤 걸로 할까? 음, 그래. 네 고모에 관해서 궁금하려나? 네 고모는 아직 못 찾았어. 혹시 그쪽은 소식 없나?"

나는 손을 내저었다. 고모는 아직 흔적도 찾지 못했다. 나는 잠시 머리를 꾹 누르고 말했다.

"벽가장의 일, 네가 한 거야?"

"아, 벽가장. 그것도 있었지."

그제야 떠올랐다는 야율이 산뜻하게 대답했다.

"맞아. 내가 직접 했어."

"네가 직접 했다고?"

"응. 무한에 오기 전에. 걱정 마, 연아. 그들은 죽어도 싼 인간들이야."

나는 얼굴을 일그러트렸다. 대체 언제 그럴 만한 시간이 있었을까? 차분히 생각해 보니 전서구로 소식이 전달된 시간을 따져 보면 불가능한 건 아니었다.

나는 애써 목소리를 가다듬으며 물었다.

"복수했다는 말이야?"

"음, 예전에는 그랬던 것 같은데…… 이번에는 아니야."

"이번에는 아니라고? 그럼 왜……?"

"그래도 힐 일은 해야지."

"할 일이라고?"

"응. 쓰레기는 치워야지 않겠어? 내가 해야 할 일이니 한 거야."

야율은 고개를 갸웃거리며 말했다.

"그냥 궁금한 거야? 아니면 화가 난 거야? 벽가장이 지금까지 네 가문에 한 짓을 생각한다면 오히려 좋아해야 하지 않나."

나는 아무 말도 하지 않았다. 무슨 말을 해도 소용이 없을 걸 깨달았기 때문이다.

처음 만났을 때부터 알 수 있었다. 그 후에도 일부러 시선을 돌리고, 괜찮을 거라 애써 위안하며 모른 척했지만 어렴풋이 느끼고 있었다. 야율은 사람의 목숨에 별 가치를 느끼지 못한다는 것을.

"야율."

나도 모르게 야율의 양팔을 부여잡았다. 야율의 시선이 그를 붙잡은 내 손으로 향했다. 그의 눈빛은 놀란 것처럼 보이기도 했고 기꺼운 것처럼 보이기도 했다.

"지금이라도 그만두자. 여기서 멈추자. 응?"

"내가 왜 그래야 하는데?"

"천산염제가 널 살리자고 죽은 건 기억해?"

"글쎄……. 그 말에는 어폐가 있는데."

커다랗고 딱딱한 손이 내 손등을 천천히 덮었다.

"천산염제는 날 살린 게 아냐. 무공의 진전을 이어 갈 자를 살린 거지. 내가 극양지체가 아니었다면 그가 내게 한 톨의 관심이라도 뒀을까?"

천산염제의 성품을 생각한다면…… 차마 아니라고 할 수 없었다.

그의 첫인상은 최악이었으니까. 야율은 그저 사실을 말하듯 담담하게 말을 이었다.

"아니. 오히려 남궁 세가에서 바로 나를 죽였겠지."

"절대 그럴 일 없었을 거야."

"맞아. 네가 막아 줬을 테니까."

손가락 새를 파고드는 열기가 느껴졌다. 야율의 시선이 나를 비켜 허공을 향했다.

"적당한 아이를 찾아내 무공의 진전을 넘겨주면 그의 소원도 이뤄지는 거야. 그 정도는 나도 해 줄 수 있어."

야율이 맞잡은 손은 어느새 깍지를 끼고 있었다. 분명 맞닿은 곳에서 뜨거운 열기가 전해지는데 왠지 모르게 서늘하게 느껴졌다.

"그리고 연아. 너는 내가 뭘 원하는지 알아?"

내내 미소를 띤 낯이던 야율의 얼굴에서 표정이 싹 사라졌다. 내가 알던 야율의 표정이었다.

아니, 내 목을 칠 때의 야율은 웃고 있지 않았던가?

무엇이 본래 야율의 표정인지 나도 이젠 알 수가 없었다. 야율이 깍지 낀 손을 들어 올려 제 뺨에 비볐다.

"내가 널 아끼니까."

뜬금없는 말이었다. 하지만 나는 저 말이 나를 왜 보고 싶었냐는 질문에 대한 야율의 대답인 걸 알 수 있었다.

"이게 어떻게 된 일이야?"

나는 침상에 누워 신음하는 청년을 보며 물었다.

“후우, 뭐야. 백리연? 너, 돌아간 거, 아니었어?”

장철이 제 얼굴을 덮은 수건을 치우며 말하려다가 신음을 내고 굳었다. 장철 옆에 있던 청년이 다급히 소리쳤다.

“야, 움직이지 마!”

장철의 모습은 엉망이었다. 이제는 멎은 것 같지만 머리카락에 잔뜩 엉켜 있는 피딱지와 옷자락에 묻어 있는 핏자국. 그리고 색이 시퍼렇게 변해 가고 있는 팔이 보였다.

나는 장철을 부여잡은 청년에게 실례한다고 말하고 장철에게 바짝 다가갔다. 시퍼렇게 변한 팔에 손을 올리자마자 비명이 터졌다.

“악!”

“소, 소저. 함부로 만지면…….”

“아악! 아!”

“엄살 부리지 마. 살펴보는 거니까.”

“네가 보면 알아? 내버려 둬! 건드리지 말고! 악!”

자세히 살펴본 결과.

“……크게 부러진 건 아니야. 금 가고 어긋난 정도네.”

어느새 얼굴을 덮은 수건을 집어 던진 장철이 식은땀 가득한 얼굴로 소리쳤다.

“네가 그걸 어떻게 알아?”

“내가 어릴 적 몸이 안 좋아서 의서를 많이 익혔으니까.”

방 안의 청년이 감탄하며 말했다.

“아, 역시 백리 소저. 대단하시네요.”

나는 속으로 한숨을 삼켰다. 이래서야 본선은 글렀다. 게다가.

'하필 오른팔이라니…….'

검을 드는 쪽 손이었다. 후유증이 없을 거라고 장담할 수도 없었다.

장철과 그렇게 친하지 않았기에 내가 방에 있는 것은 불편할 터. 장철의 친우와 몇 마디 말을 나누고 곧장 방을 나왔다. 그리고 함께 방을 나온 진진을 돌아보았다.

"이게 대체 어떻게 된 일이야?"

야율과 만나고 돌아오던 길.

나를 찾으러 온 진진과 마주쳤다. 본래는 진진도 나와 함께 가겠다고 주장했지만, 연회를 즐기라며 주루에 놓고 온 참이었다. 그럼에도 나를 찾아온 진진을 보고 문제가 생겼다는 것을 직감했다.

그렇게 진진을 따라와 이 상황을 알게 된 것이었다.

진진이 장철을 흘끗거리며 말했다.

"그게…… 나가서 얘기하죠."

장철이 묵는 객실 밖으로 나오자 구경하듯 나온 사람들이 몇몇 보였다. 깊은 새벽 벌어진 소란에 객잔의 사람들 몇몇이 깨어난 듯 보였다.

장철과 같은 지역 유지, 부잣집 자제들은 무림맹의 숙소가 마음에 들지 않는다며 객잔에 머물기도 하였다.

나를 본 객잔 손님들이 흥미로운 표정으로 서로 귀엣말을 속삭였다. 이들을 피해 객잔 밖으로 나간 후 곧바로 진진이 설명을 시작했다.

"그러니까 아가씨께서 주루를 떠나시고……."

벽 소공자가 술에 취해 소란을 피우기 시작했다고 한다.

"모두 자기를 무시한다고, 갑자기 저희 가문과 남궁 세가 탓을 하더라고요."

추종하는 이들과 함께 있던 평소와 달리 덩그러니 홀로 있던 모습이 저절로 떠올랐다. 배분이 높은 선배들, 악중해라든가 다른 기린회 일원들은 나보다 먼저 자리를 뜬 상태였다.

술도 들어갔겠다, 더는 눈치 볼 것이 없었으리라.

"그게 왜 우리 탓…… 하, 그래서?"

"저번에 남궁 공자와 황보 공자 일도 있고 아가씨께서 조심하라고 하신 것도 있어서 참고 있었는데……."

장철이 벽 소공자와 다투기 시작했다는 것이다. 심지어 말리는 척하며 옆에서 장철의 동생이 상황을 부추겼다고. 서로 언성이 높아지다가 순식간에 싸움이 커졌다고 한다.

벽 소공자가 칼까지 뽑아 들었고 장철 일행과 벽 소공자 일행은 패싸움 수준까지 갔다가 위구중이 직접 나선 후에야 진정되었다고 한다.

"그 싸움에서 팔이 부러질 줄은……."

잠시 주변을 살핀 진진이 전음으로 말했다.

[그런데 뒤늦게 위 공자가 나타나 싸움을 막고 나서, 그러게 친우를 잘 두었어야지, 라고 하더라고요.]

다시 진진이 목소리를 냈다.

"딱히 한 사람에게 말한 것 같지는 않았어요. 하지만……."

진진이 느낀 것처럼 나를 향해 하는 말일 터였다. 그러나 패싸움을 한 이들에게 한 말이라고 발뺌할 수 있는 말이기도 했다. 괜히 따지고 들었다가는 나만 예민한 사람이 되어 버리는.

나는 인상을 찡그리고 이마를 짚었다. 남궁류청의 경고가 떠올랐다. 위구중을 조심하라는.

그 경고를 좀 더 깊게 생각했어야 했을까?

"쓰레기 같으니라고."

황보찬을 통해서 남궁류청을 건드리려던 건 실패로 돌아갔다. 그리고 나와 남궁류청은 위구중이 건드리기 어려운 위치였다. 그래서 대신 주변 사람을 건드린 것이다.

'그것도 벽가장의 상황을 이용해서.'

진진이 이를 악물고 말했다.

"역시 꾸민 거겠죠?"

"아마도."

술을 마셨다고 한들 장철도 무공을 익힌 무인이었다. 그 짧은 사이에 팔이 부러졌다는 것은 이상했다.

"……머리를 잘 썼네."

현재 벽가장의 상황을 모르는 이는 없었다. 가문이 멸문당하다시피 한 비극적인 상황에 처한 공자. 그런 공자가 술을 마시고 약간의 실수를 했다고 주장한다면 누가 나서서 처벌을 주장할까?

벽가장이 무서운 것은 아니다. 속된 말이지만 어차피 망해 버린 문파. 무슨 힘이 남아 있을까? 위지백이 편을 들어 주는 것 정도.

'다만 벽 소공자를 처벌한 뒤로 이어질 일들이…… 너무 귀찮지.'

비무 대회에서 벌어진 싸움이 아니니 율법원에서 해결하면 될 일이었다. 하지만 그저 율법에 따라 처벌하더라도 필시 피도 눈물도 없는 이들이라며 매정하다고 지탄받을 터였다.

위 맹주가 부추길 소문도 벌써 상상이 갔다.

벽가의 안타까운 사정을 참작해 넘어가려 했으나, 반대에 부딪혀 처벌이 불가피했다.

아무리 마음에 안 들어도 그렇지 맹주가 나서서 중재하는데 체면도 봐 주지 않을 줄이야.

벽가의 상황을 알면서도 그들을 위한 자비조차 베풀지 않다니.

그럼 어느새 가해자가 누군지는 중요치 않아질 것이다.

'되레 장가장이 불쌍한 벽 소공자를 핍박한 피도 눈물도 없는 매정하고 의리 없는 문파가 되어 버리겠지.'

그리고 제일 중요한 것은 장가장의 사람을 위해 그 모든 걸 감내하고 나서 줄 곳이 없다는 것이었다. 백리 세가와 장가장은 별다른 인연도 없는 곳이었다. 또한 휘주 지역의 장가장에 소식이 들어가는 데만도 한참이 걸릴 테고.

어릴 적 내가 알던 장가장의 상황을 생각하면 제대로 따지고 들기나 할지 모를 일이었다.

"차라리 제가 나설 걸 그랬나 봐요."

글쎄. 진진이 나섰으면 벽 소공자의 팔이 부러졌을 수도 있다. 진진의 실력으론 눈 깜짝할 새 팔을 부러트릴 수 없으니 벽 소공자의 팔을 부러트리고 진진이 했다고 우겼을 것이다.

이런 식의 뒤 공작은 막기 힘들었다. 무척 익숙하기도 했다. 내가 수도 없이 당했던 일이니까.

나는 진진의 머리를 쓰다듬었다.

"너는 그때 그게 최선이라고 생각했던 거잖아. 후회할 필요 없어. 그리고 이 일은 천천히 갚아 주면 돼. 내가 당하고 가만히 있을 것 같아?"

눈을 크게 뜬 진진이 초롱초롱한 눈빛으로 바라보았다.

"역시, 아가씨!"

나는 손으로 진진의 부담스러운 눈을 가렸다.

"아가씨? 아! 그러고 보니 일 보러 가셨던 건 어떻게 됐어요? 얘기는 잘하셨나요?"

진진이 이제야 떠올랐다는 듯이 목소리를 낮추고 물었다.

"그 얘기는 나중에 하자. 그보다……."

나는 표정을 굳히고 주변을 둘러보았다.

"의원은? 왜 아직도 안 오는 거지? 이쪽 말고 다른 입구가 있나?"

진진이 이제야 깨달았다는 듯 눈을 동그랗게 떴다.

"그러게요. 한참 전에 하령 언니가 데리러 갔거든요. 오고도 남았어야 할 텐데?"

진진이 객잔으로 들어가며 말했다.

"제가 알아보고 올게요."

그리고 진진이 자리를 떠나기 무섭게 누군가 객잔으로 다가오는 것이 보였다. 서하령이었다. 화가 난 것처럼 씩씩거리며 오던 서하령이 나를 보고 날듯이 다가왔다.

"너 먼저 돌아간 거 아니었어?"

"그러는 너는 의원 데리러 간 거 아니었어?"

하지만 혼자였다.

"아, 그러니까! 내 말 좀 들어 봐!"

나를 보고 어떻게 찾아온 건지 궁금한 듯했지만, 화를 토로하는 게 먼저였다.

장철이 다치고 서하령은 곧장 의원을 찾으러 갔다고 한다. 처음에는 너무 늦은 시간이라며 문도 안 열어 주던 의원이 겨우 들어가자 이 핑계 저 핑계를 대며 안 오려고 했다는 것이다.

의원을 납치해서 데려올 수도 없고 그렇다고 일반인을 협박할 수도 없는 노릇. 한참 애걸복걸하다가 이렇게 빈손으로 씩씩거리며 돌아온 것이었다.

"아니, 돈도 넉넉하게 준다는데! 시간이 늦긴 했지만 내가 호위하고 돌아갈 때도 호위 붙여 주겠다고 했는데. 말이 안 통해!"

서하령이 발을 구르며 답답한 듯 소리쳤다.

"이건 진짜 너무한 거 아냐?"

서하령도 눈치챌 정도의 뻔한 수작질이었다. 의원에게 치료를 나가지 말라고 미리 언질을 넣어 놓은 것일 터다.

위구중은 무림맹주의 제자고, 서하령과 장철은 비무 대회가 끝나면 떠날 사람들이었다. 계속 무한에 머물 무림맹주의 제자와 척을 지고 싶어 할 사람은 없을 터.

장철의 목숨이 위험한 상황은 아니었다. 그저…… 이 모든 건 내 신경을 거슬리게 만들기 위한 것일 뿐.

서하령이 씩씩거리며 말했다.

"그래서 일단 공손월이 본단으로 가서 무림맹 의원을 데려온대."

"다행이네."

서하령은 장철과 그리 친하진 않았다. 그래도 같은 지역의 백도 문파로 원래 알던 사이에 같은 지역 예선을 통과하기도 하였으니 돕고 있는 것이었다.

공손월이 돕는 이유는 뭘까?

'남궁류청 때문인가?'

그때 서하령도 내가 떠올린 이를 언급했다.

"하필 오늘 같은 날 류청 이 자식은 도움도 안 돼."

"이게 왜 류청 탓이야?"

"그냥. 답답하니까 뭐라고 해 본 거지. 류청 편들기는. 알았어. 뭐라고 안 하면 되잖아."

아니. 이건 류청이 억울한 일이니까 그렇지!

하지만 또 편든다고 할 게 뻔해 속으로만 궁얼거렸다.

그때 또 누군가 다가오는 기색이 느껴졌다. 무인은 아니었고, 나이가 지긋한 평범한 중년이었다. 그런데 마치 급하게 길을 나서기라도 한 것처럼 차림새가 엉망이었다.

중년은 객잔 앞에 서 있는 우리를 보고 조심스럽게 운을 뗐다.

"저어…… 혹시 의원이 필요하신 분들입니까."

서하령이 경계하며 물었다.

"누구시죠?"

"동로 골목의 하 의원입니다만, 여기 다친 사람이 있다고 해서요."

"어떻게 오신 거죠?"

"이걸 보여 주면 알 거라고 하던데……."

그가 서하령에게 무언가를 건넸다. 받아 든 서하령은 인상을 잔뜩 찌푸리며 이를 살피다 내게 이를 건넸다.

"그냥 장신구인데. 연아, 이거 뭔지 알아?"

"이건……."

나는 눈을 크게 떴다. 곧이어 의원을 돌아보고 말했다.

"객잔 안 삼 층으로 올라가시면 환자가 있을 거예요. 팔이 부러졌어요. 크게 어긋난 건 아닌데, 검을 쥐는 사람이니 최대한 조심해 주세요."

"알겠습니다."

나는 객잔으로 들어가는 의원을 보며 장신구를 꽉 쥐었다. 이건 야율의 허리끈에 달려 있던 장신구였다.

이튿날 오전. 거의 정오가 가까운 시간이었다.

"잘 요양하면 문제없이 나을 거래요. 젊고 건강한 데다가 무공까지 익혔으니. 아가씨 예상이 맞았어요."

"그렇구나. 이제 온 거면 식사는 했어? 안 했으면 앉아."

나는 완자탕을 내려놓는 하인에게 진진의 식사도 내오게 했다. 한참 식사를 하고 진진이 물었다.

"어제 온 그 의원은 아가씨랑 같이 있던 그자가 보낸 건가요?"

"그자?"

나는 의아하게 진진을 바라보다 물었다.

"얼굴 못 봤어?"

"보긴 했는데, 밤이 깊은 데다가 정신도 없었고 인상도 너무 흐릿한 느낌이라 기억이 잘 안 나요."

술법인 건가? 당당하게 원래 얼굴로 돌아다닌다 했더니만 숨겨 둔 수가 있었다.

"응. 그자가 보낸 거야."

야율이 이번 일에 엮여 있는 건 아닐 것이다. 야율의 성격에 몇 년 전의 일로 원한을 가졌다면…….

'벽가장처럼 그냥 죽였겠지.'

그냥 직감적으로 알았다. 이렇게 복잡하게 일을 꾸밀 이유도 없으며, 팔을 부러트리는 것에서 끝날 리가 없다는 걸.

'야율은 장철이 누군지 잘 기억도 못 하겠지…….'

예상컨대 아마도 진진이 온 직후 주루에서 일어난 일을 보고받지 않았을까. 의원을 보내 준 것은 오로지…… 나를 위한 호의라는 걸 알 수 있었다.

의원이 엄청나게 큰 도움이 된 건 아니었다. 야율이 보낸 의원이 도착하고 반 시진 후에 공손월이 무림맹 의원과 왔으니까.

'누가 의심해서 조사라도 하면 어쩌려고.'

생각할수록 야율의 속을 전혀 알 수 없었다.

생각에 잠겨 있을 때 진진이 나를 향해 물었다.

"이번 일은 그냥 이렇게 넘어가는 걸까요?"

오전 나절 벌써 소문이 퍼지기 시작했다.

"장가장에 소식이 닿으려면 한참 걸릴 테고, 심지어 장가장은 우리 가문과 아무 연관도 없어. 뭐라고 항의할 수 있겠어?"

진진이 억울한 표정으로 고개를 숙였다. 나는 찻물을 마시고 말했다.

"그렇다고 가만히 있을 생각은 없어."

그때 방 밖에서 기척이 느껴지고 하인의 목소리가 들렸다.

"백리 소저, 손님이 오셨습니다."

"손님? 누가 오셨느냐?"

"공손 세가의 공손월 소저이십니다."

진진이 어리둥절한 표정을 지었다.

"무슨 일일까요? 공손 소저는 어제 밤새 장 공자 객잔에 머물러서 무척 피곤할 텐데요."

나는 진진의 말을 뒤로하고 전전히 일어났나.

"식사 중이셨다면서요?"

공손월은 내게 할 말이 있다며 함께 조금 걷자고 했다.

"괜찮아요. 전 다 마친 참이었어요."

"그렇군요."

그러고는 그 말을 끝으로 한동안 말없이 걷기만 했다.

나는 먼저 용건을 꺼내길 기다려 주었다. 하지만 대체 어디까지 가려는 건지 한참이 지나도 공손월은 입을 열 기색이 없었다. 내가 먼저 입을 열까 고민하는 찰나 공손월이 입을 열었다.

"그 검은 애용하시는 건가 봐요?"

"검이요?"

뜬금없는 말이었다. 나는 허리춤에 단 고아한 느낌의 검을 보았다. 어느새 입가에 미소가 떠올랐다.

"예. 아버지께서 성년이 된 기념으로 주셨죠."

"백리 대협께선 정말 좋은 분이죠."

"제 아버지를 뵌 적 있나요?"

"네. 아버지 곁에서 몇 번 뵈었죠. 세상에 저렇게 수려한 분이 계시는구나 하고 감탄했답니다."

나는 흐뭇하게 웃으며 고개를 끄덕였다.

'내 아버지가 좀, 아니, 엄청 매우 많이 잘생기셨지.'

몇 마디 너스레를 떨고 공손월이 웃으며 말했다.

"아버님 얘기에 지금까지 본 것 중에 가장 밝은 표정을 지으시네요. 입꼬리가 귀에 닿으실 것 같아요."

"그런가요? 하하하."

"사이가 정말 좋으신가 봐요. 백리 대협께서 소저를 무척 아끼신다는 말도 정말인 듯하고요."

부럽다는 기색이 느껴졌다.

"공손 소저의 아버님이신 총사님께서도 소저를 많이 아끼신다고 들었는걸요."

"저는…… 그렇죠."

공손월이 옅은 한숨을 내쉬었다가 드디어 본론을 꺼냈다.

"예상하셨겠지만 저는 장 공자 일 때문에 왔어요."

상대의 기분을 띄워 주고 본론을 꺼내는 모습이었다.

"장 공자의 일은 이대로 묻힐 거예요. 너무 노여워 마세요."

"총사님의 뜻인가요?"

"근래 겨우 백리 세가와 맹주님이 협의할 마음이 들었는데…… 작은 일로 분란을 일으켜서 좋을 것이 없다고 하셨죠."

예상한 그대로라 화도 나지 않았다.

"누가 들으면 분란을 우리 쪽에서 먼저 일으킨 줄 알겠어요."

공손월은 죄책감 어린 낯빛으로 눈을 내리깔고 말을 이었다.

"같은 정파 연합끼리 이 시기에 분란을 일으켜서 좋을 게 뭐가 있겠어요? 심지어 벽가장의 일까지 벌어졌는데요."

순간 나도 모르게 심장이 빠르게 뛰었다. 그냥 습격받은 사실을 말하는 걸까? 아니면…….

"벽가장의 일이라면 아직 범인이 누군지 밝히지 못한 것 아닌가요?"

"아직 명백한 증거는 나오지 않았죠. 하지만 달리 누가 그런 짓을 벌일 수 있겠어요? 마교 말고는요."

"……."

공손월의 말에 나도 모르게 안도하였다.

'아직 야율이 한 짓이라는 건 모르는가 보네.'

그리고 안도하는 나 자신의 모습에 혼란스러웠다.

야율이 직접 벽가장의 멸문을 주도하였다고 자백까지 하였는데도 나는 야율을 어떻게 대해야 할지 정하지 못했다. 지금이라도 야율의 일을 알리고 붙잡는 것이 내가 비무 대회에서 야율을 탈락시키는 것보다 훨씬 안전하다는 걸 알면서도, 차마 그러지 못하고 있었다.

공손월은 내 복잡한 속을 모르는 듯 말을 이었다.

"그러고 보니 어제 류청과 무슨 일이 있었나요?"

"……예?"

"아, 어제 장 공자의 일 때문에 본단에 갔을 때 찾아갔는데 만날 수 없다고 하더라고요. 마지막으로 만났던 것이 소저여서요."

"……."

설마 수련에 집중할 거라고 공손월에게 말하지 않은 건가? 물론 수련에 집중한다는 것부터 거짓말인 듯했지만. 어쨌든 장가장은 남궁 세가와 가까운 편이니 공손월이 남궁류청을 찾는 건 당연한 일이었다.

"……수련에 좀 집중할 거라고 며칠 만나지 못할 거라고 하더군요."

"아……."

공손월의 얼굴이 흐려졌다. 흐려진 정도가 아니라 새파랗게 질린 모습이 누가 보면 내가 괴롭히는 줄 알 정도였다.

'충격을 너무 크게 받는데……?'

아니, 나만 안다는 게 저렇게 충격받을 일인가?

나도 모르게 위로의 말이 나왔다.

"류청이 원래 그런 걸 잘 말하고 다니는 사람이 아니에요. 너무 그렇게, 음…… 마음 쓰지 마세요."

그때 공손월이 씁쓸하게 웃으며 말했다.

"제 마음이 무슨 상관일까요? 어차피 류청은 소저를 좋아하는걸요."

"……."

갑자기 화살이 이쪽으로 향한다고? 좀 전의 위로를 취소하고 싶어졌다.

공손월이 나를 똑바로 바라보며 물었다.

"소저는 류청을 좋아하시나요?"

나는 한숨을 삼키며 공손월의 눈을 마주 보았다.

"우리가 이런 질문을 할 만큼 가깝다고 생각하진 않는데요."

"……."

잠시 입을 다물었던 공손월이 내 시선을 피하며 말했다.

"류청이…… 아 참, 아버지 앞에서 친밀한 척하느라. 공자는 제가 이름 부르는 것도 별로 내키지 않아 해요."

"그런 거 저한테 일일이 설명하지 않으셔도 돼요."

"꽤 매정하시네요."

"……."

'아니. 하!'

내가 대체 왜 애랑 이런 얘기를 하고 있어야 하는 거지? 계속 이런 쓸데없는 얘기를 하겠다면 이만 돌아가겠다고 하려던 참이었다. 공손월이 말했다.

"소저가 어젯밤에 만나고 온 사람에 대해서 알고 있어요."

"……!"

"백리 소저, 저를 얼마나 믿으시나요?"

第三章

[소저는 그간 은밀하게 맹주님을 조사하셨죠. 하지만 딱히 알아내신 게 없을 거예요.]

[이대로 서문을 통해 나가시면 제 사람이 있을 거예요. 그 사람을 따라가시면 의문을 가지셨던 것에 대한 답을 얻으실 수 있을 거예요. 소저의 능력이라면요.]

최대한 은밀하고 빠르게 움직여야 본선이 열리는 시간에 맞춰서 돌아올 수 있을 거라고 하였다. 나는 함께 온 백검단원 중 가장 발이 빠른 한 명만 호위로 대동했다.

초반에는 공손월의 부하가 말을 바꿔야 할 곳을 알려 주었다. 하지만 언젠가부터는 말도 타지 않고 경공술을 펼치며 엄청난 거리를 뛰었다.

그렇게 도착한 깊은 산중. 대체 어디까지 들어가는지 알 수 없었다. 공손월의 부하는 길마저 끊기고 인적이라고는 전혀 느낄 수 없는 곳까지 들어간 후 멈춰 섰다.

"제가 안내할 수 있는 건 여기까지입니다."

나는 고요한 숲속을 바라보았다. 기이한 느낌이 들었다.

"진법이 펼쳐져 있네요."

"예. 맞습니다."

금안으로 바깥에서만 살펴본 바로도 꽤 복잡한 진법이었다. 공손월의 부하가 말했다.

"들어가 보려고 몇 번 시도했으나 모두 실패했습니다."

그때 내 뒤를 따르던 호위가 조용히 말했다.

"여기 사람이 지나간 흔적이 있습니다."

그녀가 가리킨 곳엔 며칠 지나지 않은 것으로 보이는 흔적이 있었다. 고작해야 하루에서 이틀 전에 지나간 흔적이었다. 흔적을 살피던 난 몸을 바로 세우며 물었다.

"그래서요? 이젠 정말 알려 줘야 할 것 같은데요. 이 수상한 곳에 왜 오자고 했는지."

오는 내내 말을 아끼던 공손월의 부하가 조심스럽게 입을 열었다.

"여긴…… 위 맹주님의 은신처입니다."

"은신처?"

백검단원도 의아한 듯 입을 열었다.

"위 맹주께서 은신처를 따로 두었다는 겁니까?"

나는 인상을 찡그렸다.

'그런 얘기가 있었나?'

아니, 내 기억에는 전혀 없었다. 소설에서도 위지백의 은신처에 대해 다루는 걸 본 적 없었다. 이 정도로 비밀스러운 은신처라니. 불길한 느낌이 들었다.

사실 예감에 가까웠다. 소설인지 진짜 삶인지 알 수 없는 기억 속. 내가 전혀 갈피조차 잡지 못하는 비밀들은 좋은 결과였던 적이 없었다.

순간, 나는 고개를 휙 돌린 후 검지를 입술에 올렸다.

"쉿."

그러고는 공손월의 부하와 내 호위를 이끌고 수풀 사이로 숨어들었다.

거의 숨을 멈추다시피 기척을 죽이고 얼마 지나지 않았을 때. 인기척 하나 없던 숲속에 한 무리의 사람들이 나타났다. 눈만 드러낸 새카만 옷차림에 허리에 찬 무기들. 소속을 알 수 없는 수상한 강호인들이었다.

흑의인들은 우리와 비슷하게 주변의 흔적을 살펴보았다.

"여기 흔적이 있습니다!"

"이건 하루에서 이틀 정도 된 듯싶습니다."

그들의 대장으로 보이는 흑의인이 흔적을 확인하고 좌중을 향해 말했다.

"이곳에서 개미 새끼 한 마리도 빠져나가게 해서는 안 된다. 무슨 일이 있더라도. 알겠는가!"

"예!"

"모두 주의 사항은 숙지했을 터. 들어간다."

그때였다. 계속 주변을 살피던 흑의인이 끼어들었다.

"단주님!"

단주라고? 직위명을 듣자 왠지 저 흑의인이 내가 아는 사람 중 한 명일 거라는 생각이 들었다. 흑의인을 좀 더 자세히 살펴보려는 순간이었다.

"이 흔적은 얼마 되지 않은 것 같습니다."

우리의 흔적이었다. 식은땀이 절로 났다.

“어디로 이어졌나?”

“갑자기 이곳에서 끊겼습니다.”

“……그렇다면 진법 안으로 들어갔겠군. 우리도 들어간다.”

그 말을 끝으로 흑의인들이 진법 안으로 들어갔다.

그들의 기척이 멀어지자마자 숨어 있던 나와 일행은 멈추었던 숨을 내쉬었다. 그리고 다들 말없이 눈을 마주쳤다. 말하지 않아도 뜻은 통했다.

그렇게 우리 또한 그들의 뒤를 따라 진법 안으로 들어갔다.

파삭. 작은 탑처럼 쌓여 있던 돌무더기 하나가 부스러졌다. 나는 손 안에 들어찬 돌 부스러기를 털어 내며 발을 뗐다.

진법은 꽤 복잡했다. 방위를 교란하고 계속 주변을 헤매게 만드는 진법이었다.

길조차도 없는 깊은 산중. 지형 또한 매우 험난했다. 경공을 펼쳐 절벽과 다름없는 경사를 올라가면 갑자기 낭떠러지가 맞이했다. 까딱 한눈을 판다면 목숨을 잃기 쉬웠다.

본래도 헤매기 쉬운 곳에 진법까지 더했으니 파훼하기가 여간 힘들지 않았을 것이다.

‘물론 나는 가능했지만.’

한참을 걷고 걸어, 우리는 숨겨진 비밀의 정체를 마주할 수 있었다.

“이게 무슨…….”

당황한 호위가 저도 모르게 내뱉은 말이 들렸다. 이해했다. 그도 그럴 것이, 나 또한 눈앞에 펼쳐진 모습에 기가 질렸으니까.

골짜기 일면에 이런 산중에 있다는 게 믿기지 않는 웅장한 규모의 저택, 그러니까 산장이 있었다.

산을 감싼 구름 속에서 모습을 드러낸 산장은 소름 끼치게 고요하고 아름다웠다. 마치 신선들의 거처와 같이 보일 정도였다.

공손월의 부하가 혼잣말하듯 중얼거렸다.

"몇 번이고 찾아 헤맸는데도 못 찾아낸 곳을 어떻게 이렇게 한 번에……."

나는 말을 자르며 말했다.

"그래서 이 은신처에 위 맹주가 숨기고 싶은 비밀이 있을 거라는 거죠?"

내 말에 산장에 시선이 팔렸던 이들이 퍼뜩 정신을 차렸다. 나는 말을 이었다.

"고작 위 맹주가 세울 수 있을 곳으로는 보이지 않는데요."

정말이었다. '고작' 위지백이 세울 수 있을 법한 곳으로는 보이지 않았다.

'이런 심산유곡에 이 정도 규모의 산장이라니?'

여기를 세우는 데에만 몇 년이 걸렸을지 알 수 없었다. 또한 이곳을 숨기고 있던 진법이란.

위지백이 이 정도로 진법의 대가였다고? 듣도 보도 못한 이야기였다. 넓게 생각하여 다른 이들의 조력을 받았다고 치자. 그렇다 한들 다른 문파들의 눈을 피해 이런 곳을 지었다고? 단언컨대 불가능했다.

나는 옷자락을 여미며 재촉하듯 공손월의 부하를 보았다. 공기가 제법 서늘했다. 산중의 해는 짧았고 진법 사이를 헤매는 새 벌써 땅거미가 지고 있었다.

공손월의 부하가 입을 열었다.

"무림맹 내에서 몇 건의 실종 사건이 있었습니다. 소저께서 찾아내신 실종 사건을 포함해서요."

"음?"

"실종자는 대부분 신분이 천하고 연고가 없었습니다."

나는 인상을 찌푸렸다. 착잡한 상황이 절로 그려졌다.

"또한 무림맹뿐만 아니라 곳곳에서 다른 여러 피해자가 있었습니다."

"피해자가 무림맹 밖에도 있었다고요?"

"예. 무림맹 밖의 피해자는 평범한 양민들부터 신분 고하를 따지지 않았습니다. 그리고……."

"그리고?"

"모두 여인이었습니다."

"……."

"……."

싸늘한 침묵이 감돌았다. 나는 미간을 매만지다 느리게 입을 열었다.

"그러니까…… 내가 생각한 게 맞나? 저 산장에 사라진 실종자들, 그러니까 사라진 여인들이 있을 거다?"

"예."

"그리고 여긴 위 맹주의 은신처다?"

"예."

"그러니까 여인들을 납치한 사람은 위 맹주다?"

"……예."

"와."

탄식이 절로 나왔다. 내가 지금 백도 사람 얘기를 하는 거 맞나?

위지백이 여자를 밝히는 것은 잘 알고 있었다. 강호는 강자지존의 세상. 내 심정이야 어떻든 사람들은 천하 십강 정도의 강자라면 그 정도 여성 편력은 눈감아 주었다. 제 능력껏 합법적인 선에서 저지르겠다는데 뭘 어쩔 수 있는 것도 아니었고.

그런데 납치라니? 백도의 무림맹주가 이딴 짓거리를 저지르고 있었다니? 대체 악명 높은 마두들과 다를 바가 무엇이란 말인가?

이건 그냥 넘어갈 만한 일이 아니었다.

"대체…… 왜? 굳이 이런 짓까지 저지른다고?"

말은 그렇게 했지만, 조각나 있던 모든 상황이 하나씩 맞아떨어져 갔다.

'그러고 보니 흑시에서 구출되어서 무림맹으로 간 대다수가 여인이었어…….'

특히 나이가 찬 여인들을 골라 무림맹으로 데려갔다. 그땐 별생각 없이 넘어갔던 일이었다.

소름이 오소소 돋았다.

'그때부터…… 아니, 그때도 계획하고 있던 거였나?'

대체 언제부터 이런 짓거리를 하고 있었는지 알 수가 없었다.

무림맹에서 납치해 간 이들 대다수가 흑시의 구출자와 비슷한 상황의 사람들이었을 것이다. 가진 것도 없고, 갈 곳도 없고, 능력도 없는 사람들. 허드렛일을 하며 하루하루 살아가기 바빴을 터다. 그들의 실종을 알아챘다 한들 심혈을 기울여 찾아다닐 사람은 없었을 테지.

그나마 내 아버지와 연이 닿아 있던 자들은 운이 좋은 편이었을 것이다. 백호단에게 찾아 달라고 부탁할 수 있었으니.

평소 아버지의 인품을 생각해 본다면 이 사실을 알았을 때 무시하지 않았을 터였다.

'할 수 있는 한 최선을 다해 알아보겠지.'

공손월이 알아냈을 정도니 아버지가 마음먹고 추적한다면 금세 알아낼 것이다. 위지백의 이 더러운 짓거리들을 말이다.

"……그래서였구나."

위지백이 마교의 습격 이후 갑자기 내 아버지를 모함하기 시작한 이유.

"내 아버지가 이 일을 파헤칠까 봐 무서워서 허겁지겁 쫓아낸 거야. 맞지?"

"……."

공손월의 부하가 송구하다는 듯이 고개를 숙였다.

물론 마교의 습격에 대한 책임을 떠넘길 자가 필요한 것도 있었을 터였다. 하지만 저 이유 또한 매우 중요했을 거라는 걸 본능적으로 알 수 있었다.

나는 말을 이어 갔다.

"그래서 백호단 단원들도 한직으로 좌천시켜 버린 거고."

정예 별동대였던 백호단의 단원들은 모두 뿔뿔이 흩어졌다. 그저 인사 보복인 줄 알았는데 그것만이 아니었다. 백호단 단원들이 더는 이 일에 신경 쓸 겨를이 없도록 만든 것이다.

그리고 과거의 일들이 마치 둑이 터진 것처럼 한꺼번에 떠올랐다. 당시 내가 이곳이 소설 속임을 깨닫고 정신을 잃었다가 다시 차렸을 때였다.

"남궁 공자, 혹시 제 아버지께서 무슨 일을 하시다가 돌아가셨는지…… 아시나요?"

남궁류청은 괴로운 표정으로 이리 답했다.

"죄송합니다. 저도 정확히는 알지 못합니다."

"알고 있는 것만이라도 알려 주세요. 부탁해요."

"……제가 파악한 바로는 무림맹의 임무로 알고 있었습니다만, 사실 따로 무언가를 조사하고 계셨던 것 같습니다. 그게 무엇인지는 저도…… 모릅니다. 죄송합니다."

그리고 장례식 중 나를 찾아왔던 무림맹의 사람.

"네가 의강의 딸이로구나. 아비를 닮아 무척 어여쁘지고. 이 나이에 친부를 잃다니 안쓰럽구나."

"네 아비가 집을 나서기 전 네게 혹시 말한 것이 있더냐? 무슨 일을 하러 갈 거라든가, 뭔가를 조사하고 있다든가 말이다."

그때 내가 뭐라고 대답했지?

"저는 아버지의 사이가 좋지 않아서…… 임무를 가신다고만……."

멍하니 그리 중얼거렸다.

회귀한 이후, 나는 아버지의 죽음에 대해 여러모로 알아보려고 했다. 하지만 당장 일어나지도 않은 일을 어떻게 조사할 수 있단 말인가? 또한 아버지의 몸 상태를 알아낸 뒤로는 당연히 그것만이 원인일 거라고 생각했다.

그때 호위가 소리치는 것이 들렸다.

"지금 그런 위험한 곳에 아가씨를 모시고 온 겁니까?! 아가씨, 당장 돌아가셔야 합니다. 만약 들킨다면……."

"뭐, 날 살인멸구하려 들 거라고?"

호위가 입을 조가비처럼 꾹 다물었다가 다시 열었다.

"위험합니다. 차라리 나가서 가문에 추가 병력을 요청하시는 것이……."

"그래."

화색이 도는 호위에게 몸을 돌리며 말을 이었다.

"넌 돌아가서 백리 세가에 연락해."

"아가씨?"

"난 들어가 봐야겠어."

"아가씨!"

나는 공손월의 부하를 보며 말했다.

"공손 소저가 날 죽이려고 여길 보냈겠어?"

공손월의 부하가 화들짝 놀라며 부인했다.

“절대 아닙니다!”

공손월은 남궁류청을 좋아한다.

‘남궁류청은 나를 좋아하고.’

분노가 머리끝까지 치밀자 오히려 상황이 냉정하게 보였다.

공손월 때문에 내가 죽는다면 남궁류청과 공손월의 관계는 파탄이었다. 또한 공손월이 제 연적을 죽이겠다는 생각을 할 성품도 아니었다. 게다가.

“내가 공손 소저와 만난 후에 사라졌다가 죽어 버리면 공손 세가와 백리 세가 간의 전쟁이야.”

공손월 부하의 안색이 창백하게 질렸다.

“제 목숨을 바쳐서 지키겠습니다.”

호위가 공손월의 부하를 찢어 죽일 듯이 노려보며 말했다.

“자네 목숨 따위가 아가씨 목숨과 비교라도 될 듯싶은가!”

호위가 공손월의 부하를 향해 삿대질했다.

“당신네 가문은 무림맹의 총사로 몇 년간 지냈으면서 고작 이런 일도 제대로 파악하지 못한 게야? 그리고 이런 일이 있는 걸 알았다면 공손 소저께서 나설 것이지 왜 아가씨를 떠민단 말인가!”

공손월의 부하는 검게 죽은 낯으로 고개만 숙였다.

‘아, 그렇군.’

또 하나 깨달았다. 공손월이 내게 이 일을 알린 이유. 저절로 조소가 터져 나왔다.

“하하, 공손 세가주께서도 이미 이 일을 알고 계시는군요?”

“…….”

공손월의 부하는 침묵했다. 제 가문의 가주를 차마 욕보일 수 없어서 입을 다문 것이라는 걸 알 수 있었다.

"공손 소저는 이미 여러 방법을 써 봤을 거예요. 하지만 소용이 없었겠죠. 맞죠?"

호위가 옆에서 나직이 욕설을 내뱉었다.

공손가뿐일까? 필시 다른 몇몇 문파들도 이 사실을 알고 있을 터다. 하지만 아무도 나서지 않았다. 왜? 바로 이유를 알 수 있었다. 이득이 되지 않으니까.

총사, 즉 공손 세가주는 이 일을 묻고 위지백을 무림맹주로 두는 것이 더 이득이라고 판단한 것이다.

나는 두 눈을 질끈 감았다. 이 세상에는 쓰레기가 너무 많다는 야율의 말에 이런 식으로 동의하게 될 줄이야.

'야율도 이 사실을 알고 있었을까?'

그는 알았을 수도 몰랐을 수도 있으나, 분명 천마는 알고 있었을 것이다. 얼마나 우스웠을까? 저런 인간 말종을 맹주라고 따르는 백도 사람들이.

그리고 맹주의 죄를 알면서도 눈감아 주고 추앙하는 머저리들이.

새카만 어둠이 내려앉은 정원.

일반적인 산장이 아니었다. 기관진식으로 도배된 산장이었다. 아무 생각 없이 들어간다면 몇 발 떼기도 전에 고슴도치가 되어 죽을 터였다.

제일 앞서가던 공손월의 부하는 함정을 밟고 그대로 추락해서 죽을 뻔했다. 오면서 벌써 몇 번이나 마주한 함정 탓에 옷자락이 너덜너덜했다.

두어 번 그런 꼴을 보고는 내가 앞서가겠다고 했다. 공손월의 부하는 처음에는 어찌 그럴 수 있겠냐고 거절했지만, 내가 앞서자 함정의 발동률이 현저하게 낮아지는 것을 보고 뒤로 물러났다.

잠시 걸음을 멈췄던 내가 정원에 발을 디뎠다.

"여기도 함정이 있네요. 여기서부턴 내가 밟은 곳만 밟고 들어오세요."

"어떻게 함정을 파악하시는 겁니까?"

그야 금안 덕분이었다. 수작을 부려 놓은 곳은 자연지기의 흐름이 이상할 수밖에 없었다. 그리고.

"예전에 제갈화무, 그러니까 제갈 세가주에게 배운 게 좀 있어서요."

이 또한 사실이었다. 그는 제갈 세가의 가전 무공까지도 내게 거리낌 없이 가르쳤다.

"어차피 내가 죽는다면 이대로 사라질 무공인데 가전 무공인 게 뭐가 중요해? 차라리 네가 기억해 주는 게 좋겠지."

아무에게나 전수할 수 있는 무공도 아니었다. 상단전의 능력이 매우 중요했는데 하단전이 없이 상단전을 통해 자연지기를 운용하는 내게는 오히려 알맞은 무공이기도 했다. 그가 없었더라면 내 발전은 훨씬 더뎠으리라.

자박. 자박.

조심스럽게 발걸음을 옮기는데 순간 기이한 움직임을 보이는 자연지기가 느껴졌다.

쐐액! 챙!

미리 뽑아 놓았던 검이 날아온 암기를 쳐 냈다. 그리고 좀 전에 발동한 함정은…….

눈만 드러낸 복면 차림의 호위가 고개를 숙였다.

"죄송합니다."

"역시 횃불을 가져오는 게 좋겠네요."

정원 같은 경우는 띄엄띄엄 석등이 밝히고 있어 그나마 나았다. 하지만 건물 안은 달빛조차 잘 들어오지 않아 앞을 가늠하기 어려울 정도였다.

"하지만 불을 들면……."

"또 실수하는 것보단 낫지 않겠어요? 어차피……."

나는 주변을 쓱 둘러보았다. 고요했다.

"사람도 없고요."

"그게 너무 이상합니다. 왜 이렇게 조용하죠? 지금껏 사람 한 명도 보이지 않고요."

분명 한 무리의 흑의인들이 진법 안으로 들어갔는데 그들의 모습도 찾아볼 수 없었다. 그들의 목표는 이 산장이 아니었던 걸까?

"여인들은 다 어디로 사라진 걸까요?"

그동안 지나친 처소에는 급하게 떠난 듯한 흔적이 남아 있었다. 나는 최악의 사정을 가정하고 냉정하게 말했다.

"모두 끌고 가서 죽였을지도 모르죠."

"예? 그런 미친 짓을……!"

"멀쩡한 아녀자를 납치하는 미친 짓을 벌이는 사람이 무슨 짓인들

못 할까요."

"……."

우리는 계속해서 산장 안쪽으로 들어갔다.

끼익.

"여긴 누군가 먼저 뒤지고 갔군요."

호위가 횃불로 방 안을 비췄다. 웬만큼 눈이 높아졌다고 말할 수 있는 나조차도 놀랄 만큼 화려한 방이었다. 부를 과시할 수 있는 모든 수단을 끌어모은 탓에 고아한 맛 하나 없이 그저 화려하기만 한 졸부의 방 같았는데, 심지어 폭풍이 몰아친 것처럼 엉망이었다. 가구들도 다 이리저리 옮겨져 있었고, 귀중품도 아무렇게나 바닥에 나동그라져 있었다.

"일단 당장 발동할 함정은 없어 보이네요."

나는 조심스럽게 방 안으로 들어갔다.

'아무리 봐도 이 산장은 위지백이 지은 게 아냐.'

위지백에게 이 정도의 능력이 있을 리가 없었다. 방 안을 둘러보던 나는 열 사람은 누울 수 있을 정도로 커다란 침상으로 향했다. 내가 한참을 그쪽에 서 있자 호위가 물었다.

"그쪽에 무언가 있습니까?"

나는 고개를 끄덕이곤 벽을 똑똑 두들겼다.

퉁, 퉁.

일반적인 소리가 아닌, 뒤에 공간이 비어 있는 듯한 소리가 났다.

'분명 숨겨진 문이 있을 텐데.'

어떻게 여는지 알 수 없었다.

침상 근처를 샅샅이 뒤지고 있을 때, 금안에 기척을 죽인 채 건물로 접근하는 사람이 보였다. 놀라며 뒤를 돌아본 순간, 이미 빠져나가긴 늦었다는 걸 깨달았다. 벌써 대여섯 명이 전각을 둘러싼 상태였다.

'……젠장.'

기관진식에 집중하다가 주변을 살피는 데 소홀했다. 나는 호위와 공손월의 부하를 향해 손짓했다.

'갑자기 어디서 나타난 거지?'

내가 금안으로 확인할 때까지 접근을 알아채지 못한 것을 보면 상당한 실력자였다. 상대 또한 우리가 이미 자신들을 눈치챈 것을 깨닫고 곧바로 건물에 뛰어들어 왔다.

방문이 부서지듯 열리며 검들이 날아왔다.

쐐앵!

우리와 똑같이 눈만 드러낸 새카만 차림새의 흑의인들이었다.

챙! 쿠당탕! 쾅!

횃불이 바닥에 나동그라져 거의 꺼질 뻔했다.

내 호위는 백검단원의 정예 중 정예고, 공손월의 부하 또한 공손 세가에서 공손월을 위해 어릴 적부터 키운 비밀 호위였다. 둘 다 세가의 정예임에도 흑의인들을 상대하는 게 힘에 부쳐 보였다.

하지만 나는 그들과 함께 맞서 싸우지 않고 계속 기관진식을 살폈다.

'이런 거군. 역시.'

나는 그들에게 번갈아 가며 전음했다.

[다들 신호하면 내가 있는 쪽 침상으로 올라오세요. 하나, 둘, 셋!]

셋을 외침과 동시에 함께 침상에 달려 있던 조각상을 꾹 눌렀다. 그 순간 천장이 열리며 칼날들이 비처럼 쏟아져 내렸다.

"이런!"

"다들 피해!"

깜짝 놀란 흑의인들이 방을 빠져나가려고 했으나 이미 늦었다. 기관진식이 발동된 순간 문도 굳게 닫혔다.

그때였다.

쾅―! 쐐애애애액!

문이 박살 나며 누군가 번개처럼 뛰어들어 왔다. 그리고 떨어지는 칼날을 향해 엄청난 검풍을 뿜어냈다.

차차차차창!

검풍에 휩쓸린 칼날들이 방향을 잃고 부러지며 우리에게로 날아왔다. 나는 앞으로 뛰어들어 빙그르 돌며 날아온 칼날을 쳐 냈다.

그 찰나 방에 뛰어들어 온 자가 내게 검을 휘둘렀다. 공손월의 부하가 막아섰다.

챙! 쾅!

두 합 만에 공손월의 부하가 밀려나며 벽에 부딪쳤다. 나는 그녀를 보호하듯 흑의인을 막아섰다.

쾅!

손목이 저릴 정도의 힘.

나는 눈을 부릅떴다. 물 흐르듯 이어지는 상대의 공격을 바라보며 중얼거렸다.

"류청?"

내 목덜미를 향해 날아오던 검이 우뚝 멈춰 섰다.

"……백리연?"

복면 아래 유일하게 드러난 눈을 바주했다. 김법민큼 익숙한 눈메였다. 믿기지 않는 듯 눈을 빠르게 깜빡이던 남궁류청이 목소리를 죽여 가며 소리쳤다.

"네가 왜 여기에……! 어떻게 여기 있는 거야?"

나는 복면을 내리며 말했다.

"그건 내가 할 말인데. 너 수련에 집중할 거라며……?"

설마? 전에 들어간 흔적이 남궁류청이었나?

'잠깐만. 그럼 저 사람들은……?'

바닥에 나뒹굴고 있는 사람들은 남궁 세가의 무사들이었다. 다행히 남궁류청의 시기적절한 난입 덕에 크게 다친 이는 없었다.

나는 안도하며 가슴을 쓸어내렸다.

'이거 완전 참변이 일어날 뻔했잖아? 만약 누군가 죽기라도 했다면…….'

하지만 이건 나도 억울한 면이 있었다. 어둠 속에서 누군가 갑자기 덤벼드는데 누가 아는 사람인지 모르는 사람인지 구분부터 하고 있겠는가?

만약 처음부터 마주한 게 남궁류청이었다면 알아봤으리라. 그는 멀리서도 눈에 띄는 인물이니까.

남궁류청이 검을 거두며 입을 열었다.

"아버지께서 위 맹주를 조사하고 계셨어."

"완 아저씨? 설마 아저씨도 여기 계셔?"

남궁류청이 고개를 끄덕이고 잠시 고민하는 기색을 보였다.

"비슷한 이유로 온 듯한데, 여기까지 와서 숨기는 건 능사가 아냐."

한숨을 내쉰 그가 설명을 이어 나갔다.

“아버지께서는 위 맹주가 폐관 수련을 한다고 하고는 주기적으로 본단을 비우고 어디론가 떠난다는 사실을 알아내셨어.”

짧은 폐관 수련 정도야 역대 맹주들도 하던 것이었다. 맹주의 지위에 따른 일거리가 무척 많지만, 그만큼 무공 또한 중요했으니.

“그 뒤를 쫓다 이 산장을 알아내게 된 거지.”

남궁류청 일행은 나와 하루의 차이를 두고 이 산장에 도착했다고 한다. 내가 처음 발견했던 흔적은 남궁 세가의 것이었다.

‘그럼 남궁류청을 쫓던 놈들은 대체 어디 간 거지?’

남궁류청은 우리 말고 들어온 자를 보지 못했다고 했다. 잠시 생각하는 듯하던 남궁류청이 물었다.

“그럼 너는 반나절밖에 걸리지 않았다는 거야? 진법을 통과하는 데?”

“음, 대충 그 정도 걸린 것 같네.”

뒤쪽에서 남궁류청의 부하가 끼어들었다.

“히야…… 저희는 꼬박 하루 반이 걸렸는데 말이죠. 대단하십니다.”

남궁류청이 짧게 침묵하더니 고개를 끄덕였다.

“대단하네. 너라면…… 가능하겠지.”

“음?”

분명 칭찬인데 남궁류청의 목소리에 살짝 시기가 어려 있었다.

‘설마…… 날 부러워하는 건가?’

남궁류청이?

‘천재 중 천재, 하늘에서 내린 백 년에 한 번 나올까 말까 한 기재인 남궁류청이?’

뭔가…… 짜릿한 느낌이 들었다.

남궁류청 옆에 존재하는 것조차 주제넘다는 말을 듣던 내가 능력으로 남궁류청의 시기를 사다니.

남궁류청의 손짓에 대화에 끼어들었던 남궁 세가의 무사가 물러갔다.

“그럼 아저씨는 지금 어디 계시는 거야?”

남궁완 아저씨는 현재 이곳에 붙잡혀 있던 여인들을 모아 데리고 있다고 했다. 이곳에 있던 여인들은 처음 남궁 세가 사람들을 보고 잔뜩 겁을 먹었지만, 나중에는 무척 열렬히 협조했다고 한다. 그녀들의 협조로 이곳을 지키던 무사들을 붙잡고, 기관진식을 피할 수 있었다고 했다.

남궁류청이 싸늘한 표정을 말했다.

“다 합쳐 여든 명 정도 돼.”

“…….”

“현재 우리 인원으로는 여든 명이나 되는 부인들을 데리고 이 산에서 내려가는 건 불가능하고.”

무공을 익힌 나와 호위, 공손월의 부하 셋이 이동하기에도 위험한 길이었다. 그 길로 여든 명이나 되는 여인을 데리고 나가는 건 무리였다. 여러 번 나눠서 오간다면 가능할 수도 있겠으나…… 그럼 시간이 얼마나 오래 걸릴지 알 수 없는 노릇이었다.

‘게다가 비무 대회도 있지.’

비무 대회 출전을 포기할 생각이 없다면 남궁류청은 한시라도 빨리 무한으로 돌아가야 했다. 나 또한 마찬가지였다.

“다행히 부인들이 말하길 다른 탈출로가 있다고 하더군.”

“그게 여기야?”

남궁류청이 고개를 저었다.

"아버지께서 계신 곳에 있어."

"음? 그럼 여긴 왜 온 거야?"

"탈출로의 문을 여는 방법을 알 수가 없더군."

"열 수가 없다고?"

남궁류청이 고개를 끄덕였다.

"그런데 위지백의 처소에 비밀 공간이 있다는 얘기를 들었지."

여기에 다른 길이 있을지도 모른다고 생각해서 살피러 온 것이었다. 남궁류청이 벽이 밀려나며 드러난 지하 통로를 보았다.

"……비밀 공간을 어찌 찾아야 하나 했는데."

내가 대뜸 열어 버린 것이다.

"너는 어떻게…… 됐어."

남궁류청은 이해를 포기한 듯한 모습이었다.

천장의 칼날 함정은 침상 위만 피할 수 있게 설계된 것으로 보아 아마도 자다가 누군가 습격할 경우를 대비한 것으로 보였다. 그리고 혹시나 저 함정에서도 살아남은 사람이 있다면 이어서 열린 공간으로 빠져나갈 수 있도록 만든 것일 테다.

그때 방 안으로 조심스럽게 다가오는 기척이 느껴졌다. 좀 전에 대화에 끼어들었던 무사와 함께 한 여인이 방 안으로 들어왔다. 화사한 비단옷 차림새의 아리따운 외모를 지닌 여인은 방 안의 광경을 보고 소스라치게 놀랐다.

"이, 이게 무, 무, 무슨 일이죠?"

나는 남궁류청에게 물었다.

"저 사람은?"

"여기로 안내해 준 부인."

위지백의 피해자 중 한 명이었다.

남궁류청이 이어서 설명했다.

"여기에 비밀 공간이 있다고 알려 준 것도 저 부인이야. 그런데 와 보니 이상한 기척이 느껴져서 밖에 잠시 숨어 있게 했지."

무사가 놀란 부인을 향해 상황을 설명해 주는 것이 들렸다. 고개를 끄덕이던 부인이 또다시 놀라며 나를 바라보았다. 내게 용건이 있는 듯한 표정이었다.

곧이어 부인이 조심스럽게 물었다.

"백리 소저시라면, 호…… 혹시 성함이 백리연이 맞나요?"

부인의 어조에는 약간의 반가운 기색과 간절한 감정이 담겨 있었다. 나는 고개를 갸웃 기울이며 바라보았다. 곧 이곳에 나를 알 만한 사람이 있다는 걸 떠올렸다.

"설마…… 초란?"

눈을 크게 뜬 부인이 고개를 저었다.

"그건 저랑 같이 여기 납치된 자매고요, 저는 옥아예요."

같이 사라진 다른 여인의 이름이 옥아였다. 부인이 왈칵 눈물을 터트리며 말했다.

"초란은 죽었어요…… 여기서 나가려다가 산짐승한테……. 시신까지 확인했어요."

"……."

나가면 이렇게 죽는다는 경고일 터였다.

"그날 이후로 그 악귀 놈을 죽일 수 있는 날만 기다렸어요. 그런 날이 드디어 오는군요."

나는 부인을 다독이며 말했다.

"……그보다 여기서 무사히 나가는 게 먼저예요. 나가야 복수도 할 수 있어요."

그러고는 궁금해하는 이들에게 어찌 된 상황인지 간단하게 설명했다. 이내 진정한 부인이 눈물을 닦으며 말했다.

"죄송해요. 저 때문에 놀라셨죠? 그저 예전 생각이 나서……."

"괜찮아요. 그럴 수 있죠."

나는 부인의 어깨를 토닥이며 물었다.

"저 비밀 공간에 대해 더 아는 게 있나요?"

"저, 저는 여기에 비밀 공간이 있다는 것밖에……. 죄송해요."

내 표정이 좋지 못했는지 부인이 내 옷자락을 붙들며 황급히 말했다.

"하지만 위지백 그 자식이 여길 나간 사람이 있다고 했어요! 매번 그 여자 욕을 했어요! 진짜예요!"

"나간 사람이 있다고요?"

"예. 오래전에. 위지백 그 개자식이 여길 다시 쓰기 시작한 초창기 일로 알고 있어요."

"……다시 쓰기 시작했다고요?"

대답은 남궁류청에게 나왔다.

"여기는 본래 무영신투의 비밀 거처였어."

부인도 말했다.

"맞아요! 본래 여기는 무영신투의 거처였는데, 위지백 그 자식이 우연히 발견하게 된 거예요."

나는 눈을 깜빡였다. 전혀 생각도 못 한 이름이었다.

"무영신투라면…… 설마, 그 색마?"

무영신투는 별호에서부터 알 수 있다시피 대단한 도둑이었다. 그가 마음만 먹으면 어디든 들어갈 수 있고 어떤 것이든 훔칠 수 있다고 했다.

하지만 무영신투는 본인이 칭하는 별호였다. 다른 사람들은 보통 색마라고 더 많이 불렀다. 그가 도둑질하는 대상이 보통 여인이었기 때문이었다.

그는 실력은 뛰어나지만 저급한 납치범이었다. 하지만 누군가에겐 흉신악살이나 다름없었다. 그 때문에 파탄 난 가정이 한두 군데가 아니었다.

그는 아름답다고 소문난 여자들을 납치하길 서슴지 않았는데, 혼인하여 남편과 아이가 있어도 거리낌이 없었다. 그는 범죄를 저지르고 나서 꼭 본인이 한 일임을 마치 약 올리듯 밝혔다.

악명이 높아지며 많은 이들이 그를 잡으려고 했지만 불가능했다. 후에는 무림 공적까지 되어 어마어마한 현상금이 붙었다. 심지어 열 손가락 안에 꼽히는 상단 중 하나였던 만금 상단주의 금지옥엽도 납치되었다.

만금 상단주는 제 딸을 위해 상단의 이름처럼 만금을 현상금으로 걸었다. 하지만 결국 그의 딸은 되찾지 못했다.

그렇게 계속 악행을 저지르던 놈은 어느 날 홀연히 사라졌다. 자연스레 그 이름도 강호에서 점차 잊혀 갔다. 내가 태어났을 때는 이미 더 이상 언급되지 않았다.

"하지만……."

나는 혼란스러운 표정으로 남궁류청을 바라보았다.

"그 색마의 제자는 네가 죽였잖아?"

"맞아. 내가 죽였지. 네가 준 정보로."

나는 입을 다물었다.

나는 계례 후 남궁류청이 얻어야 할 기연 몇 가지를 내가 슬쩍하며 남은 기연들을 그에게 알려 주었다.

안 믿어도 어쩔 수 없지, 하는 마음으로 던진 것이었으나, 의외로 남궁류청은 나의 말을 믿었다.

"됐어. 이제 와서 그 정보를 어떻게 얻었는지 물어볼 생각은 없으니까."

"……고마워."

"아, 하나 묻고 싶은 게 있는데."

"어, 어떤 거?"

"나 말고도 이런 정보를 건네준 사람 있나?"

"응?"

"나 말고도 다른 사람에게 이렇게 잘해 줘…… 아니, 이런 정보를 줬냐고?"

"아니."

내가 누구 좋으라고 그런 정보를 주나? 남궁류청에게도 천기누설이라는 큰 위험을 안고 준 것이었다.

남궁류청의 입꼬리가 보일 듯 말 듯 살짝 올라갔다.

"그럼 됐어."

"……."

"그럼 다시 본론으로 돌아가서. 내가 죽인 자가 색마의 무공을 이은 제자인 건 맞지만…… 그는 아마도 이 산장의 존재에 대해서 몰랐던 것 같아. 색마가 어찌 죽었는지도 모르더군."

무림맹의 임무를 수행하다가 실종되었던 위지백은 우연히 이 산장에 발을 들여놓게 된다. 그리고 이 산장에서 오래전에 죽은 걸로 보이는 시신을 발견하게 되었다고 한다.

그 시신이 무영신투, 색마였다.

색마는 죽었지만 진법의 힘이 얼마나 강력했는지 오랜 세월에도 불구하고 산장은 온전한 형태를 유지하고 있었다고 한다.

'이것도 기연이라는 건가?'

하필 그 기연이 위지백 같은 인간에게 가다니.

살아 있는 사람만 없었을 뿐 산장에는 색마가 평생 훔친 보물들과 영약, 그리고 무공들까지 잘 보존되어 있었다고 한다. 그중에는 신공절학도 있었다.

위지백은 이곳에 머물며 색마가 훔친 신공절학을 익혔다. 바깥의 사람들이 알아내지 못할 것을 골라서 말이다.

영약도 많았고, 이 산장은 수련에 도움이 되도록 만들어졌기에 위지백은 빠르게 강해질 수 있었다. 그리고 이곳을 불태우고 나가려던 위지백은 갑자기 마음을 바꿔 먹고 산장을 남겨둔 채 떠났다.

후일 무림맹에서 권력을 다지고 난 뒤, 이곳을 다시 떠올린 것이다.

부인이 말한 이 모든 이야기는 위지백이 이곳의 여인들에게 자랑하듯 떠벌려 모르는 사람이 없을 정도라고 했다. 지금껏 비밀을 숨겨 온 주도면밀한 모습을 생각한다면 웃길 정도였다.

'어차피 평생 나갈 수 없는 자들이니 말해도 상관없다 여겨서 떠벌린 걸지도.'

그의 무재가 뛰어난 건 맞을 터다. 누구나 신공과 영약만으로 천하 강자가 될 수 있는 건 아니니. 하지만 강해져서 벌인 짓거리가 고작해야…….

“미친놈.”

“동감이야.”

남궁류청의 표정은 싸늘하다 못해 서리가 내릴 정도였다. 내 호위가 중얼거렸다.

“대체 왜 이런 짓을 한 걸까요? 뭐가 부족해서요?”

“미친놈의 생각을 정상인이 이해할 수 있겠어?”

짐작 가는 이유는 몇 가지 있었다. 그가 익힌 무공에 색마가 무슨 짓을 해 놓았을 수도 있다. 아니면 이곳에서의 수련이 그의 정신에 어떤 영향을 끼쳤을 수도 있고.

혹은 애초에 글러 먹은 인간이었거나.

그러나 그 어떤 말로도 그가 한 짓을 정당화할 수는 없었다.

믿기지 않는 이 모든 이야기는 위지백의 과거와 정확히 일치했다. 위지백의 과거는 꽤 유명했다. 한미한 가문 출신이었던 위지백은 하급 무사로 파견 나간 무림맹의 임무 중 실종된다. 그리고 어느 날 환골탈태하여 돌아왔다.

명문 정파의 자제들에게도 밀리지 않는 무공으로 실적을 쌓으며 무림맹 내에서 승승장구했다. 그러다 결국 천하제일 강자에 이름을 올리고 무림맹주까지 된다.

명문 정파들이 신공절학과 엄청난 영약을 들여서도 쉽게 나오지 않는 천하제일이었다. 그런데 위지백이 갑자기 개천에서 용 나듯 튀어나왔다.

그런 위지백의 모습에 많은 이들이 감탄했다. 특히 이리 치이고 저리 치이던 무림맹의 하급 무사들은 그를 추앙하기까지 했다.

하지만 그의 모든 빛나는 영광 뒤에는 추악한 비밀이 있었다.

부인과 부상자는 위에서 치료하도록 두고 다치지 않은 사람들만 추슬러 지하로 내려갔다. 한참을 말없이 내려가고 있을 때 남궁류청이 입을 열었다.

"그러고 보니 네 얘기는 거의 못 들었는데."

"내 얘기?"

"너는 어떻게 이 산장의 존재를 안 거야?"

나는 짧게 이곳에 오게 된 상황을 설명했다. 그리고 다시 한번 그 상황을 복기하며 깨달았다. 공손월이 내게 이곳을 찾아가게 한 이유를.

"공손 소저가 널 여기로 보냈다고?"

"응."

"대체 무슨 생각으로 이런 위험한 곳에……! 쓸데없는 짓을 하다니."

나는 화가 나서인지 싸늘해진 남궁류청의 얼굴을 물끄러미 바라보다가 말했다.

"공손 소저가 이 산장에 대해 파악하고 있다는 건 알고 있었나 보네."

남궁류청이 잠시 멈칫했다가 입을 꾹 다물었다.

태연한 표정을 가장하는 것 같았지만 그럼 뭐 하는가? 이미 다 들켰는데.

"위 맹주에 대한 결정적인 정보를 준 것은 공손 소저 맞지?"

"……."

남궁 세가는 위 맹주가 비무 대회에 시선이 팔린 틈을 타 이 일을 처리하려고 한 것이고. 공손월은 남궁류청이 사라진 사실을 뒤늦게 알았을 것이다.

'그리고 걱정이 되었겠지.'

그래서 나까지 이곳에 보내겠다는 생각을 했을 것이다.

앞서 공손월의 부하에게 말했다. 내가 이곳에서 죽기라도 한다면 공손 세가도 무사하지 못할 거라고.

그건 공손월의 노림수 중 하나였다. 내게 무슨 일이 생긴다면 공손 세가도 얽히게 될 수밖에 없으니 공손 세가 또한 내가 무사하길 바랄 수밖에 없었다.

즉, 위 맹주가 남궁 세가의 움직임을 알고 입을 막으려 들려 해도 고려해야 할 것이 너무 많아지는 것이다. 이 자리에 있는 나, 백리 세가와 본단에 남아 있는 공손월, 공손 세가의 입까지 함께 막아야 했다.

'자기 가문까지 엮어 버리다니…….'

남궁류청을 향한 연모의 감정 때문인지, 이 일을 그냥 넘어갈 수 없다는 정의감의 발로인지는 알 수 없었다. 하지만 공손월이 여기에 많은 걸 걸었다는 건 알 수 있었다.

그리고.

'……내 아버지는 혼자였기에 그렇게 쉽게 죽어 버리셨구나.'

그때 남궁류청이 말했다.

"별거 안 했어."

"응?"

"오해하지 마. 공손 소저가 먼저 우리에게 도움을 요청한 것이니까. 내가 먼저 접근한 게 아니야."

아니, 그걸 왜 나한테 말해?

"……저기, 나는 오해하지 않았어."

심지어 아무 말도 안 했다고.

"알아."

남궁류청이 새침하게 대꾸했다.

왜 내가 해명을 요청한 것처럼 되어 버린 거야? 게다가 여긴 나랑 남궁류청만 있는 것도 아니었다!

나는 뒤를 돌아보았다. 흥미롭게 눈을 빛내고 있던 사람들이 뒤늦게 내 시선을 피하며 필사적으로 모른 척을 하는 모습들이 보였다. 내 호위는 남궁류청을 도둑놈 바라보듯 노려보고 있기까지 했다.

"……."

나는 기가 막혀 화가 치솟았지만, 남궁류청은 매우 태연한 태도였다. 그는 전과 다를 바 없이 심각한 표정으로 주변을 살폈다.

"공기가 바뀌었어."

"응?"

"이상한 냄새가 나."

자연지기로 향기를 구별할 수는 없었다. 뭔가 자연지기가 위쪽과 살짝 다른 느낌이 들지만, 이 정도로는 분간할 수 없었다.

"기름 냄새."

"……기름 냄새?"

나는 먼지 가득한 곰팡내 말고는 딱히 맡아지는 게 없었다. 확실히 이런 점에서는 남궁류청이 나보다 더 예민했다.

기관진식이 전혀 없는 수상한 지하 계단을 내려가자 석문이 보였다. 석문조차 별것 없이 쉽게 열렸다. 위에서 그 난리를 치렀던 것과 전혀 다른 상황이었다.

꽤 넓은 공간에 잔뜩 쌓여 있는 상자와 텅 빈 선반이 우리를 맞이했다. 원래는 뭔가를 보관하던 창고 같았다. 상자 안도 대부분은 비어 있었다. 조금 돌아보자 무명천으로 덮어 둔 커다란 단지들이 보였다. 위험한 물건은 아닌 듯싶었다.

남궁 세가의 무사가 조심스럽게 무명천을 걷어 내고 단지를 열었다.

"……기름?"

"이게 뭐죠?"

남궁류청이 맡은 기름 냄새의 원인이었다.

나는 단지들을 바라보다가 옆에 쌓인 상자를 열어 보도록 했다. 당연히 비어 있을 거라 여긴 상자에는 흑색 가루들이 들어 있었다. 그리 양은 많지 않았지만.

"……망할."

남궁류청의 표정도 나와 마찬가지였다. 남궁류청이 무사들을 향해 손짓했다.

"당장 여기서 나간다."

"예? 갑자기 왜……?"

내가 소리쳤다.

"여기를 모조리 불태울 생각인 거야. 당장 여기서 나가야 해!"

탈출로로 나가는 방법을 찾고 있다간 여기서 같이 죽는 꼴밖에 되지 않았다. 진법이고 뭐고 일단 이 산장을 먼저 나가야 했다.

처음부터 이런 일이 벌어질 때를 대비하여 모든 흔적을 없애 버릴 수 있게 만든 것이었다.

나와 일행 모두 황급히 지하 창고에서 벗어나 남궁완 아저씨가 계신 곳으로 향했다.

이곳 부인들이 서측원이라 부르는 곳이었는데 넓은 정원이 특징이었다.

도착하자마자 가장 먼저 눈에 띈 건 거의 한 덩어리처럼 뭉쳐 있는 곱고 화사한 여인들이었다. 숫자로만 들었을 때보다 이렇게 직접 보니 더 충격적이었다. 속이 안 좋아질 정도였다.

여인들은 밤이 깊어서인지 피로한 기색이 역력했다. 서로의 어깨에 기대서 잠든 이도 있었다.

남궁완 아저씨는 정원을 밝히고 있는 커다란 화톳불 곁에 계셨다. 손에는 서책을 들고 빠르게 넘기고 있었는데, 발치에는 산장에서 가져온 듯한 서책이 아무렇게나 쌓여 있었다.

남궁완 아저씨가 우리의 기척에 고개를 들며 말했다.

"생각보다 빨리 왔구나. 찾았느냐……."

그러다가 하던 말을 멈추고 믿기지 않는다는 듯 나를 바라보았다.

"……백리연?"

"아저씨, 오랜만이에요!"

실질적인 날을 따지자면 그리 오래되진 않았지만, 심정상으로?

"네가 왜 여기 있는 게야!"

"나중에 얘기해요."

남궁류청이 가라앉은 목소리로 말했다.

"아버지, 빨리 이곳을 벗어나야 합니다."

남궁류청의 심각한 표정에 남궁완 아저씨 또한 덩달아 심각한 표정을 지었다. 누가 부자 사이 아니랄까 봐 완전히 똑같은 모습이었다.

남궁완 아저씨가 말했다.

"설명하거라."

남궁류청이 대답했다.

"위 맹주의 처소 지하에서 본래 창고로 쓰던 공간을 발견했습니다. 하지만 이미 오래전에 비운 듯 보였고, 기름 단지와 화약 등만이 쌓여 있었습니다."

"기름과 화약이라고?"

"네. 또, 연이가 이곳에 오며 저희 뒤를 쫓아온 추적자를 목격했다고 합니다."

남궁완 아저씨가 잔뜩 인상을 찌푸린 채 나를 보며 물었다.

"추적자라니?"

"복면을 쓴 강호인들이었어요. 그들이 진법 안에 들어가기 전에 이곳에서 아무도 나가지 못하게 하라고 말하는 걸 들었어요."

나는 주변을 둘러보았다.

"그리고 지금 그들의 모습이 보이지 않고요."

시야에 부인들이 닿았다. 조금 떨어진 곳의 부인들은 우리의 대화를 들을 수 없어서인지 호기심 어린 표정으로 이쪽을 힐끗거릴 뿐이었다.

나는 다시 입을 열었다.

"진법 속으로 대인원을 데리고 들어가는 것이 부담스러우시겠지만 계속 여기 있는다면 언제 그들이…….”

쾅!

말하던 와중 지축이 흔들릴 정도로 큰 소리가 났다.

“꺅!”

“무슨 일이야!”

별로 우리에게 좋은 소식이 아닐 거라는 느낌이 들었다. 이어서 누군가 외치는 소리가 들렸다.

“저기 불이야!”

순찰을 나가 있었는지 남궁 세가의 무사 한 명이 황급히 뛰어와 소리쳤다.

“소가주님! 동쪽 산등성이에서부터 불이 치솟았습니다.”

남궁완 아저씨가 굳은 얼굴로 말했다.

“처음부터 이걸 노렸던 건가? 이렇게 되면…….”

남궁완 아저씨가 부인들을 바라보았다. 야밤에 이 험한 산세를 무공도 익히지 못한 여인들이 빠져나가는 건 불가능했다. 심지어 불이 난 상황에서.

그나마 다행인 것은 불이 난 곳이 여기서 멀다는 것. 불행인 것은 바람이 이쪽으로 불고 있다는 것이었다.

쾅! 펑!

이어서 또 무언가 터지는 소리가 들렸다. 위지백 처소 지하와 같이 만들어 놓은 곳이 한두 군데가 아닌 걸 알 수 있었다.

“소가주님, 불이 빠르게 번지고 있습니다. 당장 여기서 빠져나가야 합니다.”

남궁 세가의 무사가 어서 명령을 내려 달라는 듯이 말했다.

"……."

남궁완 아저씨가 침묵할 때, 부인 한 명이 일어나며 말했다. 가장 앞에 있던 삼십 대 후반 정도 되어 보이는 중년의 부인이었다.

"저희 모두를 데리고 나갈 수 없어서 그러시는 거죠?"

"……."

목소리는 살짝 떨렸으나 표정은 꽤 담담했다. 두려운 기색이 없는 건 아니었다. 하지만 겁먹은 목소리 아래에서도 뭔가 초연한 느낌이 들었다.

부인이 말을 이었다.

"무사님들이라면 빠져나가실 수 있으시죠?"

남궁완 아저씨가 괴로운 낯으로 말했다.

"가능하다."

부인이 잠시 눈을 내리깔았다가 입을 열었다.

"그럼 몇 사람만 데리고 빠져나가는 것도 가능하시죠?"

남궁 세가의 무사들 몇이 착잡한 표정으로 고개를 숙이는 것이 보였다.

"……아마도."

"그럼 부탁드려요. 증인으로 세울 수 있는 몇 명만이라도 데리고 빠져나가 주세요."

차마 우리가 고려하지 못했던 방법이었다. 하지만 유일한 방법이기도 했다.

다 살릴 수 없다면 일부라도 살리는 수밖에.

부인이 괜찮다는 듯 애써 웃는 낯으로 말했다.

"여기서 모두 같이 타 죽을 수는 없잖아요."

심지어 이미 서로 간에 말을 맞춰 놓았는지 셋을 골랐다.

“왼쪽에서부터 순서대로 산산, 여아, 소옥 이렇게 셋이에요.”

부인은 목소리는 말을 할수록 점차 차분해졌다.

“산산은 가장 어리고, 여아가 가장 늦게 들어왔고, 소옥이 여기에 가장 오래 머물러서 아는 게 많아요. 혹시 여기서 더 줄여야 하나요?”

남궁류청을 처소로 안내했던 옥아도 빠져 있었다.

“…….”

모두 남궁완 아저씨를 바라보았다. 결정을 내려 주길 바라는 눈빛이었다.

그때 나는 남궁완 아저씨 뒤쪽에서 기이한 것을 발견하고 그리로 향했다.

멀리서 나는 소음, 그리고 화톳불이 타오르는 소리 말고는 조용하던 이곳에서 내 움직임은 확연히 눈에 띄었다.

“어디 가는 게냐?”

나는 멈추지 않고 발을 옮기며 말했다.

“혹시 여기가 본래 탈출로였나요?”

“그래.”

탈출로는 아주 대놓고 있었다. 세 사람이 동시에 지나가도 넉넉할 정도로 커다란 석문이었다.

“문을 살펴보았을 때는 특별한 열쇠, 출입패 같은 것이 필요한 듯 보이더구나. 당연히 이곳에는 없었지.”

남궁완 아저씨가 말을 이었다.

“문을 부술까 고민해 봤지만, 석문의 두께가 상당해. 문을 부수다 통로 자체가 무너질 것 같더구나. 안에 충격을 가했을 시 무슨 일이 벌어질지도 알 수 없고."

나는 아저씨의 말에 더는 대꾸도 하지 않고 석문 앞에 홀린 듯 멈춰 섰다. 석문 중앙에는 독특한 모양의 깊게 파인 홈이 있었다. 이곳에 출입패를 넣는 것으로 보였다.

나는 손을 뻗어 그곳을 덮었다. 모두 내가 무엇을 하나 의문을 가질 때쯤.

달칵, 툭, 달칵, 달칵. 쿵.

무언가 여러 기관이 돌아가는 소리와 함께 갑자기 둔탁한 소리가 들렸다.

쿠쿠쿠쿠쿵-!

그리고 굳건하던 석문이 둔중한 소리와 함께 천천히 앞으로 열렸다. 안에는 넓은 공터, 그리고 깊이를 알 수 없는 길이의 새카만 동굴이 보였다.

나는 뒤를 돌아보았다. 다들 경악한 표정이었다.

"모두 들어가죠."

메케한 연기와 회색 재가 열풍을 타고 날아왔다. 혓바닥을 날름거리듯 치솟는 불길에 밤하늘이 석양처럼 붉은색으로 빛나고 있었다.

쿵.

석문이 닫히는 소리가 들렸다. 동굴로 들어오던 연기가 석문이 닫히며 뚝 끊겼다.

몇 사람이 긴장이 풀린 듯 주저앉는 소리가 들렸다. 공간이 조금 있다고는 하나 여든 명의 부인들이 다 들어오는 것만으로도 힘겨웠다. 전부 들어왔을 때는 이미 불길이 코앞까지 번져 있었다.

"다시 여는 건 쉬워요. 똑같은 방식으로 열면 돼요."

"그건 천만다행이군."

혹시나 만약에 여기가 탈출로가 아니거나, 이 탈출로를 못 써먹겠다 싶으면 불이 꺼졌을 때쯤 다시 되돌아 나가면 될 것이다. 뭐…… 그 뒤에 이 부인들과 산을 어떻게 내려가야 하는지에 대한 고민은 처음부터 다시 시작이지만.

"가지."

남궁완 아저씨가 자연스럽게 앞장섰다. 동굴 안에 들어찬 연기가 느릿하게나마 한 방향을 향해 움직였다. 공기가 통하고 있다는 뜻이다. 우리가 향하는 방향이었다.

얼마 지나지 않아 갑자기 인공적이던 길이 끝나고 자연 동굴이 나타났다. 본래 있던 동굴을 탈출로로 만든 모양이었다.

뚝, 뚝, 뚝.

천장에 맺힌 물방울이 이따금 바닥으로 떨어졌다. 조금 더 내려간 남궁완 아저씨가 의심을 거둔 목소리로 말했다.

"이 안에는 따로 기관진식이 없는 듯하군."

남궁완 아저씨가 남궁 세가의 무사들에게 손짓했다. 남궁 세가의 무사들이 절도 있게 인사한 후 동굴 안쪽으로 빠르게 앞서 나갔다. 정찰을 보내고 나서야 남궁완 아저씨가 입을 열었다.

"네 아비도 네가 여기 있는 걸 아느냐?"

"오는 길에 전서구를 보내 놓긴 했어요."

시간상 빨라 봤자 이제야 간신히 도착했겠지만.

한숨을 내쉰 남궁완 아저씨가 한 소리 하고 싶은 걸 참는 표정으로 이어서 질문했다.

"저 문을 어찌 연 것이냐?"

"……."

나는 좀 전과 달리 잠시 침묵한 후 천천히 입을 열었다.

"그 석문의 기관진식을…… 이미 알고 있었어요."

"알고 있었다고?"

"네. 출입패를 석문에 맞추면 특정한 흐름으로 진기가 통해 문이 열리는 방식이에요."

"흥미로운 방식이로군. 그런데 너는 출입패가 없지 않았냐?"

"제가 그 특정한 흐름을 모방했어요."

남궁완 아저씨가 놀란 눈으로 나를 바라보았다.

"모방? 그게 가능하다니……."

남궁완 아저씨조차 들어 보지 못한 기관진식을 내가 바로 알아볼 수 있었던 이유.

그건 예전에 내가 갇혔던 만신의의 은신처, 그곳의 문이 저런 식으로 되어 있었기 때문이다.

그때는 익숙하지 않은 눈으로 몇 달 동안 풀려고 안간힘을 썼다.

'어떻게 이럴 수가 있지?'

어떻게 만신의의 거처와 이곳이 똑같은 방식을 사용했단 말인가?

파드득! 파드드드득!

박쥐들이 날아다니는 동굴 안.

남궁완 아저씨가 자못 불만스러운 얼굴로 수면을 내려다보았다. 남궁 세가의 무사가 물을 뚝뚝 떨어트리며 말했다.

"길지는 않습니다. 빠져나가는 데 일각이 채 되지 않습니다."

"……."

그렇다. 동굴의 끄트머리가 수중 동굴이었다. 다리가 닿지 않을 정도의 수중 동굴의 입구는 산중의 계곡으로 빠져나갈 수 있게 되어 있었다.

뒤쪽에서 누군가 조그맣게 중얼거리는 소리가 들렸다.

"수, 수영할 줄 모르는데……."

동굴 안이라 울리듯 선명하게 들리는 중얼거림이었다. 남궁 세가의 무사가 이어서 곤혹스러운 음성으로 말했다.

"그리고 마지막에 계곡으로 빠져나가기 전에는 잠깐 잠수를 해서 가야 합니다……."

"……."

첩첩산중이로구먼.

부인들이 말한 먼젓번 탈출자는 수영을 할 수 있었던 모양이었다. 함께 정찰한 다른 무사는 무심하게 보고를 올렸다.

"해의 높이를 보아 사시(9시~11시) 정도 되어 보입니다."

벌써 해가 뜬 모양이었다. 거리는 멀지 않았지만 미끄러운 바닥에 여든 명이나 되는 부인들을 한 번에 데리고 이동하다 보니 시간이 오래 걸렸다.

"불이 난 쪽은 여기서 보면 서북쪽입니다. 아직도 타오르고 있습니다만 바람이 반대쪽으로 불고 있어 여기까지 번지기는 힘들어 보입니다."

"작은 마을을 육안으로 확인했습니다."

남궁완 아저씨가 답했다.

"마을?"

"예. 서남 방향으로 오 리 정도 되는……."

남궁완 아저씨께 계속 보고하는 것을 들으며 부인들을 보았다. 수영을 못 하니 무사들이 한 명씩 직접 데리고 나가는 수밖에 없었다.

남궁 세가의 무사인 창천단원이 스물. 그중 열 명 정도는 경계와 주변 탐문 등 조사를 한다고 치면…….

'모두 빠져나오려면 반나절은 걸리겠는데.'

찰방.

게다가 빠져나가야 할 계곡물은 어마어마하게 차가웠다. 급하게 떠나오느라 짐을 얼마 챙기지도 못했는데 갈아입을 옷이 있을 리 없었다.

'식사도 문제고…….'

찰방, 찰방.

수면에 손장난을 하며 생각에 잠겨 있던 나는 무심코 고개를 들었다가 나를 응시하고 있던 남궁류청의 시선과 마주했다.

"뭐 하는 거야?"

"어? 아, 그냥 고민 좀 하느라. 물이 차가워서 나가면 바로 옷을 말려야 하겠어."

말하는 사이 다가온 남궁류청이 내 손목을 잡아챘다.

"뭐, 뭐야?"

남궁류청은 대꾸 없이 품속에서 손수건을 꺼냈다. 내 손을 닦아 주러는 찰나.

"공자님, 제가 하겠습니다."

내 호위가 남궁류청과 내 사이에 끼어들듯 막아섰다.

"……."

남궁류청이 내 호위를 노려보다가 내 손을 놓고 한 발 뒤로 물러났다.

"어머?"

"아휴, 보기 좋았는데 너무하네 정말……."

그리고 대놓고 구경하던 부인들에게서 안타까운 탄식들이 터져 나왔다. 얼굴에 열이 오르는 게 느껴졌다. 돌아보지 않아도 무슨 상황인지 알 것 같았다.

'아니 정말, 얘가 진짜 아까부터……!'

하지만 이렇게 많은 사람 앞에서 뭐라고 해 봤자 내 얼굴만 파는 것이나 다름없었다.

속으로 씩씩거리며 최대한 아무렇지 않게 굴었다.

'너 정말, 나가서 보자.'

그때 남궁완 아저씨가 나와 남궁류청을 불러 모았다.

"연이와 류청, 둘 다 이리 와 보거라."

우리 앞에 선 남궁완 아저씨가 입을 열었다.

"너희 둘은 먼저 돌아가거라."

"네?"

"불이 난 곳의 방위로 보아 산 반대편으로 온 듯 보인다. 여기서 다시 돌아가려면 산을 둘러서 가야 할 테니 시간이 더 걸릴 게야. 도착까지 아슬아슬하겠구나."

남궁류청이 인상을 찌푸리며 말했다.

"아버지, 지금 무슨 말씀을 하시는 겁니까?"

"비무 대회는 잊어버린 거냐?"

남궁류청은 고민할 거리도 아니라는 듯이 답했다.

"더 중요한 것이 있으니 어쩔 수 없지요."

"……."

하지만 나는 그럴 수 없었다. 천마지보를 야율이 손에 넣게 둘 수는 없었다.

그렇다고 이 사실을 두 사람에게 말할 수는 없었다. 어떤 반응을 보일지 전혀 알 수 없었기 때문이다.

내가 조용한 것이 이상하다는 듯 남궁류청이 나를 바라보는 게 느껴졌다. 남궁완 아저씨조차 잠시 내 말을 기다려 줄 정도였다.

"남궁완 아저씨 말이 맞아."

"됐다. 반대해 봤자…… 음? 뭐라고?"

"아저씨 말이 맞는다고요. 저는 돌아가 보는 게 좋을 것 같아요."

"……."

남궁완 아저씨가 눈을 부릅뜨고 나를 보았다. 남궁류청까지 살짝 인상을 찡그린 채 믿기지 않다는 듯이 나를 보았다.

뒤늦게 정신을 차린 남궁완 아저씨가 헛기침을 하며 말을 이었다.

"저, 저것 보아라. 연이도 동의하지 않느냐? 여기 너 한 명 있다고 크게 달라질 것도 없다. 차라리 네가 먼저 가서 본가에 연락을 취하거라."

"……."

남궁류청의 침묵에 남궁완 아저씨가 마치 봐준다는 듯 말을 이었다.

"정 싫다면 어쩔 수 없지. 넌 남거라. 연이만 먼저 보내……."

"갑니다. 가요."

"쯧, 되도 않는 고집 부리기는."

그 뒤로는 일사천리였다. 나와 호위, 공손월의 부하 그리고 남궁류청과 남궁류청의 호위 이렇게 다섯만 먼저 돌아가기로 정했다.

남궁완 아저씨와 작별 인사를 했다.

"나중에 보자꾸나. 승리보다는 다치지 않는 것이 더 중요해."

"먼저 가 보겠습니다."

남궁 세가의 무사가 물에 뛰어들고 공손월의 부하가 뒤따랐다. 그 다음 남궁류청, 나, 그리고 내 호위 순이었다.

물살은 전혀 느껴지지 않았다. 횃불을 든 남궁 세가의 무사를 따라가다 보니 그가 어느 순간 잠수했다. 나 또한 숨을 크게 들이쉬곤 뒤따라 잠수했다. 물속은 생각보다 어둡지 않았다. 곧바로 계곡으로 이어져 있었기 때문이다.

수면 위로 햇빛이 부서지듯 흔들거렸다. 늘 그렇듯 주변을 쓱 둘러보던 나는 눈을 부릅떴다.

"……!"

입을 열자 차가운 물이 밀려들어 왔다. 손을 휘저어 수면 위로 얼굴을 내밀고 말했다.

"푸하! 모두, 조심해! 지금 이곳에 우리 말고 누군가……!"

갑자기 남궁류청이 내 머리를 붙잡으며 물속으로 가라앉았다.

첨벙!

입과 코로 물이 밀려들어 와 정신이 하나도 없었다. 간신히 정신을 차린 후 내 시야에 보인 건 투명한 계곡물에 누군가 붉은 물감을 풀어 낸 듯이 핏물이 퍼지는 모습이었다.

남궁류청의 팔에서 흘러나온 피였다. 화살이 박혀 있었다. 조금만 늦었다면 내 얼굴이 저렇게 되었으리라.

모골이 송연했다.

이어서 우리가 있던 수면 위로 화살이 박히는 것이 보였다. 보통은 물살에 휩쓸려 힘을 잃을 화살들이지만, 공력이 담겨 있어 일반 화살보단 훨씬 깊게 파고들었다.

나와 남궁류청은 잠수한 채 화살이 쏟아지는 자리를 빠져나왔다.

"푸하! 하아, 류청! 괜찮아?"

"너는? 다친 데는 없지?"

"……없어."

남궁류청이 다행이라는 듯 희미한 웃음을 짓고는 제 팔에 박힌 화살 깃을 잡고 그대로 뽑았다.

"……!"

핏물이 전보다 크게 번져 나왔다. 하지만 이를 묶을 여유는 없었다. 다시 우리를 향해 화살이 날아왔다. 나와 남궁류청은 곧장 바위 위로 올라갔다.

"두 분, 괜찮으십니까? 습격입니다!"

먼저 동굴을 나와 계곡 주변에서 경계를 서고 있던 남궁 세가의 무사들이 정신없이 날아오는 화살을 쳐 내고 있었다.

우리는 약속이나 한 듯 계곡의 가장 큰 바위로 모여들었다. 그리고 남궁류청에게 소리쳤다.

"엄호 좀 부탁해."

나는 날아온 화살을 쳐 내지 않고 바람을 일으키며 잡아챘다. 나무가 빽빽한 이런 숲속에서 화살을 날리는데 먼 거리에서 쏠 수는 없었다. 즉, 적들도 숨어 있을 뿐 꽤 가까운 곳에 있다는 뜻이었다.

하나, 둘, 셋, 넷.

네 개의 화살을 잡아 낸 후, 자연지기를 담아 날아온 방향을 향해 날렸다. 손으로 던지긴 했으나 이기어검과 같은 원리였다. 주변의 소리조차 차단한 채 나는 모든 집중력을 화살에 쏟았다. 나무와 수풀을 지나고, 어느 순간 화살은 내 조종력을 벗어났다.

"……됐다."

제대로 명중했다. 수풀 사이 숨어 있는 사람 모양의 빛들이 픽픽 쓰러졌다. 놀란 궁사들의 대열이 흐트러지고 쏟아지던 공격도 확 줄었다.

"어서 아저씨께 연락을……."

말하던 때였다. 나는 섬뜩하게 다가오는 느낌에 재빨리 자리를 벗어났다.

스콰-!

내가 있던 자리의 바위에 커다란 흉이 남았다. 계곡 건너편에서 날아온 공격이었다.

복면을 쓴 흑의인이 검을 들고 서 있었다. 내공의 흐름을 보아 어제 오전에 진법에 들어가기 전 마주쳤던 사람이었다.

강자. 최소 절정에서 초절정.

그자는 내게 곧바로 검을 휘둘렀다. 금안의 능력이 그가 어디로 공격을 이어 나갈지 보여 주었다. 나는 그 공격을 흘리듯 피하며 바로 반격했다.

스각!

깊게 들어가지 못했다. 옷자락 너머 살결만 조금 벤 느낌이었다.

'아, 아쉽네.'

나름대로 회심의 반격이었는데. 습격자는 내 반격에 꽤 놀란 듯한 모습이었다.

쿠릉! 쾅!

남궁류청은 이 사내를 따라 함께 나타난 자들과 얽혀 있었다. 다른 무사들도 모두 마찬가지였다. 나는 계속 이어지는 습격자의 공격을 피했다. 조금만 잘못되어도 가차 없이 베일 것이다.

챙! 스각! 쾅!

짧은 사이에 수십 차례의 검격이 이어졌다. 눈과 정수리가 타는 듯이 뜨거워졌다.

그리고 검을 섞을수록 느낌은 확신이 되었다.

'백도의 정종 무공을 익힌 사람.'

검법을 알아볼 수 없는 것이 명문 정파는 아니었고, 보법에 남아 있는 흔적을 보아 소속은 무림맹. 그리고 이 사람은 백리 세가의 검법에 대해서 매우 잘 알고 있었다. 심지어 본인의 검술에 차용한 부분도 있었다.

점차 검에서 조급함이 느껴졌다. 내가 쉽게 밀리지 않자 당황하는 것이 검에 묻어났다.

실제로는 짧았으나 길게 느껴지는 시간이 지나고.

쿠르르릉!

벼락이 내려치는 듯한 소리가 들렸다. 광풍이 몰아닥치듯 주변을 휩쓸고, 사방에서 비명과 신음이 들렸다. 습격자가 검을 거두고 황급히 물러났다. 그 자리에 어느새 남궁완 아저씨가 홀연히 서 있었다.

남궁완 아저씨는 바깥의 소란을 느끼고 동굴 안에서 나오신 듯했다.

"괜찮으냐?"

"네."

나는 숨을 몰아쉬며 답했다.

"잘 버텨 줬다."

주변을 흘끗 살펴보았을 때 다행히 사상자는 나오지 않은 듯했다. 호위가 내 곁으로 황급히 다가왔다.

"아가씨, 괜찮으십니까?"

나는 괜찮다며 고개를 끄덕였다. 남궁완 아저씨가 그 모습을 보곤 내 곁에서 습격자의 앞으로 천천히 걸어 나갔다.

"이 산골짜기에서 뭘 하는 게지, 현무단주?"

현무단주? 나는 깜짝 놀라 바라보았다.

'왠지…… 어디서 본 것 같더니만.'

그저 스치듯 만난 사이였기에 알아볼 수 없었던 것이다.

습격자가 천천히 복면을 내렸다. 어차피 들킨 마당에 가리고 있어 봤자 소용없다고 생각한 모양이었다. 준수한 얼굴의 중년 사내가 말했다.

"남궁 소가주를 여기서 만날 줄은 몰랐소."

현무단.

무림맹의 정예단 중 하나였다.

백호단이 별동대라면, 현무단은 맹주 직속의 맹주 호위대였다. 그리고 현 현무단주는 첫째 부인의 남동생, 즉 처남이었다.

하지만 무림맹주의 처남이라는 배경으로 현무단주 자리에 오른 건 아니었다. 무공 실력도 두루 인정받을 만큼 뛰어났다. 내 아버지만큼은 아니더라도 대협이라 불리며 여러 협행을 베풀고 인품도 훌륭하다는 이야기도 들렸다.

본래 그는 호북성 중부 지역의 종천문이라는 중소 문파 출신이었다. 종천문은 역사는 오래되었지만 이름은 별로 알려지지 않은 문파였는데, 이는 문파의 무공 수준이 그리 높지 않았기 때문이다.

하지만 이번 대에 걸출한 인재가 나 문파의 무공에 한 단계 큰 발전을 이루고 점차 이름을 알리고 있었다. 그 인재가 바로 저 현무단주였다.

그리고 하나의 추측이 떠올랐다. 종천문 무공의 발전은 위지백과 관련이 있는 게 아닐까?

그러니까…… 가령 위지백이 이 색마의 산장에서 발견한 무공을 현무단주에게 건네주었다면?

현무단주는 위지백에게 엄청난 은혜를 입은 것이었다. 그리고 현무단주의 사문 또한 공범자가 되는 것이다.

'게다가…… 현무단도 위지백의 행태를 알고 있었던 건가?'

남궁완 아저씨가 분노에 찬 목소리로 소리쳤다.

"자네도 알고 있었나? 위지백이 아녀자들을 멋대로 납치하고 있다는 걸? 저 산장에 위지백이 납치해 온 여인이 수십 명이나 있었네!"

방금까지 우리를 공격하던 현무단원들에게서 술렁이는 분위기가 느껴졌다. 현무단은 모르고 있었던 것이다. 나는 다소 안도했다.

남궁완 아저씨 또한 그런 상황을 눈치챘는지 현무단을 향해 일갈했다.

"다들 정신 차리게! 언제부터 현무단이 이런 악행을 옹호해 온 건가! 부끄럽지도 않은가!"

현무단주가 눈을 꽉 감았다. 죄책감이 느껴지는 표정이었다. 하지만 뒤쪽의 현무단원들은 볼 수 없었다.

나 또한 축축하게 달라붙던 복면을 찢어 내듯 벗으며 앞으로 나섰다. 현무단 사람들이 숨을 들이켜는 소리가 들렸다.

"현무단주님, 이 일은 이미 숨길 수 없어요."

어차피 현무단주는 나와 검을 부딪쳤을 때 내가 누군지 이미 예상했을 것이다. 내가 얼굴을 드러낸 것은 현무단원들에게 충격을 주기 위해서였다.

내 아버지가 계시던 백호단 사람들은 아니지만, 같은 무림맹 정예 단원으로 동고동락한 세월이 있지 않겠는가?

역시나 흠칫 놀라며 중얼거리는 목소리가 들렸다.

"배, 백리 소저?"

"그럼 우리가 죽이려 한 사람들이 정말……."

그들은 나와 남궁완 아저씨를 당혹스러운 듯 바라보았다.

"하늘을 손바닥으로 가릴 수는 없어요. 죄 없이 끌려와 고통스러운 세월을 보낸 부인들을 모두 죽이겠다는 건가요?"

"……."

"현무단주, 지금이라도 정신 차리게!"

그때였다. 멀찌감치 떨어진 곳에서 상황을 관망하던 기척들이 갑자기 모습을 드러냈다.

"뭘 고민하나? 자네는 사람이 너무 좋아서 탈일세."

"현무단주, 위 맹주에게 받은 은혜를 벌써 잊으셨소?"

"하여간 혹시나 하여 여기서 기다리자고 하길 잘했지 뭐요."

나타난 다섯 모두 최소 절정으로 보이는 고수들이었다. 그들은 얼굴조차 가리지 않았다.

지긋한 나이로 위지백의 동맹 문파의 장문인, 가주들이었다. 세가나 대문파는 아니지만 중소 문파 중에서는 제법 이름이 알려졌다고 말할 법한 이들이었다. 또한 무림맹에서 꽤 고위직을 맡은 이들이기도 했다.

남궁완 아저씨 또한 이들의 존재를 느끼고 있었는지 그리 놀란 모습은 아니었다. 다만 기세가 좀 더 무거워졌다.

"무림맹이 이 정도로 썩었을 줄이야."

현무단주가 각오를 다진 듯이 눈을 뜨고 말했다.

"남궁 소가주, 제정신이 아니구려. 아무리 맹주님이 마음에 들지 않는다고 한들 누명을 씌울 생각을 하다니."

남궁완 아저씨의 얼굴이 일그러졌다.

"현무단주! 정녕 이리 나오겠다는 것이오?"

"우리는 마교의 은신처 중 하나를 없앴을 뿐이오. 오히려 소가주에게 해명을 요청하오. 어째서 마교의 은신처에서 나온단 말이오?"

말도 안 되는 소리. 하지만 싹 다 죽여 버린 후 '그놈들이 마교였다'라고 공표해 버리면 어떻게 결백을 증명한단 말인가?

죽은 자들은 말이 없었다. 그리고.

쾅!

남궁완 아저씨에게 방금 나타난 다섯 명의 고수들이 전부 덤벼들었다. 현무단주 또한 그쪽에 합류하였다. 남궁완 아저씨부터 확실하게 죽이겠다는 뜻이 읽혔다.

우리도 현무단원들과 격돌했다. 더는 물이 흐르는 소리가 들리지 않을 정도로 사방에서 날붙이들이 부딪치는 소리가 들렸다.

챙! 챙! 쾅! 쿠릉!

나와 검을 맞댄 현무단원이 말했다.

"소저, 항복하시오. 다치게 하고 싶지 않소."

"제 머리통으로 화살을 날려 놓고 말이죠."

"……."

챙!

상황이 이리되었는데 말로 설득할 수 있을 거라고는 생각도 안 했다. 이렇게 사람들이 얽혀 있으면 함부로 검을 날릴 수도 없었다.

쿠르르릉! 콰카카캉!

저쪽에선 엄청나게 커다란 싸움이 벌어지고 있었다. 순식간에 폭풍이 몰아친 것처럼 주변의 나무 수십 그루가 쓰러졌다.

정신없이 싸우고 있을 때였다. 비명에 이어서 다급한 외침이 들렸다.

"도 문주!"

싸움이 살짝 소강상태가 되며 시선이 한곳으로 몰렸다. 남궁완 아저씨와 싸우던 사람 중 한 명이 피를 잔뜩 흘리며 주춤주춤 뒷걸음쳤다.

"끄어, 끄어억……."

피를 쏟아 내던 도 문주가 믿기지 않는다는 표정으로 바닥으로 풀썩 쓰러졌다. 옆에 있던 이가 황급히 다가가 도 문주의 맥을 짚었다. 그러고는 창백한 얼굴로 고개를 저었다.

남궁완 아저씨가 검의 피를 털어 내며 말했다.

"마지막으로 검을 들고 제대로 싸워 본 적이 언제요? 다들 검에 녹이 잔뜩 슬었군."

누군가 탄식하듯 말했다.

"저, 정말이란 말인가? 화경에 올랐다는 게……."

"말도 안 돼. 저 연배에……?"

다들 질린 표정으로 남궁완 아저씨를 보았다. 남궁완 아저씨가 오만하게 내려다보듯 말했다.

"어디, 계속할 것이오?"

"……."

아저씨의 거만한 태도와 달리 금안으로 보이는 상태는 달랐다. 꽤 큰 내상을 입었다. 무리해서 힘을 끌어올린 탓이었다. 압도적인 것처럼 보이도록.

남궁완 아저씨의 계책이 제대로 통했는지, 다들 겁에 질린 듯 눈치를 보며 덤벼들지 않았다.

'자신만만하게 합공을 할 때는 언제고……. 잠깐만.'

분명 현무단주까지 하여 덤벼들 때는 여섯 명이었는데, 왜 지금은 다섯 명밖에 안 되는 거지?

'한 명은?'

벌써 도망간 건가?

그때였다.

"……!"

섬뜩한 느낌에 고개를 틀어 날아오는 것을 피했다. 그러나 그것이 휘리릭 돌며 내 뒤를 쭉 쫓아와 목을 감싸는 느낌이 들었다.

이어서 목소리가 들렸다.

"움직이지 않는 게 좋을 걸세."

따끔한 느낌과 함께 목덜미에 무언가 흘러내리는 감촉이 들었다. 기분이 매우 더러워졌다.

내 뒤에서 음침한 목소리가 들렸다.

"천잠사로 만든 줄이지. 끊어지지도 않고 내공을 담으면 칼날보다 더 날카로워. 내가 손가락 하나만 까딱하면 목이 잘릴 걸세."

처음 나타날 때, 혹시나 해서 기다리자고 했다던 사람이었다. 야비한 말투에 조심성이 많아 보이더니 이렇게 숨어서 기회를 노리고 있을 줄이야.

남궁완 아저씨가 분노에 차 소리쳤다.

"풍 가주!"

풍가는 비도술로 유명한 가문이었다. 하지만 비도술이 늘 그렇듯 꽤 조롱을 당했다.

보통 사람들에게는 공격 거리가 훨씬 넓은 창이 더 효용성이 높으나, 강호는 달랐다. 검을 만병지왕, 그러니까 모든 병기 중 최고로 꼽았다. 그런 인식이 팽배한 강호에서 당연히 비도술은 암살자들이나 쓰는 급이 떨어지는 무공으로 여겼다.

"남궁 소가주, 백리 소저를 매우 아낀다고 들었소만?"

"……."

"어디, 계속할 것이오?"

풍 가주가 조롱하듯 남궁완 아저씨가 한 말을 따라 했다.

"……."

남궁완 아저씨는 이를 아득 물며 아무 말도 하지 못했다.

풍 가주가 나를 붙잡고는 근처의 가장 높게 솟은 바위 위로 뛰어올랐다. 모두에게 잘 보이게 하려는 듯했다. 그 움직임에 목을 감은 천잠사 줄이 좀 더 파고드는 것이 느껴졌다.

남궁완 아저씨의 표정이 더욱 창백해졌다.

"걱정 마시오. 해를 끼칠 생각은 없으니. 대신 다들 이곳에서 물러가 줘야겠소."

"이런 비열한……!"

여기서 우리가 물러가면 동굴 안에 남아 있는 부인들이 어찌 될지는 불 보듯 뻔했다.

"우리가 진심으로 싸워 무얼 얻을 수 있겠소? 남궁 세가 또한 무림맹의 우군 아니오?"

"이따위 짓을 벌이고도 동맹이라고!"

"우리도 남궁 세가의 핏줄을 끊을 생각은 없소."

"푸흣."

그때 상황에 맞지 않는 웃음소리가 났다. 내 웃음소리였다. 어처구니가 없어서 터진 것도 있지만 반은 고의기도 했다.

풍 가주가 기가 차다는 듯이 말했다.

"지금 웃음이 나오느냐?"

"아, 정말 누가 악당인지."

"……제정신이 아니로군. 도발한다고 내가 넘어갈 것 같으냐?"

그때였다. 사람마다 약간의 시차는 있었으나 다들 짜기라도 한 듯 거의 동시에 한곳을 바라보았다. 그리고.

탁.

그 자리에 백색 무복의 사내가 가벼운 발소리를 내며 멈춰 섰다. 풍 가주가 놀라 소리쳤다.

"배, 백호단주……!"

이제 전 백호단주였으나 저도 모르게 소리친 듯했다.

나는 금안으로 멀리서부터 아버지가 오고 계시는 걸 알 수 있었다. 그리고 그 뒤를 따라오는 병력까지도. 곧이어 아버지 뒤를 따라온 백검단원과 전 백호단원들이 속속들이 모습을 드러냈다.

"이게 무슨 광경인지 모르겠군."

아버지는 매우 싸늘하게 굳은 얼굴이었다. 이렇게 화가 난 표정은 처음 볼 정도였다.

"어, 어떻게 왔는지는 모르겠지만, 너무 늦었소!"

아버지는 이를 듣지 못한 것처럼 나를 향해 말했다.

"괜찮으냐?"

"음, 네. 할 만한 것 같아요."

"그래."

그렇게 말한 아버지가 눈을 꽉 감았다. 아주 짧게 괴로운 듯한 눈빛이 스쳤다. 아버지는 머뭇거리지 않고 바로 나를 향해 뛰어올랐다.

"의강!"

"대협!"

경악한 듯한 남궁완 아저씨와 남궁류청의 외침이 들렸다. 풍 가주 또한 소스라치며 내 목을 조른 줄을 당겼다.

"백호단주! 미쳤소? 딸을……."

소리치던 풍 가주가 갑자기 말을 멈추더니 믿기지 않는다는 듯한 표정을 지었다. 그리고 아버지의 검이 그대로 풍 가주의 몸을 관통했다.

푹!

"……!"

갑자기 벌어진 상황에 모두 그대로 굳어 버렸다. 점차 천잠사에 담긴 내공이 약해지는 것이 느껴졌다. 곧이어 천잠사의 통제력이 내게 온전히 넘어왔다.

치열하고 팽팽하던 싸움의 끝이었다.

천잠사가 내 목에서 느슨히 풀어졌다. 나는 풍 가주의 품에서 빠져나왔다. 가쁘게 숨을 몰아쉬고 있던 풍 가주가 꺼져 가는 목소리로 더듬거렸다.

“자, 잠깐.”

아버지가 가차 없이 검을 뽑아냈다.

“커억!”

후두둑 바위에 붉은 물이 들었다. 아버지가 다시 검을 들었다. 현무단주가 소리쳤다.

“백호단주! 그만하면 되었소. 우리가 졌소.”

아버지는 멈추지 않고 그대로 풍 가주의 목을 내리쳤다.

서걱.

서늘한 소리와 함께 아버지의 목소리가 이어졌다.

“내 딸을 건드린 자는 살려 두지 않네.”

“고마워.”

나는 류청에게 인사를 건넸다.

“…….”

남궁류청의 상처는 다행히 별로 깊지 않았다. 하지만 남궁류청의 표정은 좋지 않았다.

남궁류청이 가만히 내 목을 바라보았다.

나는 설명했다.

"괜찮아. 깊진 않아."

목에 살짝 상처가 났지만 말대로 깊지 않았다. 호신강기도 있기에 생채기 정도랄까. 남궁류청의 상처에 비하면 새 발의 피였다.

"……."

하지만 남궁류청은 계속 말이 없었다. 나는 남궁류청의 상처에 붕대를 감는 걸 지켜보다가 일어났다.

그때 남궁류청이 갑자기 내 손을 붙잡았다.

"……."

그러고는 또 말이 없었다. 이대로 손을 잡아 뺄 수 있을 정도로 미약한 힘이었지만…….

나를 바라보던 표정이 생각났다. 결국, 나는 뿌리치지 못하고 어쩔 수 없이 옆에 앉았다.

잠시 후, 급하게 자리를 비웠던 남궁완 아저씨가 돌아왔다. 내상을 입었으니 보이지 않는 곳에서 피를 한 움큼 토해 냈으리라.

남궁완 아저씨가 아버지를 향해 물었다.

"의강, 여긴 어찌 알고 온 것이야? 연이 말로는 네가 소식을 받아 보려면 꽤 걸릴 거라던데."

그러자 아버지의 시선이 내게 향했다. 나는 움찔 놀라며 남궁류청 뒤로 슬쩍 숨었다. 그리고 고개만 쏙 내밀고 물어보았다.

"맞아요. 대체 어떻게 오신 거예요?"

아버지가 나를 매서운 눈길로 응시하다가 어딘가로 손짓을 했다. 곧이어 누군가 끌려왔다.

남궁완 아저씨가 말했다.

"저건…… 벽 소가주?"

의문형인 이유는 벽 소가주의 모습이 신원을 알아보기 힘들 정도로 엉망이었기 때문이었다. 꽤 고초를 치른 듯한 모습이었다. 백호단원이 벽 소가주를 거의 내동댕이치듯 던졌다.

"끄억!"

벽 소가주가 괴상한 비명을 지르며 바닥에 나동그라졌다. 그가 몸을 일으키며 소리쳤다.

"이, 이, 이거 너무한 거 아니오!"

하지만 백호단원은 오히려 역겹다는 듯 바닥에 침을 퉤 뱉고 멀어졌다.

'이게 무슨……?'

다들 어리둥절한 표정이었다.

"백리 대협! 이, 저, 저런 짓을 하는 걸 두고 볼 테요?"

사람을 쉽게 재단하지 않는 아버지가 답지 않게 혐오스럽다는 표정으로 벽 소가주를 바라보았다. 벽 소가주가 흠칫 놀라며 어깨를 움츠렸다. 아버지가 입을 열었다.

"벽 소가주가 그간 계속 위 맹주에게 여인들을 바쳐 왔다네."

"……!"

공급책 역할을 맡은 것이 벽가였던 것이다.

아버지가 벽가의 행태를 알게 된 것은 무림맹에서 벌어진 실종 사건을 조사하면서였다고 했다. 역시나라고 할까. 이번 생에도 아버지는 계속 실종 사건을 조사하고 계셨던 것이다.

벽가는 위지백에게 원하는 여인을 제공하고 위지백은 그런 벽가의 뒤를 봐주는 식으로 상생했다. 하지만 아버지는 고빌을 할 수 있을 정도로 명확한 증거는 잡지 못했다고 한다. 그러던 와중 갑자기 벽가장이 멸문하게 된 것이다.

아버지가 말을 이었다.

"위 맹주가 제게 도움이 되지 않으며, 자신의 비밀을 아는 벽 소가주를 살려 둘 리 없다고 생각했지."

그리고 역시나 위 맹주는 벽 소가주를 은밀하게 처리하려고 했다. 하지만 이미 벽 소가주를 지켜보고 있던 아버지가 그를 구해 낸 것이다.

벽 소가주는 제 목숨을 이어 가고 싶다면 아버지께 협조해야 했을 것이다. 아버지는 그렇게 이 산장의 존재를 알아내고 찾아온 것이었다.

"……왜 갑자기 제대로 사정도 모르는 현무단을 움직였나 했더니만. 자네 때문에 정신이 없었나 보군."

현무단주가 입을 꾹 다문 채 열지 않았다. 현무단을 포박하는 전 백호단 사람들은 꽤 착잡한 표정이었다. 한때 제 동료였던 이들을 포박하고 있으니 그럴 만도 했다. 현무단주는 그나마 단주인 점을 예우해 내공을 쓸 수 없게 점혈만 하고 묶진 않았다.

아버지가 현무단주를 향해 물었다.

"왜 그랬나? 자네가 왜…… 이런 일에 협조했지?"

현무단주의 검법에 녹아 있는 백리 세가의 검법으로 보아, 현무단주는 아버지와 꽤 오랜 기간 대련을 반복하며 수련한 것을 알 수 있었다. 즉, 두 분은 꽤 친밀한 사이였다.

현무단주가 딱딱하게 답했다.

"맹주님께 받은 은혜에 보답했을 뿐이오."

"할 말은 그것뿐인가?"

"그래."

아버지의 표정은 평소와 다름없었지만, 나는 알았다. 아버지가 꽤 상처받았다는 사실을. 나는 참지 못하고 끼어들었다.

"아, 색마가 훔친 무공을 나눠 받은 걸 보통 은혜라고 하나요?"

이것이 역린이었던 듯 현무단주가 버럭 소리쳤다.

"네깟 게 뭘 알겠느냐! 팔자 좋게 태어난 주제에."

"오."

가만히 대화를 듣던 남궁완 아저씨가 빽 소리쳤다.

"넌 뭘 감탄하고 있어!"

나는 웃으며 말했다.

"아뇨. 저한테 팔자 좋게 태어났다고 하는 사람 처음 봐서요."

"뭐?"

나는 축축한 머리카락을 쓸어 넘기며 말했다.

"다들 그러던데. 제 어미가 누군지도 모르고 내공 폐인까지 돼서 팔자가 사납다고."

"……."

현무단주가 입을 조가비처럼 꾹 다물었다. 얼굴이 시뻘겋게 달아올랐다. 그리고 나는 뒤늦게 깨달았다.

'자, 자, 잠깐만. 여기 아버지도 계셨지?'

너무 생각 없이 던지고 봤다. 나는 원래 그러려고 했다는 듯이 피식 웃으며 말을 이었다.

"……물론 저는 그렇게 생각 안 하지만요. 이런 아버지를 두었다는 것만으로도 최고의 팔자라고 생각하거든요. 그렇죠, 아버지?"
말하며 아버지를 최대한 초롱초롱한 눈빛으로 바라보았다.
"……."
아버지는 이곳에 오신 후 내내 내게 살짝 화가 나 있는 듯 보였지만, 다행히도 어처구니없다는 듯 한숨을 내쉬며 고개를 절레절레 내저었을 뿐이었다. 내 말을 담아 두거나 하는 것 같지는 않았다.
나는 현무단주를 향해 다시 말을 이었다.
"현무단주께서는 불쌍한 아녀자들을 멋대로 납치하고 핍박하고…… 진실이 밝혀질 것 같자 죽여서 입을 막으려 들고."
"……."
"그러려고 검을 익히셨나 봐요?"
입이 열 개라도 할 말이 없을 것이다.
"그렇게 사는 사람들을 보통 뭐라고 하는지 아세요?"
"……."
"마두요. 당신들이 처단해야 한다고 소리치던 그 마두."
남궁완 아저씨의 미소가 아주 흐뭇했다.
"얹힌 게 다 내려가는 기분이구나."
아버지가 그만하라는 듯이 나를 불렀다.
"연아."
나는 어깨를 으쓱이고 물러났다. 현무단주가 괴로운 숨을 토해 내며 말했다.
"내가 이곳의 일을 알았을 때는 이미 위 맹주님께 무공을 사사한 후였다. 이미 누님은 맹주님과 성혼해 아이가 둘이나 있었지. 내가 뭘 어찌할 수 있었겠는가?"

이미 위지백과 문파의 운명이 얽힌 것이나 다름없었다. 게다가 위지백의 행태가 밝혀진다면 자신의 조카들이 얼굴을 들고 다닐 수 있겠는가?

남궁완 아저씨가 차갑게 말했다.

"하, 핑계는……."

현무단주가 남궁완 아저씨를 말없이 응시하다 입을 열었다.

"남궁 소가주, 자네에게도 사이좋은 누이가 있었지. 만약 자네라면 어땠을 것 같은가? 자네라면 이 일을 쉽게 밝힐 수 있을 것 같은가? 자네 누이와 조카의 인생을 제 손으로 진창에 넣을 수 있겠냐 말이다."

남궁완 아저씨의 눈에 불이 튀었다.

"어딜 감히! 이딴 더러운 짓거리에 내 혈육을 비유해?"

남궁완 아저씨가 현무단주에게 다가가는 것을 아버지가 가로막았다.

현무단주가 말을 이었다.

"나는 어떻게든 최대한 맹주님을 막으려고 들었네. 본래 이 정도로 심하진 않으셨어. 저자가 부추기지만 않았어도……!"

현무단주의 시선을 따라 벽 소가주에게 시선이 모였다. 어깨를 움츠린 채 대화 내내 눈치만 보고 있던 벽 소가주가 제자리에서 펄쩍 뛰었다.

"가, 갑자기 무, 무슨 소리를 하는 거요, 현무단주!"

모든 걸 자포자기한 듯한 현무단주의 어조에 분노가 서렸다.

"네놈의 가문이 맹주님을 부추긴 사실을 내 모를 거라 생각했느냐? 어떻게든 한자리를 얻고 싶어서 맹주님을 꾀어낸 것을!"

"웃기지 마시오! 부추긴다고 하는 놈이 병신이지!"

음, 이건 나도 벽 소가주의 의견에 동의했다.

폭로전은 계속 이어졌다. 현무단주가 분에 찬 목소리로 소리쳤다.

"아니, 네놈들이 나타나기 전까지는 맹주님도 내 말에 귀를 기울이셨다!"

"귀를 기울이기는 무슨? 아직도 위 맹주를 제대로 모르는군. 자네 앞에서만 사람 좋은 척한 거겠지! 쯧쯧. 우리가 없었으면 멈췄을 거라고? 흥! 우리가 알게 된 것도 위 맹주가 벽……!"

소리치던 벽 소가주가 갑자기 입을 다물었다. 제 말실수에 화들짝 놀란 모양새였다. 남궁완 아저씨가 눈썹을 치켜올리며 말했다.

"위 맹주가 뭐? 왜 말을 하다 마나? 궁금하게 말이야."

"벼, 별거 아니오."

"그건 내가 들어 보고 판단할 테니, 계속하시지."

"……."

그 순간이었다.

퍽!

옷자락이 펄럭이더니 벽 소가주가 바닥을 나뒹굴었다.

"커억!"

벽 소가주가 신음하며 바닥을 몇 바퀴 굴렀다. 그가 정신을 차리기도 전에 연달아 몇 번 더 걷어차였다.

눈물 콧물을 쏟고 있는 벽 소가주를 앞에 두고 남궁완 아저씨가 옷자락을 털며 말했다.

"의강, 자네 이자를 제대로 심문하긴 했나?"

남궁완 아저씨는 아버지가 대답도 하기 전에 멋대로 결론 내리듯 말했다.

"그랬을 리가 없지. 내가 제대로 심문하고 오겠네."

남궁완 아저씨가 벽 소가주의 멱살을 잡고 일으켜 세웠다.

"지랄 말고 일어나. 세게 차지도 않았어."

화들짝 놀란 벽 소가주가 제 멱살을 잡은 손목을 붙잡으며 아버지를 향해 외쳤다.

"대, 대협! 이건 약속이 다르지 않소! 내 목숨은 보장하겠다고……."

남궁완 아저씨가 벽 소가주의 말을 잘라 냈다.

"누가 죽인다고 했나? 계속 입 닥치고 있어."

앞뒤 가리지 않고 걸걸해진 말투를 보아 화가 머리끝까지 치솟은 듯했다. 공중에 뜬 채 버둥거리며 끌려가던 벽 소가주가 비명처럼 소리쳤다.

"벼, 벽기현!"

"……."

갑작스럽게 튀어나온 이름에 남궁완 아저씨가 발을 멈췄다. 남궁완 아저씨가 굳은 표정으로 물었다.

"……벽 소협? 그녀 이름이 여기서 왜 나오나?"

남궁완 아저씨의 말은 내 심정과 똑같았다.

벽기현.

야율 어머니의 성함이었다. 갑자기 왜 여기서 그녀의 이름이 나오는 거지?

"그, 그야 위 맹주가 벽기현을 노렸으니까! 그래서, 그래서 위 맹주의 본모습을 알게 된 것이오!"

남궁완 아저씨의 손에서 힘이 빠졌다. 허공에서 달랑거리던 벽 소가주의 다리가 바닥에 닿고, 벽 소가주는 다리가 풀린 듯 풀썩 주저앉았다. 벽 소가주가 겁에 질린 목소리로 말을 이어 갔다.

"벽기현 그 계집이 얼굴 하나는 반반하지 않았소? 위 맹주가 벽기현 그 계집에게 수작질을 해 보다 넘어오지 않으니…… 아, 아버지를 찾아왔소."

"……."

내가 입을 열려는 순간 옆에서 먼저 목소리가 들렸다.

"그래서?"

남궁류청이었다. 남궁류청이 딱딱하게 굳은 목소리로 되물었다.

"그래서 어떻게 됐는데?"

벽 소가주가 우물우물하며 말을 잇지 못했다. 불길한 예감이 들었다. 벽 소가주가 이리저리 눈치를 보며 말했다.

"그…… 정확히는 나도 모르는 일이야. 아버지와 위 맹주가 한 일을 내가 어찌 다 알겠느냐? 아니, 그리고 내 처지가 이렇다 한들 너보다 웃어른이거늘! 말투가 왜 그 따위더냐?"

이런 미친…….

'이 상황에서 아직도!'

벌떡 일어나려던 내 어깨를 남궁류청이 살짝 내리눌렀다. 남궁류청이 명령했다.

"잡아."

남궁 세가의 무사들이 벽 소가주가 움직이지 못하게 양팔을 틀어쥐었다. 그리고 남궁류청의 등이 내가 벽 소가주를 보지 못하도록 가로막았다.

스강!

"무, 뭐 하는…… 아아아악!"
희미한 빛이 번쩍이고, 뭔가 바닥으로 툭 떨어지는 소리도 들렸다. 굳이 무엇인지 확인하진 않았다.
남궁류청이 말했다.
"묻는 말에만 대답해."
남궁류청의 넓은 등 너머로 헐떡이는 숨소리가 들렸다. 하여간…… 성격 한번 불같다니까. 설마 아버지와 나까지 있는데 이럴 줄은 예상하지 못했다.
그때 현무단주가 말했다.
"남궁 공자, 그만하게. 내가 말할 테니."
남궁류청이 몸을 틀어 현무단주를 바라보았다. 그 덕에 벽 소가주의 꼴을 볼 수 있었다. 얼굴 한쪽이 피범벅이었다.
한숨을 쉰 현무단주가 말했다.
"벽 장주가 벽 소협을 맹주님께 바쳤네."
"바쳤다니, 무슨 뜻입니까?"
"말 그대로. 벽 소협이 저 산장에 잠시 있었다고 들었지."
"……."
"……."
잠깐 머리가 잘 굴러가지 않았다.
'그러니까…… 설마 저 산장을 빠져나갔다는 사람이……?'
나도 모르게 숨을 들이쉬며 입을 틀어막았다.
출구의 수중 동굴을 빠져나오며 생각했다. 무공을 익히지 않은 평범한 여인은 빠져나오기 힘들 거라고. 그리고 전에 탈출한 사람은 어떻게 여길 혼자 빠져나왔을까 하는 의문을 살짝 가졌다.

'그런데 벽기현이었다니.'

정말 무공을 익혀서 빠져나갈 수 있었던 거였어…….

"벽 소협이 산장을 빠져나갔고, 그 일로 큰 소란이 벌어졌기에 그때 이 산장에 대해서 알게 됐지."

현무단주가 벽 소가주를 바라보았다.

"알아본 바로는 맹주님은 벽 소협에게 혼인을 제안했다고 들었으나 뭔가 일이 틀어진 듯……."

그때 갑자기 벽 소가주가 버럭 소리쳤다.

"그래! 노비 주제에 제가 정말 벽가 사람이라도 되는 줄 알아?"

침묵하던 아버지가 입을 열었다.

"벽 소협이 위 맹주와의 혼인을 거절한 건가?"

추근거리던 위 맹주가 거절당했다고 하였으니 당연히…….

"그럴 리가! 그 계집년은 아버지가 혼인하라고 하니 두말없이 한다고 했지."

"……한다고 했다고?"

"그래!"

대체 무슨 생각으로 수락한 건지 알 수 없지만…… 혼인은 부모의 뜻에 전적으로 따르는 이들이 많았다. 벽기현도 그런 여인이었을지도 모른다.

그렇다면 대체 뭐가 문제였단 말인가?

벽 소가주가 미치광이처럼 소리쳤다.

"제 주제에 위 맹주와 혼인이라니!"

"뭐……?"

"더러운 핏줄 주제에 어딜 나대려고. 그년이 위 맹주와 혼인하면 다른 이들이 얼마나 비웃겠나!"

지금 대체 무슨 소리를 하는 거야?

나만 이해가 안 되는 게 아닌 모양이었다. 다들 나처럼 의아한 표정이었으니. 차라리 벽기현이 혼사를 거절하고, 그녀를 억지로 혼인하도록 몰아넣었다는 쪽이 나았을 정도로 진실은 더 추잡했다.

벽 소가주가 말을 이었다.

"그래서 내 아버지께 조언했지. 위 맹주와 벽기현을 혼인까지 시켜야겠냐고. 혼인은 내 누이와 시키고, 위 맹주가 계속 벽기현을 원하면 대충 놀다 버리게 하자고."

"……."

"그런데 위 맹주 머저리 같은 놈이 벽기현이 아니면 혼인할 이유가 없다고 거절하더군!"

당연하지!

벽기현은 당시 떠오르는 샛별이었고 무공, 재능, 성품, 용모 등 빠질 곳 하나 없었다. 하지만 벽가? 벽기현 빼고는 그저 그런 중소 문파일 뿐이었다.

"그랬더니 위 맹주가 뭐라고 했는지 아는가? 벽가에 마음에 차는 사람이 없다고? 웃기지도 않는 소리! 우리가 뭐가 모자라서! 그딴 천것 따위가 뭐가 잘났다고! 모두 벽기현, 벽기현! 그 계집 때문에 되는 일이 하나도 없었어!"

아버지가 가라앉은 목소리로 말했다.

"내 벽 소협과 가깝지는 않았지만, 그녀가 벽가에 성심을 다한 사실은 안다. 그런데 왜……."

벽 소가주가 아버지의 말을 자르며 소리쳤다.

"성심? 하! 먹여 주고 재워 준 게 얼만데 당연하지! 우리가 천한 것 팔자까지 고쳐 줬는데 감히 기어오르려 들어?"

그러니까…… 질투였다.

벽기현은 노비 출신인데도 재능 하나로 벽가에 입적됐다. 순식간에 벽가 혈족의 실력을 뛰어넘었고, 별 볼 일 없다고 알려졌던 벽가의 무공을 새롭게 보도록 만들었다. 게다가 그런 그녀의 재능에 감탄한 구파 일방 중 하나인 형산파에서 그녀를 제자로 원했다.

그 사실을 안 벽가의 다른 혈족이 벽기현 대신 가려고 했으나, 형산파에서는 오로지 벽기현만을 원했다. 벽기현은 벽가의 은혜를 저버릴 수 없다고 제안을 거절했고, 그런 인품을 높게 산 형산파는 그녀를 속가 제자로 들여 무공 일부를 사사했다.

거기서 끝났다면 미담으로 마무리되었겠으나…… 벽가는 그런 벽기현을 받아들일 수 있을 만큼의 그릇이 되질 못한 것이다.

모두가 충격을 금치 못해 말을 잇지 못할 때, 남궁류청의 싸늘한 목소리가 침묵을 깨트렸다.

"하나 묻지."

"여기서 뭘 더 물어보겠다는……!"

남궁류청이 검을 겨누자 벽 소가주가 흠칫 놀라며 입을 다물었다. 남궁류청이 말했다.

"야율이 이 일과 관련이 있나?"

벽 소가주의 얼굴이 일그러졌다.

"있다마다! 그 자식은 위 맹주의 아들인데!"

타닥타닥.

적막에 잠긴 밤하늘 아래, 타오르는 모닥불을 얼마나 바라보고 있었을까? 소리 없이 다가오는 기척이 느껴졌다. 누군지 알고 있기에 돌아보지 않았다.

"……불침번 시간은 멀었는데."

"잠이 안 와서. 어디 갔다 온 거야?"

"주변 경계."

나는 고개를 끄덕이며 모닥불에 장작을 더 집어넣었다. 불티가 확 튀어 올랐다가 가라앉았다. 남궁류청이 내 옆자리에 앉는 게 느껴졌다.

나와 남궁류청은 무한으로 돌아가는 중이었다. 본선까지 빠듯한 시간 탓에 마을에 들르지도 못하고 이렇게 야숙을 하고 있었다.

하지만 그것도 오늘이 마지막으로 여기서 이틀만 더 가면 도착이었다.

죄책감이라는 걸 아는 현무단주의 협조로 아직 위지백이 나의 실종과 남궁류청의 칩거에 대해 제대로 파악하고 있지 못하다는 사실을 알 수 있었다. 위지백은 지금 신경 써야 하는 일이 한두 개가 아니었다. 나와 남궁류청에게까지 관심 가질 틈이 없는 것이다.

게다가 아버지까지 오신 마당에 나와 남궁류청이 더 남아 있을 필요는 없었다.

그렇게 나와 남궁류청은 돌아가서 비무 대회에 예정대로 참여하고 뒷일은 두 어른들께 맡기기로 했다.

나는 한숨을 쉬며 하늘을 올려다보았다. 검게 드리운 장막 아래 흰

은하가 마치 흘러가는 강처럼 보였다. 고요하던 공터에 남궁류청의 나직한 목소리가 퍼졌다.

"알고 있었어?"

"응?"

"야율의 일."

"뭐? 내가 신도 아니고 어떻게 알겠어?"

"그래."

잠시 침묵한 후 남궁류청이 말을 이었다.

"그냥 왠지 너라면 알고 있을 것 같았어."

"……아니야."

나는 조용히 대답했다.

산장을 나온 벽기현은 당연히 바로 자신이 겪은 일을 고발하려고 했다. 하지만 그녀의 양조모가 한 번만 봐 달라며 빌었다고 한다. 그 양조모가 벽가에서 유일하게 벽기현을 살피고 아끼던 이였다나.

무릎을 꿇고 읍소하는 양조모의 모습에 마음이 약해진 건지, 혹은 모든 게 지긋지긋해서인지……. 벽기현은 산장을 없애고 부인들을 풀어 주겠다는 것을 약속받은 후 조용히 사라졌다고 한다.

'……그걸 믿다니.'

당연히 벽가와 위지백은 그 약속을 지킬 생각이 없었다. 벽가와 위지백은 그녀와의 약속을 지키는 척하며 비밀리에 그녀를 찾아다녔다. 그리고 끝내 몸을 숨겼던 벽기현을 찾아낸다.

본래 벽가의 목표는 그녀를 죽여 없애는 것이었다. 하지만 그녀를 찾아내고 놀라운 사실을 알아낸다. 야율의 존재였다. 그의 존재를 안 벽가는 마음을 바꾼다. 야율을 위지백의 약점으로 써먹을 수 있지 않을까 해서였다.

하지만 극양지체였던 야율은 어릴 적부터 자주 아파 약을 달고 살아야 했다. 심지어 그는 오래 살지 못할 거라는 진단을 받았다. 거기에 야율이 위지백의 아들이라는 증인이 될 벽기현마저 죽어 버리자 벽가에서는 야율을 조용히 처리하려고 했다.

하지만 이를 눈치챈 야율이 도망치고……. 후일, 모든 정황을 위지백도 알게 된다.

남궁류청이 야율에 관한 정보를 전혀 찾을 수 없었던 이유를 여기서 알 수 있었다. 위지백이 모두 지운 것이다.

'자신의 죄가 밝혀질까 두려워서.'

그간 의문이었다. 야율이 대체 어떻게 무림맹에 남아 있는 자신의 정보까지 모두 지울 수 있었는지. 그런데 이렇게 풀릴 줄이야.

또한 야율이 왜 무림맹을 적대하는지, 왜 모든 백도인을 증오하며 죽이려 드는지도…… 모두 알 수 있었다. 평범하게 살았더라면 복수는커녕 제 목숨조차 부지할 수 없었을 것이다.

'만약 내가 야율이었다면 어떤 선택을 할 수 있었을까?'

마도의 길을 걷지 않을 수 있었을까?

그때 남궁류청이 입을 열었다.

"내 조모님의 가문인 단목 세가는 마교와의 전쟁에서 거의 멸문까지 갔어."

뜬금없는 주제였다. 단목 세가. 남궁완 아저씨의 외가로, 세가로 불릴 만큼 융성했지만 지금은 간신히 명맥만 이어 나가고 있었다.

"단목 세가로 시집가셨던 고모도 마교에게 돌아가셨지."

이 또한 유명한 이야기였다. 남궁완 아저씨의 친누이와 그 가족이 어느 날 갑자기 살해당했다. 조사 결과 마교의 짓으로 밝혀졌다.

당시 남궁무철이 무림맹주였으니, 범인을 알아낸 후 벌어진 일들은 자명했다. 바로 혈채를 받아내기 위한 싸움이 벌어졌다. 정마 대전이 벌어지기 일촉즉발까지 갔었다고.

남궁류청이 말을 이었다.

"아버지께서 어릴 적 조부님이 맹주직으로 바쁘셔서, 아버지께서는 고모님 손에서 자라셨대. 아버지께 고모님은 어머니나 다름없는 분이셨다더군."

"아……."

확실히, 남궁완 아저씨가 마교라는 이름만 들어도 치를 떨 법했다.

"그때 내 어머니도 함께 돌아가실 뻔했지."

"소부인도?"

"응."

그 이야기는 처음 들었다.

과거의 나는 남궁류청을 연모했기에 그에 대한 모든 것을 알아보고 다녔다. 그런데 이 이야기는 완전 처음이었다.

"고모가 만월연을 열어 어머니께서 참석하러 가셨거든."

만월연이란 아이가 태어난 지 한 달째 된 것을 축하하는 자리였다. 영아 사망률이 워낙 높은 시대였다. 한 달이 지나면 위험한 고비는 넘겼다는 뜻에서 축하하는 의식을 벌이는 것이었다.

"그런데 만월연에 참석하러 가던 어머니께서 마차 멀미를 심하게 하셨다더군."

"……."

"제때 도착하지 못할 것 같던 어머니는 일단 선물만 먼저 보내기로 했대.”

하루 차이였다. 그 하루가 남궁류청의 어머니 목숨을 살렸다.

“어머니가 도착했을 땐 연회장은 시신으로 가득했지.”

“…….”

“암영단.”

“살수?”

나는 무심코 반문했다.

“마교의 살수들.”

“…….”

“아버지는 오랫동안 그들을 추적했지만…….”

살수들은 본래도 은밀히 움직인다. 그런데 마교의 살수단이라니. 잡을 수 있을 리가 없었다.

침묵하던 남궁류청이 다시 입을 열었다.

“어머니는 본래 마차 멀미를 하시는 분이 아니셔.”

“……하늘이 도왔네.”

“어머니도 모르셨는데, 당시 나를 임신하셔서 입덧이 마차 멀미처럼 온 거였다더군.”

그리고 만월연의 충격으로 배 속의 남궁류청도 유산할 뻔했다고 한다. 그 뒤로도 몇 번 고비를 넘기며 아슬아슬하게 남궁류청을 낳아서인지, 소부인은 그 뒤로 아이를 가질 수 없었다고.

내게 갑자기 이 이야기를 해 주는 건…….

‘설마 야율에 대해서 알고 있나?’

잠시 고민해 본 나는 부인했다. 그럴 리 없었다.

하지만…… 남궁류청도 짐작하는 것이다. 만약 야율이 이 진실을 모두 알았다면, 마교에 들어갔을지도 모른다고. 그래서 내게 알려 주는 것이다. 무슨 사연이 있더라도, 자신은 결코 마교와 공존할 수 없다는 걸.

"……."

"……."

탁탁 모닥불이 타오르는 소리만 들렸다. 아스라이 밤을 밝히던 별빛이 구름 아래로 사라졌다.

얼마나 그렇게 있었을까?

갑자기 어깨에 툭 묵직한 무게감을 지닌 것이 기대오는 게 느껴졌다.

나는 순간 뻣뻣하게 굳었다.

'뭐야?'

살짝 고개를 틀어 바라본 남궁류청의 얼굴이 내 숨결에 닿을 듯 가까웠다. 속눈썹 개수까지 남김없이 모두 셀 수 있을 정도였다. 풍성한 속눈썹을 바라보며 감탄하다 뒤늦게 정신을 차리고 불렀다.

"……류청?"

미동이 없었다.

'설마…… 잠든 거야?'

그때 가라앉은 목소리가 들렸다.

"미안한데…… 너 먼저 가."

"뭐?"

스르륵. 남궁류청이 내 어깨에서 무릎 방향으로 쓰러졌다.

"류청?"

"……."

"너 뭐야, 왜 그래!"

그제야 이상한 점을 눈치챘다. 최대한 태연한 척 숨을 쉬고 있었지만, 남궁류청의 목덜미가 식은땀으로 가득했다.

'낮에 봤을 때까지는 괜찮았는데?'

열이 들끓는 이마 아래 남궁류청의 숨이 무척 뜨거웠다.

무림맹 본단.

비무 대회 본선 첫날이 밝았다.

"와아아아아아!"

수년 만에 열리는 축제인 만큼 무수한 인파가 몰려왔다. 며칠을 이어지던 예선과는 비교도 되지 않을 정도였다. 족히 천여 명은 돼 보이는 인파들이 목조로 만든 단상 위를 빼곡히 채웠다.

후끈 달아오른 분위기 속에서 유달리 눈에 띄는 이들이 있었다. 백색 무복을 입은 사람들. 그들은 모두 죽상을 짓고 있었다. 백색 무복인 중 제일 나이가 어려 보이는 소녀는 고개를 빼고 비무장 입구 부근을 계속 살폈다.

그때 옆자리의 연분홍빛 무복을 입은 눈이 번쩍 뜨이게 아름다운 소녀가 초조함을 감추지 못한 목소리로 물었다.

"아직도 연락이 없어요?"

백색 무복을 입은 무사들이 답했다.

"……없습니다."

"아 씨, 미치겠네. 더는 미룰 수 없는데."

"서 소저께서는 먼저 가시지요. 대공자님께서 최대한 시간을 끌어

보신다고……."

그때 발을 가만히 두지 못하고 초조하게 구르던 백색 무복의 소녀가 갑자기 어디론가 달려 나갔다.

"아가씨이이익!"

그 뒤를 서 소저라 불린 소녀도 뒤쫓았다.

"이제 오시면 어떻게 해욧! 기권패하시는 줄 알았다고요!"

"벌써 무림맹 무사가 몇 번이나 찾으러 왔는지 알아?"

"미안, 미안해."

나는 진진과 서하령에게 사과하며 남궁류청을 돌아보았다. 숨을 가다듬는 남궁류청은 겉으로 보기에는 멀쩡해 보였다.

화살에 독이 있었다. 다행인 것은 남궁류청이 화살을 맞았을 때 물속이었다는 점이었다.

독 자체는 대부분 다 물에 씻겨 나갔다. 상처를 살핀 내가 알아채지 못할 정도였으니, 큰 문젯거리가 되진 않았다. 푹 쉬었다면 말이다.

비무 대회에 제때 도착하기 위해 강행군을 한 것이 문제가 되었다. 피로가 누적된 상태로 상처 부위를 계속 움직이다 보니 덧나고 만 것이다.

상처를 입은 부분에 치유를 위해 기운이 모이는 것은 자연스러운 일이었다. 그래서 상처 주위에 기운이 과하게 모인 것을 보고도 무심히 넘어갔다.

아니, 정확히는 야율의 이야기에 정신이 팔려서였다.

미약하게나마 스며든 독은 이미 남궁류청이 자체적으로 제거한 상태였기에 내가 해 줄 수 있는 건 자연지기를 불어넣어 기운을 차리게 돕는 정도였다.

남궁류청은 이틀 정도 요양하자 겨우 움직일 만해졌다. 원래는 더 쉬어야 했지만…….

"벌써 시작했어!"

서하령이 앞서서 비무 참가자들의 대기석으로 향했다. 뒤를 따르던 내 눈에 붉은빛의 차양 아래 놓인 관전석이 보였다. 명문 정파들과 무림맹 수뇌들이 모인 곳이었다. 그리고 위지백이 가장 앞에 자리하고 있었다.

그는 진중하고 품격 있는 태도로 제게 말을 거는 이들을 응대하고 있었다. 지금껏 사람들을 완벽하게 속인 데는 저 강직한 무인 느낌의 호감형 외모도 한몫했을 것이다.

'저 인간이 야율의 친부라니.'

믿기지 않았다. 닮은 점이라고는 전혀 찾아볼 수 없었다.

"뭐 해, 빨리 와!"

고개를 끄덕이고 서하령의 뒤를 좇던 나는 또다시 못 박힌 듯 섰다. 내 시선은 겹겹이 겹쳐 있는 일반 관중 너머 비무장을 향해 있었다.

본선은 일대일 비무였다.

규칙은 간단했다. 한쪽이 패배를 인정하거나, 계속 싸울 수 없는 상황이 되거나, 비무장 밖으로 나가면 끝이었다.

나는 목조 망루처럼 생긴 관중석으로 훌쩍 뛰어올랐다. 망루에 있던 자들이 깜짝 놀라며 소리쳤다.

"아이씨, 뭐야?! 여긴 내 자리야, 너 때문에 안 보이……!"

"누구…… 헉! 자네 쉿, 조용히 하게. 저 여인, 백리 소저일세."

"뭐?"

그들의 말을 제대로 듣지도 못한 채 비무장을 내려다보았다. 원형으로 만든 비무장은 예선과 비교하면 족히 두 배는 더 넓어져 있었다. 그 넓어진 비무장에 이미 두 사람이 얽혀 있었다.

내 뒤로 뒤따라온 기척이 느껴졌다.

"헉, 남궁 공자!"

"옆에는 서 소저 아니오? 본선 참석자들이 왜 여기에……?"

남궁류청이 잠긴 목소리로 말했다.

"갑자기 왜 그래?"

그는 전혀 모르는 기색이었다. 못 알아보는 것이 당연했다. 심지어 본래 그가 익혔던 것과는 다른 무공을 쓰고 있었으니까.

나를 의심스럽게 바라보던 남궁류청이 서하령을 향해 물었다.

"위 공자 상대가 누구지?"

서하령이 깜짝 놀라 남궁류청을 보았다.

"너 목소리가 왜 그래? 완전 쉬어 터졌어."

"쓸데없는 소리 말고."

서하령이 말했다.

"추도문의 적야. 실력은 그닥이라고 하던데."

남궁류청이 눈살을 찌푸렸다. 처음 들어 본다는 얼굴이었다. 나는 남궁류청을 향해 전음했다.

[야율이야.]

남궁류청이 처음에는 이해를 못 한 듯하다가 뒤늦게 눈을 부릅뜨고 바라보았다.

"……!"

본선 첫 비무.

위구중과 야율이었다.

화려한 금색 무복의 위구중이 휘황한 검을 뽑아 들었다.

상대는 장식조차 거의 없는 흑색 무복에 눈에 띄지 않는 평범한 외모의 청년이었다. 허리춤의 검도 어디서 구했는지 모를 싸구려 철검처럼 보였다.

추도문의 적야.

"별거 없는 문파다. 이번 본선에 올라온 이 중에 가장 약하다 추정되더구나."

"설마 일부러 그런 자와 비무하도록 한 겁니까? 스승님, 굳이 이러실 필요 없습니다. 제 실력을 믿지 못하시는 겁니까?"

"당연히, 패배할 거라고는 생각하지 않지."

"그럼 어째서……?"

"그러나 그저 그런 승리는 필요 없다. 아직도 모르겠느냐? 네가 왜 가장 첫 비무인지, 왜 저런 대진을 하게 된 것인지."

압도적인 모습을 보이기 위해서.

예선과 같은 방식이었다. 그냥 우승으로는 만족하지 못하는 것이다.

스승과의 대화를 떠올린 위구중이 살짝 혀를 찼다. 불만스러웠다. 하나부터 열까지 모두 제 뜻대로 통제하려는 스승의 행동이 마음에 들지 않았다. 하지만 뭐…… 제게 나쁜 상황인 것도 아니었다. 초반에

쉬운 놈을 만나 힘을 아끼며 올리기는 것도 나쁘진 않을 테니.

그리고 무심히 상대를 바라본 위구중은 눈썹을 불만스럽게 꿈틀거렸다. 상대의 모습이 너무 평온했기 때문이다.

보통은 잔뜩 긴장하기 마련이었고, 가끔 주제 모르는 것들은 그와 검을 마주할 수 있어 영광이라고 여기곤 했다. 그런데 지금 상대에게선 그런 모습은 눈을 씻고 찾아봐도 보이지 않았다.

아니, 오히려 약간 지루해 보이기도 하는 기색이었다.

어처구니가 없었다.

"추도문의 적야, 자신감이 대단하군?"

상대가 고개를 갸웃 기울이더니 답했다.

"그쪽도."

"……뭐, 뭐라고?"

생각도 못 한 대답에 위구중이 귀를 의심했다. 이거 머리가 모자란 놈인가?

"위지백이 너를 가장 아낀다지?"

잠시 멍한 얼굴을 한 위구중이 뒤늦게 소리쳤다.

"맹주님의 성함을 함부로 부르지 마라!"

"싫은데."

"뭐? ……이거 완전 정신 나간 놈이로군."

위구중 손에 든 보검에 선명한 검기가 맺혔다.

우웅.

"내 네 정신을 좀 교육해야겠구나."

위지백의 입가에 비틀린 미소가 맺혔다.

"비무대에서 벌어진 일에는 아무도 책임을 묻지 않지."

날붙이들이 아무런 제재 없이 날아다니는 비무장이었다. 어떤 사고가 일어날지 아무도 예상할 수 없었다. 창상을 입는 것은 당연했고, 손가락부터 팔다리까지 날아가는 부상도 허다했다. 운신 못 할 정도의 중상을 입는 경우도 많았다.

"어디 그 평온한 낯짝이 어떻게 일그러지는지 한번 봐야겠구나."

위구중의 움직임은 매우 빠르면서도 은밀했다. 무영신투의 보법과 경신술은 무림일절이라고 불려도 손색없을 정도였다. 그 무공이 없었다면 그가 어떻게 그런 수많은 범죄를 저지를 수 있었겠는가?

위지백은 무영신투의 무공을 사람들이 알아볼 수 없을 정도로 살짝 변형하여 자신의 독문무공으로 만들었다. 위지백의 제자인 위구중 또한 그 무공을 익혔다.

눈앞에 보이는데도 그 위치를 명확하게 느낄 수가 없었다. 마치 위구중이 비무대 위에 여럿 있는 느낌이었다. 분명 왼쪽으로 다가오는 듯싶었는데 공격은 오른쪽에서 들어왔다. 오른팔 어깻죽지를 노린 공격. 위구중이 얄미운 웃음을 지은 채 말했다.

"네 그 세 치 혀를 원망하거라."

팔을 잘라 가겠다는 듯이 피하기 어려운 검로로 다가온 칼이 상대를 감싸고, 그대로 둘로 가르는가 싶었으나…….

챙!

그가 한낱 철검이라고 무시한 검에 허망하게 막혔다.

"음?"

뭔가 잘못되었다고 느낀 위구중이 재빨리 보법을 밟으며 빠져나가려 했다. 하지만 상대의 검이 더 빨랐다. 위구중이 눈을 부릅떴다.

짧은 찰나, 미래를 느끼기라도 한 걸까? 위구중의 얼굴이 공포로 일그러졌다.

"잠……."

그것이 위구중의 유언이었다.

털썩.

위구중이 비무장에 널브러졌다.

나직한 목소리가 시신에 닿았다.

"생각보다 별로…… 재미없네."

비무장 위에 흩뿌려지던 핏물. 그대로 쓰러진 위구중의 모습은 언뜻 보면 질 낮은 장난처럼 보였다.

"……."

"……."

죽음 같은 침묵이 좌중을 감쌌다. 반 박자 늦게 비무장 위로 몇 사람이 황급히 뛰어올라 왔다.

"의원! 의원!"

비무장 근방에서 대기하던 하늘색 장삼을 입은 의원이 황급히 비무장 위로 올라왔다. 그러자 마치 둑이 터진 것처럼 관중이 웅성거리기 시작했다.

"뭐가 어떻게 된……?"

"설마 죽은 거요?"

"에이, 설마. 위 맹주의 제자거늘."

"그럼 왜 일어나지 않고 있단 말이오?"

위구중의 맥을 짚은 의원의 눈동자가 흔들렸다. 의원이 천천히 고개를 저었다. 의원과 함께 올라온 심판관인 황색 가사를 입은 승려가 당혹을 감추지 못한 목소리로 소리쳤다.

"추도문의 적야, 스, 승!"

서로 얼굴을 바라보던 관중이 입을 맞춘 것처럼 환호성을 질렀다.

"와아아아아아!"

"첫 비무부터 아주 후끈하구먼!"

"추도문? 대체 어떤 문파이길래 이런 실력자가 나타난 거요?"

"당연히 위 공자가 승리할 줄 알았거늘. 추도문의 검이 이렇게 날카로울 줄이야."

도박판 쪽은 특히나 더 순식간에 엉망이 되었다.

"으하하하하하!"

"잠깐! 이건 아니오! 말도 안 돼!"

"빌어먹을. 자네는 얼마나 잃었소?"

미친 것 같은 웃음소리와 절규. 돈을 잃은 쪽은 잃은 대로 딴 쪽은 딴 대로 난리도 아니었다. 그들에게 위구중의 죽음은 스쳐 가는 일 중 하나였다. 몇몇 사람만 눈치를 보며 속삭이듯 이야기했다.

"아니, 아무리 비무에서 있었던 일은 묻지 않는다지만…… 너무 잔혹하군."

"굳이 죽일 것까지야 있었는지."

"설마 고의겠소? 그보다 저 적야란 자는 후폭풍을 어찌 감당하려는지."

"글쎄. 야밤에 어디서 눈먼 칼이 날아오는 건 어쩔 수 없지 않겠소? 뒷배가 있는 게 아니고서야. 솔직히 제정신이 아니지."

흥분한 군중과 강호인들의 대화가 들렸다.

승리를 확정받은 야율이 비무장을 내려가려 할 때였다.

"네 이놈!"

고함이 마치 천둥 같았다. 고막이 웅웅거리는 느낌이 들 정도였다. 심약한 사람들은 다리가 풀려 풀썩 주저앉기도 했다.

위지백의 얼굴은 분노에 차 있었다. 품위 있게 굴던 연기를 집어치운 모습이었다. 제가 가장 아끼던 제자가 이 꼴이 되었는데 태연할 수 있을 리가 없었다.

심지어 위지백 정도 되는 고수라면…… 야율이 위구중을 죽이지 않고도 제압할 수 있었다는 걸 알 것이다. 물론 그걸 제 입으로 말할 수는 없겠지만.

"네놈의 정체를 밝혀라."

위지백이 참관인석에서 천천히 일어났다. 해일 같은 기세가 야율을 꼼짝 못 하게 짓눌렀다. 그야말로 압도적이었다. 확실히 마두와 비견될 비열한 짓거리를 저지르고도 뻔뻔하게 고개를 들고 다닐 수 있을 정도로 강자라는 게 느껴졌다.

여기서 누가 위지백을 막을 수 있을까?

그때였다.

"거기까지 하게나."

태고 진인이었다.

"맹주, 아끼는 제자를 잃은 비통함은 이해하나 천하제일을 가리는 자리. 승부는 승부요."

위지백이 태고 진인을 노려보았다.

"비무대에서 일어난 모든 일은 어떠한 책임도 묻지 않는 걸 잊은 겐가, 맹주?"

"……."

"승자를 존중하시게."

"……."

태고 진인이 야율을 보며 말했다.

"매우 인상 깊었네. 앞으로 지켜보겠네."

태고 진인이 이만 물러가라는 듯 야율에게 눈짓했다.

"맹주, 무얼 하는가? 계속 그러고 있을 겐가?"

태고 진인의 재촉에 못 이겨 위지백이 다시 자리에 앉았다. 야율은 맹주를 한 번 바라보았다가 비무대를 내려갔다. 뒤따라 위구중도 실려 가고 비무대를 정돈할 이들이 서둘러 올라갔다.

와장창!

우뚝 솟은 소나무를 조각한 벼루가 바닥을 나뒹굴었다. 자제 없이 내뿜는 위지백의 기세는 폭력적이기까지 했다.

"추도문의 적야. 분명 자네가 문제없다고 하지 않았나? 이게 대체 어찌 된 일이지?"

벌벌 떠는 이는 왕조학이라는 이로 위지백의 동서였다.

"그…… 저도 어찌 된 영문인지…… 분명 예선에서는 별 볼 일 없었…… 죄송합니다."

그리고 이번에 대진표를 짜는 일을 맡았다.

"내 자네를 믿고 일을 맡겼는데, 이번에 아주 큰 실수를 했어."

"죄송합니다."

"말뿐인 건 필요 없네. 자네 생각을 말해 보게. 이제 어찌해야 할 것 같은가?"

"그…… 명령을 내려 주시면……."

쾅!

탁상을 내리치는 소리가 마치 뺨을 내리치는 듯한 충격이었다. 깜짝 놀란 왕조학이 머리를 짜내 말했다.

"그 정도의 인물이 아무 배경도 없이 나타났을 리가 없어 보입니다."

정답이었는지 위지백의 표정이 조금이나마 풀렸다.

"분명 마교와 연관이 있을 겁니다."

굳은 얼굴의 위지백은 강직한 무인의 낯이었다.

"그런 위험 종자를 이대로 가만두면 무림맹 본단에 무슨 혼란이 일어날지 알 수 없네."

위지백의 말은 추도문의 적야를 무슨 수를 써서라도 붙잡아 오라는 뜻이었다. 어쨌든 붙잡아 금옥에 처넣기만 한다면 그는 원래 정체가 무엇이든 마교의 끄나풀이 될 것이었다.

"예. 맡겨 주십시오."

"……가 보게."

축객령을 받은 왕조학이 조심스럽게 방을 빠져 나왔다. 그러다 문 앞에 서 있는 인물을 보고 깜짝 놀랐다.

"대부인."

위지백의 첫째 부인이었다. 이제 손자 손녀가 있을 나이의 그녀는 얼굴에서 아직도 젊었을 적의 자색이 엿보였다.

왕조학이 뒤늦게 정신을 차리고 인사를 올렸다.

“맹주님을 뵈러 오셨습니까?”

대부인이 고개를 끄덕였다.

“그…… 맹주님의 심기가 불편하실 텐데…….”

“이미 다 들었으니 걱정하지 마시오.”

그 말을 뒤로하고 대부인이 위지백의 방으로 들어갔다.

위지백 또한 그녀의 방문을 알고 있었다. 위지백은 제 검병을 매만지고 있었다. 엉망인 방을 보고도 대부인은 별로 놀라지 않았다. 스무 해를 넘게 부부로 같이 살다 보면 본성을 알 수밖에 없었다. 위지백은 그녀를 보지도 않고 말했다.

“무슨 일로 오셨소? 급한 일이 아니라면 나중에 말하는 게 어떻소?”

대부인이 둥근 의자에 앉으며 말했다.

“구중이의 장례 때문에 왔습니다. 어찌할까요?”

검병을 쥔 위지백의 손에 힘이 바짝 들어갔다.

“놀리러 온 것이오? 구중이를 언제부터 아꼈다고 이리 챙기시오?”

대부인은 대답하지 않고 위지백을 바라보았다. 위지백이 내뱉듯 말했다.

“알아서 준비하시오. 내 거기까지 신경 쓸 정신은 없으니.”

아끼던 제자의 죽음이었음에도 슬프거나 안타까운 심정은 없어 보였다.

“그리 지원을 했는데. 못난 놈 같으니. 그토록 수련하라 말했건만 자만에 빠져서는……!”

아니, 오히려 그의 죽음을 한심하게 여기고 있었다.

“용건 끝났으면 이만 나가 보시오.”

“하나 더 있습니다.”

위지백이 살짝 짜증스러운 표정을 지었다.

"간단합니다. 제 동생이 너무 오랫동안 보이지 않아서요."

"현무단주는 왜 찾으시오?"

"누이가 동생의 안부를 찾는 데 꼭 이유가 필요합니까? 부탁할 것이 있기도 했습니다. 그런데 아무도 현무단주가 어디 있는지 모르더군요."

"……."

대부인이 물끄러미 바라보며 말했다.

"상공의 호위단 단장이니 제 동생이 어디 있는지는 상공이 아시겠지요."

"……곧 올 것이오."

"언제쯤 온답니까?"

"오면 알려 줄 테니 신경 쓰지 말고 있으시오."

위지백을 바라보던 대부인이 한숨을 내쉬며 일어났다.

"돌아오면 저를 찾아와 달라고 전해 주시지요."

그녀가 방을 빠져나가고 잠시 후.

위지백은 굳은 얼굴로 전각을 빠져나왔다. 어디론가 황급히 향하던 위지백의 발걸음이 그의 앞을 막아서는 이들을 보고 멈췄다. 장로회의 사람들이었다.

위지백의 눈매가 좁아졌다. 그의 눈이 전각 앞에 선 이들을 훑어보았다. 장로회의 거의 모든 문파가 다 모인 듯 보였다. 이렇게 모두 모일 때까지 자신에게 소식이 들어오지 않았다니.

소란에 맹주부의 무사들이 잔뜩 몰려와 장로회 인물들의 앞을 가로막고 있었다.

위지백이 싸늘한 목소리로 말했다.
"다들 연락도 없이 맹주부에는 무슨 일이오?"
"위 맹주, 현무단주는 어디 갔소? 맹주의 호위가 아니오?"
"잠시 일이 있어서 떠났소."
누군가 코웃음을 치는 소리가 들렸다.
스님이 맹주부의 무사들을 둘러보았다. 맹주부 무사들은 갑자기 쳐들어온 장로회의 사람들을 불만스럽게 노려보고 있었다. 당장에라도 이게 무슨 무례한 짓이냐며 소리를 칠 듯싶었다. 위지백에 대한 무한한 충성이 느껴지는 모습이었다.
스님이 씁쓸한 낯을 한 채 입을 열었다.
"아미타불. 위 맹주, 위 맹주에 관해서 고발이 들어왔소."
"고발이라니?"
"일단 따라와 주시길 바라오. 우리가 여기서 이야기를 꺼내서 좋을 것 없을 듯싶소만."
위지백이 꽉 쥔 주먹에 핏줄이 바짝 섰다. 다들 그에게서 풍기는 위협적인 분위기에 눈치를 보며 말을 멈추었다. 이에 상황을 관망하던 공손방 총사가 나섰다.
"위 맹주, 우리는 그대의 체면을 마지막으로 지켜 주려는 것이오. 이를 거부한다면 우리도 어쩔 수 없소."

본선 일차는 다들 무난하게 승리했다. 몸 상태가 좋지 않았던 남궁류청조차 문제없었다. 오히려 몸 상태 때문에 성질이 난 남궁류청이 빠르게 끝내고자 일격에 상대를 쓰러트려서 관중들이 그의 이름을 연호하기 바빴다.

그렇게 모두 비무를 마친 후, 야율을 만나 보려 했으나 불가능했다. 통행금지령이 떨어진 것이다. 손님을 비롯해 비무 대회 참가자들까지 모두 자신의 숙소를 벗어나지 못하게 되었다.

말도 안 되는 처사에 사람들이 항의했으나 무림맹의 태도는 굳건했다. 비무 대회 일정 자체가 통째로 멈췄다. 심상치 않은 일이 벌어졌다며 다들 무슨 일인지 파악하기 바빴지만, 우리는 위지백의 일 때문이란 걸 알 수 있었다.

이튿날, 남궁완 아저씨가 현무단원들과 함께 먼저 귀환했다. 그리고 사흘 후에는 아버지가 열 명 정도 되는 부인들과 함께 본단에 도착했다.

비무 대회가 중단된 지 일주일. 다시 비무 대회가 재개되었다.

"엇, 저기, 저기 저기! 백리의강 아닌가?"

"엇? 정말이잖나? 백리 세가 대표는 다른 사람 아니었나?"

아버지가 무한에 도착한 지 이틀이나 지났으나 나도 아버지가 도착하신 날 빼고는 오늘 처음 보는 것이었다. 그 옆의 남궁완 아저씨도 마찬가지였다. 그리고 두 분이 계신 무림맹의 주요 인물들이 모인 자리는 전보다 눈에 띄게 듬성듬성했다.

그때 공손방 총사가 비무대 앞 단상 위로 올라섰다. 주변이 술렁거리는 것이 느껴졌다. 심각한 표정의 참가자들 너머로 일반 관중의 대화가 들렸다.

"뭐야? 왜 공손 총사가 올라가지? 오늘 위 맹주는 안 나오는 건가? 자리에도 없고? 천하 십강 얼굴이나 한번 볼 수 있을 줄 알았더니만!"

"천하 십강이래 봐야 별것도 없더구먼. 그 제자가 단칼에 죽는 거 못 봤나?"

"아니, 그런데 왜 안 나타나는 게지? 아끼던 제자가 죽어서 상심했나?"

"상심은 무슨, 쪽팔린 거겠지. 그거 아나? 본인이 위 맹주의 제자라고 패악질이 어마어마했다더군."

"그걸 내버려 뒀다고?"

"위 맹주가 있는데 누가 그 제자에게 뭐라고 할 수 있겠는가?"

"아무리 그래도 정파 아닌가?"

"예끼, 아직도 모르나? 정파 놈들이라고 깨끗할 거란 생각 버리게."

그 말에 나 또한 가슴 깊이 동의했다.

단상에 올라선 공손 총사가 내공을 담은 목소리로 말했다.

"무림맹의 총사를 맡은 공손 세가의 공손방입니다. 불의의 일로 비무 대회가 잠시 지체되었습니다. 심려를 끼쳐……."

공손 총사는 짤막한 사과를 하며 앞으로의 일정, 변경된 대진표 등에 대해 간단히 공지했다.

끝까지 위 맹주가 어찌 되었다는 언급은 없었다. 위 맹주에 관한 소문도 그의 제자와 얽힌 일 정도일 뿐. 산장의 일은 티끌만치도 새어 나오지 않았다.

나는 참가자들의 대기석을 훑어보았다. 심각한 낯의 참석자들 사이 남궁류청은 애써 화를 눌러 참는 모양새였다. 야율은 오늘 상대가 기권이라 자리에 없었다.

"그럼 비무 대회 본선 둘째 날을 시작하겠소!"

와아아아아아!

함성이 비무장을 가득 채웠다.

비무를 마친 후, 뒤집어쓴 먼지를 씻어 내고 방으로 돌아왔을 때였다.

방에는 손님이 있었다. 공손월이었다. 무한으로 돌아오고 나서 어째 만나기가 어려워 이렇게 만나는 건 처음이었다.

공손월은 간단한 외출복이 아닌 당장 긴 여행을 떠날 것 같은 복장이었다.

"어디 가시나 봐요?"

"아…… 아버지께서 가문으로 돌아가라고 하셔서요."

나는 눈썹을 치켜올렸다.

'아직 비무 대회 중인데 돌아간다고?'

아니 뭐, 공손월은 본래 비무 대회 참석자가 아니었으니 언제 돌아간들 문제는 없었다. 하지만 누가 봐도 급하게 돌아가는 모양새였다.

"그래서 사과 겸 작별 인사를 하러 왔어요."

공손월이 고개를 숙이며 말했다.

"이번 일은 정말 죄송했어요. 제가 멋대로 일을 벌인 바람에…… 저 때문에 얽혀서 고생이 많으셨죠?"

공손방은 오랫동안 위지백과 함께 무림맹을 이끌어 왔다. 그런 공손방이 위지백의 행태를 전혀 몰랐을까?

'아니. 그럴 리 없지.'

몰랐다면 자격이 없는 인간이고.

하지만 이미 공손월이 위 맹주와 척을 져 버렸다. 그러니 이젠 먼저 쫓아내지 않는다면 곤란해지게 된 것이다. 공손월의 아비인 공손방이 화가 많이 났을 건 당연지사.

나는 미간을 찡그렸다. 공손월은 아무렇지 않다는 듯이 말했다.

"아 참, 그리고 떠나는 날이 급하게 결정된 바라 하령이는 아직 몰라요."

급하게 결정은 무슨……. 공손월이 또 무슨 허튼짓을 할까 봐 운신할 수 없게 막았을 것이다.

"하령이에게 이렇게 떠나게 돼서 미안하다고…… 소저께서 대신 인사 전해 주세요."

나는 잠시 머뭇거리다 물었다.

"……류청은요?"

"류청에게도 여기 오기 전에 먼저 작별 인사를 했어요."

"뭐라던가요?"

"미안하다고, 고생했다고, 잘 가라고 하던데요."

나는 인상을 찡그렸다.

'이렇게 그냥 보낸다고?'

공손월도 큰 미련은 없어 보였다. 새삼 다시 깨달았다. 나로 인해 둘의 관계가 예전과는 달라졌다는 것을.

"……."

"아쉽게 되었네요. 비무 대회 우승자가 누굴지 궁금했는데요."

"크흠."

그때 갑자기 공손월의 뒤쪽에 그림자처럼 있던 시비가 헛기침했다. 잠시 침묵한 공손월이 또다시 이어진 헛기침에 몸을 일으켰다.

"아. 그럼 이만 가 볼게요. 건승을 바라요."

씁쓰레한 웃음을 짓는 모습조차 한 폭의 그림 같았다. 그러고는 천천히 일어나 인사했다.

문을 나가기 직전.

"잠깐만요."

뭐…… 굳이 공손월의 공을 밝힌다고 내게 이득이 되는 건 없었다. 나와 공손월이 친밀한 것도 아니었고. 그저 위지백 때문에 잠시 협조한 관계였을 뿐이다.

"기가 막히네요. 지금 일을 이렇게 벌여 놓고 그냥 집에 돌아가겠다고 하면 끝인가요?"

"예?"

공손월이 얼떨떨한 낯으로 눈을 깜빡거렸다.

"공손 세가는 일을 이런 식으로 처리하는 건가요? 공손 총사님, 지금 어디 계시죠?"

나는 느긋한 걸음걸이로 처소로 돌아왔다. 굳이 공손월을 내가 도울 필요가 있었나 싶긴 했지만…….

그냥 돕고 싶었다. 나도 내가 왜 그녀를 도왔는지 알 수 없었다.

아버지는 현재 나와 같은 처소에 머무르고 계셨다. 말은 머문다고 하셨지만, 방에 제대로 들어오신 건 오늘이 처음이라고 할 수 있었다.

그리고 아버지의 방에는 색다른 손님도 자리하고 있었다.

"……네."

기어들어 가는 듯한 목소리의 주인은 백리리였다. 살짝 열려 있는 문 사이로 백리리가 고개를 푹 숙이고 있는 것이 보였다.

백리리는 아버지를 엄청나게 무서워했다. 아마 거의 할아버지만큼 무서워한다고 볼 수 있기에 이렇게 같은 방에 있는 모습은 매우 의외였다. 지금도 감히 눈도 마주치지 못하고 안절부절못하는 모습이었다.

"저…… 그럼…… 가 봐도……?"

"그래. 가 보거라."

벌떡 일어난 백리리가 마치 호랑이 소굴에서 도망가듯 후다닥 방을 뛰쳐나갔다. 얼마나 급하게 나갔는지 문 앞에 내가 서 있는 것도 모른 채 지나갔다.

나는 덜컹거리는 문을 잡으며 들어갔다.

"리리가 아버지를 왜 저렇게 무서워하는지 아세요?"

"……글쎄."

"전 알아요. 왜냐면 리리가 아버지를 만날 땐 늘 사고를 쳐서 혼날 때니까요!"

웃으라고 한 말에 아버지가 정색하며 답했다.

"오늘은 너라고 다를 것 없다. 앉거라."

"……."

나는 입을 다물고 조용히 소리도 내지 않으며 의자에 앉았다.

'……아직도 화가 안 풀리셨나?'

떠날 때도 자세히 얘기할 틈 없이 정신없이 떠났으니 이렇게 둘만 마주 앉아 있는 건 그날 이후로 오늘이 처음이었다. 아버지가 내 앞의 백리리가 손도 대지 않은 찻잔을 치우고 새로운 찻잔을 채웠다. 나도 손댈 생각조차 하지 못했다.

침묵하던 아버지가 입을 열었다.

"머리는 제대로 말리고 다녀야지."

"……네? 아아."

"그러다 감기에 걸리면 어쩌려고."

나는 배시시 웃으며 답했다.

"괜찮아요. 아직 날이 따뜻하니까요."

아버지는 한숨을 내쉬며 자리에서 일어났다. 그러고는 방 한쪽에서 수건을 들고 돌아왔다. 아버지께서 조심스러운 손길로 내 머리칼을 털어 주셨다.

평온한 분위기였다. 얼마 만에 이런 분위기를 느껴 보는지 알 수 없었다. 하지만 우리의 앞에는 해결해야 할 일들이 산재해 있었다. 나는 눈을 감고는 입을 열었다.

"공손 소저가 저를 찾아왔어요. 가문으로 돌아가기 전 작별 인사를 하러요. 그런데 제가 못 가게 막았어요."

"어째서?"

"별로 돌아가고 싶지 않아 보였고…… 위 맹주의 악행을 밝히는 데 큰 공을 세웠다고도 할 수 있는데 이렇게 죄인처럼 떠나는 건 이상하잖아요?"

"……공손 소저가 와서 말하더구나. 너는 잘못이 없다고. 너를 거기로 안내한 것은 자신이며 이 정도로 큰일이 있을 줄은 몰랐다고 하더구나."

역시 공손월. 양심 있는 사람이었다.

"네! 맞아요! 이런 일이 있을 줄은 모르고 갔다고요."

아버지가 내 머리를 말리던 것을 멈추며 말했다.

"정말이냐?"

"네?"

"정말 모르고 간 것이 맞느냐?"

"……아버지?"

나는 아버지의 눈을 마주하고 놀랐다.

'뭐야 지금? 아버지께선 내가 알고 있었다고 생각하시는 건가?'

그럴 리가 없지 않은가!

그간 내가 조금 아는 게 많았다고 하더라도 이번 일은 내게도 엄청나게 충격적인 일이었다.

"……저는 정말로 모르던 일이었어요. 알았으면 진즉에 말씀드렸죠!"

"알겠다."

내 열변에도 아버지의 대답은 미묘했다. 재차 설명하려 할 때, 아버지가 주제를 돌리듯 말했다.

"오늘 승리를 축하한다. 비무 대회에 참석하지 않을 거라고 하더니 잘하고 있더구나."

나는 얼굴을 긁적이며 어색하게 웃었다.

"아하하. 그렇게 됐어요."

"지금도 그 생각은 유효한 것이냐?"

"예? 그게 무슨……?"

"형님과 백리리가 가문으로 돌아가게 되었다. 아버지의 명이지."

"아…… 그렇군요."

그래서 아버지가 백리리와 이야기를 나누고 계셨던 건가?

그때 아버지가 말을 이었다.

"너도 가문으로 돌아가거라."

"……예?"

갑자기 이게 무슨 말이란 말인가? 아니, 지금 이 상황에서 돌아가라고?

"누님이 왜 여기에 나타났으리라 생각하느냐?"

"……복수겠죠."

대상은 나.

"하지만 아버지, 여긴 무한이잖아요. 고모가 마공을 익혔더라도 무슨 짓을 할 수 있겠어요? 오히려 마공을 익혔으니 더 운신하기 어려울……."

"그만."

아버지가 손을 들며 내 말을 잘랐다.

"돌아가고 싶지 않다면, 앞으로 내가 호위를 붙일 테니 그들을 꼭 데리고 다니도록."

"호위요?"

"그들은 당연히 네가 무얼 하는지 내게 하나도 빼놓지 않고 보고를 올릴 것이며, 네가 떼어 놓는 순간 바로 너를 가문으로 돌려보낼 것이다."

나는 당황하여 소리쳤다.

"아니, 아버지!"

"싫다면 지금 돌아가거라."

"……."

타협의 여지조차 전혀 없는 목소리였다.

그 시각 남궁 세가의 전각.

흐린 달무리가 전각 지붕을 넘어 살짝 열린 창틈으로 방 안을 비추었다. 열린 창문을 바라보는 무사의 표정은 긴장으로 딱딱하게 굳어 있었다. 분노한 목소리가 창문 사이로 흘러나왔다.

"그래서 지금 이렇게 조용히 넘어가겠다는 겁니까!"

남궁완은 머리를 짚으며 한숨을 내쉬었다.

"넘어가다니. 말이 심하구나."

"그럼, 고작해야 맹주직에서 쫓겨난 게 벌입니까?"

위 맹주의 악행에 깜짝 놀란 그들은 위 맹주를 맹주직에서 축출하는 것에는 모두 동의했다. 하지만 위 맹주의 행태를 밝히는 것은 반대했다. 무림맹의 체면을 깎는 행위나 다름없기 때문이었다.

무림맹의 체면이 곧 백도 무림의 체면. 그리고 백도 무림 문파들의 체면이기도 했다.

"……위씨 가문이 붙잡혀 있던 이들에게 사죄하고…… 보상도 할 것이다."

남궁류청이 명백한 조소를 내보이며 말했다.

"아버지, 그 말씀을 하시는 게 창피하지도 않으십니까?"

남궁완의 손 아래 놓여 있던 서신이 우그러졌다.

"아, 창피를 아시니까 그리 떨떠름하게 말씀하시는 거겠지요."

남궁완이 구겨진 서신을 집어 던지며 소리쳤다.

"이…… 할 수 있으면 네가 해 보아라!"

탁.

종이 뭉치는 남궁류청의 가슴팍을 때리고 바닥에 떨어졌다.

"나라고 이따위 결과에 동의하고 싶은 줄 아느냐! 정의를 바로 세우는 것? 좋지! 협의? 좋다! 하나 당장 비무 대회 참가자들의 삼 할이 날아갔다!"

위지백과 얽혀 있는 가문들이 너무 많았다. 그간 그가 얼마나 무림맹에서 제 영향력을 키워 왔는지 알 수 있는 부분이었다.

위 맹주에게 문제가 있다는 사실을 이미 알고 있던 문파들도 있었다. 하지만 그들은 남궁 세가가 나설 때까지 나서지 않았다. 위 맹주가 건드린 사람들은 제 문파 사람도 아니었고, 제 세력에는 큰 영향을 끼치는 일도 아니었기 때문이다.

그들은 그저 위 맹주의 약점을 잡은 것에 만족했다.

"본 비무 대회는 본디 백도 문파 간의 화합을 보이기 위한 자리였다! 그런데……!"

남궁완이 화를 참아 내듯 눈을 꾹 감았다 뜬 후 말했다.

"태고 진인께서 위 맹주의 처벌을 반대하셨다."

위 맹주가 실각하고 공손 총사마저 책임을 완벽히 피해 갈 수 없는 상황에서 천하 십강인 태고 진인의 의견이 가장 무게감 있는 건 당연지사.

게다가…….

"소가주, 나는 무림맹의 화합과 마교의 처벌을 목적으로 천마지보까지 내보였소."

이 상태로는 화합은커녕 찬물을 뿌린 격이나 다름없었다.

“내 변경에 있어 소식이 늦었소만, 소가주가 위 맹주 때문에 저번 피습에서 팔을 잃을 뻔했다지?”

“설마 복수 때문이라고 의심하시는 겁니까?”

“그럴 리가. 그대의 공명정대한 성품은 익히 알고 있소. 하지만…… 시기가 아쉽다고밖에 할 수 없어서 말이오.”

남궁완은 남궁류청의 믿기지 않는다는 얼굴을 흘끗 보고 혀를 찼다.

“네 의견을 관철하고 싶으냐? 그럼 네가 강해지는 수밖에 없다! 아니면 지금 당장 네 할아버지께 가서 질질 짜면서 도와 달라고 하든지!”

남궁류청이 이를 악물고 두 주먹을 쥐었다.

“하지만 그럼 야율은……!”

“뭐?”

남궁완이 눈썹을 치켜올리며 말을 하다 만 남궁류청을 바라보았다.

“아직도 그 아이를 찾아다니고 있는 것이냐?”

“…….”

“포기하거라.”

그때 밖에서 하인이 조심스러운 목소리로 장로회의 사람이 온 것을 알렸다. 한숨을 내쉰 남궁완이 남궁류청을 힐끗 바라보고 방을 나섰다.

쾅! 스각! 퍽!

비무장 위에 먼지구름과 함께 검들이 현란하게 얽혔다. 사흘간 중지되었던 비무 대회는 빠르게 진행되어 벌써 팔 강이었다. 기권을 한 사람들이 꽤 많았기 때문에 훨씬 진행이 빠르기도 했다.

몇몇 관중은 너무 많은 기권에 불만을 표하기도 했으나.

"우와아아아아!"

"그래! 이거야!"

"헉! 황보 공자! 설마 저런 근본 모를 놈에게 밀리는 건 아니겠지?"

황보찬은 사람들 사이에서 손꼽히는 우승 후보로, 진진을 가차 없이 쓰러트리고 올라온 참이었다.

그리고 황보찬의 상대는…….

"처음으로 열 합 이상 가져가지 않았소?"

"적야! 뭐 하는 거야! 죽여 버려!"

야율이었다.

갑자기 무척이나 예민해진 아버지의 삼엄한 감시에 야율을 만나러 갈 생각은 꿈도 못 꿨다. 이렇게 비무대 위에서만 야율을 볼 수 있었는데…… 심지어 몇 번 보지도 못했다. 그간 몇 번 치러진 비무 동안 야율의 상대는 대부분 기권했기 때문이다.

이번 비무 대회에 유달리 기권자가 많기도 했지만…… 야율의 상대방은 특히 그럴 만도 한 것이.

크카카캉!

검붉은색의 선명한 검기가 폭압적인 기세로 날아가고.

쾅!

터져 나오는 기파에 관객들이 비명과 함께 눈을 감았다가 떴을 때.

비무대에는 세 사람이 서 있었다.

야율과 황보찬의 중간에 자리한 것은 바로 이 비무의 심판관이었던 스님이었다. 야율의 공격을 막아 낸 스님의 황색 가사가 너덜너덜했다. 스님 발치의 비무대는 마치 집채만 한 짐승이 할퀸 것처럼 움푹 파여 있었다.

스님이 싸늘한 얼굴로 야율을 노려보며 소리쳤다.

"추도문의 적야, 승!"

"와아아아아아!"

또 한 명이 졸지에 불귀의 객이 될 뻔했다. 이미 위구중을 단칼에 죽이며 압도적인 실력을 내비쳤다. 그걸로도 모자라 자신의 비무 상대를 저렇게 자비도 없이 죽이려 드니…… 야율의 상대에 기권자가 많은 이유였다.

그때 황보찬이 버럭 소리쳤다.

"누구 마음대로 끝내!"

가슴팍에서 피를 흘리는 모습이 누가 봐도 패배자의 몰골이었다.

"더 할 수 있다고! 당신, 심판이면 다야? 승부를 멋대로……!"

상황 파악 못 하고 떼를 쓰던 황보찬이 돌연 조용해졌다. 곧이어 비무대에 올라온 맹원들에게 붙잡히다시피 하여 끌려 나갔다. 누군가 지풍으로 황보찬의 아혈을 짚은 것이다.

그리고 비무대 위에 있는 황보찬의 아혈을 다른 사람들이 눈치채지 못할 정도로 정확하게 짚을 수 있는 실력자는…….

태고 진인은 태연하게 황보 세가의 장로를 향해 말을 건넸다. 황보 세가의 장로는 얼굴이 빨개졌다가 파래졌다 검어졌다가 아주 웃기는 모양새였다.

좌중이 소란스러운 가운데 비무대 위에서도 나직한 대화가 오갔다.

"……아미타불. 다시 한번 말하지만, 이건 친선 비무요. 생사결이 아니오."

"……."

"살육을 벗 삼지 마시오."

야율은 스님을 무시하며 비무대에서 내려갔다.

'대체 무슨 패기로 비무 대회에 참가하나 했더니만…….'

처음에는 싸움이 격해지면 야율의 본래 무공, 구화적염결이 나오리라 생각했다. 그리고 이 자리에는 천산염제의 무공을 아는 이들이 많았다. 만약 그렇게 되면 들킬 텐데…… 그런 걱정을 했다.

하지만 전혀 쓸데없는 걱정이었다. 비무 대회에 참여한 마교의 다른 세작들이 잡혀 나가는 동안 야율은 멀쩡했다. 위구중을 죽인 순간부터 관심이란 관심을 모조리 끌어모았음에도 말이다.

야율은 사람의 목숨을 제물로 삼아 내공만 늘어난 것이 아니라, 무공에 대한 기억도 대부분 돌아온 듯 보였다.

'……이길 수 있을까?'

야율이 내려간 방향 옆에는 다음 차례인 남궁류청이 보였다. 이번 비무에서 남궁류청이 승리한다면 다음에는 준결승으로 야율과 남궁류청이 붙게 된다.

남궁류청 또한 또래와 비교할 수 없을 정도로 강했다. 하지만 최소 십 년의 경험이 더 있는 야율을 이길 수 있을까?

'만약 야율에게 미래의 남궁류청을 몇 번이나 상대한 기억이 있다면?'

게다가 남궁류청은 최근 부상도 입었다. 나의 걱정을 아는지 모르는지 남궁류청은 상대를 가뿐하게 이기고 준결승에 올랐다.

다음 날, 준결승전.

첫 경기는 나였다. 나는 붉은 차양 아래의 참관인석을 보고 눈살을 찌푸렸다.

'아버지가 안 계시잖아? 무슨 일이지?'

바쁘시더라도 내 비무만큼은 꼬박꼬박 자리를 지키셨는데.

그때 비어 있는 자리 옆에 계신 남궁완 아저씨와 눈이 마주쳤다. 꽤 먼 거리였지만 입 모양을 알아볼 거라 여기고 소리를 내지 않고 말했다.

'아버지는요?'

남궁완 아저씨도 입 모양으로 말했다.

'힘내거라.'

아니, 아버지 어디 가셨냐고요!

하지만 더 이야기를 나눌 수는 없었다.

"백리 세가의 백리연! 소림사의 혜정 스님!"

나는 잠시 관객석에 팔렸던 정신을 되돌리며 포권했다. 인사를 주고받은 후, 자세를 취하며 속으로 말했다.

'죄송합니다.'

나는 계례를 치르고 강호행을 떠났을 때 소림의 무공을 몇 번 볼 기회가 있었다.

비무대를 떠난 심판관이 소리쳤다.

"그럼 비무를 시작하시오!"

말이 끝나기가 무섭게 몸을 숙인 나는 발끝에 자연지기를 모았다.

쿵!

발을 디딘 비무대가 움푹 패고 빛줄기가 이어졌다. 쇄도해 간 나를 혜정 스님이 기다렸다는 듯 침착하게 맞이했다. 발검과 동시에 파고드는 검격을 쳐 내려는 움직임이…… 너무나 뻔했다.

스아악!

펄럭이는 옷자락이 가라앉고 혜정 스님의 목덜미에 실 같은 핏자국이 났다.

"……!"

혜정 스님이 눈을 부릅뜬 채 굳어 있었다. 일검 승부였다. 이어서 약간 씁쓸하게 느껴지는 음색의 목소리가 외쳤다.

"……승자, 백리 세가의 백리연!"

"뭐, 뭐가 어찌 된 것이오?"

"아니? 이렇게 끝난다고, 준결승이?"

"우아아아아아!"

이미 파훼법이 있었다. 충격에 빠진 듯했던 혜정 스님은 이내 정신을 차리고 내게 정중하게 인사했다.

"아미타불, 좋은 비무였습니다."

"……좋은 비무였습니다."

비무대를 정돈하기 위해 올라오는 맹원들이 보였다. 그들 뒤쪽에 다음 비무의 주인공들이 보였다.

야율과 남궁류청이었다.

심판인 승려가 한 사람씩 호명했다.

"남궁 세가의 남궁류청!"

"우와아아아아아"

"추도문의 적야!"

"와아아아아아!"

한 번 부를 때마다 고함으로 비무장이 떠나갈 듯했다.

야율은 무표정했고 남궁류청은 뚱한 표정이었다. 비무 대회 내내 저런 표정이었다. 워낙 잘생긴 외모였기에 그런 표정마저도 매력적으로 느껴졌지만. 지금도 남궁류청을 응원하는 사람들의 목소리를 들어 보면 여인들의 목소리가 유달리 컸다.

둘은 스님이 외치는 순서에 따라 기수식을 취했다.

"……."

"……."

무슨 말이라도 나눌 줄 알았지만, 둘 다 입을 꾹 다문 채였다. 한 수 잘 부탁한다는 아주 기본적인 인사말마저 없었다. 잠시 기다린 스님이 소리쳤다.

"그럼 비무를 시작하시오!"

나는 가슴을 졸인 채 바라보았다. 기대에 가득 찬 이들로 고요해진 그 순간. 남궁류청이 돌연 자신의 검을 납검했다. 그리고 말했다.

"기권하겠습니다."

"……."

비무장은 아직 상황을 제대로 파악하지 못한 이들의 침묵으로 적막했다. 고요한 비무장에 남궁류청의 목소리가 선명하게 퍼졌다.

"스스로 제 명예에 먹칠한 무림맹의 비무 대회에서 얻은 승리라니, 그게 바로 불명예겠군요."

뜨악.

나는 정말 기겁했다. 무시무시한 적막이 흐르는 사이 남궁류청이 말을 이었다.

"마교라는 핑계로 불의를 옹호하는 무림맹이라니. 민초를 보호하고 의협을 행하여 백도가 아니었습니까? 그런데 지금 이 무림맹은 그렇게 처단해야 한다고 외치던 흑도와 다를 게 무엇입니까?"

"……."

충격에 말을 잃었던 이들이 조심스럽게 수군거리기 시작했다.

"지금 저게 무슨 말이오?"

"흑도? 불의라니?"

"미친 자식……."

옆자리에 있던 서하령이 내 속마음을 읽어 낸 듯 말했다.

"돌았네, 진짜."

서하령도 위지백의 실각 사건의 내막을 알았다. 그럼에도 저렇게 말할 정도로, 이것은 거의 무림맹의 뺨을 후려친 격이었다.

'류청 생각이 이해가 안 가는 건 아니지만…….'

남궁류청은 적야가 야율인 것을 알지만 아직 야율이 마교인 것까진 알지 못했다. 위지백의 처분이 이 꼴로 끝난 마당에 비무 대회에 참석하고 있는 것 자체가 답답할 텐데, 심지어 상대가 야율이라니.

나는 청력을 높여 비무대 위에 집중했다. 관중이 수군거리는 사이로 야율의 의아한 목소리가 들렸다.

"뭐 하는 짓이야?"

"……."

남궁류청은 그저 고요하게 노려볼 뿐이었다. 야율이 고개를 살짝 기울였다.

"쓸데없는 짓을. 뭐, 나야 좋지만."

야율은 재미있다는 듯이 웃고 검을 거뒀다. 비무대에 스님이 황급히 올라가 소리쳤다.

"남궁 공자! 이게 지금 무슨 상황이오? 정말 기권할 생각이오?"

"예."

단호한 대답에 스님이 나무라듯 말했다.

"여기까지 와서…… 비무 대회는 장난이 아니오!"

남궁류청이 스님을 노려보곤 무표정한 낯으로 몸을 홱 돌렸다. 그의 움직임에 따라 청명하도록 푸른 옷자락이 펄럭였다가 가라앉았다. 스님이 남궁류청의 뒷모습을 향해 붙잡듯이 소리쳤다.

"이대로 내려가면 상대가 무서워 도망갔다는 꼬리표를 달 것이오. 그대의 명예가 땅에 떨어져도 상관없소?"

"세 치 혀가 무서운 건 당신들이겠지."

남궁류청은 그대로 곁눈질도 하지 않고 비무대를 내려갔다.

기권패.

정말로 기권하는 모습에 여기저기서 헛숨을 들이켜는 소리가 들렸다. 어쩔 줄 모르던 스님이 한숨을 내쉬며 야율의 승리를 외쳤다. 비무가 시작하고 끝날 때마다 우렁차게 울리던 함성은 없었다.

"남궁 공자의 말이 의미심장하지 않소? 준결승까지 와서 이렇게 요란하게 기권하다니."

대신 웅성거리는 소리가 비무장을 가득 채웠다. 수백 명이 동시에 웅성거리는 것이 마치 벌 떼가 날갯짓을 하고 있는 듯한 울림이었다.

"상대하기 두려워서 기권한 것 아니오? 무림 제일가라는 명칭이 수치스럽군."

"글쎄. 나는 생각이 다르오. 저 담대한 풍모를 보시오. 당신 눈엔 저게 두려워서 내려가는 것으로 보이오?"

여기서도 남궁류청의 외양이 빛을 발하였다. 추레한 외견의 사내가 겁에 질려 내려갔다면 절대 이런 평가를 받지 못했으리라.

"남궁 공자의 성품이 근방에선 아주 유명하오. 제 아비를 쏙 닮아서 마음에 안 드는 건 엎고 본다는데. 저 불같은 성미가 참지 못할 일이 있었던 것 아니오? 대체 무림맹이 무슨 짓을 했길래……?"

"그러고 보면 이상했소. 사흘간 갑자기 비무 대회를 중지하질 않나, 우르르 기권하질 않나. 위 맹주가 갑자기 맹주직을 내려놓지를 않나. 무슨 일이 있었던 것 아니오?"

칭찬인지 조롱인지 모를 남궁류청의 성품에 대한 이야기도 그의 태도에 관해 여러 해석을 하도록 만들었다.

관중들이 상황을 파악하려 들수록 반대로 다른 쪽의 분위기는 가라앉았다. 붉은 차양 아래의 관객석. 멀리서도 남궁완 아저씨가 눈을 부릅뜬 모습이 잘 보였다. 그리고 그런 남궁완 아저씨께 꽂히는 시선들이 따가웠다.

공손 총사가 얼굴을 일그러트리고 중얼거렸다.

"이렇게 내려가면 대체……. 게다가 결승은 저 정체 모를……."

태고 진인이 살짝 일으켰던 몸을 의자에 묻으며 말했다.

“흠, 남궁 소가주의 자제가 무척 열정적이군. 젊음이 좋아. 나도 저럴 때가 있었지.”

치기 어린 아이의 장난으로 취급하는 모양새였다.

“하나 자제하는 법을 배워야겠소. 객기가 넘치는군.”

“아직 세상 무서울 게 없을 나이지요.”

어느새 남궁완의 낯빛은 언짢은 얼굴로 바뀌었다.

이 대화에 남궁완과 비슷하게 불쾌한 낯을 하는 이들도 있었다. 하지만 그들은 매우 소수였다. 대다수를 차지한 이들은 제 양심을 지적한 남궁류청을 깎아내려 받은 모욕을 해소하려 했다.

“철이 없군요. 아직 일가를 이루지 못한 이유를 알겠소.”

“말은 번지르르합니다만, 글쎄요. 저 적야라는 고수가 두려운 것일지도 모르죠. 대의를 안다면 여기서 이리 물러나선 안 되는 걸 알 텐데. 이래서야 백리 소저의 어깨가 무겁게 되었군요. 패한다면 그야말로 백도 명문의 망신일진대.”

“그래서 남궁 공자에게 거는 기대가 컸거늘, 됐습니다. 그저 처음부터 그 정도의 그릇밖에 되지 않았던 것이지요.”

남궁완이 사나운 표정으로 그들의 대화에 끼어들었다.

“맞습니다. 제 아들은 세 치 혀가 무서워 악행을 묻기 급급한 이들과는 그릇이 다르죠.”

“크흠.”

“커흠.”

“남궁 소가주!”

헛기침 소리를 배경으로 공손방 총사가 황급히 소리쳤다. 태고 진인은 미간을 좁힌 채 남궁완을 돌아보았다.

"남궁 소가주의 말씀은 남궁 공자의 태도를 남궁 세가의 뜻으로 받아들여도 된다는 소리요?"

남궁완이 이를 드러내며 사납게 웃었다. 공손방 총사의 이마를 타고 땀이 흘러내렸다.

"류청의 뜻이 남궁 세가의 뜻이고 남궁 세가가 바로 류청이오!"

붉은색 차양 아래 참관인석에 집중하던 나는 한숨을 내쉬었다. 나뿐만이 아니라 눈치 빠른 자들도 나와 같은 곳을 바라보고 있었다. 참관인석은 분란을 숨길 생각도 겨를도 없어 보였다.

당장 싸움이 벌어질 것만 같은 대립. 내게는 아주 익숙한 모습이었다. 과거에 남궁류청이 매번 위지백이 맹주로 있는 무림맹과 저런 식으로 대립했으니까.

사사건건 발목을 잡는 내 편인 척하는 남의 편이 무림맹.

그런데 남궁완 아저씨가 온전히 무위를 유지하고, 위지백을 맹주직에서 쫓아내고도 또 비슷한 상황이 벌어지고 있었다. 늘 저렇게 투쟁하게 되니 주인공의 가문이었던 걸지도.

하지만 이번에도 그렇게 둘 생각은 없었다. 자리에서 일어난 나는 그대로 발에 기운을 모아 박차 올랐다.

탁!

가벼운 착지 소리와 함께 높게 뜬 옷자락이 천천히 가라앉았다. 그리고 내 앞에 야율이 마주 서 있었다. 아직 비무대를 내려가지 못한 스님이 당황한 목소리로 말했다.

"백리 소저? 지금 뭐 하는 것이오?"

나는 머리칼을 쓸어내리며 느긋하게 비무대 위를 걸었다.

"뭐긴요? 결승만 남지 않았나요?"

"그건…… 그렇지만."

야율의 지루해 보이던 눈동자에 생기가 돌았다. 눈을 휘어 웃은 그가 내 뜻을 읽은 것처럼 말했다.

"좋아."

나는 어리둥절한 스님의 얼굴을 뒤로하고 검을 겨누었다.

"백리 세가의 백리연, 추도문의 적야에게 결승 비무를 신청한다."

놀란 스님이 숨을 들이켰다.

"무슨……!"

내가 비무대에 뛰어든 순간부터 관객들은 다시 비무대에 집중하고 있었다.

"뭐야? 상황이 어떻게 되는 거야?"

"이대로 결승이야?"

남궁완 아저씨를 비롯한 태고 진인과 붉은 차양 아래 있는 이들, 그리고 비무대를 내려간 남궁류청마저도 모두 비무대에 집중했다.

야율이 검을 뽑아 나를 겨누었다. 그때 스님이 다급하게 끼어들며 외쳤다.

"그만, 그만! 멈추시오! 이 비무는 온당치 않소!"

금안으로 스님에게 붉은 차양 아래에서 기파가 날아오는 것을 볼 수 있었다. 전음을 하는 것이다. 다급한 느낌이 기파로도 느껴졌다.

스님이 말을 이었다.

"오늘…… 백리 소저는…… 준결승도 치르지 않았소? 게다가 이쪽은 기권승을 하였으니, 둘 사이에…… 체력적으로도 공평치 않소!"

나는 검을 매만지며 말했다.

"거들 수 없습니다. 이대로 거둔다면…… 보양새가 어찌 되겠습니까?"

귀가 밝은 이들이었다. 수군거리는 관객들의 반응을 모를 리 없었다. 스님이 머뭇거리며 주변을 둘러보았다.

"그건…… 아니! 그대의 주장 자체가 틀렸소. 결승전은 본래 내일이었소. 아무리 비무 당사자끼리 동의했다 한들 약속된 날을 이렇게 졸속으로 바꾸다니! 마치 당연한 것을 내가 허락하지 않는 것처럼 말하지 마시오!"

그때였다.

"내가 허락하지."

비무장을 울리는 듯한 목소리였다. 내게는 아주 익숙했지만, 이곳에 있을 리 없는 목소리였다.

붉은 차양의 참관인석으로 풍채 좋은 노인이 걸어왔다. 다들 노인에게서 시선을 떼지 못했다. 그만큼 압도적인 존재감이었다. 가벼운 걸음걸이였는데, 마치 해일이 밀고 들어오는 기세였다.

"할아……! 가주님!"

할아버지가 오실 거라고는 전혀 예상 못 했다. 그리고 할아버지 옆에는 할아버지의 존재감에도 전혀 묻히지 않는, 자체적으로 빛이 나는 외양의 아버지가 계셨다.

'어디 가셨나 했더니만!'

할아버지를 마중하러 가신 모양이었다.

느긋하게 비무장을 둘러본 할아버지가 천천히 입을 열었다.

"내 때맞춰 온 것 같군."

나와 눈이 마주친 할아버지가 씨익 웃음 지었다. 그 미소에 가슴이

탁 트이는 기분이 들었다.

"백리 세가주!"

"뭐? 백리 세가주? 정말인가? 백리 세가주가 오다니! 여긴 무슨 일로 온 거지?"

할아버지의 등장에 깜짝 놀란 사람들이 소란을 피웠다.

"어서 가서 불러와! 오늘 심상치 않다고! 놓치면 안 돼!"

"이렇게 직접 보니 역시 대단하군. 이번 비무 대회에 오길 잘했어. 십대 강자를 셋이나 보다니. 위 맹주나 태고 진인과는 또 달라."

혼란과 경탄 속에서 태고 진인이 침착하게 입을 열었다.

"백리 세가주, 오랜만이네. 가문을 바로 세우느라 심신이 고단할 거라 여겼는데 풍문은 역시 믿을 게 못 되는군."

"글쎄. 그건 내가 할 소리 아닌가? 마교 놈팡이들 쫓아다니다 어느 날 객사하지 않을까 했는데, 건강해 보이는군."

같은 격의 고수들끼리나 할 수 있는 농이었다. 다른 이들은 감히 끼어들 생각조차 하지 못했다.

할아버지가 뒷짐을 진 채 느긋하게 태고 진인의 옆자리로 향했다. 맹원들이 황급히 자리를 마련하는 것이 보였다.

"아들 결승에도 모습을 보이지 않더니만 손녀의 결승을 보러 오다니 의외로구먼."

내가 어릴 적 할아버지께서는 시시때때로 가문을 떠나 돌아다니길 즐기셨다. 그러나 마교의 무림맹 습격 이후로는 가문에 계속 머무르셨다. 떠나더라도 호남성을 벗어나지 않았다.

"허허, 늙으면 세상만사가 다 지루해. 재미있는 일이 없어. 그런데 이런 행사를 놓칠 수 있겠나?"

"맞는 말일세."

두 분은 나란히 마주 섰다. 수염을 쓰다듬은 할아버지가 비무대의 스님을 향해 말했다.

"무림맹 비무 대회를 처음 개최할 때의 목적은 서로의 무공을 겨룸으로써 경험을 나누고 화합을 이루고자 함이었지."

"……."

무시무시한 압박감에 스님은 감히 대꾸조차 하지 못했다.

"우리가 언제부터 세인들에게 보여 주고자 검을 휘둘렀소? 언제부터 규칙을 위해 비무 대회가 있었소? 비무 대회를 위해 규칙이 있는 것이지. 아니 그런가?"

아무도 예상하지 못했으리라. 추도문이라는 이름 모를 문파가 이렇게 결승에 올라오리라고는.

"누가 이길 것 같소?"

"에이, 그래도 백리 소저겠지."

"위구중을 단칼에 죽인 것 못 봤소? 백리 소저가 그리할 수 있겠소?"

"어허, 백리 소저가 준결승에서 보인 모습 못 보았소?"

의견이 분분했다.

내가 오늘 결승을 치르겠다고 하는 것을 막으려 든 이유도 이와 같았다. 무림맹에서는 내가 승리하길 바랐지만, 내가 승리할 수 있을지 알 수 없어서.

백도 무림에서 벌어지는 비무 대회였다. 구파 일방과 십 대 세가의 이름은 언제나 굳건했고 오랫동안 그들만의 축제인 것이 당연했다.

위지백 이후로 명문가 태생이 아닌 이가 있는 첫 결승이었다.

야율에게서는 아무런 기척도 기파도 느껴지지 않았다. 기척을 갈무리하는 것은 귀찮은 일이다. 하지만 야율은 예나 지금이나 자신의 기척을 죽이고 있었다. 그에게는 숨 쉬는 것과 마찬가지인 습관이었다.

금안으로는 그의 단전을 비롯해 기맥을 가득 채운 검붉은 기운이 폭력적으로 느껴질 정도였는데, 맨눈에는 먼지 한 톨 묻지 않은 옷자락이 미풍에 살랑거리기만 했다.

야율이 내 뒤편에 시선을 두며 전음했다.

[말 안 했나 봐?]

[후회하고 있어.]

[돌아가도 말 안 할 거잖아.]

나는 침묵했다.

야율이 눈웃음을 지으며 천천히 발을 옮겼다.

[남궁류청이 목숨을 걸고 비무하려 들까 봐 걱정돼서 말 못 한 거잖아?]

야율이 마교도이고 천마지보를 노리고 있다는 사실을 안다면…… 남궁류청이 이걸 그냥 비무로 받아들일 리 없었다.

무림맹이 믿을 수 없는 집단이 된 이상 무림맹에게 신고하기보단 직접 막으려 들 테고, 그렇다면 생사결이나 다름없는 싸움을 할 것이 뻔히 그려졌다.

야율의 말이 맞았다. 그래서 말하지 못했다. 위구중을 죽이고도 마교도인 걸 들키지 않은 야율이었다. 남궁류청 혼자 조사한다고 한들 야율이 마교도인 증거는 찾을 수 없을 것이니.

야율이 갸웃 고개를 기울였다.

[날 별로 안 막고 싶었나 봐?]

[그럴 리가.]

[아니면 저놈을 걱정한 건가?]

내 침묵에 야율이 살짝 웃었다.

[아, 아니면 나를 걱정했나?]

나는 담담하게 말했다.

[모두 틀렸어.]

의아한 야율의 얼굴을 보며 전음했다.

[내가 막을 수 있어서야.]

짧은 침묵이 이어지고.

"하하하!"

야율이 크게 웃음을 터트렸다. 나는 무표정하게 그가 웃음을 그치길 기다렸다.

[미안.]

야율이 아직도 웃음기가 남은 채 사과했다. 나는 담담하게 말했다.

[위지백은 실각했어.]

[아, 들었어.]

그게 끝이야? 하는 의문이 들 정도로 아주 간단한 답이었다. 아무런 감정도 담겨 있지 않았다. 분노도 증오도 없었다. 마치 여기 돌이 있어, 정도의 이야기를 듣는 반응이었다.

뭘 기대했던 걸까? 알면서도 씁쓸했다.

"……."

야율은 잠시 눈을 굴리다가 말했다.

[그러게 내가 뭐라고 했어? 세상엔 쓰레기가 가득하댔잖아.]

나는 답하지 않고 굳건한 벽을 향해 담담히 검을 겨누었다. 이미 서로 간 인사를 나눈 상태. 비무는 시작해 있었다.

야율의 인피면구에서 점차 미소가 사라졌다.

야율과는 어렸을 적부터 오랜 기간 함께 지냈고, 수련하는 모습을 수도 없이 지켜보았다. 직접 겨룬 적도 여러 번이었다.

하지만 그 모든 일은 오히려 야율에게만 도움이 될 뿐이었다. 야율은 내 검법에 익숙했지만, 나는 야율의 검법이라고는 내 목을 칠 때의 그 순간밖에 알지 못했다.

징-

마치 안개가 흡수되는 모양새로 검날에 빛무리가 맺히고.

화아아악!

쇄도하듯 야율을 향해 파고들었다. 검날에 맺힌 기운이 강대하여 손아귀의 검이 무겁게 느껴질 정도였다.

찰나의 순간 야율의 공격 범위 안으로 들어갔다. 빛이 모인 검이 야율의 신형을 내리그었다. 야율은 당황하지 않고 그대로 내 옆구리를 노렸다.

나는 아직 허공에 떠 있던 발로 땅을 박차며 높게 뛰어올랐다. 몸을 돌리며 멈추지 않고 검을 휘둘렀다.

쩌어엉!

흐릿한 빛무리가 검이 지나간 경로를 보여 주었다. 손가락 한 마디 정도의 차이를 두고 목덜미 바로 앞에서 검이 막혔다.

야율의 굳은 낯빛 위 안광이 검붉게 빛났다. 짧은 사이 검이 향하는 방향을 막아 낸 것이다. 어느새 야율의 검이 검붉은 빛깔로 뒤덮여 있었다.

충돌로 일어난 돌풍이 비무대 위를 휩쓸었다.

탁.

가벼운 소리와 함께 바닥에 착지하며 물러나지 않고 그대로 서로 검을 쥔 손에 힘을 가했다. 백색의 검기와 검붉은색의 검기가 서로를 살라 먹을 것처럼 일렁였다.

준결승에 오르는 것이 정해진 날 밤 찾아온 이가 있었다.

아주 오래전 그가 쓰러진 날을 떠올리게 만드는 밝은 달빛 아래, 상대가 들고 온 것을 건넸다.

"이건 뭐야?"

"네게 도움이 될 거야."

얇게 엮은 서적이었다. 만든 지 얼마 되지 않은 걸 알 수 있었다. 그 자리에서 서책을 읽어 내려간 나는 놀란 표정을 지었다.

야율의 무공이 담겨 있었다.

그는 언제나 필요한 순간 내게 도움을 줬다. 더는 내가 알던 제갈화무가 아닐지라도.

마교는 수없이 많은 문파를 멸문하며 무공을 빼앗거나, 혹은 마교 아래로 흡수했다. 따라서 마교 아래에는 셀 수도 없이 많은 산하 문파들이 있었고, 그들의 무공도 각기 달랐다.

최전선에서 마교와 대립하는 태고 진인도 그들의 모든 무공을 알지는 못했다. 하지만 제갈가라면, 제갈화무라면 가능했다. 그는 지금까지 비무장에 모습 한 번 드러낸 적 없었으며, 지금도 비무장에 없었다. 그래도 지켜보고 있을 것을 알았다. 대신 그의 눈이 되어 줄 결이 어딘가에 있을 것이다. 작은 생명체를 이 수많은 군중 사이에서 찾는 건 불가능하지만.

"거슬리네, 그 눈."

여유롭던 야율이 눈썹을 살짝 찡그리는 게 느껴졌다. 놀란 느낌이었다. 하지만 고작해야 그 정도. 나름 회심의 한 수였는데, 어마어마한 순발력이었다.

"양심이 있으면 목 한 번은 내줘야 하지 않나?"

"네가 원한다면 물론. 하지만 지금 말고 나중에."

우웅.

서로의 검이 전심전력으로 맞부딪쳤다. 검기의 충돌 파동에 나와 야율의 옷자락과 머리카락이 펄럭였다. 한 치의 양보도 없었다.

제갈화무가 야율의 무공에 대해 알려 주었다고 한들 이미 백리 세가의 무공을 많이 상대해 본 야율에게는 그래 봤자 동격이 되는 것에 불과했다.

그 이상이 필요했다.

"저 적야라는 아이의 내공 연원이 의심스럽지 않습니까?"

"이해는 합니다만 발현색이 검은빛이라고 모두 마공이라 할 수는 없습니다. 정확히는 검붉은빛이지 않습니까? 여하간 몇 번이나 비각에서 재조사하였으나 추도문에 관해서는 아무 혐의점도 찾을 수 없었습니다."

"색도 색이지만, 그보다는 축기량이 믿기지 않는군요. 저 나이에 가능하지 않을진대."

"대등하게 맞서는 백리 소저가 있거늘. 함부로 논할 수는 없습니다."

"하나 소저는 백리 세가 직계지 않습니까. 추도문 같은 잡문과 비교할 계제가 아니지요."

붉은 차양 아래, 비무대를 지켜보는 이들의 대화가 오갔다. 좀 전의 소란은 별것 아니었다는 듯 다들 태연한 태도였다. 하지만 대화를 나누면서도 백리 세가주의 눈치를 보고 있었다.

쩌어엉! 쾅!

비무대 위에서는 연신 굉음이 울렸다.

피어오른 흙먼지 속에 백리연과 적야 두 사람의 검이 서로의 신형을 스치며 지났다. 몸을 감싼 호신강기를 베어 낸 검기에 옷자락이 갈라졌다. 지켜보던 백리의강이 숨을 짧게나마 멈추었을 때, 누군가는 불만스럽게 중얼거렸다.

"당연히 백리 소저가 승리해야지요. 여기서 백리 소저가 진다면 맹회의 체면이 어찌 되겠습니까?"

"옳은 말씀입니다. 하필이면 저런 무도한 자가 결승에 오르다니. 쯧. 천마지보가 저런 자의 손에 들어가게 둘 수는 없지요."

마치 승리를 맡겨 놓은 듯한 대화에 남궁완이 눈썹을 치켜들며 불만스러운 기색을 표했다.

"흠……."

그때 비무가 시작한 이래 침묵 중이었던 백리 세가주가 침음을 내며 입을 열었다.

"다들 말하는 꼬락서니가 우습군."

거침없는 말투에 입을 놀리던 이들이 깜짝 놀라며 조용해졌다. 비무대를 바라보는 시선은 그대로 고정되어 있었으나, 백리 세가주에게서는 줄기줄기 위협적인 기세가 뿜어져 나왔다. 무공 수위가 낮은 이들은 안색이 창백해질 정도였다.

공손 총사가 웃는 낯으로 끼어들었다.

"백리 세가주, 노여움을 거두시지요. 다 백리 소저의 승리를 바랐을 뿐입니다."

"내 손녀의 승리는 당연하지. 그 때문에 이러는 줄 아는가?"

"그럼 무엇 때문입니까?"

혀를 끌끌 찬 백리 세가주가 이것도 설명해야 하냐는 듯이 말했다.

"무림맹의 사정으로 우리 연이의 협행이 알려지지 않은 것이야 뭐, 이해한다 치지만, 이 자리의 맹회 수뇌부와 대방파의 인물들이라면 사정을 다 알고 있을진대 아직도 소저가 무엇이야? 응당 대협이라 불러야지!"

"……."

"공명정대한 백도 나리들이 연이의 공을 깎아내리고 싶은 게 아니고서야."

당황한 이들 사이에서 태고 진인이 어처구니없다는 듯이 타박했다.

"하하, 내 별꼴을 다 보겠군. 자네, 내가 알던 백리패혁 맞나?"

"우리가 마지막으로 만난 후에 강산이 두 번은 변했을 걸세. 내 말이 틀렸나?"

태고 진인이 실소를 흘리며 말했다.

"백리 세가주의 말이 옳네. 백리 소저의 공을 생각한다면 대협이라 부르기에 부족함이 없지. 우리라도 저 아이의 공을 기억해야지. 아니 그런가?"

몇몇이 떨떠름한 표정으로 시선을 회피했다. 태고 진인이 말을 이었다.

"하나 자네의 아들도 백리 대협이라 부르니 편의를 위해서 소협이라 부르는 건 어떤가?"

"뭐…… 썩 마음에 들진 않지만, 알겠네."

그제야 백리 세가주의 기세가 수그러들었다. 그리고 대화에 온전히 신경 쓸 수 있도록 쉬어 가는 듯하던 굉음이 다시 울려 퍼졌다.

콰과쾅!

좀 전까지 백리연이 자리했던 비무대가 적야의 검기를 견디지 못하고 바스러졌다. 공중에 떠오른 백리연이 몸을 비틀어 적야의 공세를 막았다.

스아악! 쩌엉!

비무장 밖으로 날려 버릴 듯한 공세를 어떻게 흘려 냈는지 튕겨 나가지 않은 백리연이 그대로 적야를 향해 진각을 찍어 냈다.

쿠궁!

태고 진인이 말했다.

"내 백리 세가의 검을 잘 안다 할 수는 없지만, 자네 손녀의 내공 발산법이 좀 특이한 것 같네."

"그야 연이는 연이에게 맞는 방식을 따로 익혔기 때문이지."

그런 대화가 오가는 사이 비무대 위에서도 대화가 이어졌다.

[그 눈 때문이 아니라, 어디서 내 검법을 알아냈나 보구나? 대단하네.]

전음하는 야율의 눈매가 기쁘다는 듯 휘어 있었다. 나는 그가 왜 저렇게 좋아하는지 알았다. 또한 그의 약점조차도.

나는 가볍게 말했다.

"제갈화무가 알려 줬어."

"……."

역시나 눈빛이 바로 싸늘해졌다. 내가 야율에 관해 관심을 깊게 가지고 그를 조사한 줄 알아 기뻐한 것이다.

'아니, 뒷조사를 했다는데 좋아해? 진짜 웃기는 녀석.'

나는 슬쩍 웃으며 전음했다.

[류청이 기권해 내가 네 검법을 보지 못해 아쉽지 않느냐고? 딱히. 류청 말고도 나를 도와줄 자는 있어.]

검을 내려 쥔 야율이 싸늘한 목소리로 말했다.

"하지만 그렇게 버티는 걸로는 이길 수 없을 텐데."

정보의 차이는 제갈화무가 알려 준 지식으로, 세월의 차이는 금안으로 버틸 수 있다지만…….

가장 큰 문제가 있었다.

나는 내 몸의 힘이 아닌 외부의 자연지기를 썼다. 단전에 모아 둔 내공과 달리 자연지기는 마르지 않는 샘물과 같았다. 하지만 내가 자연지기를 무한정 쓸 수 있었다면 압도적인 내공으로 벌써 천하 강자에 이름을 올리고 있었을 것이다.

그러니까 내 체력이 버티질 못했다. 자연지기는 오래 쓸수록 육체에 무리가 왔다. 그리고 야율은 그런 내 약점을 아주 잘 알았다.

우웅.

잠시나마 기운이 흐릿해졌던 야율의 검에 날카롭게 벼린 기운이 맺혔다. 기척을 지우던 평소와 달리 온몸으로 내뿜는 짙은 내공이 넘실거리듯 흘러나왔다.

눈 한 번 깜빡인 순간, 야율의 검이 빠르게 다가왔다. 금안이 피할 수 없는 경로라는 걸 알려 주었다. 유일한 방법은 검으로 맞받아치는 것뿐. 그리고 저런 검기를 막으려면 동격의 기운이 필요했다.

새하얗게 빛나는 검이 검붉은 검을 막았다. 쾌속한 움직임과 대조적으로 묵직한 굉음이 울렸다.

쾅! 콰쾅! 스악! 쩌엉!

야율은 전투를 내공 싸움으로 이끌고 갔다. 내공을 많이 쓸수록 내가 더 빨리 지칠 테니까. 제 내공이 부족하지 않을 걸 아는 광오할 정도의 자신감이었다.

세 번에 한 번 정도는 피할 수 있었다. 그렇다는 건 남은 두 번은 계속 막아서야 한단 뜻이었다. 계속되는 충돌로 손목이 아리고 손아귀가 찢어질 듯했다. 호신강기를 짓이기는 파괴적인 검기에 스치듯 남는 상처들은 신경 쓸 겨를도 없었다. 아찔한 검격도 몇 번이나 있었다. 충돌 검파로 비무대가 짓이겨졌다.

콰직!

연이은 검의 충돌로 말미암은 무지막지한 돌풍이 불었다. 참관인석의 붉은 차양이 정신없이 펄럭이고, 비무장 가장자리를 장식한 무림맹을 나타내는 깃대는 휘청거리다 결국 부러졌다.

"으악!"

관객석 한중간으로 날아간 깃대를 맹원이 황급히 막아섰다. 미처 막지 못한 곳의 몇몇 사람은 부상을 입고 대피하는 소동도 벌어졌다.

“이게 후기지수들의 싸움이라고?”

“지금까지의 비무는 애들 장난 수준이었군.”

“비무장이 거의 작살났네. 이러다 여기까지 영향이 미치는 건…….”

예상치 못한 수준의 비무에 어떤 관중은 두려움에 질린 낯을 했다.

쿠쾅!

찰나지간에 수십 합을 나눈 나와 야율이 마지막 충돌에 비무대 위를 주르륵 미끄러졌다.

“하아, 하아.”

나는 숨을 가쁘게 몰아쉬었다. 피어난 흙먼지가 천천히 가라앉았다. 서늘하게 굳은 표정의 야율이 나를 노려보았다. 나는 거센 숨을 내쉬면서도 입꼬리를 당겨 올렸다.

“쿨럭.”

야율이 참지 못하고 얕은 기침을 토했다. 선홍색 핏자국이 바닥에 점점이 자국을 남겼다.

[그러게 야율. 한 가지 길로만 갔어야지.]

내공 대결? 나 또한 원하는 바였다.

야율의 내공은 아슬아슬한 균형 상태였다. 천산염제의 무공으로 쌓은 내공과 흡성마공을 통해 쌓은 내공. 야율은 그걸 합일해 하나의 내공처럼 이끌어 쓰고 있었다.

하지만 만약 내가 둘 사이를 갈라놓는다면? 하나의 몸에 두 가지 기운이라니. 주화입마에 빠지기 아주 좋지 않은가?

아무 생각 없이 비무장에 올라온 것이 아니었다. 나는 야율이 진기를 유형화할 때마다 그 구조를 유심히 살폈다. 진기 구조부터 검기,

그 몸을 두른 호신강기까지. 아주 세밀하게.

그리고 검을 맞부딪칠 때마다 내 공력으로 야율의 진기에 충격을 주었다. 야율의 진기 구조를 뒤흔든 것이다. 한 번으로는 불가능하다면 두 번, 세 번, 네 번, 계속해서.

결국, 이렇게 누적된 충격에 야율의 진기가 그의 통제를 벗어나기 시작했다. 나는 검을 내리고 말했다.

"버티기만 해서는 이길 수 없을 텐데."

"……."

'하, 짜릿해!'

나 심보가 못된 건가? 굳이 연기하지 않아도 입꼬리가 저절로 올라갔다.

물론 지금 야율이 나를 약간 봐주고 있기도 했다. 몰아치며 공격하기는 하였다. 하지만 지금껏 아무렇지도 않게 쓰던 살초를 내게는 휘두르지 않았다. 물론 나도 그에게 살초를 휘두르진 않았다. 하지만 나는 본래 살초를 잘 쓰지 않는 편이었고, 야율은 본래 펼치는 검의 초식마다 살초가 묻어 나왔다.

나는 방긋 웃어 보였다.

"걱정 마. 내가 이래 봬도 주화입마에 관해서는 아주 빠삭하거든."

"……."

야율은 입술에 핏자국을 묻힌 채 우두커니 바라볼 뿐이었다. 그러다 갑자기 입을 열었다.

"안 돼."

낮게 가라앉은 목소리였다. 나는 고개를 기울였다.

"네가……."

그러고는 또다시 말을 멈췄다. 몇 번 말을 하려다가 다시 무표정한 낯이 되었다. 야율은 금세 평소 늘 두르고 있는 무기질적인 분위기가 되었다. 그리고 점차 검붉은빛의 눈동자 색이 채도가 높아지듯 선명해졌다.

[이 수까진 보이고 싶지 않았는데.]

전음하는 야율의 주변으로 검붉은 기류가 은은하게 번졌다. 완벽히 나뉘진 않았지만, 왼편은 흑색에 가까웠고 오른편은 적색에 가까웠다.

그그그극.

[……보이고 싶지 않은 수면 그냥 안 보여 줘도 되는데.]

[궁금해서.]

야율의 입술이 창백하게 질렸다. 아직 마르지 않은 붉은 핏자국과 선명하게 대비되었다.

[네가 어떻게 막을지.]

야율의 양팔을 타고 흑빛 기운과 적빛 기운이 각각 검에 맺히는 것이 보였다. 마치 흑룡과 적룡이 검을 타고 올라가는 듯한 모양새였다.

전음이 들려왔다.

[조언하자면, 막을 생각 말고 피해.]

야율이 그대로 검을 휘둘렀다.

휘두른 힘 자체에는 전혀 강대한 느낌이 없었다. 이게 절기라고? 하는 의문이 들 정도였다. 하지만 움직임만큼은 매우 기이했다.

두 기운, 흑룡과 적룡은 서로의 꼬리를 물 것처럼 맹렬히 싸우는 듯한 모양새였다. 마치 서로 흡수하려고 하는 것과 같은…….

저런 기의 운용 방법은 한 번도 본 적 없었다.

공격이 날아오는 찰나 수많은 사고가 머릿속을 스쳐 지나갔다. 본능적으로 알았다. 저 기운을 갈라내는 것은 불가능하다. 그렇다면……. 나는 검을 옆면으로 틀어쥐었다. 하얗게 빛나는 내 검이 야율의 기운과 맞부딪쳤다. 그리고 닿는 순간.

내 진기가 훅 빨려 들어가는 느낌이 들었다. 나는 눈을 부릅떴다. 검에 맺혔던 검기를 흡수하며 광망조차 순간 사라질 정도였다.

'이게 뭐야?'

검기가 완전히 사라지기 전 황급히 복구하였으나 빨아들이는 힘은 전혀 줄지 않았다. 심지어 내 진기뿐이 아니었다. 주변의 자연지기마저 게걸스럽게 흡수하며 조용히 파괴력을 키워 나가고 있었다.

생전 처음 보는 방식.

'어떻게 해야 하지?'

야율의 손을 떠난 공격. 그렇다면 내가 제어할 수 있을지도 모른다.

'아니, 해야지.'

야율의 기운에 정신을 집중한 순간.

"흡!"

절로 신음이 나올 정도로 머리가 깨질 듯한 아픔이었다. 폭풍우 속에 머리를 들이민 기분이었다.

츳! 츠읏! 츠츳!

야율의 기운은 내가 자신을 통제하는 것을 인정할 수 없다는 듯 거세게 날뛰었다. 내 머릿속을 헤집으며 발광하는 날 선 기운의 고삐를 간신히 쥐었다.

그리고 알았다. 이건 막을 수 없다.

폭풍을 막을 수 있는 사람이 있을까? 가능하다면 더는 사람이 아니다. 처음에는 별거 아닌 것처럼 느꼈던 이 기운이 끼칠 영향도 깨달았다.

'돌았나? 이런 걸 여기서 날려?'

제어를 포기했다. 대신 주변의 기운들을 흡수하지 못하도록 하는 데 집중했다. 그리고 어떻게 해서든 고삐의 방향을 틀었다. 울컥 속에서 무언가 치솟는 걸 억누르면서, 그대로 비스듬히 쳐 냈다. 대각선 방향의 하늘로 내가 막아 낸 야율의 기운이 높게 날아가는 것이 보였다.

파지지직.

허공으로 날아간 기운은 이렇게 사라질 생각이 없다는 듯 부풀어 올랐고. 이를 중심으로 허공에 마치 호수에 돌을 던져 만든 듯한 동심원이 퍼져 나가는 것이 금안으로 보였다. 마치 공간이 휘어지는 느낌이었다.

"오."

나는 재빨리 검막을 펼쳤다.

쿵!

……콰아아아아앙!

벽력탄 다발이 터진 듯한 무지막지한 충격파에 사방에서 비명이 난무했다.

"으아악!"

"몸을 숙여!"

우지끈!

뭔가 무너지고 박살 나는 소리도 함께 들렸다.

"살려 줘!"

"아악!"

본래 비무 대회를 진행하다 눈먼 공격이 날아가는 경우는 꽤 있었다. 이를 막기 위한 맹원들도 있었으나 모든 공격을 다 막아 줄 수는 없었다. 다치는 이들도 왕왕 나왔으나, 이런 일은 생각도 못 했을 터다.

몸을 가누기 힘들 정도의 강풍 속에서 검막을 거두었다.

팟!

어디서 날아왔는지 모를 파편들이 얼굴을 스치고 지나갔다. 귓가를 스치는 광풍에 모든 소음이 차단될 정도였다.

나는 반파된 비무대를 박차고 내달렸다. 예기치 못한 충격에 비무장은 그대로 아수라장이 되었다.

사람들이 겨우 몸을 가눌 수 있게 되었을 때쯤, 충격파에 박살 난 비무대의 흙먼지가 천천히 가라앉았다. 그리고 다음 순간. 너덜거리는 검은 무복의 청년 목덜미에 새하얀 검이 닿아 있었다.

누군가 외쳤다.

"이겼다! 백리 소저가 이겼어!"

와아아아아아!

사람들의 함성이 울려 퍼졌다. 충격파보다 더 크게 귓전을 때리는 듯한 함성이었다. 사람들이 열광하며 소리쳤다.

"내가 뭘 본 거지?"

"이런 비무가 있었던가? 내 대대손손 전할 게 생겼군!"

"백리 소저! 이쪽 한 번만 봐 주시오!"

흥분한 관중과 달리 무림맹 사람들의 표정은 그러지 못했다. 붉은 차양은 어디로 날아갔는지 흔적도 찾을 수 없었다. 그들은 떨떠름한 표정으로 연신 수염을 쓸어내리거나 심각한 얼굴로 누군가와 전음을 주고받는 듯 보였다.

왜 저런 표정을 짓는지 알 수 있었다. 나와 야율의 실력이 그들의 예상을 훨씬 뛰어넘었기 때문일 것이다. 앞으로의 패권의 방향이 어디로 향할지 너무나 선명하기에.

심판관은 어디 갔는지 공손방 총사가 비무대에 올라와 소리쳤다.

"백리 소저 승! 이번 천하제일 비무 대회의 우승자는 백리 세가의 백리 소저요!"

하지만 공손방 총사의 목소리는 아직도 퍼지는 함성에 묻혀 잘 들리지 않을 정도였다.

나는 야율의 목에 겨누었던 검을 천천히 거두었다. 입가의 핏물, 흐트러진 진기를 뺀다면 야율의 모습은 나에 비하면 멀쩡하다고 볼 수 있을 정도였다.

'자신의 공격이니 당연히 알겠지. 이런 피해가 있을 줄. 그렇다고 해도 이런 공격을…….'

생각이 가닥가닥 끊어졌다. 누군가 내 뇌를 주물주물 빨아 낸 느낌이었다. 내 몸이 내 몸 같지 않은 것이, 검을 거두는 행동도 그냥 수없이 연습한 대로 움직인 느낌이었다.

그때 비무장에 올라와 있던 공손방 총사가 갑자기 질문했다.

"……혹시 둘이 아는 사이오?"

나는 잠시 야율을 바라보았다가 답했다.

"그냥…… 미친놈이에요."

"……아. 음, 그렇구려."

공손 총사가 애매하게 말을 흐렸다. 미묘한 분위기 속에 홀로 "하하.” 웃는 소리가 들렸다.

이런 상황에 웃을 사람이 누가 있겠는가? 야율이었다. 나는 저것 보라는 듯 관자놀이 옆을 집게손가락으로 가리키고 빙글빙글 돌렸다. 공손 총사가 어색한 웃음을 지으며 말했다.

“……둘 다 이만 내려가서 치료를 받는 것이 좋겠소. 잠시 후에 우승 상품 수여식이 있을 것이오.”

고개를 끄덕인 순간 주르륵 코안에서 무언가가 흘러내리는 느낌이 들었다. 느낌상 코피였다. 소매로 콧날을 누른 다음 점혈했다. 코피를 흘리는 줄도 모르고 쓰러지던 어린아이는 이제 없었다.

서 있기 피곤하다, 하는 생각과 함께 잠시 시야가 비틀 흔들린 순간 양팔이 붙들리는 느낌이 느껴졌다.

“괜찮으냐?”

“괜찮아?”

왼쪽에는 아버지, 오른쪽에는 남궁류청이었다. 정신이 없어서 둘이 올라오는 것도 알지 못했다.

야율은 조금 떨어진 곳에서 나를 우두커니 바라보고 있었다. 다행이라고 해야 할까, 둘 다 나를 신경 쓰느라 야율은 전혀 신경 쓸 정신이 없어 보였다.

그리고 아버지의 눈길에 남궁류청이 나를 붙잡은 손을 놓는 것이 느껴졌다.

“괜찮아요. 괜찮아. 조금 쉬면…….”

말하던 중간 울컥 속에서 핏물이 치솟는 느낌에 입을 꾹 다물었다. 남궁류청이 말했다.

“남궁가 전각에 내상에 좋은 약이 있어. 가져다줄게.”

"신경 써 주어 고맙구나. 하나, 백리가에도 약은 충분하단다."

그때 또 언제 올라왔는지 모를 남궁완 아저씨가 남궁류청을 보며 사납게 웃었다.

"네가 지금 그쪽 신경 쓸 때가 아닐 텐데. 아주…… 두고 보자."

주먹을 쥐었다가 펴길 반복하는 것이 분명 한 대 때리고 싶은데 보는 사람이 많아 체면상 참고 있는 것이었다.

그렇게 비무대를 내려오는 사이 야율 또한 어느새 비무대 위에서 모습을 감추었다.

본래 곧바로 시상식이 열려야 했다. 하지만 관중석 일부가 무너진 마당에 비무장 근처의 시상대가 멀쩡할 리가 없었다. 잠시 맹원들이 정돈하는 시간을 가졌다.

관중석의 피해도 생각보다는 크지 않았다. 야율의 기운이 터지기 전, 할아버지와 태고 진인께서 관중석에 오는 충격을 줄였기 때문이다.

하지만 피해가 아주 없는 건 아니었기에 부상자가 일부 있었다. 그들은 비무자들의 부상을 치료하고자 대기하던 의원들에게 치료를 받았다. 어찌어찌 반각 만에 나와 시상대 둘 다 거지꼴은 겨우 면할 수 있었다.

그동안에도 관중은 대부분 떠나지 않고 자리를 지켰다. 아니, 오히려 관중이 더 모여드는 느낌이었다.

겨우 체면치레할 정도로만 정돈된 단상 위로 공손 총사가 올라갔다.

"무림맹의 이번 비무 대회가 드디어 오늘 우승자를 맞이하게 되었습니다."

본래 저 자리에 올라갈 이는 태고 진인이었다. 본인은 내키지 않았지만 천하 강자라 밖에 내보이기가 좋으니 어쩔 수 없이 대표로 나서게 되었다고 들었는데……. 갑자기 할아버지께서 본인이 하겠다고 주장하기 시작했다.

태고 진인도 처음 맡을 땐 내키지 않아 했지만 어쨌든 자신이 맡기로 결정되었던 사안이었다. 그런데 갑자기 굴러온 돌이 박힌 돌을 빼내려고 하면 기분 나쁘지 않겠는가?

둘 다 누가 더 낫다 격을 따질 수 없는 사이. 결국, 공손방 총사로 결정된 것이었다.

급작스럽게 결정되었음에도 총사로서 지낸 세월이 있는지 말은 아주 청산유수였다. 대충 요약하자면 비무 대회 도중 사건, 사고들이 있었지만 이번 기회를 통해 하나 된 무림맹을 보일 수 있어 좋았고 후기지수들의 빛나는 미래를 보아 백도의 앞날이 매우 밝다는, 뭐 그런 얘기였다.

장황한 폐회사 끝에 공손 총사가 외쳤다.

"이번 비무 대회의 우승자…… 백리 세가의 백리연!"

우와아아아아아아!

떠나갈 듯한 함성이 또다시 울렸다.

단상 아래의 아버지가 가장 먼저 눈에 들어왔다. 아버지는 내가 여전히 걱정스러운 기색이었지만 한편으로 기쁜 듯 보였다.

옆자리에서 열정적으로 박수를 치던 남궁완 아저씨가 뭐라고 한마디 하자 아버지가 살짝 미소 지으며 조심스럽게 박수를 치기 시작했다. 그 모습이 마음에 들지 않는지 남궁완 아저씨가 또 다그치는 게 보였다. 정다운 모습에 나도 모르게 웃음이 터졌다.

할아버지도 볼 수 있었다. 할아버지는 체통은 어디다 던졌는지 함박웃음을 지으며 박수를 치고 계셨다. 반달로 접힌 눈에서 눈동자를 보기 힘들 정도였다.

'찾아오실 줄 몰랐는데.'

주변의 다른 문파 사람들이 할아버지께 축하의 인사를 건네는 것이 보였다.

'백리 세가의 천덕꾸러기였던 내가 이렇게 될 줄이야.'

늘 다른 사람의 잔치였을 뿐인 비무 대회였다. 알 수 없는 고양감이 몸을 감쌌다. 당장 침상에 눕고 싶은 몸 상태도 잠깐이나마 괜찮게 느껴졌다.

공손 총사가 말했다.

"우승자에게 상품 수여식이 있겠습니다."

옆에서 대기하고 있던 맹원이 내내 들고 있던 가로세로 높이가 각각 한 자 정도 될 직사각형의 화려한 궤짝을 건넸다. 생각보다 가벼웠다. 상금인 전표를 비롯한 여러 권리증 등의 상품이 저 안에 들어 있는 것 같았다.

그때 단상 위로 태고 진인이 올라왔다. 태고 진인이 담담하게 말했다.

"우승을 축하하네."

공손 총사가 맹원에게 눈짓하자 맹원이 내게서 궤짝을 받아 갔다. 이게 무슨 상황인가 싶었지만, 일단 나는 자유로워진 손으로 포권을 하며 고개를 숙였다.

"감사합니다."

"기지가 대단했어. 하늘로 날려 보내지 않았다면 어찌 되었을지."

"제가 뭘요. 그 순간 태고 진인과 할아버지께서 관중을 보호하겠다는 판단을 내리시지 않았다면 이 정도로 끝나진 않았겠죠."

태고 진인이 살짝 미소를 지으며 품속에서 흑색 목함을 꺼냈다.

"이것이 마지막 상품이네."

말하지 않아도 그게 무엇인지 알 수 있었다.

천마지보.

민무늬의 흑색 목함에는 세월의 흔적이 짙게 녹아 있었다. 나만 알아본 것은 아니었다.

"저게 천마지보!"

"아직, 아직일세, 고작 상자일 뿐 아닌가."

"저런 허름한 상자에 천마의 신공절학이 담겨 있다니. 믿기지 않는군."

"비켜 보게! 나도 한번 보자고!"

순간 주변이 웅성거리는 것이 느껴졌다.

비무장이 이 모양이 된 상황에서도 관중이 떠나지 않은 가장 큰 이유가 이것 때문이라고도 볼 수 있었다. 다들 까치발을 세우고 목을 빼면서 어떻게든 더 자세히 보려고 했다.

'아, 그렇게 된 거였군.'

갑자기 왜 태고 진인이 직접 나왔는지 알 수 있었다. 천마지보를 계속 태고 진인이 보관하고 있었다면…… 마교라 한들 비무 대회에서 우승하는 것 말고는 손에 넣을 방법이 없었을 것이다.

하지만 그렇다면…….

'마교가, 천마가 이렇게 천마지보를 간단히 포기한다고?'

야율 말고도 여기에 많은 마교도를 파견했다고 하지 않았나? 야율이 승리하지 못했다고 이렇게 간단하게 포기한단 말인가?

물론 야율이 보여 준 절기를 생각한다면 패배를 상정하기 어렵긴 했다. 게다가 마교 본단이 있는 신강의 십만 대산에서도 움직임이 있었다고 들었다.

하지만 저번과 달리 이번 무한은 경계가 최상이었다. 부대 수준의 무사들을 운용하는 순간 바로 걸릴 수밖에 없었다.

내 고민을 모를 태고 진인이 말을 이었다.

"이 물건의 중요도를 생각해 내가 따로 보관하고 있었네. 자, 받게."

태고 진인이 내게 목함을 건네주었다. 확실히 묘한 느낌의 목함이었다. 아무것도 들어 있지 않은 것처럼 가벼웠다. 그리고 특이하게 금안으로 내부가 보이지 않았다. 보통은 자연지기의 흐름으로 무기물이라도 어느 정도 그 형태를 짐작할 수 있었는데 이 목함은 불가능했다.

'봉인하고 있는…… 그런 느낌인데.'

태고 진인을 바라보자, 그가 내 의문을 이해했다는 듯 말했다.

"열어 보게나."

나는 천천히 목함을 열었다. 돌돌 만 묵색의 가죽을 낡은 노끈이 묶고 있었다.

'이게 천마지보라고?'

그때 전음이 들려왔다.

[빈도 또한 여기서 심득을 얻었지.]

나는 눈을 살짝 크게 뜨고 태고 진인을 바라보았다. 태고 진인은 남궁완 아저씨보다 더 극렬한 마교 혐오자였다. 최전선에서 마교와 쉬지 않고 싸우는 문파의 장문인이 마교 혐오자가 되지 않는 게 이상한 일이었다.

[빈도가 천마의 지보를 사용했다는 게 놀라운 모양이구나. 하긴.]

태고 진인이 인자한 미소를 지으며 미소와 정반대되는 말을 전음했다.

[그들의 힘으로 그 벌레들을 한 마리라도 더 죽일 수 있다면 오히려 정당하지 않겠는가?]

전음이라서 그런지 담담한 말속에서 마교에 대한 짙은 증오의 감정이 느껴졌다. 나도 모르게 긴장할 정도였다. 태고 진인은 개의치 않고 전음을 이어 갔다.

[한 번만으로는 심득을 얻기 힘들 수 있으니, 천마지보를 보고 싶다면 무림맹을 떠나기 전 언제든 찾아……]

그렇게 전음이 이어지던 어느 한순간.

화르륵!

갑자기 천마지보가 백금색 불길로 타올랐다.

"……!"

홀로 허공에 떠오르는 불길. 비현실적인 광경이었다. 모두 반응조차 제대로 하지 못했다.

그 순간이었다. 머릿속에 광망이 비치는 느낌이었다. 눈앞의 금색 불길에 시선이 붙들렸다.

"……!"

무언가 뭐라고 정의할 수 없는 것들이 뇌리에 새겨지고 있었다. 천마의 신공절학이라 할 수 있는 무공들과 의념들. 강대한 힘이 내 몸에 내리꽂히는 느낌이었다.

온몸의 감각이 예민하게 일어섰다. 내 정수리를 내리쬐는 한낮의 볕, 단상을 디딘 내 발 아래 깔린 모래 알갱이들, 빰의 솜털을 건드리는 바람 한 올마저 모든 것이 선명하게 느껴졌다.

불현듯 이것이 심안이라 불리는 것임을 깨달았다. 부는 바람이 나이고, 디딘 땅이 나이고, 내리쬐는 볕이, 자연이 바로 나였다. 알아내려 하지 않아도 모든 상황이 느껴졌다. 경악한 표정 너머로 뭔 말을 파악할 수 없는 음성이 길게 늘어지고 있었다.

결이 어디서 어떻게 나를 바라보고 있는지 선명히 느껴졌다. 그리고 결과 이어진 제갈화무의 시선이 향한 곳이 어딘지. 그가 느끼는 슬픔과 안타까움까지. 시간과 공간을 멋대로 뛰어넘을 수 있었다.

하나 그 또한 스쳐 지나가는 아주 일부분에 불과했다. 수많은 감각 사이 비무장으로 다가오는 강대한 기척도 느껴졌다. 저자가 왜 여기에 있나 의문을 느낀 순간, 옆에 함께한 이도 누군지 알 수 있었다.

'왜 둘이……!'

그리고 거기까지였다. 두둥실 떠올랐던 천마지보의 불길이 사그라들었다.

"허억!"

나는 잠시 멈췄던 숨을 들이쉬었다. 잠시 의식이 흐려졌다 돌아온 기분이었다. 그리고 눈앞의 천마지보가…… 그대로 사라졌다. 재조차 남지 않았다.

"……."

"……."

침묵이 비무장에 내려앉았다. 천여 명에 가까운 인물들이 자아내는 침묵은 무거울 정도였다.

속이 울렁거렸다. 머릿속이 온통 뒤죽박죽이었다. 여기는 어디고 내가 누군지마저 희미해지는 그런 경계였다.

한 가지는 확실했다. 천마지보에 담긴 모든 공능이…… 내게 흡수되었다.

만신창이였던 몸이 날아갈 듯 가벼웠다. 온몸의 모든 부상이 씻은 듯이 나아 있었다. 백회혈 부근의 작렬하는 듯한 통증만 아니라면 당장 만전이라고 할 수 있을 정도였다.

맞은편에선 태고 진인이 나를 꿰뚫을 것처럼 바라보고 있었다. 원래라면 손가락 하나 움직일 수 없을 정도의 압박감이 느껴져야 마땅하나 지금은 달랐다. 그 시선이 별로 무겁지 않았다.

"이게 대체…… 어찌 된 일이오!"

가장 먼저 입을 연 것은 공손 총사였다. 그는 거의 실성한 듯한 낯이었다. 그 말을 시작으로 웅성거림이 파도처럼 퍼져 나갔다. 공손 총사가 마치 동아줄을 잡듯 물었다.

"태고 진인, 이, 이, 이, 어찌 된 일입니까?"

"……빈도도 모르는 일이오."

"그럼 대체……!"

그때 태고 진인이 내게서 시선을 떼며 관중석 한 곳을 바라보았다. 나와 할아버지의 시선 또한 그곳으로 향했다.

이윽고 비단 무복의 중년 사내가 한 무리의 사람들을 이끌고 위풍당당하게 걸어왔다. 위지백이었다.

위가의 무사들, 일부 맹원들, 그리고 같이 축출된 동맹 세력도 함께였다. 팔에 붕대를 감고 있는 관 문주는 위 맹주의 산장을 탈출할 때 우리를 습격한 자였다.

남궁완 아저씨를 비롯해 나와 남궁류청을 죽이려 한 일로 무림맹 뇌옥에 갇혀 있었는데…… 위지백이 풀어 낸 모양이었다.

"위 맹주다!"

"멀쩡하잖아? 그럼 왜 지금까지 모습을 드러내지 않았던 거지? 이제 와 나타나는 것은 뭐고?"

"이상하오. 뭔가 분위기가 심상치 않지 않소?"

시상식 단상 앞까지 온 위지백이 목함을 바라보며 말했다.

"역시 이렇게 되었군."

공손 총사가 말했다.

"위 가주, 여긴 어쩐 일이십니까?"

근신하지 않고, 라는 말이 절로 들렸다. 공손방을 바라본 위지백이 조소하듯 비웃었다.

"내가 못 올 곳이라도 온 듯한 반응이오?"

"크흠."

"위 가주!"

다들 헛기침을 하며 기분 나쁜 기색을 내보였다. 그리고 소림 승려가 대표로 나서듯 말했다.

"아미타불. 위 가주, 우리 모두 합의한 것으로 기억하고 있거늘. 어찌 된 일이오?"

그때 태고 진인이 말했다.

"역시 이렇게 되었다는 것이 무슨 뜻이오?"

위지백이 나를 가리키며 말했다.

"이는 저 계집에게 물어보시지요."

시선이 내게 쏠렸다. 나는 고개를 기울이며 말했다.

"모르겠는데."

"……!"

내 짧은 대답에 주변이 화들짝 놀라는 게 느껴졌다. 나는 멈추지 않고 말을 이었다.

"그리고 내가 왜 인간 말종의 말을 들어야 하나?"

나는 보란 듯이 심드렁한 태도를 내보였다. 위계와 배분을 중시하는 강호다. 당연히 위 가주의 눈이 뒤집혔다.

"네놈!"

분노한 위지백에게서 장풍 같은 기운이 뿜어져 나왔다. 거의 기세만으로도 압살할 수 있을 만한 위협이었다.

쿵!

할아버지가 나를 감싸며 한 발 내리찍는 순간 위지백과 맞부딪친 기파에 강한 돌풍이 주변을 휩쓸었다.

"으앗!"

"헉!"

갑작스러운 바람에 이미 몇 번 당한 군중은 화들짝 놀라며 거의 바닥에 엎드렸다. 그러면서도 도망치는 이들은 극히 드물었다. 천하 강자들의 충돌. 평생 한 번 볼까 말까 한 것이다. 비무 대회와는 또 달랐다.

그들 위로 목소리가 울렸다.

"어딜 감히 내 앞에서 내 손녀를 위협하느냐?"

"백리 세가주……."

위지백이 이를 아득 물었다.

내 머리에 아직 남아 있는 천마지보의 공능이 위지백의 당황한 감정을 느끼게 해 주었다. 위지백의 계획에 할아버지가 이 자리에 계신다는 상황은 없었던 것이다.

일촉즉발의 분위기에 다들 마른침만 삼킬 뿐이었다.

"그렇지 않아도 네게 묻고 싶은 게 있었느니라."

할아버지가 사납게 웃었다.

"가문의 배신자, 백리의란. 그 아이를 어디다 숨겼느냐?"

나는 살짝 놀라며 할아버지를 바라보았다.

"네가 숨기고 있다는 사실을 다 알고 왔느니."

"숨기다니! 하나 위가의 손님으로 있었던 건 맞소."

위지백의 가문에 숨어 있었다니. 찾을 수 없었던 이유가 있었다. 그리고 할아버지가 왜 여기에 오셨는지도 알 수 있었다. 아무리 근신 중이라지만, 근신이 위지백의 무위를 줄여 주는 건 아니었다. 아버지의 힘으로 위가를 수색할 수는 없었으리라.

그런데 위지백의 태도는 오히려 당당했다.

"내 기이한 이야기를 들어서 말이오. 아마 백리 세가주도 듣는다면 매우 놀랄 것이오."

나는 재빨리 끼어들었다.

"위 가주, 괜찮으셨나요? 우리 고모 취미가 독살인데."

화들짝 놀란 사람들이 나를 바라보는 것을 느끼며 말을 이었다.

"제가 여섯 살 때 고모가 탄 독약에 죽을 뻔했고, 큰오라버니도 고모 독에 죽을 뻔했거든요."

"……!"

경악이 좌중을 감쌌다.

낯낯 대방파 같은 경우는 이미 알고 있을 정보였으나, 대다수는 모르는 일. 백리의란이 한 짓은 가문의 치부. 소문을 내 봤자 제 얼굴에 침 뱉기일 뿐이었고, 게다가 백리명과 내 몸 상태도 연관된 비밀이기에 최대한 소문나지 않도록 했다.

뭘 꾸미는지 알 수 없으나…… 고모가 얽혔다면 분명 절대 우리에게 유리하지 않을 것이다. 이렇게 사람이 많은 순간을 노린 것에도 이유가 있을 터.

'그렇다면 선공필승이지.'

고모로 무슨 짓을 꾸미더라도 사람들이 의심하도록 만드는 것이다.

소곤거리는 목소리들이 들렸다.

"세상에! 그래서 갑자기 쫓겨났던 거였소? 왠지 이상하더라니. 대체 무슨 이유로 쫓겨났나 했더니만. 쯧쯧."

"그런 악종을 왜 손님으로 받아 준단 말이오? 위 맹주도 무슨 생각인지."

"왜 예전에 그런 소문이 돌지 않았소? 백리의란이 마교와 얽혔으니, 백리 세가가 마교의 끄나풀이라고. 내 알기로는 그 소문이 가장 먼저 흘러나온 곳이 벽가라던데……."

순식간에 위지백을 바라보는 시선들에 의심이 섞였다. 위지백은 이미 그 사실을 알고 있었는지 놀란 낯이 아니었다. 다만 이 자리에서 굳이 왜 밝혔냐는 듯 나를 때려죽이고 싶은 눈빛이었다.

그때 호통치는 목소리가 들렸다.

"백리연, 그만하지 못하겠느냐!"

할아버지였다. 할아버지가 나무라듯 말을 이었다.

"가문의 일을 감히 멋대로 떠벌리다니!"

나는 살짝 억울하다는 듯 입술을 깨물었다가 고개를 숙였다.

"죄송합니다."

할아버지는 정말 매서운 기세였지만 나는 알았다. 진짜로 화내는 것이 아님을. 말을 맞춘 적 없지만…… 똑똑한 사람들끼리는 눈만 봐도 서로의 뜻을 아는 법이다.

어느새 다가온 아버지가 나를 위로하듯 어깨에 살짝 손을 올렸다. 왠지 아버지는 내가 정말 혼났다고 여기는 것 같았다. 지금 설명할 수 없기에 고개만 숙였다. 어쨌든 아버지의 모습까지 합쳐서 완벽한 장면이 탄생했다.

할아버지가 말했다.

"백리의란을 내놓거라. 내 가문의 일이다. 네깟 놈이 끼어들 계제가 아니란 거지."

명백하게 깔보는 태도에 위지백의 얼굴이 불그죽죽해졌다. 천하 강자에 오르고 무림맹 맹주가 된 이후로 언제 이렇게 무시를 당해 봤겠는가?

같은 천하 강자에 올랐더라도 지금 나는 알 수 있었다. 위지백은 내 할아버지를 당할 수 없다. 분명한 격차가 느껴졌다. 그리고 천하 강자인 위지백이 이를 모를 리 없었다.

그때였다. 숨 막히는 둘의 대치에 또 다른 기운이 밀려들었다. 맑은 기운은 가볍게 느껴질 법도 했으나 그 기세만큼은 절대 밀리지 않았다. 언제든 날 선 검처럼 벼릴 수 있는 공세가 느껴졌다.

"둘 다 그만하시게."

태고 진인이었다. 태고 진인이 위지백을 바라보며 말했다.

"무슨 일로 왔는지 들어는 보겠소."

할아버지의 눈매가 매서워졌다. 위지백이 보란 듯이 웃음을 터트렸다.

"하하핫! 역시 태고 진인과는 말이 통할 줄 알았습니다."

태고 진인이 무표정하게 위지백을 보았다.

"위 가주, 내가 자네의 편을 든다고 생각한다면 착각이네만."

경멸하는 눈빛에 이를 악문 위지백이 뒤쪽을 향해 말했다.

"언제까지 숨어 있을 생각이지?"

"……."

위지백과 함께 온 동맹 사람들이 모인 방향이었다.

"당장 나오도록!"

한 여인이 그들 사이에서 거의 끌어 내쳐지듯 튕겨 나왔다. 몇 년간 보지 못했지만 바로 알아볼 수 있는 얼굴. 백리의란이었다.

백리리의 말처럼 정말 변한 곳 하나 없었다.

"백리의란 아니냐? 아주…… 오랜만이구나."

할아버지의 목소리가 으르렁거리듯 울렸다. 고모의 단전을 폐하고 쫓아낼 때 남아 있던 혈육으로서의 마지막 온정조차 모두 사라진 듯 보였다.

할아버지에게서 풍겨 나오는 위협적인 기백에 고모의 입술이 달달 떨렸다.

어떠한 위협도 닿지 않도록 나를 보호해 주던 할아버지와 달리 위지백은 고모를 위해 아무런 보호 조치도 취하지 않았다.

내 어깨를 붙잡은 아버지의 손에 점차 힘이 들어가고 있었다. 슬슬 통증이 느껴질 정도에 나는 살짝 인상을 찡그렸다.

'……왜 그러시는 거지?'

그때였다. 시선 둘 곳을 찾지 못하던 고모의 눈동자가 아버지를 보았다. 그 옆에 선 나도 함께.

고모의 얼굴이 잔뜩 일그러졌다. 눈빛에 증오가 가득했다. 고모가 갑자기 이쪽을 향해 손가락질했다.

"백리의강! 선량한 탈을 뒤집어쓰고 모두를 속이니 좋더냐? 세상 모든 게 다 네 뜻대로 흘러가는 것 같지? 하나 손바닥으로 하늘을 가릴 수는 없는 법!"

저 미친 사람이 내 아버지께 뭐라는 거야? 내가 입을 열기 전 고모가 소리쳤다.

"네 딸, 어미가 누구더냐?"

순간 나는 하려던 말을 잊어버렸다. 갑자기 여기서 내 어머니 얘기가 왜 나와?

나는 아버지를 보았다. 이제는 아버지가 거의 내 어깨를 부서트릴 듯 부여잡고 있었다. 하지만 이어지는 말에 통증도 거의 느끼지 못할 정도였다.

고모가 소리쳤다.

"당연히 말할 수 없겠지! 천마의 딸이니까!"

고모가 정확히 나를 가리켰다.

"저 계집의 어미는 천마의 딸입니다! 저 계집은 천마의 손녀지요!"

주변을 향해 크게 소리쳤다.

"천마의 혈육이 백도 무림 대회의 우승자라니! 통탄할 지경이네요!"

"……!"

대체 이게 무슨 소리야? 내 어머니가 천마의 딸이라니.

'내가 천마의 외손녀라고?'

사람들의 경아 어린 시선들이 나를 향했다.

"이게 무슨……?"

"천마가 왜 여기서 나온단 말이오?"

위지백은 어느새 한발 뒤로 빠져 있었다. 의기양양한 표정이 덫에 걸린 사냥감을 바라보는 눈빛이었다. 벌써 승리감마저 엿보였다.

"정말이오?"

"저자의 말이 사실이오?"

나는 질문을 한 자들을 한심하게 바라보며 말했다.

"지금 조카를 독살하려던 사람의 말을 믿으시는 건가요?"

내 의연한 태도에 위지백의 표정이 순간 굳는 게 보였다. 여기서 당황하면 오히려 저들이 원하는 바일 것이다.

나는 고모를 보면서 이어 말했다.

"독살이라고 했지만, 정확히는 나와 명이 오라버니를 주화입마에 빠트렸지. 죽이려면 극독을 쓰지, 주화입마에 빠트리는 독을 쓰다니!"

사람들이 이제는 내 말에 수군거리기 시작했다. 사람들은 대부분 진실보다는 그저 믿고 싶은 것을 믿는다.

"주화입마에 빠트리는 독이라고?"

"그런 독이 있나?"

"헉, 그럼 백리 소저가 내공 폐인이 되었던 게……."

나는 사람들이 반응할 시간을 충분히 두고 이어 말했다.

"심지어 그 독은 마교의 독이었고 당시 고모를 조사한 증거가 모두 남아 있어!"

아니, 전혀 남아 있지 않았다. 고모에게 독을 준 스님은 이미 죽어 버렸는데 어떻게 밝힌단 말인가? 남은 건 당시 조사한 사람들과 서류 정도?

하지만 당장 여기서 그 증거의 존재 여부를 밝힐 방법은 없다. 즉, 내가 있다고 말하면 있는 것이다.

"그런데 마교에서 천마의 혈육인 나를 주화입마에 빠트리라고 독을 줬다고?"

나는 기가 찬다는 듯 웃고 소리쳤다.

"당신의 말은 앞뒤가 하나도 맞지 않아!"

조금 전까지만 해도 나와 아버지를 향해 진실 여부를 해명하라는 듯이 보던 군중이 다시 고모를 혐오스러운 표정으로 바라보았다. 고모가 당황한 표정으로 제 주장은 사실이라고 말했으나 그녀의 말은 이미 신용을 잃었다.

"모함하려는 마음이 앞서 제정신이 아니군!"

"허 참, 허! 하마터면 속을 뻔했군!"

"저런 자의 말을 믿고 데려오다니! 위 맹주도 제정신이 아니로군!"

노골적인 야유와 조롱이 퍼부어질 때.

"갈!"

공력이 듬뿍 담긴 일갈이 주변을 우레처럼 뒤흔들었다. 위지백이었다. 야유와 조롱이 순식간에 잦아들었다. 위지백이 한심하다는 듯 고모를 흘끗 보고 말했다.

"누가 천마의 혈육 아니랄까 봐, 삿된 혀로 현혹하려 드는구나."

그리고 조용해진 군중을 향해 말을 이었다.

"이런 말장난을 하고 있을 필요 없소! 증거가 바로 눈앞에 있으니!"

위지백의 시선이 나를 향했다.

"천마지보를 흡수할 수 있는 건 천마의 혈육뿐!"

위지백이 나를 가리키며 소리쳤다.
"모두 다 두 눈으로 똑똑히 보지 않았소! 천마지보가 저 계집에게 흡수되는 걸!"
나는 곧장 반박했다.
"무슨 말인지 전혀 모르겠는데요."
머릿속 아직도 선명하게 남아 있는 천마지보의 의념을 느끼며 발뺌했다.
"천마지보가 저 혼자 불탄 걸 왜 제 탓으로 만든단 말입니까?"
거짓말은 아니다. 나는 아무것도 안 했는데 천마지보가 혼자 불탄 건 맞았으니.
그때였다. 갑자기 바람이 불어온 듯싶었다. 얼마나 빨랐는지 눈앞에 오고 나서야 상대가 나타난 걸 알 수 있었다. 아버지가 검을 뽑아 드는 것이 보였다. 찰나지간의 간격이었다. 하지만 아버지가 한 박자 늦었다.
그리고 상대의 손이 내게 닿기 직전.
콰앙-!
아버지가 나를 황급히 끌어안으며 몇 발 멀어지는 게 느껴졌다. 아버지 품에 있으면서도 엄청난 충격파에 머리칼이 정신없이 흔들렸다.
할아버지가 태고 진인의 등허리를 공격하고, 내게 손을 뻗던 태고 진인이 황급히 몸을 들어 이를 막아 낸 상황. 그리고 나서는 언제 충돌했냐는 듯이 거리를 두고 서 있었다.
단 한 번의 충돌로도 시상대는 이미 반파되어 있었다. 할아버지가 서슬 퍼런 음성으로 말했다.
"지금 무슨 짓인가, 태고 진인?"

"빈도는 그저 확인해 보려고 했을 뿐이네."

"자네가 뭐라고 내 손녀를 내 앞에서 확인하네 마네 하나?"

태고 진인은 태연하게 답했다.

"정말 결백하다면 이리 예민하게 굴 필요 없지 않나?"

"의심이 불쾌하군!"

천마지보가 불탄 순간부터 나를 뚫어지게 바라보던 태고 진인의 눈빛. 태고 진인은 그 순간부터 나를 의심하고 있었다. 천마지보를 오랫동안 보관하고 있던 자로서 무언가 느꼈는지도 모른다.

위지백이 의기양양하게 소리쳤다.

"백리 세가주, 왜 막아서는 것이오? 정말 결백하다면 이곳에서 진실을 밝히면 될 터!"

"해명의 가치가 없다!"

할아버지의 움직임에 따라 함께 온 백검단원들도 검을 뽑아 들었다.

챙, 챙, 채채앵!

이를 받아치듯 위지백의 동맹과 위가의 무사들이 검을 뽑아 드는 모습이 보였다. 또한 이곳을 둘러싼 맹원들도 검을 뽑아 들었다.

공손 총사가 당황하며 소리쳤다.

"그만! 검을 내려라! 다들 진정하시지요! 너무 격해지셨소이다!"

위지백이 아랑곳하지 않고 나를 보며 말했다.

"백리연, 그 입을 나불거릴 때는 언제고 뒤에 숨어 있느냐? 네가 나와 당당히 확인받는 게 어떠냐? 너도 가문에 폐를 끼치고 싶지는 않을 터!"

순간 나도 모르게 마음이 흔들렸다. 정말로 나 때문에 싸움이 벌어진다면…….

그때, 아버지가 내 팔을 움켜쥐듯 꽉 부여잡았다. 위지백이 할아버지를 돌아보고 의심스럽다는 듯 말했다.

"아니면 설마 백리 세가주도 알고 있었던 것이오? 천마의 혈육을 백도 무인으로 만들다니! 하늘이 무섭지도 않소?"

그때였다.

"하늘이 무섭지도 않은 건 네놈이겠지!"

날카로운 목소리와 함께 군중 사이에서 날아온 돌이 힘없이 발치로 떨어졌다. 툭. 잔뜩 당겨진 활시위처럼 팽팽하던 분위기가 깨졌다.

사람들이 약속이나 한 것처럼 돌이 날아온 곳을 바라보았다. 그곳엔 서른쯤 되어 보이는 아리따운 외모의 여인이 있었다.

"네놈이 낯짝이라는 게 있다면 어찌 다시 모습을 드러낸단 말이냐!"

"너는!"

위지백이 깜짝 놀라 눈을 부릅떴다. 위지백의 여인 중 한 명이었다. 심지어 한 명이 아니라 대여섯 명이 함께 모여 있었다. 이 와중에도 여인들을 보며 감탄하는 소리가 들렸다.

여인이 위지백이 아닌 다른 방향을 보며 소리쳤다.

"총사! 태고 진인! 분명 우리와 약조하지 않았소? 저자가 다시는 사람들 앞에 모습을 드러내지 않게 하겠다고! 그리 약조해 놓고 지금 이따위 상황을 내버려 두시는 겁니까?"

공손 총사와 태고 진인을 비롯한, 특히나 무림맹주의 일을 묻도록 압박한 이들의 안색이 싹 변했다.

그럴 수밖에. 저자들은 그녀들이 모두 떠났다고 알고 있었다. 하지만 내가 바보도 아니고 무림맹의 약조를 곧이곧대로 믿겠는가? 혹시나 약조를 지키지 않을까 하여 손님으로 몇 명을 데리고 있었다. 어차피 갈 곳 없는 이들은 혹시 모르니 남아 있어 달라고 한 내 제안에 흔쾌히 동의해 주었고.

태고 진인이 진정하라는 듯 말했다.

"약조를 지키지 않으려던 것은 아니었소. 다만, 천마신교의 일은 우리에게……."

여인이 태고 진인의 말을 자르며 소리쳤다.

"마교? 우리한텐 네놈들이 마교다!"

"……."

태고 진인의 낯빛이 굳었다. 그가 언제 이런 취급을 당해 보았겠는가? 분노가 머리끝까지 치솟은 여인은 가차 없이 폭로를 이었다.

"위지백 네놈! 파렴치한 색마의 제자 주제에 무림맹주로 행세하더니 네 죄가 다 사라진 것 같으냐!"

위지백의 얼굴이 불그죽죽해졌다. 사라진 지 수십 년이 지났어도, 색마의 악명이 워낙 높았기에 기억하고 있는 자들이 넘쳐 났다.

"백 명의 여인을 멋대로 납치해 농락한 것으로도 모자라느냐? 심지어 우리가 도망치려 하니 불을 질러 증거를 없애려 했지!"

여인이 나를 보며 말했다.

"백리 소저가 아니었다면 네놈 뜻대로 우리 모두 타 죽었을 터!"

사람들의 경악 어린 시선이 이번에는 위지백을 향했다. 위지백이 저 여인을 당장 찢어 죽이고 싶다는 눈빛으로 입술을 씰룩였다. 하지만 무슨 말을 할 수 있겠는가?

짧은 침묵이 내려앉았을 때.

"하나 묻지요."

차분한 음성이었지만 사람들의 시선을 단숨에 모으는 음성이었다.

아버지가 고모를 바라보며 말했다.

"천마의 혈육만이 천마지보를 흡수할 수 있다는 이야기는 어디서 들었습니까?"

"……."

"천마의 혈육이란 건 어디서 들은 겁니까?"

누구도 대답하지 못했다. 당연했다. 이곳의 누구도, 나조차도 천마지보의 능력을 전혀 모르고 있었다. 그런 이야기가 있었다면 소문이 퍼지지 않을 리 없었다.

그렇다면 어디서 들었겠는가?

마교에게서 직접 들을 수밖에.

나는 눈을 빛냈다.

"그러고 보니 고모, 가문 호적에서 제명될 때 분명 단전과 사지 근맥을 폐한 걸로 아는데, 어째 십여 년 전과 변함없이 똑, 같, 은, 모습이네요. 무슨 사술이라도 익힌 것처럼……."

순식간에 고모를 향해 시선이 모였다. 이번 눈빛은 조롱과 야유를 넘어 혐오와 경계였다. 맹원들의 경계가 고모를 향했다.

심지어 위지백의 동맹도 내밀한 사정까지는 알지 못했는지 경계하듯 고모에게서 슬그머니 물러나며 검을 잡는 모습이 보였다.

그 모습을 위지백이 보지 못했을 리 없다.

"그 요사한 입 닥치거라!"

당장에라도 충돌할 것 같은 일촉즉발의 순간.

파발 깃발을 든 꾀죄죄한 모습의 맹원이 사람들을 밀치며 갑자기 시상대 앞에 나타났다. 매우 다급해 보이는 모습이었다. 맹원은 주변의 모든 상황을 무시한 채 곧장 공손 총사에게 서신을 내밀었다.

공손 총사는 당혹과 안도감이 뒤섞인 얼굴로 서둘러 서신을 펼쳐 보았다. 그리고 곧 낯빛이 굳었다. 서신을 내리며 공손 총사가 무겁게 말했다.

"마교군이 무한 주변에 모습을 드러냈다 하오."

위지백이 구원 줄을 잡은 눈빛으로 나를 가리키며 소리쳤다.

"알겠군. 천마지보를 흡수한 백리연이 목적일 것이오!"

"위 가주! 바보 같은 소리 마시오. 이를 노렸던 걸 모르겠소? 이건 우리의 분란을……."

그 순간이었다.

"꺄아아아아악!"

"무슨……!"

갑작스러운 비명이 퍼졌다.

모두 놀라며 바라본 방향에는 미라처럼 바짝 마른 모습의 고모가 있었다. 그리고 언제 나타났는지 모를 야율이 그 미라의 목덜미를 붙잡고 있었다.

"흐, 흡성마공!"

그야말로 순식간에 벌어진 일이었다. 사람들이 야율의 주변에서 헐레벌떡 멀어졌다.

나는 망연히 야율을 바라보았다.

'제정신인가?'

신종 자살 방식인가? 이렇게 많은 사람이 모인 곳에서 흡성마공을 사용하다니.

'대체 이 일을 어찌 수습하려고?'

아니나 다를까.

"감히!"

위지백이 야율에게 달려들었다. 출수와 동시에 뻗어 나간 검격이 매서웠다. 야율이 갈기갈기 찢겨 나갈 모습이 예상되었으나, 순간 야율이 미라를 그에게 집어 던졌다.

위지백은 대경실색하며 후다닥 멀어졌다. 역병이라도 마주한 것 같은 모습이었다. 흡성마공에 대한 강호인들의 공포가 그만큼 크다는 것이 잘 드러나는 부분이었다.

털썩.

미라가 바닥을 나뒹굴었다. 더 이상 생기가 느껴지지 않았다. 야율에게 흡수된 고모의 진기는 별다른 충돌 없이 자연스럽게 그의 공력에 녹아들고 있었다.

나는 인상을 살짝 찡그렸다.

'어떻게 그럴 수 있지?'

천귀조만 하더라도 어린아이의 순수한 진기만을 노려서 흡수했다. 나이가 찰수록 진기의 정순함이 떨어져 흡수 시 본래 내공과 잘 합쳐지지 않기 때문이었다.

그리고 누군가 내게 계시라도 내리는 것처럼 무언가가 머릿속에 차근차근 떠올랐다.

흡성마공은 본디 천마의 무맥에서 내려온 것이었다. 천마가 무공을 마교도에게 하사하면서 여러 갈래로 갈리고 변화했다.

위지백이 이를 갈며 소리쳤다.

"네놈, 대체 왜 이런 짓을……!"

야율이 더러운 것을 만졌다는 듯 손을 털며 고개를 갸웃 기울였다.

"뭘 놀라? 너도 저 여자한테 산 사람 가져다줄 때는 언제고?"

"……!"

위지백이 눈에 띄게 당황한 낯을 했다.

"위 대협! 설마?"

"모함하지 마라!"

단전을 폐했는데도 고모가 멀쩡하고 젊은 낯을 유지할 수 있던 이유. 백리의란 또한 흡성마공에서 비롯한 사술을 익힌 것이다.

야율의 흡성마공과 백리의란이 젊음을 유지한 방법, 둘은 무공의 원류가 같았다. 바로 야율이 고모의 진기를 손쉽게 흡수할 수 있었던 이유였다.

위지백이 다급하게 외쳤다.

"감히 무림맹에 모습을 드러내다니! 마교도를 죽여라!"

오랫동안 위지백을 맹주로 모셨던 맹원들이 위지백의 명에 반사적으로 야율을 둥글게 포위했다. 이미 검을 뽑아 들고 있던 위지백의 사람들도 그들과 함께 야율을 둘러쌌다.

이들은 잠시 눈치 보듯 견제하는 시간을 가지다…… 갑자기 뒤를 돌아 동료들을 공격하기 시작했다.

야율 또한 그들 사이에서 함께 날뛰기 시작했다. 검붉은 검기에 맹원들이 바닥을 나뒹굴었다.

위지백이 놀라서 소리쳤다.

"이게 뭐 하는 짓들인가!"

위지백의 사람들뿐만 아니었다. 야율을 포위했던 맹원들도 갑자기 무차별적으로 주변의 동료들을 공격하기 시작했다.

"컥!"

"자네, 정신 차리게!"

"배신자다! 모두 조심해라!"

무림맹 수뇌부 중 누군가 공손 총사를 향해 나무라듯 소리쳤다.

"이게 대체 무슨 혼란이오! 분명 신분이 확실하다고 하지 않았소!"

"……착오가 있었나 봅니다."

하지만 당황도 잠깐이었을 뿐, 공손 총사는 흔들림이 없었다.

"그래 봤자 얼마 되지 않는 수입니다. 저자를 잡아라! 어떻게든 생포해야 한다!"

위지백이 버럭 소리쳤다.

"생포라니! 총사!"

공손 총사가 위지백을 바라보며 말했다.

"당연히 생포해야지요. 무슨 목적으로 잠입해 왔는지, 알아내야 합니다."

공손 총사가 하나 빼먹었다는 듯이 덧붙였다.

"물론 저자가 말한 위 대협의 이야기도 더 들어봐야 하고요."

"공손 총사, 자네……!"

공손 총사는 더는 위지백을 바라보지 않고 맹원들에게 명령을 내렸다. 일이 이 지경이 되었으니 위지백을 감싸 봤자 이득이 없다는 판단을 내린 것이다.

태고 진인이 뒷짐을 진 채 살짝 물러났다. 할아버지와 위지백의 중간 정도 되는 자리였다. 태고 진인이 위지백을 바라보며 말했다.

"위 가주, 허튼 생각 하지 않았으면 좋겠구려. 저자가 죽는다면 결백을 밝히기 어렵지 않겠소이까?"

위지백의 명령을 따르지 않고 지켜보던 기린회의 후기지수들과 맹원들이 모여들었다.

"마교도 놈이었다니. 세상에, 저자가 우승하지 않은 게 다행이군."

"비무는 다들 보았을 테니, 조심하시오."

"황보 공자님! 조심하십시오."

챙! 스악! 쾅!

비무에서 패배한 후 모욕이라며 길길이 날뛰던 황보찬도 설욕할 기회라는 듯이 검을 뽑아 들고 난입했다.

백도 정파들 모두 여유로운 기색이었다. 초절정의 경지를 넘어선 고수들이 잔뜩 모인 곳이었다. 본래 동료였던 이들이었기에 손속에 자비를 두어 아직 밀리지 않았을 뿐이다.

빠르게 혼란이 진정된 지금은 급격하게 야율 측이 밀리기 시작했다.

'대체 무슨 생각인 거야……!'

그 순간.

쾅!

무언가 터지는 듯한 폭음이 들리고 불길이 치솟았다.

"불이야!"

멀리서 외치는 소리가 들렸다. 목조 건물이 대부분인 이곳은 한번 불이 붙으면 잘 꺼지지 않고 번지기도 쉬웠다. 심지어 한 곳이 아니었다.

쾅! 쿠쾅!

여러 곳에서 동시다발적으로 폭음이 터졌다.

"말도 안 돼!"

공손 총사가 당황해 소리쳤다.

저번 무림맹 본단이 무너져 내린 습격 이후로 무림맹은 훨씬 더 정교한 경계 태세를 갖췄다. 그리고 이를 지킬 자신이 있기에 비무 대회를 개최한 것이다.

'아무리 여러 사건이 벌어졌다고 한들 저렇게 많은 수가 잠입하는 걸 놓쳤을 리…….'

비무대를 날려 버렸던 야율의 공격. 수습하려는 맹원들과 구경하려는 사람들이 비무장으로 몰려왔다. 텅 비어 버린 본단 내에 잠입하는 건 어렵지 않았을 것이다.

그와 함께 군중 사이에 숨어 있던 이에게서 무언가 쇄도하듯 수뇌부를 향해 날아왔다. 한 중년 사내가 가소롭다는 듯 손을 뻗었다. 공손 총사가 소리쳤다.

"팽 가주! 안 되오!"

뒤늦은 외침이었다.

이미 팽 가주는 출수를 마쳤다. 팽 가주의 장법이 날아온 것을 받아친 순간 터지는 소리와 함께 갑자기 회색빛의 안개 같은 가루가 흩뿌려졌다.

"독무다!"

다들 입을 막고 순식간에 그 자리에서 빠져나왔다. 그러나 하나만 던진 게 아니었다.

"꺄아아악!"

"아악! 살려 줘!"

"으악!"

사방에서 비슷한 것들이 터졌다.

독무와 연막탄이 뒤섞여 있었다. 장풍 한 번이면 날려 보낼 수 있지만, 혼란에 빠져 이리 뛰고 저리 뛰는 천여 명의 군중으로 장내는 이미 아수라장이었다.

그 속에서 나는 한 걸음 주춤 물러났다.

그때 내 팔을 꽉 부여잡는 온기를 느낄 수 있었다.

"……아버지."

아버지와 눈을 마주쳤다. 고민은 찰나였다. 나는 고개를 끄덕이고 아버지와 함께 바닥을 박차고 뛰었다.

그 순간 연막 속을 우렁찬 목소리가 퍼졌다.

"백리연을 도망가게 두어서는 안 되오! 천마지보를 흡수한 백리연을 죽이는 것이 천마지보에 담긴 천마의 힘을 없애는 유일한 방법이오!"

아버지가 미간을 찌푸렸다. 언제 가까이 다가왔는지 모를 이들의 검광이 연막을 뚫고 나를 노렸다.

챙! 채챙!

아버지가 순식간에 처리했지만 다른 이가 소리쳤다.

"백리연이 여기 있다!"

나 또한 검을 빼 들었을 때, 싸한 느낌이 들었다.

화아악!

연막 속에서도 가장 선명하던 세 빛 중 하나가 유성처럼 내게 쏘아져 왔다. 쾌속하면서 은밀했다. 위험을 감지한 순간부터 시간이 극도로 느릿해졌다.

연막을 뚫고 온 이는 전광석화처럼 정확히 내 다리를 노렸다. 본래의 파괴적인 기도를 확연하게 줄인 공격. 도주를 막으려는 의도가 선명히 느껴졌다.

'원래라면 보이더라도 절대 피할 수 없었겠지만.'

머릿속에 남아 있는 의념에 저절로 내 몸이 반응하여 움직였다. 숨쉬는 것보다 더 자연스럽게 자연지기를 전신에 둘렀다. 검에 금빛 기운이 넘실거렸다.

그리고 내 하단부를 노리던 태고 진인이 새하얀 눈썹을 꿈틀거리며 눈을 부릅뜨는 것까지 모두 느리게 느껴졌다.

쾅!

검과 검이 맞부딪쳤다. 태고 진인이 믿기지 않는다는 눈으로 나를 바라보았다.

"확실히…… 이대로 보내선 안 되겠구나."

잠시나마 태고 진인과 동격으로 검을 밀어냈다.

하지만 곧이어 챙— 소리와 함께 검이 부러졌다. 야율의 절기를 막을 때 타격을 입었던 것이 이번 공격에 버티지 못하고 부러진 것이다.

"연아!"

아버지가 나를 끌어당겼다. 태고 진인의 공격이 가까스로 나를 스쳐 지나갔다.

뜨끔한 느낌이 들었다. 호신강기가 아니었다면 검력에 팔이 그대로 날아갔을 정도였다.

찰나지간일지라도 버틴 결과.

쿠콰캉!

"곤륜파의 장문인이 체면 불고하고 암살자 나부랭이처럼 움직이다니. 상당히 급했나 보오?"

"백리 세가주, 지금 이 상황에서 도주하는 건……."

할아버지의 등을 뒤로하고 아버지가 내 허리춤을 안고 내달렸다.

천마지보의 의지대로 움직인 대가는 컸다. 그 짧은 움직임만으로도 온몸의 근육이 땅기는 것은 당연하고, 오른팔의 인대와 근육에는 끊어질 것 같은 통증이 몰려왔다.

"어딜……! 네놈을 그냥 보낼 것 같으냐!"

하지만 사방에서 막아서는 자들이 계속 나타났다. 위지백과 함께 있던 붕대를 감은 자였다.

"백리의강이 쥐새끼마냥 도망치는 모습을 보게……."

득의양양하게 웃던 사내의 목이 누군가의 일검에 날아갔다. 힘을 잃고 쓰러지는 몸 뒤쪽에 남궁완 아저씨가 피 묻은 검을 들고 서 있었다.

"……."

"……."

고모가 헛소리를 지껄인 이후 처음으로 바라본 남궁완 아저씨였다. 어떤 표정을 짓고 계실지 두려워 차마 바라볼 수 없었다.

그리고 지금 남궁완 아저씨의 표정에서는 아무것도 읽어 낼 수 없었다.

하지만 애써 침착한 모습으로 꾸며 낸 것이란 걸 알았다.

남궁완 아저씨가 입을 열었다. 소란스러운 사방에 묻혀 잘 들리지 않을 정도로 가라앉은 목소리였다.

"저 말이 모두 사실인가?"

"……나는 할 말이 없네."

"의강!"

"비키게."

서로 간의 시선이 물러섬 없이 맞부딪쳤다. 남궁완 아저씨의 숨이 점차 거칠어졌다.

"자네…… 정말……."

검을 쥔 아버지의 손에 힘이 들어갔다. 그 순간, 쾅! 주변의 연막이 흩날릴 정도로 강한 충격파가 터졌다.

충격파가 가라앉자 위지백의 검을 막아선 남궁완 아저씨의 모습이 보였다. 위지백이 소리쳤다.

"남궁 소가주! 지금 뭐 하는 짓이오! 저 배신자의 편을 드는 것인가? 마교 놈들에게 누이를 잃은 자네가?"

"그 입 닥치지 못해! 지금 내가 말하고 있지 않나!"

분노한 남궁완 아저씨가 위지백을 향해 검을 휘둘렀다.

쿠르릉! 위지백이 가소롭다는 표정으로 남궁완 아저씨의 검을 막았으나, 곧장 표정이 변했다.

지켜볼 수 있었던 건 거기까지였다. 나와 아버지는 누가 먼저라고 할 것 없이 다시 뛰기 시작했다. 등 뒤로 벼락이 내려치는 것처럼 요란한 소음이 울려 퍼졌다.

비무장을 간신히 빠져나오자 이젠 사방에서 불길이 치솟고 있었다. 비무대 안쪽은 연기가 점차 가라앉고 있었지만 바깥쪽은 불타는 건물들에서 열기가 밀어닥쳤다. 맹원들이 물동이를 지고 이리저리 뛰어다녔다.

"이놈의 불, 지긋지긋하네."

얼마 전 산장이 저절로 떠오르는 광경이었다.

'그 부인들은 잘 빠져나갔으려나?'

호위로 붙여 놓은 자들이 잘 보호해 주길 바랄 뿐이었다. 하지만 감상에 빠질 시간 따위 없었다.

"아직 멀리 가지는 못했을 거다!"

"불, 불부터 꺼!"

"마교 놈들이 빠져나간다! 다들 쫓아!"

연막을 빠져나온 건 나와 아버지뿐만이 아니었다. 정신없이 쫓아오는 사람들을 피해 빠져나갈 때였다.

[백리 소저, 이쪽이에요!]

가느다란 목소리가 전음으로 들려왔다. 주변을 돌아보자 이번에는 목소리로 들렸다.

"여기!"

공손월이었다.

"백리 대협! 이쪽입니다!"

그리고 공손월 뒤쪽에는 악중해가 제 문파의 사람들을 데리고 서 있었다.

第四章 上

대낮에도 어둑한 숲.

울창한 활엽수림 아래 비탈길을 한 사내가 날듯이 뛰어갔다. 필사적인 몸부림이었다.

그리고 그 뒤를 푸른색 비단 무복을 입은 자가 뒤쫓았다.

잠시 후.

쿠왕!

나무들이 뒤흔들릴 정도로 큰 충격이 퍼졌다. 도망치던 사내는 쓰러지며 제 앞을 막아선 나무를 보고 황급히 뒤를 돌아보았다.

하나 사내가 가려는 방향에 여인이 가볍게 착지하듯 내려섰다. 사내가 황급히 바라본 다른 방향에도 앞을 가로막는 이가 있었다.

사내가 털썩 무릎 꿇었다.

"살려 주십시오. 저는 아무것도 모릅니다. 정말입니다!"

푸른 무복의 청년이 싸늘한 어조로 말했다.

"네가 마지막이다."

"마지막이라면?"

"앞선 다섯 모두 혈고 발작을 일으켜서 사망했다."

"마…… 말도 안 돼! 아직 발작 기한까지는 며칠 남았는데……! 사,

살려 주십시오!"

비무 대회가 엉망으로 끝난 지 벌써 사흘.

그날 배신하거나 잠입하였던 마교도 대다수는 그 자리에서 죽거나 잡혔다. 하지만 다들 사흘을 버티지 못하고 사망했다. 가까스로 빠져나간 이들을 추적 끝에 잡았거늘.

서하령이 피를 토한 사내를 발끝으로 툭 건드렸다. 좀 전까지 움직이던 입에선 거품 섞인 핏줄기만 느릿하게 흘러내릴 뿐이었다.

"결국, 이놈도 죽었네."

잡힌 자들은 대다수가 꼬리로, 아무것도 모르는 놈들이었다. 배신한 이들도 마찬가지였다.

혈고 때문에 어쩔 수 없이 협조했다던 이들은 결국 혈고의 발작으로 죽었다. 살려 보려는 노력도 소용없었다.

"그래도 이번 사람은 아는 게 좀 있어서 다행이네."

서하령이 침묵하는 남궁류청을 바라보며 말을 이었다.

"백리의란의 단독 행동이었다니. 같은 마교도일 텐데 왜 그렇게 끔찍하게 죽였나 했는데. 흡성마공이라……."

남궁류청이 몸을 일으키며 말했다.

"지은 죄에 비하면 값싼 대가지."

"뭐…… 그건 그렇지."

위지백의 죄 또한 명명백백히 밝혀졌다. 장원을 조사한 결과 정말로 진기를 빨려 말라비틀어진 시체가 몇 구 발견되었다. 이 조사에 협조한 것은 위지백의 첫째 부인인 위 대부인이었다. 그녀는 현무단주의 누이이기도 했다.

현무단주는 그녀의 협조에 더해 종천문이 책임을 지고 백 년간 봉문을 한다는 조건으로 간신히 풀려났다. 자식과 손주는 이미 사고가 벌어지기 전에 운남 지역의 친지에게로 보낸 상태였다.

그렇게 첫째 부인마저 등을 돌린 위지백은 제 동맹 일부를 데리고 도주했다.

그때 서하령이 목소리를 확 낮추고 속삭였다.

"그런데 말야…… 정말 적야가 야율이야?"

남궁류청의 시선에 서하령이 우물쭈물하며 말했다.

"아니, 그런 말을 하는 걸 들었어."

"누구한테?"

"뭐, 나는 소식 듣는 귀 하나 없을까. 그래서 정말이야?"

"맞아."

"헉……!"

남궁류청은 눈을 내리깔았다.

적야의 정체는 이제 비밀도 아니었다. 무림맹의 고위급 대다수가 눈치챘다. 그가 본단을 탈출하며 펼친 무공 때문이었다.

야율은 이제 숨길 필요 없다는 듯 거리낌 없이 천산염제의 무공을 펼치며 추적자들을 농락하고 빠져나갔다. 그로 인해 남궁류청도 질책을 받았다.

야율의 정체를 알면서 숨겼다는 걸 친부가 알았기 때문이다.

"네가 왜 갑자기 기권하였나 했더니만, 상대가 야율이어서였느냐? 대체, 알고 있었으면서 어찌 말하지 않았느냐!"

"무림맹을 믿을 수 없었습니다."

"그래? 이제는 무림맹이 널 믿지 못하겠다고 말하더군! 너 또한 내통한 것

이 아니냐고!"

"그자들이 뭐라고 하든 신경 쓰지 않습니다."

"너 혼자 잘났지. 적어도 이 아비에게는……!"

소리치던 남궁완이 갑자기 인상을 찡그리며 숨을 가다듬었다. 고통스러운 낯이었다.

"아버지, 진정하시지요. 환부에 좋지 않습니다."

가슴팍의 붕대에 피가 살짝 배어 나왔다.

위지백과 크게 부딪쳤던 남궁완은 몇 주는 족히 요양해야 할 부상을 입었다. 싸움이 어찌나 격렬하고 컸는지, 당시 그 자리에 있던 태고 진인과 백리 세가주가 두 사람을 말리기 위해 싸움을 멈출 정도였다.

대신 위지백도 멀쩡하진 않았다. 부상의 정도야 남궁완이 더 크다지만, 남궁완이 위지백에게 부상을 입히고 심지어 잠깐이나마 몰아붙였던 모습은 그 자리의 사람들을 경악하게 만들고도 남았다.

"의원을 부르……."

"필요 없다. 쉬어야 된다는 말이나 하겠지. 말 같지도 않은. 지금 이 상황에서 어떻게 쉬냔 말이다!"

백리연과 백리의강은 그 자리에서 빠져나가 그대로 실종되었다. 그리고 공손 총사에게 보고가 들어왔던 마교군은 빠르게 무한으로 다가왔나.

순식간에 긴장감이 높아졌다. 이대로 전쟁이 발발하는가 싶었으나 갑자기 마교군은 진군을 멈추고 무한 코앞에 천라지망을 펼쳤다. 무얼 잡기 위해 천라지망을 펼쳤는지는 자명했다.

백리연.

백리연이 천마지보를 흡수한 게 아니라면 마교가 그런 행동을 보일 이유가 없었다.

"마교 놈들이 백리연을 붙잡게 둘 수 없다. 지금의 천마는 초대 천마에 비하면 현격히 약해졌다. 천마지보에 담긴 힘을 물려받지 못했기 때문이지. 그걸 손에 넣게 둘 수 없다. 우리가 먼저 찾아야 해."

"그런 다음에는요?"

"……."

"우리가 백리연을 먼저 찾은 다음에는요?"

남궁류청은 최대한 감정을 죽인 채 물었다.

"아버지께서는 무엇을 원하시는 겁니까?"

"침착하구나. 너답지 않게."

"아버지께서 비이성적이신 겁니다."

남궁완이 기가 막힌다는 듯 헛웃음을 지었다. 남궁류청은 꽉 쥔 주먹을 숨긴 채 말했다.

"만약 진실로 연이가 천마의 혈육이라고 한들…… 연이는 전혀 알지 못한 채 자랐을 겁니다."

"……."

"친모의 얼굴 한 번 보지 못하고 자란 연이에게 죄를 묻겠다는 겁니까?"

"네가 많이 컸구나. 감정에 호소하는 말을 할 줄도 알고."

"그저 사실을 말했을 뿐입니다. 안쓰럽게 여겨진다면 아버지께서 그리 여기시는 거지요."

남궁완의 시선은 탁자를 의미 없이 노려보고 있었다.

"그래. 연이의, 백리연의 잘못은 아니지."

남궁류청이 입을 열려는 순간 음울한 목소리가 먼저 울렸다.

"그러면 내 잘못이란 게냐?"

"……그런 말이 아닙니다."

"뭐가 아니란 말이냐? 하하."

웃음이 점차 사그라들고 남궁완이 조소하듯 말했다.

"내가 마음이 넓지 못해서, 복수에 눈이 멀어서, 마땅히 용서해야 할 일을 붙잡고 미련을 가지고 있다는 뜻이냐?"

쾅! 탁자가 거세게 흔들렸다.

"내가 이 모든 게 연이의 잘못이 아니라는 것도 모르는 머저리로 보이느냐!"

"……."

남궁완은 지친 얼굴이었다. 점점이 퍼지던 핏자국이 이제는 붕대 위로 선명했다.

남궁류청이 고개를 숙였다.

"의원을 불러오겠습니다."

남궁완이 돌아서는 남궁류청을 향해 말했다.

"그러는 너는 어찌할 생각이더냐?"

남궁류청은 대답하지 못했다.

남궁완은 남궁류청이 먼저 말을 꺼내기 전까지 백리연의 이야기는 한마디도 하지 않았다. 그것은 아비로서 자식을 안타깝게 생각하는 마음에서 나온 남궁완 나름의 배려였다.

남궁완이 담담히 말했다.

"하나뿐인 아들이 이성적이라 이 아비는 매우 다행이구나."

턱!

묵직한 소리가 상념을 깨트렸다. 나무 위에서 뛰어내린 사람은 장철이었다.

장철이 말했다.

"무림맹 후발대가 오고 있어. 이각 정도 걸릴 듯한데."

서하령이 투덜거리듯 말했다.

"느림보들. 잡을 생각이 있는 거야, 없는 거야?"

"맹의 본 전력은 마교가 펼친 천라지망에 묶여 있잖아. 느려 터진 건 어쩔 수 없지."

"우리도 빨리 그쪽으로 가 봐야 하는데."

"가서 뭐 해? 우리 이미 요주의 인물인 거 알지?"

"그래서? 흥, 무섭냐? 집안에 피해 갈까 봐? 그럼 가. 너한테 도와달라고 한 적 없어."

"그건 아니고……."

말을 흐리던 장철이 다시 입을 열었다.

"그런데 하나 궁금한 게, 예전에 들은 이야기인데 백리 소저는 몸속에 혈고가 있는 사람을 알아낼 수 있다 하지 않았어?"

서하령이 눈을 치켜떴다.

"뭐야, 그래서 너는 지금 연이가 일부러 말 안 했다는 거야? 너도 연이가 배신자라는 거냐고!"

서하령 허리춤의 빈 검집이 덜렁거렸다. 장철이 움찔 놀라며 뒤로 물러났다.

"아니, 누가 의심한대? 그냥 이번에는 이렇게 알아내지 못한 이유가 뭔가 있지 않겠냐고!"

"그걸 알아서 어쩌게? 숙주가 죽으면 혈고도 죽어 버리는데. 숙주가 살아 있는 한 혈고를 꺼내는 방법도 없고……."

남궁류청이 조용히 말했다.

"달라."

"응?"

"이번 혈고는 다르다고."

"어떻게?"

"진기가 달라."

서하령이 답답하다는 듯 소리쳤다.

"아니, 진기가 어떤 방식으로 다른 거냐고!"

남궁류청이 눈썹을 치켜들고 말했다.

"혈고가 활동하는 순간. 그냥 전과 다른데 모르겠어?"

"……천재 놈들이란."

서하령이 마저 입을 열려는 순간. 남궁류청이 손을 들어 조용히 하도록 했다. 다들 기척을 죽인 채 모습을 감추었다. 얼마 뒤 열 명 정도 되는 검을 찬 사람들이 조용히 접근했다.

"큰 소리가 났던 게 이쪽이었지?"

"하, 아직 무슨 일인지 살피지도 않았는데 입을 열면 어쩌자는 거야?"

"뭐 어때, 백리연과 백리의강 그놈은 다른 방향인데."

"다행인 줄 알아. 우리 측 피해가 엄청나다더군."

서하령과 장철이 눈을 부릅떴다. 마교도들이었다. 그들도 모르는 새 마교의 천라지망에 접근한 것이었다. 서하령은 속으로 욕설을 내뱉었다.

장철은 검을 휘두르기에는 아직 뼈가 다 붙지 않았다. 제대로 된 전력은 그녀와 남궁류청뿐이었다. 기도로 보아 그리 고수는 아닌 것 같으니 그나마 다행이었다. 그러나 상대는 열 명이나 되는 인원. 저자들이 천라지망의 일부라면 호각 한 번에 수십 명의 고수가 달려올 것이었다.

"그리고 안심하긴 일러. 언제 이쪽으로 올지 몰라. 어쨌든 결국 둘을 찢어 내는 데 성공했다니."

숨죽여 대화를 듣던 서하령이 그대로 멈췄다.

"차라리 죽이는 거라면 둘을 찢을 필요도 없이 진즉 성공했을 텐데, 왜 산 채로 잡으라는……."

그 순간이었다.

퍽!

퍼 퍼 퍽, 퍽!

섬광 같은 빛이 순식간에 열 명이나 되는 사람들을 때려눕혔다. 신음조차 내지 못한 채 대다수가 정신을 잃었다.

"그 얘기 다시 해 봐. 지금, 연이가 혼자 떨어졌다는 말인가?"

천산염제의 사당에서 남궁류청을 만나 거절했던 그날. 연못가를 아버지와 함께 걸었다.

그때, 어머니에 대해 여쭤볼 기회라고 느껴 질문했다. 그리고 아버지는 처음으로 내 어머니에 관해 이야기하셨다.

"억지로 잇는다고 인연이 아닌 것을 이을 수는 없더구나."

연못에 뜬 달을 바라보는 아버지의 표정은 체념 어린 씁쓸한 낯. 무언가 더 말씀해 주시지 않을까 했지만, 그것으로 끝이었다.

'분명 기회라고 느꼈는데.'

아니, 기회였기에 저 정도라도 들을 수 있었던 것일지도 모른다. 저 말 또한 지금 생각해 보면 나와 남궁류청의 인연에 관해 넌지시 뜻을 드러낸 것에 가까웠다.

그 뒤로는 아버지께 한 번도 묻지 않았다. 절대 말씀해 주시지 않을 거라는 걸 깨달았기 때문이다.

그리고 이제 모든 걸 이해했다. 아버지가 결코 입을 열지 않으셨던 이유를.

천천히 정신이 돌아왔다. 정신을 잃기 전 온몸을 두들기는 것 같던 통증은 거의 사라졌다.

쏴아아아아-

가장 먼저 느낀 것은 세상 모든 소리를 묻을 듯이 쏟아지는 장대비 소리였다. 그다음에는 나를 내려다보는 눈동자를 마주했다. 살짝 치켜 올라간 눈매 아래 선명한 점이 보이고, 어깨의 맨살에 서늘한 바람이 느껴졌다.

"……!"

수없이 수련한 대로 무의식중에 금나수가 뻗어 나갔다.

탁!

야율은 목덜미를 틀어 잡히고도 멀뚱멀뚱 나를 바라보았다. 호신강기를 끌어올리는 모습조차 없었다. 완전히 무방비한 모습에 나는 한쪽 눈을 찡그리고 진정했다.

그러고 나서 옷자락이 한쪽만 벗겨져 있다는 걸 깨달았다. 태고 진인의 검에 베여 상처를 입었던 곳이었다. 목덜미를 부여잡은 팔에서도 붕대가 스르륵 흘러내렸다. 붕대를 풀고 있었던 모양이었다.

나는 야율의 목을 쥐었던 손을 내려놓았다.

"미안."

야율이 입꼬리를 올렸다.

"괜찮아."

나는 팔을 내리며 상처를 살폈다.

"거의 다 나았어."

"……."

꽤 깊었는데 상식적으로 이해가 되지 않을 정도로 빠른 치유력이었다.

"오늘까지 못 일어나면 다른 데로 데리고 가려고 했는데."

"여기가…… 어디야?"

꽤 널찍한 동굴로, 수풀로 가려진 바깥에서는 비가 쏟아지는 소리가 들렸다.

"기억 안 나? 여기 오고 나서 쓰러졌는데."

나는 옷자락을 정돈하면서 인상을 찡그렸다.

"며칠이나 지났어?"

"정신 잃고 지금 나흘째 아침이야."

혼란 속에서 무림맹을 빠져나오는 건 어렵지 않았다. 막아서는 이들도 있긴 했지만 그만큼 우리를 도와주는 사람도 있었다.

"무림맹 총사들의 비밀 통로에요. 본단 밖의 남동쪽에 있는 마른 우물로

나가게 되죠."

"네 아비에게 알려진다면 너 또한 크게 질책을 받을 텐데."

"소저가 절 도왔으니 저도 소저를 돕는 것뿐이죠."

공손월은 우리가 다른 사람들의 눈을 피해 빠져나갈 수 있게 비밀 통로를 알려 주었다.

"야, 너 옷 좀 벗어 봐."

"도련님?"

"너도 벗어. 그리고 다들 여기서 본 건 잊도록."

악중해 오라버니는 부하들의 옷을 넘겨주었다. 그리고 사람들에게 우리가 간 방향을 반대로 알려 주었다.

우연히 만난 서하령은 내 검이 부러진 것을 알고 자신의 검을 던져 주었다. 그 바보가 검만 던져 줘서 지금 검집이 없었다. 다행히 내 검집에 서하령의 검이 들어가긴 했지만 맞물리지 않고 헐렁거렸다.

나는 검집을 내려다보다 물었다.

"아버지는?"

대답이 나오기 전 짧은 순간, 긴장에 심장이 조여드는 듯했다.

"백리 대협이 잡혔다는 이야기는 없었어."

나는 안도의 숨을 내쉬었다.

무림맹을 빠져나가는 것보다는 마교의 병력이 문제였다. 그들은 마치 우리가 무림맹을 빠져나오길 기다렸다는 듯이 나와 아버지를 향해 천라지망을 펼쳤다. 야율의 도움이 없었더라면 천라지망을 빠져나오긴 불가능했을 것이다.

덕분에 야율이 비무대를 날려 버렸던 절기의 온전한 힘을 볼 수 있었다. 그렇게 천라지망을 부수고 빠져나왔음에도 어찌나 끈질기던지 중간부터는 아버지와 갈라설 수밖에 없었다.

나는 자리에서 일어났다. 내 아래 잔뜩 깔려 있던 나뭇잎들이 옷자락에 붙었다 떨어졌다. 야율이 물끄러미 나를 바라보았다. 나도 야율을 물끄러미 바라보다 말했다.

"일단 장소를 옮기자."

무엇보다 혹시 모를 추적자와 멀어지는 것이 먼저였다.

오전 나절을 달려 마을 하나를 발견할 수 있었다. 작은 여관 두세 개 정도가 있는 마을이었다. 나와 야율은 역용을 한 채 마을로 들어갔다.

마을은 조금 어수선한 분위기로 검을 찬 사람들도 상당수였다. 여관에 들어서자 점소이가 다가왔다.

"죄송합니다. 객실이 모두 다 찼어요."

"방이 하나도 없다고?"

"예. 죄송합니다."

"……그럼 그냥 식사만은 가능한가?"

"물론이죠."

"몸보신에 좋은 음식으로."

뒤따라오는 내내 입을 다물고 있던 야율이 처음으로 한 말이었다.

야율에게서 은 조각을 받은 점소이가 환한 얼굴로 연신 고개를 끄덕였다.

나는 구석진 자리로 향했다. 뒤따라온 야율이 맞은편에 앉았다.

"대체 너…… 무슨 생각인 거야?"

"네 친모를 실제로 본 적 있어."

나는 눈을 부릅떴다.

"너랑 눈매가 닮았어."

탁자 아래, 다리 위에 놓여 있던 손으로 옷자락을 꽉 쥐었다.

그때 꿈속에서 익숙하다고 느꼈던 눈매. 나 또한 그걸로 나를 감옥에서 구해 주었던 정체불명의 여인이 내 친모라는 걸 알 수 있었다.

또한 남궁완 아저씨께 죽임을 당했던 마교 삼공자의 기묘했던 태도. 그도 나를 본 순간 내 어머니에 대해 눈치챈 것이다.

나는 전음으로 말했다.

[눈이 닮아서 안 거야?]

[응. 눈이 닮아서 알았어. 근데 소문도 있었어.]

[무슨 소문?]

[바깥에서 아이를 낳았다는 소문.]

나는 왈칵 인상을 찡그렸다.

[네 어머님께서 임무를 나갔는데…… 임무 기간이 지나도록 돌아오지 않은 적이 있었대.]

그 일로 살짝 소란이 있었다고 한다.

[결국에는 돌아왔는데, 그 뒤로 정혼자와 파혼하게 되었다고 하더군. 그 일로 불결한 소문이 돌았다고 하더라고. 그런 말을 떠들던 자들은 모두 다 처형당했지만.]

야율이 말했다.

"표정을 보아하니 조금도 몰랐나 보네."

"……."

무림맹을 빠져나온 후에는 천라지망 안에서 쫓기느라 아버지와 차분히 얘기할 틈이 전혀 없었다. 어떻게든 얘기할 틈을 가지자면 가질 수 있었지만…….

내가 어머니에게 가지는 감정이 뭔지 알 수 없었다. 굳이 따지자면 체념에서 비롯한 무관심. 내게 어머니라는 존재는 아주 오랜 옛날부터 당연하게 없던 것이었다.

천마의 혈족이라는 것이 밝혀지고는 약간의 원망도 들었다.

'왜 하필. 왜 하필…….'

나는 부정적으로 뻗어 나가려던 생각을 잘라 냈다. 이미 벌어진 일을 원망해 봤자 소용없었다.

야율이 말을 이었다.

"물론 그거 가지고는 확신할 수 없었지. 그래서 직접 네 얘기를 물어봤어."

야율은 재미있는 일이라도 겪었다는 듯이 웃으며 말했다.

"그랬더니 날 그 자리에서 죽이려고 하던데."

잠시 말을 잃었다.

좀 전에 그런 추문을 떠들던 자들이 모두 죽었다고 말했으면서 대체 무슨 배짱인 거야?

"날 죽이려 들려다가 내가 너와 관련 있다는 걸 알고는 내버려 두더라고."

"……."

"무슨 사연이 있는 것 같았는데. 정확히 무슨 사정인지는 못 알아냈어."

야율이 미안하다는 듯이 말했다. 나는 잠시 침묵하다 말했다.

"네가 왜 그걸 물어봐?"

나와 무슨 상관이라고.

야율이 말했다.

"네가 그렇게 말했잖아. 어머니가 널 버린 거라고."

"뭐?"

나는 멍하니 되물었다.

"내가 그런 말을 했다고?"

야율이 고개를 끄덕였다.

기억나지 않았다. 하지만 어머니란 존재에 대해 가지고 있는 기본적인 생각이…… 그랬던 건 맞았다. 아마도 그건 전생의 영향일 터였다. 어떻게 버틸 수 있었겠는가? 매일 술 마시고 주정뱅이가 돼서 폭력을 일삼던 그런 인간…… 음?

기억이 나질 않았다.

나도 모르게 인상을 찡그리고 있었는지 야율이 걱정스럽게 물었다.

"왜 그래?"

나는 고개를 저었다. 방금 내가 뭘 떠올리고 있었지?

'아, 그래. 어머니가 날 버렸다고 말한 이유를 떠올리려고 하고 있었지.'

왜 버렸다고 생각했을까?

'어린 마음에 그렇게 생각하는 게 마음이 편했던 걸까?'

그러다 보니 저절로 야율과 말하다 튀어나왔을지도 모른다.

"내가 그리 말했다고 한들 그게 너와 무슨 상관이라고?"

이 녀석의 목적을 이해할 수가 없었다. 야율이 눈을 깜빡이다가 당연하다는 듯이 대답했다.

"네가 신경 쓸 테니까."

"……."

나는 보지 못하지만, 아마도 내 얼굴에서 표정이 사라졌으리라.

그때 무시할 수 없을 정도로 큰 목소리가 객잔 한쪽에서 터져 나왔다.

"마교가 천마지보를 탈취해서 도망쳤다는데?"

"멍청하기는. 마교 놈들이 탈취해서 도망쳤으면 그놈들이 왜 천라지망을 펼치고 있겠나?"

우락부락한 체격에 허리와 등에 멘 검들. 강호인 중에서도 삼류 무사들로 보였다. 그들은 큰소리로 대화를 이어 갔다.

"내가 들은 거랑은 다른데. 백리가의 금지옥엽이 사실은 천마의 혈육이라더군."

"남궁 세가만 우습게 됐지. 원수의 핏줄을 그리 아꼈으니."

"아, 그거 나도 들었네! 왜 그렇게 펄펄 날뛰었나 했더니만 그것 때문이었나? 곧 천하 강자에 이름을 올릴 수 있을 거라던데."

"역시 다시 남궁 세가가 중심을 잡는 건가. 백리 세가는?"

"그게 이상해. 반응이 없달까. 조용하다고 하더군."

남궁 세가 이야기가 나온 순간부터 나도 모르게 멈추고 있던 숨을 내쉬었다.

"후우."

다행이었다. 당연하기도 했다. 위지백은 그런 범죄 행위를 저지르고도 무림맹의 비호를 받았다. 이번에는 그 비호가 할아버지께 똑같이 펼쳐진 것이었다.

마교가 코앞까지 내려온 상황에서 내분이라니. 게다가 할아버지께서 계시는데 감히 누가 백리 세가에 책임을 물을 수 있겠는가? 할아버지가 있으니 백리 세가는 굳건할 터. 걱정할 필요 없었다.

누군가 코웃음을 치며 사내들의 탁자에 앉았다.

"자네 그 말을 믿나? 마교라니. 하, 위지백 그 자식이 퍼트린 헛소문에 또 넘어가?"

"그 자리에 위지백을 욕하러 온 여인들이 다 합쳐서 여든 명 정도라는데 모두 눈이 부실 정도였다더군!"

여든 명은 맞으나 그 자리에 모두 있었던 건 아니었다. 소문은 애매한 진실이 섞여 과장되어 떠벌려졌다.

"하이고, 제가 뭐 황제라도 되는 줄 안 건가? 완전 인간 말종이었군."

"본래도 여자를 밝히는 걸로 유명하지 않았나. 그걸로도 모자라. 에잉 퉤, 더러워 죽겠군."

"왜 색마의 무공을 이었다지 않나? 정신머리가……."

무사들은 아주 재미난 이야기라도 된다는 듯이 떠들었다.

사람들은 추문을 좋아한다. 그것도 백도 무림의 대표라고 할 수 있는 맹주와 관련한 추문이라면 더더욱 즐거운 안줏거리였다. 저들의 대화를 모두 신용할 수는 없지만 어떤 상황인지 파악하는 데는 도움이 되었다.

그때 점소이가 음식이 가득한 쟁반을 들고 다가왔다.

"조금 오래 걸렸지요? 오늘 거위 한 마리가 있어서요. 통째로 요리하느라 시간이 좀 걸렸습니다. 이건 저희 여관만의 특제 양념이에요."

야율이 음식을 내려놓는 점소이를 향해 물었다.

"그러고 보니 여기 칼잡이들이 많이 보이던데, 무슨 일 있나?"

그 모습을 물끄러미 바라보았다. 점소이가 의아하게 우리를 바라보았다.

"강호인들 아니셨어요? 당연히 무림맹에 지원하러 오신 줄 알았는데."

"지원?"

"예. 지금 무림맹에서 용병을 모집 중이잖아요. 무공을 쓸 수 있는 이들이라면 누구나 다 지원 가능할걸요. 지금 객잔에 있는 분들도 대부분 무한으로 가는 강호인들이에요."

점소이가 목소리를 낮추더니 속삭이듯 말했다.

"정마 대전이 벌어질지도 모른대요."

점소이는 별로 놀라지 않는 우리를 바라보고 어깨를 으쓱였다. 그 뒤로 음식에 대해 몇 가지를 설명한 점소이가 물러갔다.

탁자 위의 음식은 다른 탁자의 손님들이 흘끗거릴 정도로 군침이 도는 냄새를 풍겼다. 하지만 별로 입맛이 돌지 않았다. 분명 비상식량만 먹으며 도망 다니고, 며칠 동안 정신까지 잃고 있었으니 배가 고파야 마땅한데 기이할 정도로 몸 상태가 좋았다. 정신을 잃기 전보다 활력이 넘치는 기분이었다.

야율이 내 앞에 음식을 덜어 주며 물었다.

"왜 그렇게 바라봤어?"

"뭘?"

"점소이한테 물어보는데 신기하다는 듯이 봤잖아."

"……다른 사람하고도 이제 곧잘 얘기하길래."

평범하게 대화를 나누는 모습이 내가 기억하던 야율의 모습과는 달랐다.

야율이 나를 바라보며 눈을 깜빡였다.

"네가 궁금해할 것 같아서. 아니야?"

하지만…… 이렇게 나를 맹목적으로 바라보는 시선은 전과 전혀 달라지지 않았다.

"그러니까 네 모든 행동이 나를 위해서였다는 거야?"

"응."

나는 다시 전음으로 말했다.

[고모한테 흡성마공을 쓴 것도 나를 위해서였다?]

야율이 입꼬리를 끌어 올려 웃었다.

"널 괴롭혔잖아."

당연히 죽어도 싸다는 낯이었다.

"본래도 적당한 때 죽이려고 했는데, 눈치는 빠르더라. 먼저 알아채고 몸을 숨겨 버려서……."

"……."

나야 고모에 대한 정이 한 톨도 남아 있지 않지만, 자식의 끔찍한 마지막을 봐야만 했던 할아버지가 안타까울 뿐이었다.

'그러고 보면 야율이 가장 처음 죽인 위구중 또한 나와 충돌이 있었지…….'

야율이 내 눈치를 보며 전음했다.

[……그리고 나 흡성마공으론 마교 놈들 진기만 흡수했어.]

[무슨 소리야?]

[천귀조처럼 애들 것 뺏는 짓은 안 했어. 그럼 네가 싫어할 테니까.]

나는 입술을 꽉 깨물었다.

천귀조는 야율에게 흡성마공을 가르쳐 후일 야율의 진기를 갈취할 계획을 세웠더랬다. 마교였다면 흡성마공을 원류로 파생된 마공이 산재했을 테니, 먹잇감은 많았으리라.

[그럼 남궁류청한테는 왜 그런 거야?]

남궁류청은 비무장에서 내게 다가올 수 없었다. 정확히는 다가오려고 했지만 올 수 없었다. 연막이 터진 후, 그를 집요하게 노리던 놈들이 있었기 때문이었다.

[일부러 그런 거잖아. 남궁류청을 공격한 사람들, 네가 시킨 거지?]

"아, 봤어?"

야율은 별것 아니라는 듯이 반응했다.

"바빴을 텐데 그런 것까지 신경 쓰고."

야율이 잠시 시선을 내렸다.

"하기야 넌 예전부터 걔를 신경 썼지."

눈살을 찌푸린 내가 말하려 할 때, 야율이 먼저 말을 이었다.

"맞아. 내가 그놈을 비무장에 붙잡아 놨어."

"왜?"

"괜한 사고 치면 안 되니까. 다치면 네가 슬퍼할 거 아니야?"

"그래서 붙잡아 놓은 거였다고?"

야율이 고개를 끄덕였다. 이내 살짝 웃으며 몸을 기울였다.

"그런데 내가 막지 않았더라도 걔가 너를 따라올 수 있었을까?"

"……."

"나는 걔한테 변명의 기회를 준 것뿐이야."

"……."

아무리 다르게 생각해 보려고 해도 솔직히 한 가지로밖에 해석되지 않았다.

'물어볼까, 말까?'

짧은 사이 수십 번을 고민했다.

모른 척 넘어가는 게 좋지 않을까?

하지만 언제까지 모른 척할 수 있을까? 그리고 사실이 아닐 수도 있지 않나?

"네가 한 모든 행동이 나를 위해서라고?"

야율이 고개를 끄덕였다. 드디어 이해했냐는 표정이었다. 나는 이어서 물었다.

"날 좋아하기라도 한다는 거야?"

야율은 그게 무슨 소리냐는 듯이 나를 보았다. 그리고 되레 영문을 모르겠다는 듯이 말했다.

"네가 날 지켜 준다고 했잖아."

"……."

"네 옆에 있어도 된다고 했잖아."

야율이 나를 향해 조심스럽게 손을 뻗었다.

"이제는 아니야?"

툭, 투둑, 툭.

덧창을 두드리는 빗소리. 소란스럽게 떠드는 소음들이 한 겹 막에 싸인 듯 멀게 느껴졌다.

야율의 손이 내 손등을 덮었다.

똑같이 땡볕 아래에서 수련해도 야율은 도통 피부가 타는 일이 없었다. 지금도 마찬가지였다. 창백한 뺨이 내 손등에 기댔다.

'어디서부터 잘못된 걸까?'

내가 그에게 손을 내밀었을 때부터일까?

나를 맹목적으로 바라보고 졸졸 따라다니는 모습에 우월감을 느끼지 않았다면 거짓이리라. 자신만을 사랑해 주는 이를 어떻게 좋아하지 않을 수 있을까?

"……맞아. 그랬지. 그 약속 나도 기억해."

나는 짧게 숨을 들이켜고 말했다. 차라리 잘됐다. 언젠가 한 번은 꺼내야 할 이야기였다.

"십 년도 더 전에, 네가 천산염제의 제자도 아니었을 때."

"……."

"우리 미래가 이렇게 될 줄 몰랐을 때."

"……."

"그때와 지금은 달라."

이미 그때의 약속은 의미가 없어졌다.

"나는 이미 널 지켜 주지 못했으니까."

야율이 기대고 있던 고개를 들었다. 그러고는 표정이 사라진 얼굴로 중얼거렸다.

"무슨 소리를 하는 건지 모르겠어."

"네가 한 모든 일이 다 날 위해 한 일이랬지?"

야율이 고개를 끄덕였다. 그러고는 거듭 알리듯 말했다.

"정말이야."

"그래서 문제야. 네가 벌인 일이 모두 다 내 책임이니까."

"……."

"몰랐다는 게 면죄부가 될 수 없어. 네가 내 옆에 있을 거라면."

내가 야율을 지켜 주겠다고 말한 것에는 야율이 벌인 행동을 모두 책임지겠다는 의미가 담겨 있었다. 함께하고 싶다면 그 모든 행동을 책임져야 하는 게 맞았다. 내가 지켜 주겠다고, 책임지겠다고 했던 아이는 이제 없었다.

"그리고 나는 이제 네가 벌인 일을……."

나는 숨을 살짝 들이마시고 마저 내뱉었다.

"……책임질 생각이 없어."

야율은 눈치 빠른 아이니 내 말에 담긴 거절을 알아들었으리라. 검붉은 눈동자가 갈대처럼 흔들렸다. 가슴이 답답하고 조이듯 아팠다. 이런 대답을 해야 하는 이 상황이.

"네가 나를 위해서 벌였다는 일들은 나를 위해서가 아니야. 너를 위해서지."

야율이 쥐고 있던 내 손을 더 꽉 쥐었다.

"왜 그러는 거야, 갑자기?"

나는 눈을 내리깔았다. 꽉 붙들린 손에 시선을 두었다.

"갑자기가 아니야. 진작 말했어야 했어……."

"그럼 화났어? 미안해. 내가 네게 말하지 않고 멋대로 굴어서 그래? 내가 네게 계획을 미리 알려 주지 않아서?"

야율이 잠시 말을 멈추고 인상을 찡그렸다가 다시 말을 이었다.

"네게 네 어머니에 대해서, 천마지보에 대해서 미리 알려 줬다고 해도 결과는 바뀌지 않았을 거야. 네가 우승하지 못했더라도 천마지보를……."

나는 야율의 말을 자르며 말했다.

"설명할 필요 없어. 그것 때문이 아니야."

"하지만 비무 대회의 일 때문에 이러는 거 맞잖아. 그게 아니라면 갑자기 왜……!"

나는 옅은 한숨을 내쉬었다. 야율이 이렇게 감정을 내보이는 건 거의 처음이었다.

"아니면 내가 널…… 죽여서 그래? 아직도 그걸 신경 쓰고 있었어?"

나는 살짝 인상을 쓰고 야율을 보았다.

"'아직도'라니. 그 말은 네가 할 수 있는 말이 아니야."

"……."

야율이 내 목을 날리던 순간을 어떻게 잊을까.

"하지만 그것 때문도 아니야."

모든 기억은 시간이 지나며 흐려지기 마련이다. 더는 목이 잘리는 꿈을 꾸지 않고, 지금 야율과 이렇게 손을 잡을 수 있는 것처럼.

날 좋아하냐고 물었을 때 영문을 모르겠다는 듯, 그게 무슨 소리냐는 듯했던 야율의 표정. 하지만 그의 행동은 나를 좋아한다고 말하고 있었다. 의도를 모를 때에는 그 사람의 행동을 보면 답이 나오는 법이었다.

내가 무얼 하고 있든 따라오던 남궁류청의 시선.

야율도 똑같았다. 어린 시절 내 뒤를 따라다니던 새카만 눈빛. 이제는 정말 묻어야 할 때였다.

"어릴 적 약속에 매여 있지 말고, 너도 이제 그만 네 삶을 살아."

나는 야율이 잡고 있던 손을 뺐다. 꽉 붙잡고 있던 것과 달리 쉽게 빠진다 싶었을 때 야율이 다시 붙잡아 왔다.

"싫어."

나는 한숨을 내쉬었다.

"내 말을 천천히 생각해 봐."

"싫어."

"야…… 왜 그래?"

야율이 갑자기 고개를 푹 숙였다.

"……."

뭔가 이상했다. 워낙 피부가 창백해 눈치채지 못했지만, 야율의 안색이 어느새 새하얗게 질려 있었다. 감정 때문에 격해진 게 아닐까 싶던 진기의 흐름이 기이한 움직임을 보였다. 마치 주인의 몸을 터트릴 것처럼 역류하는…….

쿨럭.

다급히 고개를 비튼 야율이 갑자기 피를 토했다. 나는 눈을 부릅떴다. 야율이 힘겹게 말을 이었다.

"내가 네게 말하고 싶지…… 않았던 게…… 아니라……."

내 팔을 부서질 듯이 부여잡고 있던 야율의 손에서 점차 힘이 빠졌다.

"야율……! 아니, 아무 말도 하지 마!"

무림맹 본단.

사람들이 입구에 나란히 펼쳐진 막사 앞으로 길게 줄을 서 있었다. 그리고 그 옆을 지나 비슷한 차림새와 비슷한 기도를 지닌 한 무리의 사람들이 들어서고 나오길 반복했다.

비무 대회가 끝났으니 사람이 줄어들었을 만도 하건만 비무 대회를 준비할 때와 다를 바 없는 모습이었다.

다만 그때와 다른 점도 있었다. 가라앉은 거리의 분위기. 그리고 여유 없는 사람들의 표정이 그러했다.

본단 안쪽에서 나온 이가 한 무리의 사람들에게 포권했다.

"월성문 분들이시군요. 이렇게 와 주셔서 감사합니다. 저를 따라 들어오시면 됩니다."

본단 안은 새카맣게 불타 골조만 앙상하게 남은 건물들이 아직도 매캐한 냄새를 풍기고 있었다. 수습하려는 시도조차 하지 못한 모습이었다.

한쪽에서는 무림맹 무사로 보이는 이가 다급히 소리쳤다.

"본맹 내에서는 함부로 검을 뽑아 드시면 안 됩니다!"

불탄 건물들, 지원을 온 백도 문파들과 돈 되는 싸움이라면 흑백 관련 없이 끼어드는 낭인들.

"정신이 하나도 없군."

"이런 오합지졸들로 과연 얼마나 상대할 수 있을 거라고……."

"발목 정도는 잡을 수 있겠지요. 마교 또한 재물로 흑도들을 모으고 있다 하니 우리도……."

십여 년 전 무림맹을 습격한 이후로 정마 대전이 벌어질 거라는 소문이 퍼졌으나 오히려 마교는 그대로 다시 은거에 들어갔다.

그 뒤로 소규모 국지전 같은 전투는 몇 차례 있었다. 하지만 마교 본대와 충돌한 것이 아니라 마교의 지원을 받은 흑도, 혹은 기회를 봐서 세력을 넓히려던 사파들과의 충돌이었다.

그러나 이번에는 진짜 정마 대전이었다.

본단 총사부 회의실의 공손 총사가 말했다.

"백리연이 마교의 천라지망을 빠져나갔다고 합니다."

"후우. 그건 다행이구려."

"천라지망을 혼자의 힘으로 빠져나가다니. 대체 어떻게……?"

안도와 의문이 뒤섞인 회의실의 대화를 들으며 공손방은 제갈화무와의 일을 떠올렸다.

천마지보를 탈취당하고 한바탕 있었던 혼란을 간신히 수습한 후, 태고 진인이 가장 먼저 찾아간 곳은 제갈 세가의 전각이었다. 그곳은 혼란이 벌어졌던 비무장보다 더 끔찍한 상황이었다. 비무장을 습격한 인원과 비등한 인원이 제갈 세가의 전각을 습격한 모습이었다. 전각을 불태워 버리려다 실패한 자국도 있었다.

"이건 대체……?"

푸학!

유일하게 살아 있던 흑의인이 피를 뿜으며 풀썩 바닥으로 쓰러졌다. 제갈화무는 내의에 간신히 장포만 걸친 차림새였다.

"제갈 세가주, 이게 다 무슨 일입니까!"

그와 태고 진인을 바라본 제갈화무가 웃으며 말했다.

"제가 살아 있는 게 누군가에게 무척 거슬리는 모양입니다."

"역시 마교 놈들입니까?"

"아마도."

제갈화무가 검을 대충 포석 위로 집어 던졌다. 집어 던진 검부터 얇은 옷자락까지 모두 피에 젖어 있었다.

"그게 아니면 저 같은 걸 누가 죽이려 들겠습니까? 내버려 둬도 얼마 남지 않았거늘."

공손방은 다소 안도했다.

천마지보를 이용하자고 처음 말을 꺼낸 것은 제갈 세가주였다. 그리고 제갈 세가주는 백리연과 연이 깊었다. 당연히 배신한 게 아닌가 하는 의심이 들 수밖에 없었다.

하지만 이렇게 마교가 혼란을 틈타 죽이려는 모습을 보아 마교와 손을 잡은 게 아닐까 하는 의심은 어느 정도 불식할 수 있었다.

물론 해명은 필요했다. 태고 진인이 말했다.

"자네는 알고 있었지? 천마지보가 이렇게 될 줄."

"예. 그러게 제가 말씀드릴 때 미리 주셨다면, 이리 소란이 커질 일 없지 않았습니까?"

"……."

"지금 이 상황이 태고 진인의 탓이란 말이오? 그대가 제대로 우리에게 알렸더라면……!"

제갈화무가 나른하게 말했다.

"설득하기까진 피곤한지라."

공손방은 잠시 말문이 막혔다. 이내 어처구니없다는 투로 말했다.

"기가 막히는군. 자네는 진실을 숨긴 것에 대해 백리 소저에게 미안한 마음도 없는가?"

제갈화무는 재미있는 소리라도 들었다는 듯이 웃음을 터트렸다.

"하하하!"

피투성이인 채로 웃는 모습은 광인과도 닮아 있었다. 제갈화무가 웃음기 남은 목소리로 말했다.

"글쎄요. 누가 보면 총사가 연이 편이라도 들어 준 것 같습니다? 태고 진인이 연이를 공격하시는 걸 구경만 하실 땐 언제고."

"……."

"변죽은 그만 울리고 본론으로 가죠."

제갈 세가주의 노복이 어디선가 의자를 가지고 왔다. 제갈 세가주가 그 위에 털썩 주저앉았다. 그늘진 눈가는 병색이 깊었다. 적어도 그의 병은 진짜였다.

"천마지보에 담긴 천마의 무공과 의념도 중요하지만…… 가지고 있어 봤자

애물단지일 뿐이죠. 어차피 그걸로 우리가 얻을 수 있는 이득은 거의 없었으니까요. 아, 물론 태고 진인은 달랐던가? 뭐, 어쨌든 지금껏 천마지보를 없애려고 여러 방법을 시도해 보지 않았습니까? 실패했지만."

공손방은 순간 흠칫 떨었다.

"설마 자네…… 천마의 혈육이 천마지보를 흡수하여 없앨 수 있도록 기회를 만들었단 말인가?"

제갈 세가주는 말을 이었다.

"세간에 알려지지 않았지만 천마지보에는 숨겨진 비밀이 하나 더 있었습니다."

"비밀이라니?"

"천마지보가 천마대총의 장보도이자 천마대총의 문을 여는 성보라는 것이죠."

"천마대총의 장보도라니? 천마대총이 실재했단 말이오?"

천마대총이란 초대 천마의 무덤을 이야기하는 것이었다. 무림을 일통했던 초대 천마의 무덤. 천마는 그곳에서 마지막을 맞이하며 다음 교주를 위한 모든 것들을 그곳에 남겨 두었다는 이야기가 있었다.

공손방이 중얼거리듯 말했다.

"확실히 천마지보는 본디 후대 교주를 위해 천마가 남겨 놓은 안배였

지…….”

사람들은 천마대총에 엄청난 금은보화들과 천마의 신공절학, 신병이기들이 그곳에 잠들어 있을 거라고 예상했다. 천마지보가 천마대총을 알리는 장보도였다면 지금까지 천마대총을 찾지 못한 이유를 알 수 있었다.

많은 이가 오랜 세월 동안 천마대총을 찾아다녔다. 하지만 흔적조차 잡지 못했고, 마교들조차 천마대총을 찾지 못했기에 이제는 거의 의미 없는 전설로 치부되었다.

그런데 천마대총이 실재했다면…….

탐욕이 샘솟았다.

제갈화무가 말했다.

“고작 보물 하나에 이 정도 능력을 담아 놓을 수 있는데, 천마대총에는 과연 무엇이 숨겨져 있을지 궁금하지 않습니까?”

공손방이 마른침을 꿀꺽 삼켰다.

“저는 천마대총에 천마가 대대로 강력한 무위를 이룰 수 있던 이유가 있으리라고 봅니다.”

공손방의 회상은 회의장의 문이 거칠게 열리며 끝났다. 도사 차림의 노인이 성큼성큼 걸어 들어왔다.

“태고 진인! 언제 돌아오셨습니까?”

회의실의 사람들이 놀란 표정으로 태고 진인을 맞이했다.

무림맹과 마교는 교전을 피하면서 대치 상태만 계속 유지하고 있었다. 태고 진인은 무림맹 본단을 떠나 마교의 본대와 대치하고 있었다.

"이렇게 자리를 비우셔도 됩니까?"

"삼마군이 급히 자리를 비우더군. 육마군 또한 뒤로 빠졌네. 그들의 움직임이 기이하여 왔네. 전령보단 빈도의 발이 더 빠르니."

공손 총사가 개방의 대표로 와 있는 무한 분타주를 바라보며 말했다.

"개방에서도 똑같은 정보를 알려 왔소."

무한 분타주가 입을 열었다.

"오늘 올라온 정보입니다. 흑도를 중심으로 백리연의 용모파기가 퍼졌습니다. 현상금이 믿을 수 없을 정도로 어마어마하여 다들 한몫 잡아 보려 근방을 쥐 잡듯 뒤집고 있다더군요. 또한 이 보고가 올라오기 며칠 전, 천라지망의 남문이 날아가 버렸다고 하덥니다."

"날아갔다?"

"백 명이 넘는 자들이 순식간에 몰살했다는 보고가 올라왔습니다. 아마도 그곳으로 빠져나간 게 아닐까 싶습니다. 용모파기가 그 뒤에 돌았으니, 확실할 겁니다."

무한 분타주의 말이 끝나지 공손 총사가 다시 말을 이었다.

"청룡단 쪽에서도 몇 가지 정보가 들어왔소. 분석해 본 결과 팔마군의 배신으로 천라지망이 날아간 것 같더군. 그리고 팔마군은 익히 우리가 알던 이였소."

"우리가 아는 자라니? 누굴 말하는 것이오?"

공손 총사가 한숨을 내쉬었다.

"적야, 정확히는 야율이오."

경악성이 터져 나왔다. 웅성거리는 소리와 함께 누군가 말했다.

"말도 안 되오! 그 연배에 팔마군이라니, 마교 놈들이 미치기라도 했단 말이오?"

남궁완이 말했다.

"그러고 보니 저도 오래전에 받았던 보고가 있었소이다. 마교에 최연소로 마군 지위를 얻은 이가 있다고."

그자의 정체를 알아내려고는 했으나, 특별히 노력을 기울였냐고 하면 그건 아니었다. 그냥 다른 정보들과 똑같이 취급했다. 그런데 그 정체가 야율이었다니.

"위지백 그 말종이 뿌린 씨앗이로군."

"그런 인간의 핏줄이니 당연하지요."

남궁완의 입매가 비틀렸다. 손바닥 뒤집듯이 바뀐 반응들에 역겨움만이 치솟을 뿐이었다.

위지백은 오랫동안 무림맹주로 자리했다. 위지백과 깊은 관련까지는 없더라도 위지백의 행태를 보고 눈감아 줄 수 있는 박쥐 같은 자들이 맹의 자리를 차지하고 있었다. 그게 아니라면 무림맹이야 어찌되든 간에 제 문파의 안위만을 생각하는 자들.

이런 자들과 함께 정마 대전을 제대로 치를 수 있을지. 속이 들끓을 뿐이었다.

그때 또다시 회의실의 문이 열렸다. 이번에 들어온 자는 개방도로 보였다. 약식 인사 후 곧장 무한 분타주에게 향한 개방도가 암호문을 건넸다. 웬만한 소식이 아니고서야 회의실까지 올라올 리가 없었다.

암호문으로 된 서신을 받아 들고 읽어 내려가는 무한 분타주의 표정이 여러 번 변했다. 곧이어 입을 열었다.

"남창 분타에서 올라온 정보입니다. 근방 지현에서 백리연으로 추정되는 이를 발견했다고 합니다."

"……!"

"언제 거기까지……!"

"지금 당장 남창으로 전서구를 보내지요. 근처 지부장이 누구였지요?"

무한 분타주가 말을 이었다.

"그리고 그 주변에 기이한 소문이 퍼지고 있답니다."

"소문이라니요?"

"천마지보에 전설로 내려오던 천마대총의 비밀이 숨겨져 있었고, 이를 알아낸 무림맹과 마교가 전쟁을 벌이는 것이라고."

"뭐라? 천마대총이라니?"

"그리고 이 이야기를 한 이가…… 백리연이라고 합니다."

나는 천천히 눈을 떴다.

야율의 목덜미에 식은땀이 잔뜩 맺혀 있었다. 그래도 피를 토할 때에 비해선 훨씬 진기가 안정된 상태였다. 하지만 그 짧은 사이 입은 내상이 있어 아직 한참은 운기로 진정시켜야 했다.

야율이 갑작스럽게 피를 토한 것은 금제 때문이었다. 비무 대회의 계획을 발설치 못하도록 가한 금제 같았다. 만약 이를 어기고 말하려 한다면 내공이 멋대로 폭주하게 되어 있었다.

금제에 걸렸다는 사실을 말하는 것 또한 금제를 어기는 것이나 다름없었다. 천마지보로 알게 된 지식이 아니었다면 야율에게 금제가 걸렸다는 사실도 몰랐을 터. 까딱 잘못했으면 그 자리에서 죽을 뻔한 상황이었다.

나는 야율의 명문혈에 올리고 있던 손을 천천히 뗐다. 그러고는 손끝을 바라보았다. 좀 전까지 운기행공을 도운 마공의 흔적이 스러지고 있었다.

흡성마공으로 쌓은 진기는 확실히 정종심법으로 쌓은 진기들과 달랐다. 말을 잘 듣지 않고 아주 제멋대로에 조금만 방심하면 바로 고삐를 벗어던지고 날뛰었다. 하지만 나는 그들을 조종하는 게 딱히 어렵게 느껴지지 않았다.

삐걱.

침상에서 일어난 내 움직임을 따라 마룻바닥이 삐걱거리는 소리를 냈다. 몹시 허름한 객실이었다. 본래는 이 방도 남아 있지 않았다. 하지만 돈만 있으면 불가능한 건 없었다. 점소이나 이 방의 주인 모두 만족할 만한 금액이었다.

나는 나무로 된 창문을 열었다. 조용하다 싶더니만, 쏟아붓듯이 내리던 비도 어느새 부슬비로 바뀌어 있었다. 창문 바로 옆에는 높게 자란 활엽수가 있었다. 아직은 푸릇하였지만, 슬슬 낙엽이 물들려는지 이파리 끄트머리가 붉게 변해 있었다.

나는 손을 뻗어 닿는 나뭇가지 하나를 꺾었다. 빗물이 아래로 후드득 떨어졌다. 산뜻한 생기가 느껴졌다. 그리고 잠시 후 푸르던 이파리가 갑자기 빠르게 다홍색으로 변하더니 이내 오므라들며 갈색으로 변했다.

바짝 마르던 이파리와 가지는 어느새 가루가 되어 그대로 부스러졌다.

"하……."

흡성마공, 자기네들끼리는 흡성대법이라고 하는 것의 원류는 자연지기를 흡수하여 사용하는 나의 능력과 다를 바 없었다. 저들은 사람의 진기와 생명력을 이용하고, 나는 금안의 힘을 이용해 자연지기를 이용하고. 진기를 흡수하여 사용한다는 근원은 같았다.

즉…… 내가 지금까지 사용한 능력도 흡성마공과 같은 능력이었던 거다. 지금까지 알아채지 못한 것이 우스웠다.

이 힘, 천마지보에 담긴 힘은 반쪽짜리 미완성품이었다. 그리고 온전해질 수 있는 곳으로 나를 이끌고 있었다.

천마대총.

창밖을 보며 얼마나 고민하고 있었을까? 객잔 주변으로 거슬리는 움직임들이 보였다. 무공을 익힌 사람들이 삼삼오오 모여 객잔을 둘러싼 채 다가오고 있었다.

나는 잠시 바라보다가 창문을 닫았다. 팔짱을 낀 채 눈을 감고 생각하다가 다시 눈을 뜨고 야율을 바라보았다.

덜컹. 끼익.

듣기 싫은 소리가 나는 객실 문을 열고 나섰다.

사람들이 식사하는 객잔 일 층은 어느새 조용해져 있었다. 손님이 없는 건 아니었다. 다만 그들 모두 갑자기 들이닥친 불청객들로 인해 숨을 죽이고 있었다.

나를 본 사내가 멱살을 잡고 있던 점소이를 집어 던졌다.

쿠당탕.

점소이가 의자와 함께 바닥을 굴렀다. 이미 몇 대 맞았는지 뺨이 빨갛게 부풀어 오르고 있었다.

"네가 백리연이냐?"

예상했지만 누가 봐도 흑도로 보이는 차림새였다. 뺨에 흉터가 있는 이가 대장으로 보였다.

사내가 친절한 웃음을 내보였다.

"우리 번거롭게 이러지 말고 나가서 이야기하지."

나는 바닥을 나뒹구는 점소이를 보고 난간을 넘었다. 탁. 일 층에 뛰어내리자마자 놈들이 나를 빠르게 둘러쌌다.

나는 고개를 기울이고 물었다.

"궁금한 게 있는데, 어떻게 알아봤지? 얼굴이 다를 텐데."

사내가 도를 어깨에 걸치며 나와 내가 나온 객잔 방을 손가락질했다.

"여자 하나, 남자 하나. 맞잖아?"

"고작 그걸로 알아봤다고?"

"일단 잡아서 손가락 하나씩 자르다 보면 다들 사실대로 말하는 법이지."

"다른 사람이면 어쩌려고?"

"뭐? 으하하하하!"

내가 웃기는 질문이라도 했다는 것처럼 사내가 박장대소했다. 다른 흑도 놈들도 함께 폭소했다.

"아직 소식을 못 들었나 본데. 소저, 마교에서 소저 몸에 엄청난 현상금을 걸었어. 어? 평생 놀고먹을 돈을 얻을 기회인데 그런 사소한 일에 신경 쓰며 살아서야 쓰겠어?"

내가 협조적이라고 느꼈는지 매우 친절하게 설명했다. 그러고는 제 부하들을 가리키며 말했다.

"너, 너, 그 뒤의 놈들, 가서 남자는 죽여. 피를 한 움큼 토했다니, 어차피 별거 없을 거다."

"예!"

그들이 발을 뗀 순간이었다.

쉭!

뭔가 휙 날아가는 소리와 함께 비명이 터졌다.

"아아악!"

사내의 손을 젓가락이 꿰뚫고 있었다. 떨어져 바닥을 나뒹굴었어야 할 도가 허공에 떠올라 빙그르르 돌고, 내 손짓에 따라 본래 주인의 목을 겨눴다.

"끄흡."

비명이 그대로 그쳤다. 모두 넋을 잃은 얼굴로 허공에 뜬 도를 바라보았다. 나는 방긋 웃었다.

"아직 소식을 못 들었나 보네. 내가 마교의 천라지망을 박살 내고 빠져나왔다는 걸."

"이, 이기어검."

누군가 중얼거렸다. 공중에 떠 있던 도가 사내의 목덜미를 점차 파고들었다. 살결을 살짝 누르다 이내 핏, 실선이 그어지고 피가 주륵 흘러내렸다.

"……."

적막 속에서 사내는 숨조차도 내쉬지 못했다. 챙, 챙, 챙. 흑도들이 검을 내려놓는 소리가 들렸다.

나는 흑도들 너머 객잔 손님들을 보았다. 아닌 척 힐끗거리던 이들은 이제 아주 부릅뜬 눈으로 내게서 시선을 떼지 못했다. 그들에게 말했다.

"마저 식사하세요."

시선들이 일제히 탁자로 향했다. 하나 젓가락 소리는 들리지 않았다. 관심을 끄라는 의미였으니, 이걸로 충분했다.

흑도 한 놈이 급히 말했다.

"저희는 그저 의뢰를 받았을 뿐입니다. 여자 남자로 이루어진 일행을 잡아서 데려오면 큰 사례를 하겠다고!"

나는 물끄러미 바라보다가 점소이를 향해 손짓했다.

"거기, 잠시 이리로."

"저, 저요?"

거기란 소리에 점소이가 반사적으로 고개를 들었다가 눈이 마주쳤다. 붉게 부어올랐던 뺨과 눈은 벌써 시퍼렇게 멍이 들고 있었다. 점소이는 정말 자기를 불렀다는 사실을 알고 잔뜩 겁에 질린 채 주춤주춤 다가왔다.

"왜 맞았나?"

"손님, 아니, 대, 대협의 객실이 어디냐고 물어봐서 그건 왜 물어보냐고 했다가……."

"하."

나는 고개를 기울이며 사내를 보았다. 내 웃음에 덜덜 떨었다.

"마땅한 질문을 했을 뿐인데 질문 좀 했다고 사람을 그렇게 개 패

듯 해?"

"……."

"뭐 해?"

나는 점소이를 향해 눈짓했다.

"사과 안 해?"

그 순간 사내 뒤쪽의 흑도 놈이 욱하는 낯으로 점소이를 노려보았다. 나는 가타부타 말하지 않고 탁자 위 통에서 젓가락을 꺼내 집어던졌다. 볼 수 있을 정도로 느린 속도였다. 경악한 흑도 놈이 눈을 질끈 감는 것과 동시에 젓가락이 그의 눈앞에 멈춰 섰다.

놈이 감았던 눈을 뜨고 젓가락을 확인하자마자 털썩 무릎 꿇었다.

"죄송합니다."

이를 시작으로 줄줄이 점소이에게 사과했다.

챙그랑.

허공에 떠 있던 도와 젓가락이 바닥으로 떨어졌다. 하지만 아무도 함부로 도망가려 들지 않았다.

놈들의 자백으로 그들이 근방의 흑교방이라는 흑도 놈들인 걸 알 수 있었다. 그리고 마교가 건 현상 내역에 대해서도 알 수 있었다.

마교가 현상금을 건 것은 내가 천라지망을 탈출한 직후였다. 저놈들이 멍청해서, 혹은 내 비무 대회나 천라지망의 소문을 듣지 못해서 잡으러 온 것이 아니었다. 그 모든 이야기를 알면서도 제정신을 잃을 만큼 어마어마한 현상금이 걸려 있었던 것이다.

마교는 돈이 매우 많았다.

'아무리 돈이 많다지만 그래도 이건…….'

삼대는 무슨, 이 정도라면 한 지역의 왕이라도 될 수 있을 금액이었나.

내게 이 정도의 현상금이 걸렸다니.

심지어 마교가 직접 마교의 이름을 걸고 공언했다. 문파의 이름을 걸었을 경우 그건 명예와 직결되기에 무슨 일이 있어도 말한 바를 지킨다. 미치광이 종교인들도 다르지 않았다. 천마신교가 제 교의 이름을 걸었으니 그 돈을 준다는 건 믿어도 좋았다. 눈이 돌아가는 것도 당연했다.

흑도는 당연하고 정사지간의 문파들조차 안면 몰수하고 나를 찾아다니고 있었다. 그들은 용모파기도 신경 쓰지 않은 채, 무공을 익힌 남녀 일행이면 일단 끌고 갔다. 남녀 일행이 무엇인가? 그냥 여자 한 명만 돌아다녀도 일단 검문하려 들었다. 이미 이런 작은 촌의 객잔에도 살피던 눈이 있어 일단 잡고 보려 들지 않았는가?

흑교방 놈들이 특히 멍청해서 이번에는 쉽게 넘어간다고 치지만 매번 이런 식으로 넘어갈 수는 없었다.

'……입을 막는 건 불가능해.'

흑교방을 비롯해 이 객잔 사람들을 몰살하는 게 아니라면 오늘이 지나기도 전에 내가 여기에 나타났다는 사실이 퍼질 것이다. 그러면 이 근방에 나를 잡으려는 사람들이 몰려들 것이다.

'곤란한데.'

마교만이라면 그래도 도망 다닐 수 있었다. 하지만 저 어마어마한 현상금이라면 심지어는 관까지 은밀하게 협조할 것이었다.

그야말로 돈으로 만든 천라지망이었다.

나는 잠시 고민하다가 입을 열었다.

"너희들, 흑도면 하오문과도 연관이 있겠지?"

개방이 백도의 정보 단체라면 흑도에게는 하오문이라는 정보 단체가 있었다.

"그, 그게, 하오문과 줄이 있을 정도의 규모는 아니라."

나는 탁자 위의 젓가락 통을 쥐었다.

"정말 없어?"

사내가 재빨리 말했다.

"저희가 경호하는 주루에 하오문과 연결된 사람이 있습니다."

"종이랑 붓 있나?"

고개를 끄덕인 나는 점소이를 향해 물었고, 점소이가 후다닥 붓과 빈 장부를 뜯어 내밀었다.

"……."

"……."

침묵의 시선 속에서 나는 종이에 먹으로 무언가를 쓱쓱 그려 내려갔다. 점소이는 내가 뭘 적는지 궁금한 표정이었지만 감히 살펴보려고 하지는 않았다.

나는 적어 내려간 걸 사내의 품에 던지듯 넘겼다.

"당장 하오문에 가서 이거 주고 내가 말하는 대로 전해. 하오문이라면 내 말이 거짓인지 진실인지 알 테니."

"마, 말씀하십시오."

"마교가 나를 잡으면 주겠다는 현상금의 정체는 천마대총의 보물이고, 그들이 내게 고액의 현상금을 건 이유는 내가 전설로 내려오던 천마대총의 위치를 천마지보에서 알아냈기 때문이라고."

"……."

흑도 놈들의 멍청한 표정이 매우 웃겼다. 적막에 잠긴 객잔 안에서 말을 이었다.

"그리고 이게 천마대총의 위치를 적은 지도라고."

투두두두두두둑.

손님들이 썰물 빠져나가듯 우르르 빠져나간 객잔은 고요해졌다. 다시 굵어진 빗줄기가 지붕에 세차게 부딪치는 소리만 울려 퍼졌다.

내가 쫓아낸 것이 아니다. 내 이야기를 엿들은 객잔의 사람들이 한시라도 빨리 소식을 알리기 위해 스스로 떠난 것이었다.

그리고 모두가 다급하게 달려 나갈 때 유일하게 가만히 있던 기척에게서 살짝 잠긴 듯한 나른한 목소리가 들려왔다.

"하여간 착하다니까."

나는 목소리가 들린 방향을 돌아보았다.

"보물 지도도 직접 그려 주고 말이야."

다 알면서 하는 말에 나도 모르게 고개를 저었다.

흑교방은 하오문에 도착하지 못할 것이다. 도착하기도 전에 이미 퍼진 소문을 듣고 달려온 이에게 지도를 뺏기기만 하면 다행, 운이 나쁘다면 그대로 죽임당하고도 남았다.

하오문에 알려야겠다는 생각이 없을 수도 있었다. 아무렴 상관없었다. 목적은 소문이 퍼지게 만드는 것이었으니.

그걸 흑교방 놈들이라면 모를까, 야율이 모를 리 없었다. 나는 야율을 물끄러미 보다가 물었다.

"몸은?"

야율이 미미하게 웃었다.

"누가 도와줬는데. 괜찮아."

피를 토한 야율을 보고 처음에는 기겁했고, 다음에는 걱정했고, 상황을 깨닫고 난 후에는 화가 머리끝까지 치솟았다.

위험하다는 걸 알면서도 금제를 건드리다니!

심지어 제대로 다 말하지도 못했다. 금제를 깨트리지도 못했고. 그냥 자살 시도를 한 것이나 다름없는 짓이었다.

야율이 정신을 차리면 제대로 화를 내야겠다고 생각했다. 하지만 나를 바라보는 순한 눈을 보니…… 차마 화를 낼 수가 없었다.

나는 단호하게 말했다.

"쓸데없는 데 목숨을 걸지 마."

"쓸데없……."

"한 번만 더 금제를 건드려서 죽어도 상관없다는 듯이 굴면 네가 죽든 말든 버려두고 나 혼자 갈 거야."

야율이 말없이 나를 응시했다. 네가 그럴 수 있을 리 없다는 속내가 읽혔다. 야율이 천천히 입꼬리를 올렸다. 가늘게 접힌 눈이 기뻐 보였다.

"하여간 착하다니까."

모르겠다. 정말.

정말 야율을 위한다면 지금이라도 여기서 떼어 놓는 게 나았다. 그가 제 마음을 제대로 알지 못하더라도 나는 알지 않는가? 그러니 이제라도 제대로 마음을 접고 새 삶을 시작할 수 있게 해 주어야 했다.

하지만 곁에서 떨어질 바에는 죽어 버리겠다는 자를 내가 어쩔 수 있겠는가? 나는 입술을 깨물었다. 언제 일 층으로 내려왔는지 모를 야율이 내 손을 살짝 쥐었다.

"나는 괜찮아."

그래. 변명이었다. 나도 혼자서는 외롭고 무섭고 버거웠다.

"후우……."

아버지가 보고 싶었다.

'아버지는 잘 도망치셨을까?'

최소한 잡히지는 않았을 테다. 마교에게 잡혔다면 그들은 아버지의 목숨을 인질로 나를 붙잡으려 들었을 테니. 무소식이 희소식이나 다름없었다.

연달아 다른 생각으로 이어졌다. 나는 피식 웃으며 말했다.

"천라지망을 빠져나온 게 아쉽네."

야율이 고개를 기울였다.

"이 소문을 들은 마교 놈들의 반응을 볼 수 없다는 게."

천마지보에 담긴 천마대총의 이야기는 아무도 알지 못하는 비밀이었다. 그래서 어떻게 해서든 나를 손에 넣으려고 했는데. 하하. 그 일그러진 낯을 봐야 하는데! 쫓겨 다닐 때 어찌나 징글맞았던지. 그걸 볼 수 없다는 점이 너무 아쉬웠다.

"그러게."

야율은 전혀 동의하지 않는 표정으로 동의했다. 나는 약간 재미없어졌다. 야율이 시무룩해진 내 마음을 느꼈는지 주제를 돌리듯 물었다.

"그래서 앞으로 어떻게 할 거야?"

[무림맹으로 갈 거야.]

[거길 왜?]

지금 겨우 거기서 도망쳐 나왔는데 왜 돌아가느냐는 속내가 읽혔다.

[무림맹에서 낭인을 모집한다며? 거기 지원할 거야.]

이건 야율도 예상 못 했는지 놀란 낯이었다. 나는 차근차근 설명했다.

[천마대총의 위치가 알려졌으니, 다들 천마대총을 찾아내느라 정신없겠지. 둘 다 천마대총을 찾아내기 전까지는 충돌은 피할 테고.]

[아, 전선은 천마대총 앞으로 옮겨지겠구나?]

모두 설명하기 전에 알아챈 야율을 향해 씩 웃었다.

[그래. 무림맹 사이에 껴서 함께 이동하는 거야.]

쏴아아아—

며칠간 맑다 싶더니만 남쪽으로 내려오자 이틀에 한 번씩 갑작스럽게 비가 쏟아졌다가 그치길 반복했다. 분명 비가 몇 차례 내리면서 서늘한 가을 날씨로 변하고 나무들은 낙엽으로 물들고 있었는데, 남쪽으로 내려갈수록 다시 계절을 역행하는 듯한 더위가 우리를 반겼다.

그리고 우리를 반기는 건 더위뿐만이 아니었다.

"아악!"

빗줄기를 뚫고 비명이 퍼졌다. 그리고 사방에서 날붙이들이 충돌하는 소리가 들렸다.

챙! 챙!

털썩.

지금 내가 있는 곳은 무림맹의 낭인 부대였다.

"컥!"

야율이 나를 공격한 상대의 숨통을 단숨에 끊었다. 나는 야율에게 전음했다.

[적당히 해.]

전음을 듣고 고개를 끄덕이긴 했지만 내 말을 들을지는 모르겠다. 저를 공격한 놈을 상대할 때는 가지고 놀듯이 실력을 감추며 오랫동안 싸워 놓고 나를 공격한 놈들은 늘 쉽게 숨을 끊었다.

나는 속으로 한숨을 삼켰다. 오락가락하는 실력의 야율을 의심하게 되는 일이 없기만 바랄 뿐이었다.

스각!

그사이 야율이 또 한 명을 베어 냈다.

나와 야율은 역용을 하고 무림맹에 잠입한 상태였다. 등잔불 밑이 어둡다. 딱 지금 상황을 빗대는 말이었다.

천마대총에 관한 소문은 그날 밤이 지나기도 전에 날개 돋친 듯이 사방으로 퍼졌다. 그리고 다음 날 아침이 밝기도 전 내가 그린 지도는 흑교방 놈들의 손을 떠났다.

영약 하나로도 혈겁이 벌어지는 강호였다. 그런데 천마대총의 위치를 알리는 지도라니. 소문을 듣고 몰려든 강호인들로 한바탕 싸움이 벌어졌다.

나에게 쏠렸던 관심의 상당수가 천마대총의 지도로 몰렸다. 대다수가 나를 잡는 것보다 천마대총의 지도를 얻어 내는 게 훨씬 이득이라 판단한 것이다.

나를 잡아 넘겨 봤자, 마교도놈들이 털어먹은 천마대총의 보물 일부를 양도받는 것에 불과할 것이다. 하지만 마교보다 먼저 천마대총에 들어갈 수 있다면? 그 안의 신공절학과 신병이기들도 자신이 가질 수 있지 않은가!

저들이 지도를 가지고 싸우는 틈을 타 나와 야율은 무림맹 남창에 있는 강서 지부로 향했다.

나와 야율 둘 다 정사지간으로 위조할 만한 신분을 가지고 있었다. 강박적으로 어느 상황에도 대비할 수 있게끔 안배를 해 놓는 건 야율과 나 둘 다 갖고 있는 버릇이었다. 그리고 위조 신분으로 역용을 한 채 무림맹의 낭인 모집에 지원했다.

그사이 보물 지도는 여러 사람 손을 거치며 결국 위치가 알려졌다.

천마대총은 대륙의 남단에 있었다. 강호인들에게는 남만이라고 불리는 곳이었다. 지금껏 그런 곳이 있는지 관심조차 가지지 않던 오지의 밀림에 강호의 관심이 집중되었다. 그리고 내가 보기엔 세상의 모든 강호인이 모두 다 남만으로 몰려가는 듯싶었다.

강호에서 가장 큰 두 세력인 무림맹과 마교 또한 마찬가지였다. 그들은 서로 최대한 부딪치지 않도록 하며 남만으로 대병력을 보냈다. 당장 서로 전투하는 것보다 천마대총을 찾아내는 것이 먼저라고 여긴 것이다.

나와 야율은 그런 무림맹의 병력 속에 섞여 관도를 타고 배를 탔다 내리기를 반복하며 안전히 남만에 올 수 있었다.

나와 야율이 도망친 무림맹에 섞여 있을 줄은 누구도 예상 못 했는지 무림맹과 함께 움직이면서 나를 찾는 움직임도 볼 수 있었다.

그리고 남만에 가까워질수록 충만해지는 힘을 느낄 수 있었다. 천마지보에 담긴 의념을 제대로 쓸 수 있게 되는 느낌이었다. 하지만 동시에 이를 함부로 써서는 안 된다는 것도 알 수 있었다.

'아직은 내 몸이 버티질 못해.'

아니, 버틸 수 있는 날이 오긴 할까?

그렇게 남만에 내려온 무림맹은 이미 먼저 도착한 이들을 내쫓고, 어중이떠중이들이 접근하는 것을 막았다.

큰 싸움이 벌어질 테니 위험하다는 명분이었다. 물론 아무도 믿지 않았다. 하지만 마교 또한 무림맹과 같은 태도를 견지했다. 서로 합의라도 한 것처럼.

"적들이 도망친다!"

싸움은 반 시진 만에 끝났다. 우리 측은 부상자 다섯, 사상자 없음. 마교 측은 사상자만 일곱인 대승이었다. 적들의 수는 많았지만, 실력은 정말 형편없었다.

"하, 별거 아닌 놈들이."

시신을 살피던 여인이 몸을 일으켰다.

"안 공자, 뭔가 이상해. 이자들이 갑자기 왜 덤벼든 거지? 이렇게 실력 차이가 나는데? 그동안은 계속 숨어서 도망 다니기 바빴는데……."

여인의 허리춤에 매달린 두 개의 검이 흔들렸다. 그중 하나는 빈 검집이었다.

나는 여인을 유심히 살폈다. 나와 아버지가 만든 역용술은 몸에 무리가 가지 않는 대신 고수들의 눈까지는 가리기 힘들었다. 고수 정도 되면 본능적으로 부자연스러운 부분을 느꼈다.

하지만 다행히 나와 야율이 고수들의 근처에 갈 일은 없었다. 출신이 불분명한 낭인이지 않은가? 그들은 고작해야 마교에서 똑같은 방식으로 모집해 온 흑도와 충돌할 때 쓰는 용도였다.

내가 할아버지나 태고 진인, 남궁완 아저씨 정도의 고수와 만날 일은 전혀, 절대 없었다.

낭인 부대는 적당히 이름 있는 후기지수가 맡을 만한 일이었다. 그 정도 되는 실력자들은 역용술을 알아보지 못할 것이었다.

역시나 고수가 아닌 한 무리의 젊은 후기지수들이 낭인 부대를 맡았다. 당연히 후기지수들은 아무도 우리를 알아보지 못했다. 그들은 나와 야율 같은 낭인들을 자세히 살피지도 않았다.

후기지수들의 조장은 남영문이라는 곳의 안재홍이란 자였는데, 이름은 들어 본 적 없지만 남영문은 스치듯 들어 본 적 있었다. 강서성 지역의 적당한 중소 문파였다.

그리고 그 아래 후기지수들 가운데 내가 아주 잘 아는 사람도 있었다.

서하령이었다.

정말 의외의 만남이었다. 깜짝 놀란 나는 검집과 손잡이를 가리는 것에 신경 썼다.

처음에는 반가웠으나 시간이 지날수록 이상함을 느꼈다. 서하령의 문파인 수향문은 안휘성 지역의 문파였다. 굳이 강서성 지역의 후기지수들과 같은 조에 있을 이유가 없는 것이다.

안휘성 지부와 함께 가기 어려운 상황이라면 오히려 무림맹 본대와 함께 움직이는 게 맞았다. 서하령은 무림맹 본단이 있는 무한 근처에 있었을 테니까.

'게다가…….'

반사적으로 한 얼굴이 떠올랐다. 어떻게 지내고 있을지.

그때 빽 소리치는 목소리가 상념을 깨트렸다.

"……너무 위험하다고!"

서하령이었다.

"게다가 지금 우리 임무는 외부인들이 들어오지 못하게 막는 것이지 저들을 잡는 게 아니잖아!"

지금 내가 있는 낭인 부대의 임무는 천마대총이 있다는 이곳의 산에 들어오려는 자들을 막는 것이었다. 그런데 갑자기 며칠간 숨어서 도망 다니던 이들이 모여 우리를 습격한 상황이었다.

서하령이 말을 이었다.

"총사님께서도 말씀하셨잖아. 무조건 이동은 주변 상황을 파악한 후에 보고하고……."

다른 후기지수 한 명이 서하령의 말을 자르며 말했다.

"지금 이 상황에서 총사님께 언제 보고를 올린단 말입니까?"

"부상자들도……!"

"지금 부상자가 중요합니까? 한시라도 빨리 천마대총을 찾아내는 것이 중요하지요. 언제까지 우리가 여기만 지키고 있어야 합니까?"

안재홍이 말했다.

"맞는 말일세. 소저, 자꾸 약한 소리 할 거면 그대는 그냥 돌아가지 그러나?"

"하지만……!"

"그리고 이 부대의 의사 결정권자는 나일세. 불만이 있다면 다른 조로 가지 그러나? 아, 뒤를 봐주던 백리 소저가 없어서 그것도 힘들려나?"

아니나 다를까 안휘성 사람인 서하령은 강서성 후기지수들과 잘 어울리지 못하고 있었다. 그들은 서하령에게 사사건건 시비를 걸고 무시하고 있었다.

"그럼 다치지 않은 자들은 추스르고 따라오도록. 우리는 도망친 자들을 쫓겠다. 서 소저는 부상자들과 남게."

"안 공자!"

안재홍이 서하령의 외침을 무시한 채 몸을 돌렸다. 멀찌감치 소란을 구경하며 쉬고 있던 낭인들이 툴툴거리며 움직이기 시작했다.

"비도 이렇게 퍼붓는데 어디를 가는 거야?"

"추적은 무슨, 자기들도 천마대총 찾고 싶어서지."

불만스러운 말들에 앞서던 후기지수가 뒤를 돌아보았다. 그러자 구시렁거리던 이들이 입을 꾹 다물었다. 여기 오는 내내 반복된 모습이었다. 뒤를 돌아본 후기지수가 다시 앞으로 고개를 돌릴 때 입을 열었다.

"저도 여기 남겠습니다."

"뭣?"

갑작스러운 내 말에 후기지수들이 모두 뒤를 획 돌아보았다. 특히 안재홍의 눈초리가 사나웠다. 물론 나는 신경도 쓰지 않았다.

"지금 뭐 하는 짓이지?"

"그럼 부상자들과 서 소저만 두고 갑니까?"

나는 뭐 이런 쓰레기가 다 있냐는 눈빛으로 바라보았다.

"이……!"

안재홍이 입을 열었다가 다른 이들의 시선을 느끼고 다물었다. 나는 어깨를 으쓱이며 덧붙였다.

"입 연 김에 한마디 더 하죠. 이건 미친 짓입니다. 오는 길에 들었잖아요? 이 안으론 들어가면 나올 수 없는 위험한 곳이라고.”

이 안쪽은 사람의 발길이 전혀 닿지 않은 밀림이 끝없이 펼쳐져 있었다. 끝을 모르는 낭떠러지 같은 협곡들과 구름에 가려진 산은 이 근방에 사는 이들에게 신령한 산으로 취급되었다. 반대로 강호인들에겐 사대 금지(禁地)라고 불리며 들어가면 나올 수 없는 곳으로 알려져 있었다.

물론 지금 저 금지란 곳에 천마신교의 교도들과 무림맹의 사람들이 한가득 들어가 있었지만.

나는 말을 이었다.

“저 산의 지리도 잘 모르는데 마교 잔당들이 가득한 밀림 속으로 들어간다고요? 이 인원들만 데리고? 비가 이렇게 와서 어차피 자취도 금방 놓칠 텐데?”

“닥쳐! 네놈이 뭘 안다고!”

안재홍이 버럭 소리치자 서하령이 나를 감싸듯 뒤로 보내며 말했다.

“안 공자, 틀린 말을 한 것도 아닌데, 왜 소리를 지르고 그래?”

그때 안재홍 곁의 다른 청년이 말했다.

“안 공자, 그냥 대충 넘어가죠. 이러다 정말 놓치겠습니다. 서 소저, 저 여자를 포함해 넷 정도면 되겠지?”

서하령이 고개를 끄덕였다.

남을 사람을 뽑는데, 안재홍이 갑자기 사악한 표정을 지었다. 그러고는 내 옆에 붙어 있던 야율을 정확히 가리켰다.

“저 여자는 여기 남되 너는 따라와.”

여기 사람들 모두 나와 야율이 일행인 것을 알고 있었다. 여기 오는 내내 함께 다녔으니 모를 수가 없었다.

야율이 서늘한 눈빛으로 안재홍을 노려보았다.

"왜, 네놈도 불만이야? 서 소저고 위험이고는 핑계고 사실은 내 명령을 거절하려고 그런 것 아니야?"

안재홍이 기다렸다는 듯이 트집을 잡았다.

'저놈이 일찍 저승 가고 싶나?'

하긴 어차피 살날이 얼마 남지 않은 놈이긴 했다. 나는 야율이 일 치기 전에 먼저 전음했다.

[그냥 따라갔다가 적당할 때 빠져나와. 나도 바로 빠져나갈 거니까.]

본래의 계획이었다. 이렇게 무림맹 부대인 척 이동을 하다가 적당한 시기에 몰래 빠져나오는 것. 사실 진즉에 빠져나갔어야 했다. 이러고 있을 게 아니라.

잠시 바닥을 내려다본 야율이 어쩔 수 없다는 듯이 발을 뗐다.

나도 천마대총이 위치한 대략적인 지역만 알 뿐, 정확한 장소는 알지 못했다. 무림맹과 마교가 이곳을 쥐 잡듯 뒤지고 있는 이유 중 하나였다. 그리고 안재홍을 비롯한 여기를 지키라는 명을 받은 이들이 탐욕을 부리는 이유기도 했다.

혹시 모르지 않는가? 자신들이 천마대총을 가장 먼저 발견할지도.

후기지수를 선두로 한 일행의 모습이 밀림 속으로 사라졌다. 야율이 얌전히 멀어지는 것을 확인하고, 서하령을 돌아보았다.

때마침 나를 돌아보았는지 서하령과 눈이 마주쳤다.

"……."

서하령이 눈을 가늘게 뜬 채 나를 바라보았다. 나는 입을 열었다.

"궁금한 게 있는데요."

서하령은 내 말을 무시하듯 몸을 휙 돌려 부상자들에게 향했다. 나는 서하령을 쫓으며 말을 이었다.

"왜 남궁류청이랑 같이 있지 않죠?"

우뚝 걸음을 멈춰 선 서하령이 미친놈 보는 표정으로 나를 바라보았다. 질문한 나도 당황한 상태였다. 본래 내가 하려던 질문은 이게 아니었다.

"그러니까 내 말은 왜 서 소저가 강서성 지부에 있냐는 뜻이었어요. 저 멍청한 놈들에게 이런 대우를 받을 실력도 아닌 데다가, 본래 남궁류청이랑 같이 다닌다고 들어서. 그쪽은 안휘성이잖아요?"

그런데 남궁류청 이야기가 나도 모르게 불쑥 튀어나왔다. 미간을 찌푸린 서하령이 다른 두 낭인에게 부상자에게 가라고 손짓한 후 다다다 쏘아붙였다.

"남궁류청이 네 친구야? 아는 사이야? 네가 뭔데 이름을 불러? 그리고 그게 왜 궁금한데?"

나는 흘러내려 오는 빗물을 훔쳐 내며 태연한 표정을 지었다.

"궁금한 건 못 참는지라."

"아까도 느꼈지만, 이거 완전 미친놈이네. 할 말 못 할 말도 구분 못 해?"

"대신 아까 내가 도와줬잖아요? 그거 보답한다고 생각해요."

서하령이 대거리하려는 듯 입을 열었다가 성질난 표정으로 입을 꾹 다물었다. 그 사나운 모습에 아주 예전의 서하령이 저절로 떠올랐다.

"착각하지 마. 류청이 네 친구야? 네가 뭔데 청이라 불러? 하, 멍청해서 진짜."

"류청은 그저 네가 스승님 딸이라 봐주는 거야. 이제 와서 백리 대협 딸이라고 거들먹거리는 꼴은……."

"능력이 없으면 머리라도 좋든가. 백리 대협만 안타깝지. 제 명예를 딸이 이딴 식으로 이용하고 있는 줄 알면 어디 저승에서 편히 눈을 감을 수 있겠어?"

옛날에는 정말 나만 보면 못 잡아먹어 안달이었는데.

그때 서하령이 말했다.

"연이가 마지막으로 목격된 게 남창 근처였으니까."

"아."

그랬구나. 나를 찾으려고.

내가 마지막으로 목격된 것이 남창 근처였고, 남창은 강서성 지부의 관할 구역이었다. 서하령은 나에 관한 소식이 또다시 들린다면 강서성 지부가 가장 빨리 알 거라 여긴 것이다.

벅차오르는 감정과 함께 가슴 한쪽이 간질간질하다 느낄 때, 서하령이 말했다.

"하, 이런 놈들은 죽순도 아니고 지긋지긋하게 나타난단 말이야."

나는 고개를 기울였다.

"아서라. 남궁류청, 갠 연모하는 사람 있어. 그리고 걔 성격이 얼마나 지…… 별로인지 알아? 너 같은 여자 많이 봤어. 얼굴만 보고 꺅꺅대는 것들."

"……오해를 하신 것 같은데."

"야, 말했잖아. 너 같은 것들 많이 봤다고."

"……."

내 침묵에 서하령이 그것 보라는 듯 코웃음을 쳤다. 나는 다소 억울해 항변했다.

"성격이 그렇게 나쁘진 않은 것 같던데. 의롭고, 자기가 말한 건 지키고…… 진중한 게 멋있다는 말이 많던데요."

"아! 그렇게 생각하든지 말든지 나는 관심 없으니 입 다물어 줄래?"

서하령이 인중을 씰룩거리며 소리쳤다. 나는 그 모습을 보고 피식 웃으며 말했다.

"그런데 백리 소저를 남궁 공자가 연모한다고 한들 어쩌겠어요? 원수지간의 혈육이라던데."

마지막 문단을 내뱉는 혀끝이 썼다. 서하령은 코웃음을 쳤다.

"난 안 믿어. 연이가 그딴 쓰레기들의 핏줄일 리가 없잖아?"

"남궁 공자도 그리 생각한대요?"

"하, 그 배신자 자식이……."

"배신자?"

정확히 무슨 상황인지는 알 수 없었으나, 둘 사이에 의견 충돌이 있었고 그로 인해서 서하령과 남궁류청이 따로 행동하고 있는 걸 알 수 있었다.

'완전히 따로 움직이고 있으면…… 그럼 이제 남궁류청 옆에는 누가 있는 거지?'

과거와 비교하면 남궁류청은 동료가 턱없이 줄어들었다. 모두 나 때문이었다.

'미안해서 어쩌나.'

그래도 남궁완 아저씨가 멀쩡히 계시기에 남궁류청이 이리 구르고 저리 구르며 고생할 일은 없었으니 그걸로 넘어가 줬으면.

나는 고개 숙인 서하령을 보며 말했다.

"그럼 만약에, 만약 맞는다면 어쩔 생각이에요?"

"그야……!"

대답하려던 서하령이 문득 정신이 들었는지 내가 왜 너랑 이런 말을 해야 하는지 모르겠다는 표정을 지었다. 그러고는 짜증을 감추지 않고 대꾸했다.

"언제까지 노닥거릴 거야? 가서 부상자나 살펴. 그런 쓸데없는 질문 할 시간에."

"그냥 고민해 볼 수 있잖아요?"

"하, 그래. 고민한다 쳐도 내가 왜 그걸 너한테 말해야 하지?"

"그야 내가 백리연이니까."

"……."

"검 고마웠어."

나는 서하령에게 천으로 둘둘 말아 가리고 있던 검을 손잡이 방향으로 내밀었다. 서하령이 반사적으로 검을 받아 들었다.

"뭐, 무슨……?"

아직 천이 벗겨지지 않았으나 손잡이를 쥐는 순간 눈이 한층 더 커지는 걸 볼 수 있었다. 수백 수천 번 휘둘렀던 검이니 잡는 감촉만으로도 제 검인 걸 알아보았을 것이다. 원래도 커다랗던 눈에서 눈동자가 굴러떨어질 것만 같았다.

"진…… 짜? 그런데 분명 다른 얼굴…… 어? 얼굴이 다시……."

나와 아버지가 개발한 역용술은 몸에 무리가 가지 않는 대신, 진기를 격하게 운기하면 풀렸다. 나는 하려던 말을 계속했다.

"지금 마교도를 쫓는다고 저 안에 들어간 자들은 살아 돌아오기 힘들어. 그러니 너도 여기서 부상자를 돌보고 있다가 퇴각해."

"아니, 잠깐. 잠깐, 그게 무슨 말이야? 살아 돌아오기 힘들다니?"

생존과 관련한 문제라서인지 서하령이 곧장 정신을 차렸다.

"이렇게 비가 쏟아지는 날 숨어 있던 놈들이 돌연 우리에게 덤벼들었지. 그것도 약한 놈들로만. 바보라서 그랬을까?"

제대로 대비도 못 한 상황에서 습격을 당했는데, 오히려 습격을 한 놈들이 크게 당해서 도망쳤다. 서하령도 그 점을 의식하고 있었던 듯 설마 하는 표정을 지었다.

"그래. 미끼였던 거야. 자기들을 따라오라는 거지. 저들도 여기 가만히 지키고 있는 걸 지루해하고, 하나라도 공을 세우고 싶어 하는 걸 아니까."

"그걸 알면서도 가만둔 거야?!"

자리를 박차고 떠나려는 서하령의 팔을 붙잡았다.

"난 이미 한 번 말렸어."

"그건……!"

"어차피 말린다고 듣지도 않았잖아. 이번에 내가 막았더라도 다음에 죽었을 놈들이야."

"……."

"비가 그치면 폭죽을 터트려서 살아남은 이가 있다면 수습하고 본대랑 합류해. 수향문이 본대에 있댔지? 잘됐네. 문주님이랑 같이 있어. 집에 돌아가면 더 좋고."

"……."

"이 싸움에 깊게 연관하지 마. 그럴 필요 없어. 다치지 말고 건강하고 행복하게 지내."

서하령이 살짝 멍한 얼굴로 말했다.

"너…… 왜 그런 식으로 말해?"

나는 고개를 기울였다. 서하령이 중얼거렸다.

"마치…… 마치……."

하지만 말을 끝까지 꺼내지 못했다. 제가 느끼는 바를 제대로 설명 못 하겠다는 듯한 모습이었다. 나는 서하령을 붙잡았던 팔을 놓으며 말했다.

"내 말 명심해."

나는 서하령에게서 눈을 돌리고 뒷걸음질 쳤다.

시야에 다른 자들이 보였다. 비가 쏟아지는 중이었지만 여기 있는 자들은 모두 우리의 대화를 들었다. 저자들이 서하령과 내 대화를 떠벌리면 서하령이 귀찮아질 텐데.

'입을 막는 편이 좋을까?'

나는 허리춤으로 손을 뻗었다. 그러나 아무것도 잡히지 않았다. 그제서야 깨달았다. 아, 방금 검 넘겨줬지. 그때였다.

"가지 마."

서하령이 빈 곳을 헤매던 내 손을 꽉 쥐었다.

"아, 그래! 여기 백검단도 와 있어. 백리 세가주께서 널 찾고 계셔! 얼마나 걱정하시는데. 정말이야. 나한테 혹시 네게 연락 온 게 없냐고 몇 번이나 물어보시고…… 오면 가장 먼저 알려 달라고도 하셨어! 여기 내가 가진 신호탄이……."

나는 씁쓸하게 웃었다.

"지금 내가 돌아가면 할아버지가 곤란하실 거야."

"왜 곤란해? 곤란할 게 뭐 있어! 괜찮아. 만약 네가 정말 천마의 혈족이래도 그건 네 잘못이 아니잖아! 넌 잘못한 게 없잖아!"

"천마가 죽인 사람은 수를 셀 수가 없어. 심지어 마교와 큰 충돌이 없던 백리 세가에도 마교 놈들에게 죽은 이들이 있지."

"……."

문파의 제자 한 명만 죽게 되더라도 그 문파 전체가 혈채를 받아 내기 위해 나섰다.

제자는 스승의 은원을 물려받고 자식은 부모의 은원을 물려받는다. 이 세계에서는 개인으로 계산되지 않는다. 개인으로 계산하고 싶다면 문파에서 파문시켜야 했다. 만약 파문시키지 않는다면 그 문파 또한 그자의 은원을 같이 책임지겠다는 뜻이었다.

강호의 불문율이었다.

"그들에게, 백리연은 마교와 관련 없는 사람입니다. 친모가 천마의 딸일 뿐이니 내버려 두세요, 라고 하면 아, 그건 그렇지. 맞는 말일세. 이러고 물러갈까? 심지어 마교의 보물까지 물려받은 나를?"

그래. 할아버지는 나를 보호해 주실 생각이 있으실지 모른다. 그럴 수도 있었다. 하지만 그럼 백리 세가가 감당해야 할 것들이 너무 커졌다.

나는 괜찮았다. 백리 세가의 보호를 받을 테니까. 하지만 나를 지키겠다고 백리 세가 사람들이 다치고 죽을 것이다. 백도 무림이 가만히 있는다 해도 마교에서 백리 세가를 가만두지 않겠지.

내가 백리 세가 안에서 보호를 받는다면 나를 되찾을 때까지 끝없는 전쟁을 벌이리라.

나는 입꼬리를 끌어 올려 미소를 만들어 냈다.

"그동안의 우정이 있으니 그냥 보내 주렴."

나를 붙잡고 있던 손에서 힘이 빠지는 것이 느껴졌다. 이내 툭, 손이 풀리며 내려갔다.

그때였다.

삐이이익!

나는 고개를 획 돌렸다. 날카로운 호각 소리. 무림맹 사람들이 쓰는 것이었다. 빗소리에 묻혀 서하령은 듣지 못한 듯싶었다.

삐익!

그리고 두 번 울리기도 전에 갑자기 뚝 끊기듯 소리가 멈췄다.

이상했다. 함정이 있을 거라고 생각했지만 예상보다 너무 빠르고 가까웠다. 바로 코앞이라고 볼 수 있을 정도였다. 유인이라면 좀 더 안쪽에서 하는 게…….

쾅–!

그 순간, 지반이 흔들릴 정도의 충격에 나무들이 거세게 흔들리며 고여 있던 빗물들이 폭포처럼 쏟아졌다. 이 소리는 서하령도 들을 수 있었다. 나는 가타부타 할 것 없이 곧바로 자리를 박찼다.

"잠깐만, 연아!"

외치는 소리가 들렸지만 뒤돌아보지 않았다.

쏟아붓던 빗줄기가 점점 줄어들었다. 나는 미처 빗줄기에 씻겨 내려가지 않은 흔적들을 따라 향했다. 그리고 얼마 지나지 않아 끔찍한 현장을 발견했다.

빗물이 고여 있었을 웅덩이가 새빨간 빛을 띠었다.

좀 전까지 숨 쉬고 있었을 자들에게서는 이미 생기를 찾아볼 수 없었고, 숨이 붙어 있다 해도 곧 스러질 자들뿐이었다.

다행히 야율은 이 자리에 없었다. 나는 안도의 숨을 내쉬었다. 그리고 그제야 내가 숨도 멈출 정도로 긴장해 있었다는 걸 깨달았다.

"안 공자!"

뒤에서 서하령의 비명 같은 외침이 들렸다. 서하령이 달려간 곳에 안재홍이 입가에 피를 흘리며 엎드려 있었다. 황급히 맥을 짚은 서하령이 허망한 목소리로 중얼거렸다.

"……죽었어."

파각.

서하령에게 다가가다가 무언가 밟은 느낌에 바닥을 내려다보았다. 신호탄이었다. 이렇게 비가 오는 와중에도 어떻게든 터트려 보려고 한 흔적이 남아 있었다.

그제야 떠올린 듯 서하령도 품에서 신호탄을 꺼냈다. 하지만 내가 방금 밟은 신호탄과 다를 바 없었다. 이렇게 비가 쏟아지고 습기가 가득 찬 곳에서는 무용지물이나 다름없었다.

쿵–

그 순간 둔중한 파공음이 멀리서 들렸다.

야율이었다.

"하, 지긋지긋한 비. 이거 언제 그치는 거야?"

"이제 슬슬 잦아들고 있으니 곧 그칠 것 같습니다."

투덜거리던 안재홍이 뒤를 돌아보았다. 거기에는 마지막까지 불만을 표하던 청년이 있었다.

"기둥서방, 그런 거냐? 꼼짝을 않고 여자한테 절절매다니. 그렇게 예쁜 것 같지도 않은데 말이야."

야율이 눈을 가늘게 떴다. 거기서 한마디만 더 했다면 안재홍의 인생은 일각 일찍 끝났을 터다.

다행히 척후가 돌아와 안재홍이 관심을 돌렸다. 야율은 후기지수들이 척후의 보고를 받는 새 안재홍의 시야를 살짝 벗어났다.

'지금 빠져나갈까?'

아직은 거리가 너무 가까웠다. 만약 자신이 사라진다면 바로 백리연 측으로 사람을 보내 따져 물을 수 있다는 생각이 들었다. 백리연이 자신을 떠나보낸 이유도 대충은 알았다. 서하령이랑 할 얘기가 있어서겠지.

거리가 벌어지기만을 바라며 묵묵히 후기지수들을 뒤따를 때였다. 야율은 갑자기 걸음을 멈췄다.

"아, 뭐야?"

뒷사람이 멈춰 선 야율과 부딪칠 뻔해 성질을 냈다. 그것이 그자의 마지막 말이었다.

"안 공자님! 포위됐습니다!"

"습격이다!"

"또?"

"제기랄!"

여기저기서 욕설과 함께 무기를 뽑아 들었다. 이미 한차례 전투에서 승리한 자들은 습격에도 자신만만했다. 후기지수들은 팔짱을 낀 채 마치 고고한 고수라도 된 것처럼 주변을 살폈다.

야율은 자신들을 포위한 자들을 보았다. 이상했다. 그도 이 상황이 유인이라고 알고는 있었지만, 너무 빨랐다. 그를 몇 번이나 살렸던 감이 위험을 알리고 있었다. 그리고 그의 감은 늘 그렇듯 정확했다.

야율이 재빠르게 자리를 박찬 순간. 야율 근처의 사람들이 비명조차 지르지 못한 채 절명했다.

"누구……!"

그 자리에 처음 보는 사내가 서 있었다. 엄청난 기도를 풍겼다. 시신 가운데 선 사내를 본 후기지수 중 한 청년이 눈동자에 절망을 드리우고 중얼거렸다.

"처, 천마 좌사……."

그야말로 순식간이었다. 반항다운 반항조차 없이 전투는 빠르게 끝났다. 유일하게 남은 건 야율뿐. 그가 손꼽히는 실력을 갖췄다고 한들 좌사를 상대할 수 있는 실력은 아니었다. 당장 몸을 빼는 게 옳았다.

좌사가 재미있다는 듯이 말했다.

"나와 싸우겠다는 건가?"

야율은 언제든지 공방을 주고받을 수 있는 거리를 둔 채 조금씩 움직였다.

빗줄기 사이로 감췄지만 아주 흐릿하게 느껴지는 기척들. 분명 숨어 있는 기척들이 있었지만, 평소 좌사가 데리고 다니는 수하들의 수로 보기엔 턱없이 부족했다. 거의 좌사 혼자라고 볼 수 있을 병력이었다.

야율은 본능적으로 수상한 냄새를 맡았다.

콰앙-!

싸움은 별다른 신호 없이 순식간에 시작되었다. 강서성 후기지수들과 낭인들을 살육하는 데 손을 보탰던 흑의인들은 싸움에 끼어들지 않고 밀림 속으로 모습을 감추었다.

좌사가 손을 휘두르며 말했다.

"이해가 가지 않는 점이 있어서 말일세. 처음 교주님이 데려왔을 때 생각했지. 더 크기 전에 죽이는 게 좋을 것 같다고."

그러나 야율은 살아남았고 그런 야율을 좌사가 거둬들였다. 야율은 거둬들인 것이 아니라 노예로 써먹었다고 생각할 테지만.

"왜 배신했을까? 모두 자네가 신녀님과의 관계 때문에 배신했다지만 내 자네를 본 세월이 있으니 그럴 리 없다는 걸 알았지."

야율의 얼굴엔 아무 표정도 드러나 있지 않았다. 무기질적인 낯은 맹수처럼 약점을 노리며 덤벼들 뿐이었다.

"못 이길 걸 알면서도 이렇게 덤벼드는 걸 보면…… 내가 잘못 생각한 것 같기도 하고."

"……."

야율은 모든 대화에 아무 답도 하지 않았다. 좌사는 야율의 표정 없는 낯을 보며 속으로 혀를 찼다. 무슨 말을 해도 똑같이 저런 무심한 표정이니 속내를 전혀 알 수가 없었다. 딱히 훈련도 한 적 없건만 타고난 듯 저렇게 굴었다. 더는 자극해 봤자 얻을 게 없어 보였다.

그때 좌사를 마주친 후 놀란 표정조차 짓지 않던 야율의 표정이 처음으로 변했다.

반가운 걸 맞이하는 듯한 미소…….

좌사가 몸을 돌려 본능적으로 손을 휘둘렀다.

퍼억!

날붙이와 손이 부딪치며 북 두드리는 소리가 났다. 튕겨 나간 비수가 기이한 움직임을 보이며 누군가의 손에 들어갔다.

"야율! 괜찮아?"

좌사가 공손히 인사했다.

"천마신교의 신녀님을 뵙습니다."

'신녀라니?'

기가 막혔다. 욕설을 내뱉고 싶었지만, 그보다는 야율이 먼저였다.

야율은 이미 온몸이 상처투성이였다. 있는 힘 없는 힘을 모두 끌어다 쓴 듯 기혈도 상당히 뒤틀려 있었다. 내상 탓에 입가에 흐른 핏자국이 빗줄기에도 씻겨 나가지 않고 남아 있었다.

당장 달려가고 싶었지만, 좌사가 나와 야율 사이를 가로막았다.

좌사는 겉으로 보기에는 삼십 대 초중반으로 보이는 낯, 실제 나이는 사십 대 중반이었다. 아버지나 남궁완 아저씨와 비슷한 연배인데 마교의 서열 삼 위라 할 수 있는 좌사가 된 것은 마교의 상황과 관련이 있었다.

마공은 배우는 방법만 사악하고 잔인하여 마공이 아니었다. 무공을 익히는 주체조차 해하기에 마공이었다. 무엇보다 마공을 익힌 사람은 오래 살지 못했다. 특히 강해질수록 더 그랬다.

마공을 제어하지 못하고 폭주하여 죽든가, 혹은 머리에 마기가 침투하여 미치광이가 되어 죽든가. 높은 자리에 오르려면 강해야 하는데 강해질수록 일찍 미쳐 버리니 고수들의 연령이 젊을 수밖에.

천마를 중심으로 하나로 뭉쳐 있는 미친 사교 무리를 갈기갈기 찢어졌다고 볼 수 있는 무림맹이 그나마 상대할 수 있는 이유였다.

좌사가 말했다.

"잠시 배교자를 처단하고 있었으니 신녀님께서는 신경 쓰지 않으셔도 됩니다."

"뭐래? 나 불러내려고 살려 둬 놓곤."

좌사의 눈썹이 꿈틀거렸다. 마교의 좌사가 언제 이런 취급을 받아 봤겠는가? 눈치 보고 살 일 없는 강자일수록 자존심이 매우 높았다. 나는 삐뚜름한 미소를 지으며 말했다.

"언제는 뭐, 신녀라며?"

"아주…… 겁이 없군."

역시 존대는 바로 날아갔다.

"내가 겁이 있었으면 지금까지 살아남을 수 있었겠어?"

좌사가 사납게 웃었다.

"그도 그렇지. 하지만 그런 모습도 오늘까지인 것 같군."

오늘까지?

나는 눈을 가늘게 떴다.

그간 마교는 나를 데려가려고 했지 죽이려 들지 않았다. 죽이려 들었다면 천라지망 안에 갇혀 있을 때 벌써 죽였을 터. 그들이 나를 죽이지 않고 산 채로 데려가려 했기에 도망을 다닐 수 있던 것이었다.

그런데 오늘까지라니?

'이젠 죽이겠다는 의미인가, 혹은 그저 말실수일까?'

"뭐, 잘됐어. 그간 궁금한 게 하나 있었거든."

나는 아무렇지 않게 말을 이어 갔다. 좌사는 마치 재롱을 부리는 애완동물 보는 듯한 시선으로 내가 어디까지 가는지 궁금하다는 듯 물었다.

"궁금한 것이라니?"

"천마 말이야, 무슨 일 있지?"

"그분에겐 그분의 생각이 있을 뿐."

동요는 전혀 없었다. 마치 정해진 답안을 그대로 읊는 듯한 느낌이었다.

천마는 지금 이 난리가 났음에도 단 한 번도 모습을 드러내지 않았다. 내가 마교의 천라지망에서 탈출했을 때도, 무림맹이 마교랑 충돌했을 때도, 칠마군이 태고 진인과의 전투에서 사망했을 때도.

"그분의 뜻이 나를 데려가는 것이 맞긴 한가?"

좌사와 야율을 둘러싸고 지켜보는 인원들은 좌사의 수하로 보였다. 그들은 좌사와 야율의 싸움에는 전혀 관심을 두지 않았다. 오로지 외부에서 오는 이들을 경계하고 있었다.

처음에는 역시나 야율을 미끼로 나를 기다리는구나 싶었다. 하지만 내가 좌사 앞에 나타난 지금 이 상황에서도 그들의 경계는 이곳, 나와 야율이 아닌 외부를 향해 있었다.

"뭐가 그리 무서워서 밖을 경계하고 있지? 무림맹이 나타나서 훼방을 놓을까 봐?"

"역시 그 눈……."

말을 흐린 좌사가 탐난다는 듯이 바라보았다.

마교의 고위급들은 이미 내 눈의 능력에 대해서 알고 있었다. 그리고 내가 천라지망 안에서 도망을 다닐 수 있었던 이유 중 두 번째가 이 눈이었다. 나의 눈 때문에 다른 이들이 숨어서 기습하는 것은 불가능했고, 포위해도 조금만 접근하면 곧장 들켜 버렸다.

"눈이 아니라 내가 똑똑한 거야."

"머리 굴리는 소리가 여기까지 들리는군. 너와 저 녀석 둘의 능력으로는 내 앞에서 빠져나가지 못해. 도망친다면 적어도 한 명은 찢어 죽일 수 있다고 장담하지. 얌전히 따라오너라."

천마지보의 의념을 받아들이고 처음에는 느끼지 못했지만, 시간이 지날수록 한 가지 의문이 들었다.

제갈 세가주들이 기억을 대대로 물려받으며 생긴 문제는 사람이 버티지 못하고 소실되는 양이 많아졌다는 것이었다. 뭐가 소실되었는지도 기억하지 못했다. 소실되었으니까.

천마는 아마도 그 소실이 걱정되었을 것이다. 하지만 이렇게 천마지보라는 형식으로 보관한다면 온전하게 보전할 수 있었다. 천마지보는 다음 대 천마를 위한 안배였다.

그러다 무림맹에 뺏겼고, 나를 통해 무림맹에서 천마지보를 되찾아오려 한 것이다.

그럼 이제 문제.

내가 흡수한 천마지보를 다시 천마가 되찾을 방법은 무엇인가?

웃기게도 천마지보로 얻은 의념들에는 이 내용만 쏙 빠져 있었다. 천마의 신공절학, 기이한 능력, 의념들을 담아 놓고 그 부분만 없었다.

나는 좌사를 향해 말했다.

"당신 지금 몰래 빠져나왔지?"

좌사는 무슨 소린지 모르겠다는 태연한 표정이었다. 하지만 난 이미 확신을 굳힌 상태였다.

"멍청한 소리를 하는군. 무림맹은 교내에도 세작을 심어 놨다. 내가 움직인다면 무림맹이 주시할 터."

"아니, 무림맹 때문이 아니야. 당신은 다른 교도들이 알면 좋지 않을 일을 획책했기 때문이지."

"신녀."

"당신, 천마지보를 노리고 있지?"

"……."

"당신은 나를 천마에게 데려갈 생각이 아니야. 본인이 차지할 생각이지."

"……."

"이 힘을 빼앗아 갈 방법을 알아낸 것 아닌가?"

방법? 모른다.

하지만 날 죽이면 천마지보의 의념이 그대로 사라진다는데, 내게서 의념을 넘겨받는 혹은 뺏는 방법도 있을 법하지 않나?

천마지보. 그 누구보다 탐내는 것은 마교의 교도일 것이다. 천마에 대한 충성심도 버릴 정도로. 심지어 천마에게 문제가 생긴 상황. 이 틈을 타서 천마지보를 손에 넣을 수 있다면, 좌사가 다른 마교도들은 알아채지 못하게 몰래 온 것이라고 하면, 이 상황을 설명할 수 있었다.

물론 이건 그냥 내 가설이고 추측일 뿐이었다. 하지만 대부분의 상황에서 내 가설은 맞아 들어갔다.

나는 비웃듯 말했다.

"배교자."

좌사의 낯에서 표정이 싹 사라졌다. 흔들릴 만도 한데 분노나 당황은 읽히지 않았다. 언제 뽑아 들었는지도 알 수 없을 정도로 좌사의 검이 순식간에 나를 찔러 들었다. 면이 널찍한 대검이었다.

하지만 나도 피하는 것만큼은 자신 있었다. 나는 재빨리 몸을 숙여 휘두르는 검을 피했다. 뒤따르던 머리카락이 서걱 잘려 나가 한 올 한 올 떨어지는 것이 눈에 보였다. 하지만 한 가지는 확실했다. 검에 죽이려는 의도가 없었다.

'얼마나 피할 수 있을까?'

혼신의 힘을 다해 피한 순간 내가 있던 자리가 흔적도 없이 날아갔다. 역시나 좌사라는 이름에 걸맞게 확실히 대단한 실력이었다. 태고진인과 비슷하다면 비슷하달까.

그리고 천마지보를 흡수한 직후만큼은 아니라도, 천마대총에 가까워지면서 내가 쓸 수 있는 천마지보의 공능은 훨씬 더 강해졌다.

만약에 이를 쓴다면 좌사를 이길 수 있을까?

스걱.

나는 체면도 집어치우고 축축한 바닥을 구르며 검을 피했다. 손가락 한 마디도 안 되는 틈을 두고 검이 지나쳤다. 호신강기가 그대로 찢기는 것이 느껴졌다.

대검은 숨 쉴 틈 없이 따라왔다. 바닥을 구르며 일어난 나는 발끝으로 젖은 낙엽을 뿌리듯 걷어찼다. 낙엽들이 좌사의 시야를 가렸다.

"야율!"

그와 동시에 공격하라는 듯이 야율을 부르며 낙엽 뒤쪽으로 비수를 던졌다. 빗살처럼 날아간 비수가 빗방울을 가르는 것까지 보였다.

"이딴 잡기!"

대체 어떤 무공인지는 모르겠지만 좌사의 몸을 두른 호신강기에 낙엽들이 순식간에 증발하듯 재가 되어 사라졌다.

좌사의 손에 내가 던졌던 비수가 잡혀 있었다.

“신녀의 능력은 꽤 들었지. 이딴 잡기가 내게 통할 것 같으냐? 이 귀찮은 것부터 없애야…….”

좌사는 비수를 한 손에 쥐고 우그러트릴 것처럼 굴었으나 비수는 꼼짝도 안 했다.

‘당연하지! 그건 백련정강으로 만든 것이니까!’

물론 철비수를 맨손으로 우그러트리는 것도 보통 고수가 할 수 있는 건 아니었다.

그때였다.

치지지직.

여기서 듣기 어려운 소리에 좌사가 야율을 돌아보고 눈을 부릅떴다. 야율의 손에서 천산염제의 무공인 구화적염결의 불길이 일렁였는데, 손안에는 신호탄이 쥐어져 있었다. 서하령에게 얻어 온 것으로, 내가 비수와 함께 야율에게 던진 것이다. 처음부터 비수는 연막에 불과했다.

신호탄을 본 좌사가 비웃었다.

“그것, 제대로 터질 수나 있겠나?”

폭약을 개조한 신호탄은 습기에 엄청나게 약했다. 이렇게 비 오는 날에는 터지는 것 자체가 불가능했다.

“똑똑하다 자랑하더니 멍청하기 그지 없…….”

피슝-!

높은 소음과 함께 신호탄이 하늘로 솟구쳤다. 그러고는 펑- 커다란 소리를 내며 터졌다. 방울방울 멈춰 있는 빗방울 사이로 선명한 빛이 터져 나가는 것이 보였다.

구름이 가득 낀 우중충한 하늘을 신호탄이 짧게나마 밝혔다. 무공을 익힌 사람이라면 멀리서도 충분히 볼 수 있을 것이다.

나는 씩 웃었다.

"이를 어째, 잘 터지네?"

〈무림세가 천대받는 손녀 딸이 되었다〉
5권에서 계속